我在天堂等你

裘山山◎著

中国言实出版社

图书在版编目(CIP)数据

我在天堂等你 / 裘山山著 . -- 北京 : 中国言实出
版社 , 2021.3
ISBN 978-7-5171-3814-3

Ⅰ . ①我… Ⅱ . ①裘… Ⅲ . ①纪实文学—中国—当代
Ⅳ . ① I25

中国版本图书馆 CIP 数据核字（2021）第 031710 号

出 版 人　王昕朋
责任编辑　肖　彭

出版发行　中国言实出版社
　　　　　　地　　址：北京市朝阳区北苑路 180 号加利大厦 5 号楼 105 室
　　　　　　邮　　编：100101
　　　　　　编辑部：北京市海淀区花园路 6 号院 B 座 6 层
　　　　　　邮　　编：100088
　　　　　　电　　话：64924853（总编室）　64924716（发行部）
　　　　　　网　　址：www.zgyscbs.cn
　　　　　　E-mail：zgyscbs@263.net
经　　销　新华书店
印　　刷　北京盛通印刷股份有限公司
版　　次　2021 年 3 月第 1 版　　2021 年 3 月第 1 次印刷
规　　格　710 毫米 ×1000 毫米　1/16　22.25 印张
字　　数　359 千字
定　　价　78.00 元　　ISBN 978-7-5171-3814-3

　　裘山山，祖籍浙江，现居成都。1976 年入伍。
1983 年毕业于四川师范大学中文系。已出版长篇小说
《我在天堂等你》《春草》，长篇散文《遥远的天堂》《家

书》，以及中篇小说《琴声何来》等作品约四百万字。先后获得鲁迅文学奖、全国"五个一工程"奖、解放军文艺奖、文津图书奖、四川省文学奖、《小说选刊》年度大奖、《小说月报》百花奖、《人民文学》小说奖，以及夏衍电影剧本奖等多项奖项。部分作品在海外翻译出版。

目录

第一章

1

欧战军在度过了一个不眠之夜后，决定召开家庭会议。

在欧战军家里，家庭会议是件大事，轻易不召开。欧战军有 6 个子女，即使是在健康桥干休所的军职楼里，这个数目也不算少。何况其中 5 个子女都成了家，都有了孩子，到齐之后几近 20 口人，光是吃饭就得摆三张桌子。很是壮观。

当然这不是轻易不开家庭会议的原因。欧战军喜欢看到众多人吃饭的场面，喜欢看到公务员用大箩筐淘米的样子，更喜欢看到一大锅肉菜风卷残云般消失的景象。这些场面和景象能让他有一种重回部队的感觉，恍惚置身在生机勃勃人强马壮热血沸腾的气氛中。他永远热爱那样的气氛。

欧战军轻易不召开家庭会议，是因为他们的家庭会议，多半是用来解决一些非常棘手的问题，换句话说，是解决一些连他都解决不了的事情。一般来说，家里的事情他说了算，他的话就是这个家的法律法规。

但这次不行了。最近家里发生的一些事，让他感到必须召开家庭会议了。

前两天欧战军在当地晚报上看到一则消息，说一家超市因为拖欠货款被查封。他知道小儿子木鑫也经营着一家超市，就特别注意看了一下超市的名字，一看正是木鑫经营的那家，消息的最后一句话是"总经理欧某不知去向"。当时就把欧战军气得拿报纸的手有些抖，冲着老伴儿白雪梅嚷嚷说，我早说过这小

1

子要出事，这下好了吧！拖欠货款！就算出事你也别跑呀，你有本事你就拿出本事来顶着，跑什么跑？他要白雪梅马上把木鑫给他叫回来。白雪梅没像他那么急，她轻言细语地说，咱们还是先问问清楚再说。她打了个电话给木鑫，木鑫在电话里满不在乎地说，那是记者乱写的，这家超市去年就不在我的名下了，我已经卖给别人了。天大的事和我没关系。

欧战军听了似信非信，还是在电话里吼了两句，他说小六你给我听着，你要是干了这种事，就别再进这个家门了！木鑫不满地嘟囔了两句，放了电话。

没想到刚过两天，又出事了——他的三女儿，他最喜欢的木槿，竟然有了外遇。这都不说了，她还率先提出离婚，要抛弃丈夫。丈夫不同意，她就撇下丈夫孩子从家里搬走了。

这哪像是他们家里出来的孩子？这哪像是他欧战军的女儿？

欧战军听到这个消息时，真不能相信自己的耳朵。他一再地问自己的亲家，同时也是老战友郑大河：是真的吗？真是这样吗？你没有搞错？

郑大河无奈地说，我怎么会搞错？我开始也不相信，我看见郑义天天耷拉着脸，问他什么事，他就是不说。后来还是我孙子亚亚说的，妈妈要和爸爸离婚。果然，那几天木槿就没有再回家了。我再三追问，郑义才告诉我是怎么回事。本来我是想，看在我们两家关系的分儿上，看在亚亚的分儿上，叫郑义原谅木槿。没想到你家木槿根本不要原谅，铁了心要离，还说不离就上法庭。

欧战军气得有些发蒙，不停地对白雪梅说，她怎么能这样？她怎么能这样？你给她打电话，问问她还是不是我女儿？问问她还想不想回这个家？

白雪梅不愿当着郑大河打这个电话，她怕把事情搞僵。凭着她对木槿的了解，木槿不会这么冒失和不讲理。她小声对欧战军说，你先别那么气，也许中间有误会。等我找个机会问问她再说。

欧战军说，这还用问吗？她连家都不回了。她根本就是卷着铺盖卷走人的样子，还没离婚呢，就这么明目张胆，简直太不像话了！简直太过分了！这个电话你得打，你不打我打，我不想等，我一定要马上问清楚。

白雪梅只好给木槿拨了个电话，木槿在电话那头一听说是谈这个事，冷冷地说了一句：妈，这是我的私事，您就别管了。然后就挂了电话。欧战军看着白雪梅意外的表情，更是气上加气，他真没想到木槿会这样，她从来没有这样过。她竟然说不用父母管。她简直就像变了一个人。

　　好一会儿欧战军才回过神来，他拍着老郑的肩膀说，孩子出了问题，我有责任，我先向你检讨。你放心，我会处理好这件事的。我虽然老了，可我还是她父亲，我就不相信我管不了她，她是我从小管大的。

　　老郑无言地点点头，起身走了。走到门口，他又停下对欧战军说，你也别太难为木槿，也许她也有她的难处，我只是舍不得她离开我们家……

　　欧战军发觉他的眼圈儿红了。在他眼里，老郑从来就是个开朗的人。他们当年一起先遣进藏，到甘孜后发生了粮荒，战士们每天只能吃一些炒青稞粉填肚，没有肉更没有蔬菜，以致普遍发生了便秘。当时郑大河是后勤处长，就带人上山去找野菜和蘑菇。他立下一个规定，所有的野菜和蘑菇必须由他先品尝。没想到头一天就中毒了，上吐下泻的，差点儿丢了命。但是苏醒过来后，他竟然咧嘴笑着说，这下好了，憋了半个月，这下连肝肠肺都拉出来了，痛快！

　　老郑一辈子都是乐呵呵的，一辈子都没有掉过泪，可竟然被他欧战军的女儿气得伤心落泪。这让欧战军痛心，欧战军有些想不明白，木槿也是 40 多岁的人了，怎么还会有离婚的心思？孩子都上六年级了，一辈子已经过去一半了。木槿是几个孩子里吃苦最少的，既没有下过乡也没有当过兵，高中毕业在家待业一年就考上大学了，大学毕业后分到一家杂志社当编辑，一直平平顺顺的。后来由欧战军做主，嫁给了老战友郑大河的儿子郑义。结婚也 10 多年了，从没听说过他们之间有什么矛盾，怎么突然就闹起离婚了呢？还有个"第三者"？

　　欧战军想来想去，只能是怪自己把她宠坏了，宠得这么任性。现在唯一的办法就是召开家庭会议。让全家一起来讨论评判这件事。他想，就算是自己说不过她，也还有她的大哥和大姐，还有嫂嫂和姐夫，还有弟弟和妹妹，在这么多人面前，她总不至于不讲道理吧？

　　回想起来，距上次的家庭会议已有 3 年了。上次的主题是商量老四欧木凯离婚的事。就欧战军的本意来说，是极力反对他们离婚的，虽然他对那个儿媳妇不十分满意，但他不希望他们家里发生离婚这样的事。离婚算怎么回事？等于是打败仗。他欧战军南征北战几十年，也被子弹打倒过，也被炮弹掀翻过，什么时候打过败仗？再说他那么喜欢小孙女萨萨，他怕她今后受苦。但最终他们还是离了，因为儿媳妇所提出的不离婚的条件使他无法接受，她竟然要求木凯转业回内地，而当时木凯在西藏某边防团任副团长，他那个团守着东线的主要前线，他干得很好，并且很快就要提升。这显然令欧战军不能容忍，让木凯转业，简直就是粉碎了他最后的希望：在所有子女中，唯有欧木凯能够子承父业了。

而且，让木凯成为一个优秀的军官，不仅仅是欧战军一个人的愿望。当然，这一点他从没对人说过，这是他和白雪梅心底的秘密，是生者对死者的诺言。尽管他从来没跟孩子们包括木凯本人说过，但他必须信守并且实现这个诺言。

在欧战军的强硬支持下，木凯没有妥协。女人可以从前线走开，但男人不行。前儿媳妇很伤心，离婚后带走了白雪梅从小带大的、他们老两口非常疼爱的孙女萨萨。这件事令欧战军又难过又失望，他对白雪梅说，以后他再也不管孩子们的事了，管不了了。这些年来他尽可能地不去打听孩子们的事，偶尔听到点什么，也尽可能地不往心里去。实在生气时，就在白雪梅面前叹叹气，发发牢骚。白雪梅总是默默地听着，一句话也不说。欧战军有时觉得她比自己更难过。他就反过来劝她，说孩子们都是成人了，也许真的用不着咱们了，就让他们自己去处理自己的生活吧。

但这次这件事，欧战军无论如何不能坐视不管了。在他看来，这已经不是一般的生活问题了，也不仅仅是他们家的问题了。它关乎到原则，关乎到友情，甚至关乎到良心。

欧战军做出决定后，就叫白雪梅通知所有的子女——除了远在西藏的老四木凯之外——还有他们的配偶，回家来参加家庭会议，时间定在星期五的晚上八点整。为了让会议具有严肃性，欧战军决定忍痛放弃许久没有看到的众人吃饭的热闹场面，把会议定在了晚饭后，他还特别让白雪梅强调必须准时到会，不准带孩子。

白雪梅对此有些担心，她太了解木槿的脾气了。这样大张旗鼓地讨论她的婚姻，并且是批评性质的，她能接受吗？她有些忧虑地对欧战军说，咱们这样做，会不会反而把事情搞僵？木槿的脾气你又不是不知道。

欧战军说，搞僵也得开。这么大的事，我不能不管！我们欧家什么时候出过这种事？太丢人了！有个老六在那儿搞自由主义，就够我心烦的了。没想到老三也会这样，一个有文化的人，怎么这么管不住自己？

白雪梅见欧战军发那么大火，只好顺从他的意思，一个个地给子女们打电话。

大儿子欧木军接到母亲的电话时，正在厂里参加中层以上领导的会议。他是厂党委书记。他看到传呼机上显出"白女士"三个字，就知道是母亲，片刻不敢耽误地走出会议室给母亲回电话，因为母亲是轻易不给他打传呼的，有传呼必有要事，有要事必须马上回。这是他给自己做出的规定。他是长子。

一听母亲说父亲星期五晚上要召开家庭会议，欧木军的语气就有些迟疑。妻子凌晓西自从他们的宝贝儿子小峰进藏当兵后，就很不愿去婆家了。妻子认为儿子这么鬼迷心窍地硬要进藏当兵，都是受了他爷爷的怂恿和支持，心里对公公很是不满。所以近半年来就找各种借口不去干休所父母那儿了。

母亲听出他的犹豫，说，你是老大，如果你都不回来，弟妹们就更叫不动了。

欧木军马上说，好的，我回来。

母亲说，还有晓西。

木军顿了一下，说，好的，我叫她一起回来。

欧木军已经习惯于服从父亲了。他比其他几个子女对父亲在敬畏之外更多一重尊重。因为他15岁当兵时，父亲还是他的上级。父亲做他的上级做了20年。父亲的威严远近闻名。他对他的怕不是一般人的怕，准确地说是敬畏，还有几分崇拜。

木军不明白家里出了什么事，让父亲在沉默了三年之后，又一次召开家庭会议。他想了想，就顺手给大妹木兰打了个电话，想看她知不知道是什么事。因为木兰平时回家的时候比他们别的姊妹要多些。

其实木兰也是在接到母亲电话之后，才知道父亲是为了什么召开家庭会议的。虽然她要求自己每周回去看父母一次，但这只是一种不带任何情感色彩的理性要求。谁叫她是大女儿，又是医生呢！她即使是回去，也只是看看父母身体有无异常，并没有其他的交流。她不了解父母的苦恼，也不向父母诉说自己的苦恼。

不过母亲在电话里还是和木兰多说了几句木槿的情况。

木兰听明白父亲这次召开家庭会议，主要是为了木槿的婚姻问题，忽然觉得心里有一种异样的感觉，或者说，有一点点兴奋。难道父亲真的要批评木槿了吗？这可是破天荒的，在他们欧家，谁都知道父亲是最宠爱木槿的。木兰对此早有感觉，也有看法。她觉得自己失宠还有些理由，因为自己不是父母亲生的——尽管这一点始终没有得到证实，但种种感觉都让她越来越相信这一点。但父亲对木槿的宠爱超过了对小妹木棉和小弟木鑫，这就没道理了。难道就因为她长得漂亮吗？这下好了，木槿出了这样的事，出了这样一件在他们家庭中绝对不能容忍的事，她倒要看看父亲怎么处理。

木兰和木槿是年龄最接近的两姊妹，理应关系比较好。但由于父亲对木槿的疼爱，加上木兰对自己身世的疑惑，就疏远了与木槿的关系。木槿倒是个开朗的姑娘，照样二姐二姐地叫她。这一两年，她们之间的来往越发地少了。除了春节全家团聚，平时几乎见不着。木兰也不清楚木槿到底是因为什么离婚，只知道她现在是铁了心要离。

木兰在电话里简单地跟大哥说了一下木槿提出离婚，已经搬出了郑家的情况。

木军听了很吃惊，沉默了一会儿说，怎么会这样？

木兰说，是呀，我也很意外。木兰又说，其实要说夫妻感情，我和小陈……

木兰忽然停住了。关于他们夫妻之间的问题，她从没跟任何人说过，也不习惯对任何人说，包括她的大哥。她已经习惯自己承受了。

木军叹了口气，说，真是乱上添乱，就放了电话。

木兰想了想，给小弟木鑫打了个电话。她怕木鑫找借口不回去，或者很晚才回去，那样会更添父亲火气的。电话里的声音很嘈杂，一听就知道他又在外面应酬。木鑫说，妈已经通知我了。二姐你放心，妈的话我还是要听的。木鑫这么说，几个孩子中，木鑫和父亲的矛盾是公开的。因为父亲反对他做生意，父亲说做生意的都没好人，是个好人做几年生意也会成为变节分子。而木鑫偏偏很喜欢做生意，也做得挺成功。他们父子不见便罢，一见必吵。

木兰放了电话，想，星期五家里又该热闹了。

白雪梅通知了在本市的5个孩子后，很想给远在西藏的老四木凯打个电话。但她知道木凯此时不在拉萨，他带着全团外出训练去了，没办法联系。这些日子来她非常想念木凯，她已经有两年没见着他了。去年休假他没回来，今年又一推再推。白雪梅有一种感觉，木凯是故意不回来的。是不是离婚的事，让他对父亲母亲有了意见？

白雪梅望着窗外灰蒙蒙的天，想，木凯一定还在太阳下面暴晒着呢。不知又黑成了什么样子。自打从军校毕业进了西藏后，木凯就再也没有白过，再也没有胖过，再也没有滋润过，再也没有顺顺畅畅地呼吸过。

有时候她觉得，木凯在高原上守着，是替她在晒太阳。

她非常想念那儿的太阳。

2

星期五晚上第一个回到健康桥干休所17号军职楼的，既不是大儿子木军，也不是大女儿木兰，而是老五木棉。

木棉是夫妻俩一起进家门的。女婿小金笑容满面的，还给父母带了礼物——两盒西洋参含片。白雪梅一边接过东西一边说，你们买什么东西嘛，经济又不宽裕。小金说，再不宽裕该孝敬父母的也不能少了呀。小金虽然文化不高，却是几个女婿里最会说话的。他原来并不太会说话，后来日子过得越来越拮据，人反而变得话多了，而且嘴甜。都说人穷志短，是不是人穷还嘴长呢？白雪梅没再说什么，心里却叹了口气。

白雪梅知道小金带礼物来并不是像他说的那样，仅仅是孝敬父母。木棉去年下岗了，丈夫小金虽然留在了厂里，收入也不高，白雪梅和欧战军商量了一下，从不多的存款里拿出1万元资助他们，表示父母的一份心意。没想到小金拿到1万元后就去炒股，赌博似的指望着短时间内富起来，不料正赶上股市低迷，1万元像泡沫一样很快就消失了。木棉和他吵了一架，跑回来向母亲哭诉。

白雪梅对这个女儿一直有些歉疚。6个孩子中，她的受教育程度和生活状况都是最差的。她觉得这和自己当初把她送回老家读书有关系。当时正赶上"文革"，学校里停课闹革命。老师常常不在，她怕她一个女孩子住在学校里不安全，就把她送回到了欧战军的山东老家，托付给了一个远房亲戚。勉强读了个初中毕业，就送到西藏她爸那儿去当兵。因为文化低，考护校没考上，三年之后就复员回来做了工人。没想到现在又下了岗。

木棉下岗后，他们木材综合加工厂把一大片闲置的厂区划出来出租，形成了一个颇大的装饰材料及家具市场。许多本厂的下岗职工也租下门面经营起了装饰材料或家具。因为是本厂职工，租金比外面低。木棉就有些动心，回来跟母亲商量，也想租一个铺面经营装饰材料之类，以解决就业问题。她言语中流露出希望母亲再资助他们一些钱的意思。

白雪梅觉得从长远考虑，这个主意还是不错的，就把欧战军叫来商量。没想到欧战军坚决不同意。老六木鑫经商就够他烦的了，木棉再开店，他觉得别扭。他一个军人世家怎么尽出些生意人？他说木棉你一个复员军人做这种小生意不太合适吧？木棉辩解说，那怎么办？我一个下岗工人，不自谋生路靠谁养活？欧战军说，我就不信下岗工人都开店，除了经商就没别的出路了？我在电视上看到人们还是有许多方式再就业嘛。

欧战军说着就觉得心烦。他不是心疼钱，而是觉得他的孩子怎么能这么没出息，动辄就开口要钱，尽管是向父母要，也是很没脸面的事。

木棉嘟囔说，我就知道你会反对，你从来就不替我着想。

木棉说这话是有原因的。他们父女之间一直有阴影。在木棉看来，自己下岗陷入困境，父亲是绝对有责任的。没想到父亲不仅毫无歉意，还要干涉她的再就业。

欧战军说，什么叫我不替你着想？我就是看不惯你们这个样子，一点点小困难就跑回来找父母，一点点问题就开口求人。生活困难？能有多难呢？我就不信。至少氧气是够喝的嘛。

木棉气得说不出话来。"至少氧气是够喝的"这句话是欧战军的口头禅，只要他们哪个子女叫苦，他就会这么说：能有多大困难呢？至少氧气是够喝的嘛。以至于现在孩子们有什么难处，只跟母亲说。免得不但得不到帮助，还被他训斥。但木棉觉得她现在遇到的不是一般的小困难，而是生存问题。要不然她也不至于开口。可父亲还是这么不当回事，真的让她很生气，她觉得父亲就是对她不在乎。一气之下她拉开门就走。白雪梅想把她叫回来，欧战军拦住她，说：她要走就让她走，随她去。有本事她走到领奖台上去，让我光荣光荣。30多岁的人了，还总靠父母，他们不嫌丢人我还嫌丢人呢？

木棉本来就比较小心眼儿，被父亲这么一气，差不多两个月没回家。

白雪梅心里很焦急，无论欧战军怎么说，她不可能不管，她是母亲啊！她自己打电话给木棉，问到底需要多少资金才能租下铺面经营。木棉赌气说她不想干了，大不了一家人喝稀饭。女婿小金却告诉她，他们干还是想干的，但目前不行，打算缓一缓。

白雪梅思来想去，打算悄悄帮他们一把。他们老两口的确没什么钱。本来他们从西藏出来时，是有一些积蓄的，但这些年都被欧战军折腾得差不多了，资助老战友，资助家乡，资助灾区。这方面他来得个大方。眼下他们的收入除了日常花销，留不下什么。好在其他几个孩子，尤其是小儿子木鑫，时常拿钱给母亲，当然都是瞒着欧战军的。白雪梅把这些钱专门存在一张存折上，取名叫儿女基金。

白雪梅想，实在不行，就拿这笔钱来帮木棉。

昨天她通知木棉回家开会时，就在电话里大致说了一下自己的想法。没想到木棉心平气和地说，妈你不要管了，我已经找到工作了。接下来又说，你告诉爸，真是像他说的那样，再就业的路很多，我现在就同时兼了三份工作。

白雪梅有些意外。

眼下她看着木棉，发现木棉的神色有些疲惫，眼圈儿发黑，好像没休息好似的。看来新找的工作并不轻松。她悄声把她拉到一边问，木棉你告诉妈，现在到底在做什么？木棉微微一笑说，妈，您就别问了，反正我现在一个月有1000元的收入，比下岗前还多呢，您就别操心了。

白雪梅说，那铺子呢，不开了？

木棉说，等我攒够了钱，还是要开的。但我肯定不会再向你们开口了。我知道爸爸觉得几个孩子里我最没出息，不如哥哥姐姐，也不如弟弟。但这回我一定要让他看看，我也有能力解决好自己的问题，不给他添麻烦。

白雪梅听着心里有些难过。看来孩子们对他们的父亲都有一种抵触和不满。她很想替欧战军作些解释，又不知从何说起。

这时门铃响了。

门铃响准是老六，只有他永远不会带父母家里的钥匙，先是给一把丢一把，后来索性就不要了，回家就按门铃。

白雪梅打开门，果然是老六木鑫。木鑫叫了一声妈，还很西方地拥抱了一下母亲。本来木鑫和母亲是比较亲近的。因为他最小，在母亲身边待的时间最长。可是他的生活方式让欧战军很不能接受，父子俩频频发生冲突，他就不愿再回来了。除非母亲开口叫他。

木鑫是个极聪明的孩子，高中一毕业就考上了大学。这本来让欧战军很自豪，可他的心思却不在做学问上，大三时就投入经商大潮了，和一个同学从成都运了一批啤酒去拉萨，居然小小地赚了一笔，却让他的老爸大大地生了一场气。但他不思悔改，毕业后索性放弃原来的化学分析专业，办了一家公司。十几年来去过深圳，去过海南，去过北海，做过房地产，做过广告，做过贸易，不一而足。几年前他所经营的房地产公司终于上了路，开始大赚其钱。欧战军一直自责是名字没给他取好，取了个金上重金的名字。

由于钱太多，婚姻就成了问题。眼看着 35 岁了，还是一个人晃悠。当年欧战军 30 岁了还没结婚，是因为闹革命，一仗接一仗地打，从东到西，从北到南，顾不上成家的事。可木鑫并不是这样啊。更让欧战军生气的是，他婚不结，女朋友却一个接一个。未婚享受已婚待遇。这些事白雪梅从来都是瞒着他的，但他还是间接地知道一些，心里很是生气。眼下他总算有了一个固定的女友，比他小 10 岁。天天住在一起，仍没有结婚的意思。有一回木鑫居然开玩笑说，自己和父亲最像了，第一结婚晚，第二娶一个比自己小 10 岁的女人做妻子。气得欧战军差点儿没跳起来揍他。

木鑫之后是木兰。

木兰永远是那个样子，神情淡漠，脸上说不清是在笑还是没有笑。她叫了一声妈，然后一一和几个兄妹打招呼，像个主人似的，给他们倒茶拿烟缸什么的。在这方面，她总是很周到。从小她就这样，悄无声息的，似乎有她不多，无她不少。

木军夫妇是八点钟准时到的。他们在外面吃的晚饭，算是过了个周末。木军在吃晚饭时给妻子做了工作，所以凌晓西还是来了，并且和往常一样叫了一声妈。这让白雪梅心里踏实了一些。她马上问小峰有没有信？晓西说有。白雪梅说怎么样？晓西说还行吧。她似乎不愿多说，看来心里还是有气。其实白雪梅在小峰去西藏当兵的问题上，也是投了赞成票的。但小峰毕竟不是她的儿子，隔着一代，所以儿媳妇生气她能理解。

现在就只有中心人物木槿没有到了。

白雪梅心里着急，她怕木槿任性不来，就跑到楼上悄悄地给她打了个电话。没人接，想来已经出门了。她又给她打了个传呼，催促她快一些。

木鑫的确像个商人，他扫视了一下家里，觉得唯一能够和他聊聊眼下经济形势的就是任新光电子厂党委书记的大哥了，他就坐到了大哥身边，三两句就谈到了他们厂里的经营情况。木军也就把厂里的困境对他说了一番。木鑫沉思了一会儿，说，大哥如果信得过我，我可以帮你想想办法。木军虚心请教，两人就找了间屋子细谈起来。

8 点 10 分时，木槿终于到了。

白雪梅松了口气。她知道迟到 10 分钟还属于欧战军能够容忍的范围。

木槿的表情并不像木兰想的那样悲伤或者生气，仍是笑呵呵的。当然，比之过去，眼底毕竟有了些阴影，而且，面容上也有几分憔悴。原来木槿是这个家里的阳光，只要她回来了，老爸老妈的脸上就亮亮的。可现在，她竟然给父亲的脸上布上了阴云，出现了需要召开家庭会议的问题，这是他们几姊妹谁也没料到的。

大家还是客客气气地跟她打了招呼。她的丈夫小郑没有来，也在大家的意料之中，谁也没去问。

<h2 style="text-align:center">3</h2>

欧战军走下楼来，坐到客厅中间那个他常坐的位置，子女们立即噤了声，家庭会议就算开始了。虽然比通知的时间晚了 10 多分钟，但欧战军并没有就此说什么。木鑫想，如果迟到的是自己，肯定就是另一番景象了。

欧战军清了清嗓子，环视了一下客厅，说，我们这个家如果所有的成年人都到齐的话应该有 14 个，今天只到了 9 个。

凌晓西插话说，到齐应该有 15 个，我们小峰也算是成年人了。

欧战军稍稍愣了一下，接着自己的话往下说：木凯他们就不说了。木兰，小陈怎么没来？

欧战军叫自己的女婿永远都是小陈、小郑、小金。

木兰说，他今天晚上有手术。

欧战军皱皱眉头：周末晚上也有手术？

木兰不再作解释，脸上仍是那种漠然的表情。

欧战军又转头问木槿：小郑呢？

木槿爱搭理不搭理地说：我怎么知道。

欧战军的脸一下拉下来。白雪梅在一旁轻声说，是我没有通知他。我想这一次他还是不参加为好。

欧战军想了想，没再问下去，说：9 个也行啊，也是多数，是不是？他勉强笑了笑，想活跃一下气氛。但却笑得有些凄凉。

木军想轻松一下气氛，打趣说，9 个是单数，好表决。说完他有些后悔，看了木槿一眼，还好木槿没在意。

欧战军继续说，咱们这个家，已经很久没开家庭会议了，自从 3 年前木凯离婚，我就想再也不开家庭会议了，再也不管你们的事了。我已经是快 80 岁的人了，该退出历史舞台了。可是最近咱们家发生了一件事，我说不管，心里实在难过。昨天夜里我几乎一夜没睡，事情尽管出在你们孩子身上，我也是有责任的，这些年我对你们过问的比较少了……所以，我要请你们原谅，我说话没有算话，又开家庭会了。我希望你们耐心一些，再给我一次说话的机会。

子女们听父亲这么说，都有些不安。你看看我，我看看你。

木军首先说，爸，您批评教育我们是应该的，别这么说。

木棉的丈夫小金也说，就是，您教育我们是为了我们好。

其他人也都说，是啊，是啊，爸您有什么话就尽管说吧。

只有木槿别着脸看着墙上的挂历不出声。

欧战军看着她，沉默着。

白雪梅见欧战军沉默，知道他在克制自己。这个时候他需要她站出来。她就接过话说，今天把大家叫回来，是有好些事想和大家商量。咱们这么大个家，这么多的人，应该时常地交流一下情况，你们兄妹之间也该互相多关心关心。比如说木棉下岗再就业的事，木鑫做生意的事，还有木槿的事。

大家听了很意外，连木棉本人也有些意外，和丈夫对看了一眼。

其实这前两件事是白雪梅临时加上去的，她想冲淡原来的主题，不想让木槿太难堪。木槿看出了母亲的心思，一直别着的脸低了下去。

白雪梅说，木棉下岗的事可能你们都知道了。他们一家三口只靠小金一个人的收入是不够的。

木棉说，妈，我不是告诉你我找到工作了吗？

小金连忙制止她说，木棉，你让妈把话说完吗？

白雪梅说，木棉他们夫妻俩想租一个铺面搞经营。他们算了一下，需要2万元资金，但是他们自己凑不够，短缺1万。

白雪梅顿了一下，没有把原来给过他们的那1万说出来，接着说：我和你们父亲觉得这是一个自谋生路的办法，决定支持他们一笔钱。但是这笔钱并不是我和你们父亲的，我们已经没有什么积蓄了。这笔钱是这些年来你们几个孩子孝敬我们的，我一直没有用，都存下来了。所以我想应该告诉你们一声，相信你们能理解。

大家对这件事毫无思想准备，听了母亲的话面面相觑。

欧战军也有些意外，不满地看了木棉一眼。木棉敏感地察觉了，说：我不要，妈。我说过我现在不需要。就是将来真的要开店，我也会自己挣够资金的，不用家里的钱。

小金说，你看你，这是妈的一片心意嘛。

木兰说，给你你就拿着，赌什么气嘛。

木棉觉得二姐的话有些刺，更坚决地说，我肯定不要。我自己能挣。

木鑫忍不住说，五姐你就别犟了，你现在那个挣法，要挣到哪一年才够？再说你现在做的那些工作我看着就难过……

木棉打断他：小弟，不要说！

木鑫住了口。大家都觉得有些蹊跷，木棉好像有什么事瞒着家人。

木棉缓和口气说，挣到哪一年算哪一年。爸不是说了嘛，有什么大不了的困难，至少氧气是够喝的嘛！

欧战军眼睛一瞪：你说什么？

白雪梅心里越发地忧虑，她不希望再为此争执下去了。她转移话题说，木棉的意思，是说她能自己克服困难。但是我想，我们一家人还是应当互相帮助。木军你说呢？

木军说，妈，帮助木棉是应该的。但不应该由你们老人拿钱。你们的生活并不宽裕，你看你平时什么都舍不得吃舍不得穿，苦了一辈子也没享过什么福。我提个建议——木军转头看晓西一眼，又看看弟妹——我们几兄妹每人拿一些钱出来帮助木棉，不要让爸爸妈妈拿了。

木槿首先表示同意，说没意见。

接着是木兰，也说没意见。

只有木鑫不说话。

木军说，小弟，你怎么样？

木鑫笑了笑，说，其实五姐需要的这笔钱，我一个人就可以拿。说句你们不爱听的话，我少办一张会员卡就够了。我早就想帮五姐了。只是爸爸总嫌我的钱不干净，我就不好意思自讨没趣了。

欧战军本来听见几兄妹这么互助还得到几分安慰，听见木鑫的话一下子气起来，说，你以为离了你的钱就不行了吗？你不拿我拿。

木鑫辩解说，我并没有说不拿，我的意思是我一个人拿就行了。

欧战军说：不必，我们看重的不是钱，是情义。

木鑫有些生气地说，难道我就没有情义了吗？我是靠自己的能力挣的钱，又没贪赃又没枉法，就怎么不对了？

欧战军说，你少在外面给我丢人现眼就行了。

白雪梅听出欧战军的意思，说：木鑫，你也顺便把报纸上登的那件事说一下，免得家里人为你担心。

木鑫看他父亲一眼，没好气地说：那消息是弄错了的。那家超市本来就是股份公司，我不过入了股，本来想干好了就全盘过来，后来看看没什么前景，就卖掉股份撤出来了。出事的时候法人早就不是我了，那些记者没调查清楚就乱写，他们报社的头头已经向我道歉了。不过，即使是真的也没什么大不了，生意上的失败是难免的。谁能保证永远是赢家？

欧战军听了解释，也不再搭理他，转头对其他人说：木棉的事就这么定了，木军，木兰，木槿，木凯，再加上我，每家出一份。

木鑫说，你就忍心要二哥出？他在西藏已经够苦的了。

欧战军说，这不用你操心！

木棉看父亲为她的事和小弟发生冲突，再次说，算了算了，大家的心意我们领了。开铺子的事以后再说。我现在真的有工作，有稳定的收入，爸妈你们不用替我担心。

欧战军不容分说地把手一挥：这件事已经决定就不再谈了，现在讨论下一件事。

气氛一下又紧张起来。

木槿看看大家，笑了一下说，是不是轮到我了？先由本人陈述一下事情的经过？

白雪梅看她一眼，说，木槿，这样的事，你就别再开玩笑了。

木槿说，我开玩笑？我哭都来不及呢。是你们硬要出我的洋相，开什么家庭会议，这和宗法祠堂的堂审有什么区别？这本来是我的隐私，凭什么要摆出来让大家讨论？

木兰没想到木槿一上来口气就这么硬。她想，到底是木槿，换成别人，谁敢？

欧战军瞪着眼说，别动不动就用隐私来掩盖你那些……你那些不好的行为。

他本来想说"丑事"的，终于说不出口。他停顿了一下又说，你看看你把郑伯伯和林阿姨气成什么样子了？两个人都犯病了。哪有你这样做媳妇的？

木槿说，谁叫他那么没出息的？这么大的人了，这种事还要跟父母讲，好像还没长大似的。我这么多年了，有苦有难跟谁说过？我不都是一个人承受的？夫妻间的事就该由夫妻自己解决嘛。

欧战军没想到木槿丝毫不认错，口气还这么冲，火气渐渐上来了：不对！你那些事不仅仅是你们夫妻间的事，它已经超过是非界线了，我们做长辈的有责任管！

木槿也火了，说：管管，就是你管出来的问题。当初要不是你非要我跟他结合，哪会有今天的事？

欧战军愣了一下，说，怎么，你还嫌小郑不好？人家小郑哪点不好？一个党员干部，事业有成，你还要怎么样？而且出了这样的事，人家也没和你大吵大闹你还想怎么样？不要以为自己是个大学生，是个编辑就不得了了。

木槿脸色煞白，一时说不出话来。

木鑫看不过去了，替姐姐嘟囔说：感情上的事，哪有那么简单。

木兰也说，还是让木槿把话说完吧，她肯定有她的难处。

欧战军一看姊妹们还向着木槿，气得大声吼道：我还没让你们发言呢！

子女们一怔，不再吭声了，但神情显然是不满的。白雪梅没有说话，端起水杯递给欧战军。欧战军接过来，咕噜咕噜地直往下灌，好像在灭火。

白雪梅说：木槿，你爸的意思，不是说你和小郑就不能离婚。真的没有感情也可以离婚，木凯不是离了吗？他只是希望凡事好好商量，别闹不愉快。你爸和小郑他爸，是几十年的老战友了。你要理解你爸的心情。再说小郑也是个老实人，好好商量解决不行吗？

木槿听出母亲是在帮她说话，一种委屈的感觉顿时涌上心头，大滴大滴的眼泪滚出了眼眶，哽咽着说：如果好好商量能解决问题，我哪会拖到今天？他死活不离，难道我就这么被他耽误一辈子？过去我总是替别人想，一忍再忍，现在我要替自己想想了……我才43岁，我还有半辈子要活，我不想这么凑合下去，我也有追求幸福的权利。

木槿的话让一家人都感到惊诧。

白雪梅看着木槿，好一会儿才幽幽地说：其实幸福不幸福，只是一种感觉。并且这种感觉是会变化的。也许你现在觉得你和小郑之间没有感情，将来会有的。

木槿大声说：不。永远也不会有。我从来就没爱过他。妈，也许你觉得没有爱情也能在一起生活，可是我不行。当初你和爸是因为战争年代，没办法，靠组织介绍，为什么还要在我们这一代身上延续你们的悲剧？我可不想像你那样活一辈子！

欧战军按捺不住地拍了一下桌子：不许这样和你母亲说话！你母亲怎么了？她这辈子怎么了？她比你们谁都活得好，活得清白正直！

木槿忽地一下站了起来，说：爸，妈，对不起了，既然你们要把我叫回来谈这件事，我今天就要把所有的话说出来，我已经憋了很多年了！当初你们只知道按你们的意愿行事，把我许配给他，你们从来就没问过我生活是不是幸福，你们只希望我给你们争光，好让你们在外人面前脸上有光：我们木槿是大学生，我们木槿是编辑，我们木槿的丈夫是处长……你们只盼望我不要出麻烦，不要给你们丢脸，可是你们替我想过吗？你们谁关心过我？这么多年来我到底过的是什么样的生活你们想过吗？我每次回来总是在你们面前强装笑容，可多少次我一个人在家里哭得头痛欲裂，你们有谁知道？现在我终于下决心要开始新生活了，终于下决心改变命运了，不管你们是否支持，我的决心都下定了。你们不必费心讨论了，哪怕离婚后的生活是下地狱我也要离！

木槿说完这番话，抓起自己的包拉开门就往外冲。

木军惊慌地跟着站了起来，叫了声"木槿"，不知如何是好。妻子晓西一把将他按回到座位上，自己站起来追出门去。

欧战军完全没有料到女儿会如此刚烈，呆怔在那里，气得大口大口地喘气。白雪梅觉得万箭穿心，女儿的话把她的心搅得鲜血淋漓，她一句话也说不出来，目光呆呆的。

木兰站起来，走过去为父亲和母亲添了些水，同时小声劝慰说：爸，妈，你们别太生气了。木槿她就是这样的，气过了她会认错的。木军也附和道：爸，妈，原谅妹妹吧，她现在情绪不好，说话可能有些过激。木鑫闷头抽烟。尽管他对父亲有一肚子意见，可还从来没把父亲气成这样过。他能把生意上的对手气得上吊，可他从来不敢这样对待父亲。

过了一会儿，晓西把木槿带回屋来了，木槿在剧烈地抽泣着。

欧战军看着她，又看看其他孩子，大家都低头不语。他深深地吸了口气，说，你们好像对我的意见很大。好吧，既然木槿已经开了头，今天你们就把心里话都说出来吧，我保证不发火，保证耐心地听你们说。怎么样，从木军开始？

木军连忙摇头。晓西看他一眼，似乎想说什么，木军拽了一下她的衣襟。

木兰心里笑了一下，心想：有什么好说的？说了有什么用？

木棉夫妻俩互相看看，不知所措。木棉知道这样的事，是轮不到他们发言的。他们今天晚上回来完全是应付。木棉想：木槿真是生在福中不知福，自己的工作又体面又有钱，丈夫大小是个官，还想怎么样？要是她也像自己这样下了岗，我看哪还有什么心思谈情说爱？

这时，木鑫按灭了烟头开口说话了。大家都有些意外，但似乎也都有些期盼。木鑫笑笑说，看来哥哥姐姐们都开不了口，那我就来说吧。反正我怎么做爸都不满，索性说出来痛快些。爸，尽管你革命了一辈子，为党和人民立下了汗马功劳，但我要坦率地说一句，你是个自私的人！

木兰心里一惊：这木鑫也来得太猛了。

木军索性叫起来：木鑫，你怎么这么说？！

欧战军沉着地说，让他讲。

木鑫说，大哥，二姐，你们放心，爸已经表态了，今天不发火。爸是老革命，我研究过，老革命和咱们生意人不一样，老革命说话算话。爸，我说的自私，是指你在对待我们子女的问题上。对革命事业你肯定是大公无私的。这么多年来，你不管我们的前途如何想法如何，一切都只从你的立场出发考虑问题。大哥他们就一个孩子，你非要让他进藏当兵，好让你在老战友面前炫耀，你家有三代西藏军人。好让你自豪地对自己说，我这一辈子没有改变，我的儿女们他们也不会改变。

木军无力地说：小峰当兵的事，是他自己提出来的，我也同意的。

木鑫说，大嫂，是这样的吗？

晓西摇摇头，眼圈儿马上红了。

木鑫接着说：我二哥木凯，你宁可让他离婚，也不让他离开西藏，就为了让他继承你的所谓事业。木棉下了岗想开个铺子搞经营，你觉得不光彩不让她开，可你知道她现在在干什么吗？她每天是怎么生活的吗？

木棉制止道，木鑫你不要说。

木鑫顿了一下，说，我只说一句，木棉现在过的是非人的生活。

欧战军说，胡说八道！现在又不是奴隶社会。

木鑫不理他，继续说，现在三姐要离婚，你又觉得给你丢了脸，不问青红皂白就批评就阻拦。我相信三姐离婚肯定有她不得已的理由。

木槿把头深深埋进了手心。

木鑫说，至于我，就更不要说了，怎么做你都不满意。我真不明白，我们党都以经济工作为中心了，你一个老党员怎么就转不过弯来？我每年为国家纳的税比我们全家人的工资加起来还多几百倍。毫不客气地说，爸，国家付给你的养老金，那中间就有我的份子。我怎么就没为国家做贡献了？说到底，就是因为没能替你脸上争光。你最看重的是仕途，唯有做官了你才欣赏，才高兴，才觉得光荣。对不对？可你知道我们是怎么想的吗？你知道我们到底该怎么活才是我们自己吗？我们——大哥、二姐、三姐、小峰、四哥、五姐、我。你知道吗，爸？

白雪梅终于忍不住了，叫道：木鑫！

欧战军拦住白雪梅，说，让他往下说。

木鑫看看母亲，说，没有了。

客厅里陷入了沉默。

久久的沉默。

好一会儿，欧战军终于抬起眼来，依次看了看几个孩子，挥挥手说：散会吧。

4

欧战军经历了第二个不眠之夜。

家庭会议出现这样的结局，是他无论如何也没有料到的。当初老郑来找他告状时，他觉得他出面来管这件事是天经地义的，至少在他们家里是最正常不过的，他当时就跟老郑表态说，他一定要把女儿教育过来。

没料到不但木槿不服他管，别的孩子也对他有这么多的意见。木鑫的话句句都刺在他的心上，让他觉得疼痛难忍，让他觉得呼吸困难。

不是说他受不了批评，不是。而在于这些批评他的人，都是他最爱的孩子。他爱他们，他怎么能不爱他们呢？这六个孩子，每一个孩子都来之不易，每一个孩子的出生成长，都有一段难忘的经历深刻在他记忆中。扪心自问，他对六个孩子都是满意的。即使是老六木鑫，他也知道他在本质上是个好孩子，是个绝顶聪明的孩子，能干上进的孩子。他之所以常常板着脸，只是希望他更好，希望他们更好。

可是孩子们却认为……他自私……

当木鑫说出那样的话时，并没有人出来反驳他。连妻子也没有说话。这是怎么啦？

欧战军觉得自己从来都是一个坚强的人，可今天不知怎么了，心里缠绕着一种无法摆脱的悲伤和沉重。他想是不是自己真的老了？经不住打击了？他这一辈子，从来都活得非常开朗，非常自信，无所畏惧。他为自己具有这些品质而骄傲，为此更加开朗和自信。

但木鑫的话就像一把利剑，忽地挑开了深埋在他开朗自信之下的忧伤，让他忽地感到一种陌生的难过，难过得不能自制。

他真的自私吗？他真的为了自己的名声而不顾孩子们的前程吗？

就说木槿，欧战军一直以为他给她找了一户好人家。老郑夫妇的人品他是非常信得过的，而郑义那个孩子，也是他看着长大的。从部队转业回来后分在市委机关工作，为人诚恳，稳重，又谦虚好学，很快就当上了处长。欧战军一直认为三个女婿里数他最好，还为此感到欣慰。因为木槿的幸福对他来说是非常重要的。要说遗憾的话，那就是小郑的身体不太好。那是从小生活在西藏造成的。按他的想法，木槿应该更加好好地照顾他才是。没想到木槿会这样做……

再说小峰，这孩子是自己提出要进藏当兵的。在这个问题上，欧战军是他坚强的支持者。他确实因此而高兴和自豪，但他是为了自己吗？不是啊！

至于木凯，他们的婚姻出了问题，即便他调回来也未见得能挽回，为什么要为这样一个不愿意和他肩并肩站在一起的女人放弃前途呢？木凯是应当守在那块土地上的。他从祖国那里庄严地领到了那份责任，他领到了就没有理由放弃。而且他相信，没有他这个父亲的支持，他也不会放弃。

木棉当年没考上护校他没去说情，这是他一贯的原则。他的原则和面子没关系。

唯有木鑫，欧战军承认对他有些偏见。可他平时多训他一些，是怕他在生意场上犯错误，那是个容易犯错误的地方。就像一个新兵蛋子，一打起仗来总是不如老兵那么成熟一样。

他们并不懂他，不真懂。

欧战军大睁着眼睛平躺在那儿，他睡不着时，从不翻来覆去，只是悄无声息地躺着。

他又想到了妻子。看得出妻子今天也很难过，不知她心里怎么想的。她难道也同意孩子们的看法？不，不会的。她今天没有说太多的话，是不希望自己和孩子们搞僵。但他还是有些埋怨妻子。妻子应当明确无误地站在他这一边，因为在这个世界上，除了她，还有谁能分担他心底的痛苦和沉重的往事呢？

这么想的时候，欧战军又觉得自己不对，怎么能这样想呢？难道自己对妻子不满吗？没有，他从来没有对妻子有过一丁点儿不满。如果有不满，那也是对生活的不满。不不，他对生活也没有不满，他知足。回想这一辈子，他没有什么遗憾。他戎马生涯一辈子，还拥有了一个好妻子。那是生命中唯一长久地站在他身边的那个人，是不用看也知道她在那里的人，是在最困难的时候也会坚定信赖着的人。他永远心疼她，像丈夫对妻子般的心疼，像兄长对小妹般的心疼，甚至像父亲对女儿般的心疼。妻子跟着自己过的这几十年，吃了许多苦，却没有任何怨言，还给自己生养了那么多孩子，让他们欧家有着如此旺盛的血脉。

可是今天怎么了？为什么他的心里总是充满忧伤？

欧战军听见妻子坐起身来，拧亮了台灯。他问：你也睡不着吗？

白雪梅说：我看，有些事，该告诉孩子们了。

欧战军说，为什么？

白雪梅说，不然的话，他们有太多的误解。

欧战军转过头来说，是不是你也认为他们说的有道理？

白雪梅说，不，我不是那个意思。我只是希望，他们能理解你，理解我们。

欧战军固执地说，难道他们知道了过去那些事情，就能理解我们吗？不，他们根本理解不了。顿了一下他又说，我也不需要他们理解。

白雪梅说，我需要。

欧战军不满地翻了个身，面朝墙壁，重复道：我不需要。

一夜忧伤之后，欧战军照常迎来了黎明。

　　尽管一夜未合眼，欧战军还是准时起来了。几十年来，无论什么情况，欧战军从没有在床上耽搁过。

　　一出小楼，他就以急行军的速度开始步行。这并不是他有意为之，实在是除了这种步伐，他走不出其他步伐。干休所的大门外，是一条新修的公路。清晨的时候还算清静，他就沿着这条路往西走，也就是往城外走，他很喜欢这条路。喜欢的原因，是因为这条路通向一个路口。路口上有个路牌，路牌上写着四个让他永远心动的大字。每次他都会在那个路牌下站一会儿，然后再返回。这时候正好是中央人民广播电台的新闻和报纸摘要节目的时间，他就打开手上的小收音机开始听新闻。回到干休所正好听完。

　　每天如此。

　　因为是星期六，干休所的院子里还冷清着。一些和欧战军有着同样习惯的老头们已经起来了，欧战军和他们打过招呼，大步流星地出了院门，走上那条已走过上千遍的公路。与往常不同的是，他觉得今天有些头昏。但他没当回事，他很信任自己的身体。

　　呼吸着郊外新鲜的空气，欧战军想起了 50 年前。那时候他们刚从北方进入四川，对四川那湿润的空气、那冬天也绿着的田野十分欣喜。记得当时他带着部队去川南小城驻扎，一路上战士们高兴得跟什么似的，对将要在天府之国安营扎寨感到无限欣喜。可是几天后，他们还没来得及走到目的地，任务就突然改变了。他们没能留在天府之国，而是奉命去了西藏。就是从这条路开始，他们踏上了进军西藏的艰难道路。

　　西藏，这片神秘的土地，这个真正的天堂，欧战军无论如何没想到自己这辈子会和它结下不解之缘。在他的生命里，西藏的风是香的，西藏的水是甜的，西藏的雪是洁白无瑕的，西藏的山是顶天立地的。他的血液中还流淌着藏族人民的鲜血，他是西藏的义子啊！

　　当然，因为他，他的妻子和孩子们，也和西藏结下了不解之缘。想到妻子和孩子，他心里又沉沉的。妻子说，有些事情，该告诉孩子们了。也许妻子是对的，告诉了他们，他们就不会有那样多的抱怨了，用妻子的话说，就可以理解他们了。可是……

　　告诉了他们，他们就真的能理解吗？

　　半小时后，欧战军走到了路口，他又站在了那个路牌下面。公路上，一辆辆汽车飞驰而过，没人注意到这个在清晨孤独行走的老头。他抬起头来，望着蓝色牌子上四个白色的大字：川藏公路，心里又抑制不住地激动起来。

他太熟悉这条路了，他知道这条路上的每一座城市，每一个小镇，每一座山，每一条河，甚至每一座桥，每一棵树。邛崃、名山、雅安、天全、康定、道浮、炉霍、甘孜，然后就进入了青藏高原，进入了那片广袤而又神秘的高地。他怎能不熟悉这一切呢？他是一步一个脚印走过去的呀。跑马山、二郎山、折多山、雀儿山、瓦合山、丹达山、怒贡拉山……无数座终年积雪的高山，也是他们一步一步翻越过去的呀。在这通向天堂的漫漫旅途中，有着他多少刻骨铭心的记忆啊！

每次看到这个路牌，他就会想到一串数字，4963。这不是一串普通的数字，这是当年修筑川藏公路时，牺牲在这条路上的官兵的数字。他们是他的战友，他的兄弟。是这4963条生命，以及无数人的鲜血和汗水，铺就了这条通向世界屋脊的道路。

难道孩子们知道了这一切，就能理解他和他们吗？他不敢肯定。

但他此刻多么希望孩子们能在他的身边，和他一起仰望这路牌，多希望再次从这里出发，走向那个他灵魂中的天堂。

欧战军忽然感到呼吸困难，头昏得更厉害了。他默默地转身，返回。他的行进速度一下慢了许多。他想可能是一夜没睡的原因。他头一回吃力地、缓慢地走回家。

回家的路很长。似乎比走进西藏的路还要漫长。

早饭后欧战军坐下来看报，白雪梅给他泡了杯茶，然后也在一旁坐下看报。按以往的习惯，她上午是要出门的，去老干部活动中心转转，或者去阅览室看看书。但今天却没有。欧战军想，大概她昨晚也没休息好，或者是她有话要对自己说。

但白雪梅只是坐在那儿，没有说话。她把茶几上的报纸理来理去，却没有拿起一张打开看。显然她没有心思。她的心思已被孩子们的话搅乱了。

欧战军拿起一张《西藏日报》，但好一会儿也没看进去。头越来越昏了，有种昏昏欲睡的感觉。他想跟妻子说说话，说说昨晚的事。他想说，你要是想把过去那些事告诉孩子们，那你就告诉吧。可是从哪里说起呢？木槿的事也说吗？木凯的事也说吗？他真不想让他们知道。他们知道了，会不会更生他的气呢？

欧战军放下报纸，想跟白雪梅说话，却张不开嘴。他的眼皮沉得像两扇被人用力关上的大木门，他怎么顶也顶不住。

是谁在外面用力推？是谁要关上他的大门？

欧战军尽全力抵抗着，但外面那股劲儿太大了，他终于有些敌不过了。他松懈下来对自己说，要不先关上门睡一会儿吧，只睡一会儿。然后再和妻子谈……和孩子们……谈……

于是他对妻子说，我先睡一会儿。

但他的话离开大脑后变成了鼾声。非常均匀的鼾声。那是一种彻底放松下来、轻松坦荡的鼾声。那鼾声像发动机的轰鸣，像机翼的震颤，像划过天空的气流声，伴着他高高地飞翔起来。

欧战军梦见自己飞起来了……

他轻松地在云中穿行，雪白的云朵托浮着他。他感到无限欣慰，自己还能飞。很长一段时间里，他一直以为自己不能飞了。他想飞，因为那片让他魂牵梦绕的土地只有飞翔才能抵达。他飞过大海，飞过故乡，飞过曾经金戈铁马的战场，最终飞临到他离别了许久、梦想了许久的天空，那里灿烂的阳光让他抑制不住地想流泪……

西藏西藏，我的老伙计，我是多么想念你呀。我离开得太久了，真的太久了，我原本是你怀里的一座山呀，我多想重新回到你的怀抱呀。

他继续飞着，飞过金沙江，飞过雀儿山，飞临茫茫雪域之上，他在那里见到了老王，见到了小冯，见到了辛医生，见到了苏玉英，见到了尼玛……他大声地对他们喊着，我回来了！我回来看你们了！

老王拉着他的手高兴地说，老伙计，你终于来了，我等你好些年了！

苏玉英急切地问：我的虎子怎么样了？

他说，我就是来告诉你们的，虎子他好好的，他早已长大成人，他的儿子都长大成人了，你们已经做爷爷奶奶了。

老王和玉英开心地笑了，说，真好。我们没有白等。

他也开心地笑了，说是呀是呀，我们都没有白等。

玉英说，你来了，小白她怎么办?

他快乐地说，她也会回来的。我在天堂等她。就像你们等我一样。

欧战军睡着了。

他的生命在梦中飞翔。

他飞回到了生命开始的地方。

第二章

1

木兰望着父亲，有一刹那生出幻觉：父亲睁开了眼睛，依次看了看他们几个孩子后，不解地询问母亲，他们怎么都不去上班？

父亲如果睁开眼睛，木兰相信，肯定会这样问的。

但父亲安静地躺在那儿，闭着眼睛。从上午倒下去之后，他就一直这么闭着眼睛。像睡着了似的。父亲倒下去时，母亲就在旁边。母亲正在看着报纸，听见对面的沙发上传来轻轻的鼾声，就放下报纸看了一眼。她看见的是父亲靠在沙发上睡着了。她有些不解地说，这老头，怎么说睡就睡了？她让公务员帮她一起把父亲扶到床上，盖好了被子，然后掩上门走开了。

中午木兰回到家，听说父亲一上午都在睡觉，脑袋"嗡"的一下，意识到事情不妙。她连忙跑去看，她在过道上差点儿踢倒了垃圾桶，她冲到了父亲的床前，发现父亲已处于深度昏迷。脑溢血。

木兰一边通知人赶紧把父亲送到医院，一边迅速地给大哥及弟妹们打电话。凭着医生的职业敏感，她知道不赶紧让他们来的话，他们很有可能就见不着父亲了。

母亲见木兰跑来跑去，还是不相信父亲出了问题。她跟在木兰的身后说，不要紧吧？他昨天晚上没睡好，今天早上又一早起来了，肯定是太困了……木兰顾不上和母亲多解释，跟着救护车去了医院。她心里有些后悔，平时没给母亲说一声，高血压患者突然睡过去并且打鼾决不是好事。要是母亲知道，早些送医院或许还有救，可现在……

恐怕一切都已经晚了。

问题是，父亲从没给过他们这种信息，尽管他有高血压，可从没发作过，一直都是好好的。怎么说走就走了呢？一点缓冲也没有。

送到医院后，手术器械还没准备好，父亲就停止了呼吸。而大哥他们一个都还没有赶到，只有木兰一个人守在父亲身边。父亲的呼吸几乎是和他的鼾声同时停止的。木兰眼见心脏监视器上那根起伏的线渐渐拉直了，自己的心跳好像也随之被拉直了。她木然地站在那儿，大脑一片空白。

有一根神经跳起来提醒她：你得挺住。母亲还在外面。

母亲呆呆地坐在走廊的椅子上，见木兰从抢救室走出来，连忙迎上去问，你爸醒了没有？木兰摇摇头。母亲抓住木兰的胳膊说，他不会有事的，对不对？木兰扶住母亲的肩膀说，妈，你要坚强点儿，我爸他……已经走了。

母亲呆怔地望着她，好像无法相信。木兰就扶着她走进抢救室。一位护士正将一袭白床单盖在父亲的身上。木兰走过去将床单掀开一些，露出父亲的脸。母亲走上前看了一眼，转头不解地对木兰说，他不是正睡着吗？

父亲的表情实在是和睡觉没有什么区别。

木兰说不出话来。

这时，大哥木军和妹妹木槿、木棉，小弟木鑫他们匆匆赶来了，大嫂晓西和妹夫小金也赶来了。他们推门而入，一看见木兰的表情，就知道来晚了。他们全都呆在那儿，事情实在是太突然了，他们和母亲一样无法接受。木槿和木棉一头扑在父亲的身上，孩子似的大声叫着爸爸，泪如雨下。大哥哽咽着，走到一边去，一遍遍地用头撞着墙，木鑫呆怔着，两眼发直。他们谁也没想到，父亲会这样离开他们。就在昨天晚上，父亲还声如洪钟，还拍桌子发火，还威严如山……

可现在，父亲安静地躺在那儿，悄无声息。曾经高大魁梧的身材在短短几十分钟的时间里变得又瘦又小。

但威严依然。

木兰觉得这似乎是一种冥冥之中的安排。按平时的习惯，她周五去过父母那儿了，周六是不会再去的。可是周六早上醒来，她总觉得不对劲儿，坐在那儿看书心里慌慌的，她就跑回来了。结果她成了唯一一个给父亲送终的子女。她心里既觉得欣慰又觉得凄凉。父亲如果知道他今天要走的话，肯定会把6个孩子，还有4个孙子孙女，包括他那个在西藏当兵的大孙子小峰全都招回来的。他爱他们每一个人。他离开的时候会和他们告别的。

木兰知道这一点。尽管她总是装作不知道。

木兰感到一种深深的自责。她明白父亲的病情发作和昨晚的生气动怒有很大关系。尽管父亲不是因为她动怒，但她作为大女儿，作为医生，却没能很好地提醒和制止弟妹。她因为自己的心情而忽视了父母的心情，这将是她永远无法弥补的歉疚。

自己怎么会这样呢？怎么会变得如此冷漠？

眼泪不知何时盈满了眼眶，木兰固执地不让它们流出来。一个声音在提醒她，母亲。你得照顾母亲，不能再让母亲倒下了。

母亲依然在父亲的床边坐着，呆怔着。

母亲有些异常。

木兰不知该怎么办。如果母亲昏倒了，她知道如何作临床处置，如果母亲号啕痛哭，她可以陪着母亲一起哭。可母亲像平时那样坐在那儿，没有任何表情，她不知道该怎么办了。

护士和两个护工走进来，准备将父亲的遗体搬到担架床上，推到太平间去。母亲坚决不让。她说，你们干吗？谁允许你们这样做的？

木兰把母亲拦住，说，妈，别这样，爸已经去世了。

母亲说，不可能。他不可能说走就走。

母亲挡在床前不让人碰父亲。这时，干休所的领导和军区老干办的人都赶来了，不知所措地看着。木兰又难过又尴尬，平日里母亲是个十分得体的女人，从不给领导添麻烦。木兰小声说：妈，您别这样。大家都在这儿呢。

母亲就是不动。她把父亲的一只手拿起来，握在自己手中，好像那样就是一个证明，证明她是对的，他没有死。医生走过来，让母亲签署父亲死亡时间的证明，母亲也没任何反应。木兰只好接过来签了。她清楚地记得那个时间：15点07分。

干休所的汪所长走过来握住母亲的手说，阿姨，您别太难过了。母亲仍不动。她甚至没有抬头看汪所长一眼。平日里她见到汪所长，总是高兴地叫一声

"小老乡"。他们同是重庆人，他们的关系一直很融洽。

汪所长望望木兰，对这一情形不知所措。

木兰只好叫大哥了。大哥走过来，扶住母亲的肩膀。很多时候，大哥一言不发，也胜过他们几个对母亲的影响力。但大哥自己也悲痛万分，失去了控制。那么大一个汉子，就伏在母亲的肩膀上痛哭起来。

父亲的手从母亲的手中滑脱出来，耷拉在床沿上。他们的手一辈子都没有分开过，现在终于分开了。

大哥的哭声让母亲终于明白了什么，她孩子似的回头问木兰：你爸他真的去了？

木兰点点头，母亲的话让她在一瞬间泪如雨下。但母亲依然无泪。

父亲终于被推走了。

大哥和弟妹们簇拥着躺在平板车上的父亲一起往外走，哭声和喊声立即让整条走廊流成了河。木兰再也控制不住自己了，追上去融进这条河里，她和大哥一样伏在父亲的身上号啕大哭起来，心中所有的悲痛倾泻而出。

房间里只剩下母亲。

母亲一个人坐在空空的床边，一动不动。

2

你们不用担心我，我没事。

对于这一天，我早有思想准备。我一点儿不意外，我知道你们的父亲他迟早会离开我的，或者说，我迟早会离开他的。从四十多年前我离家参军起，我就对这一生可能发生的事做好了思想准备。一切的一切都是我自己选择的，一切的一切也就该我自己承受。

我常常想，我的这一生是如此匆忙，似乎还来不及回味，就要结束了。还在很多年前我就想到了这一点。结束。我想这一辈子就这么结束了吗？再一想，结束就结束吧，众多的生命不都是这样平平常常度过，不都是这样悄无声息结束的吗？我为什么不可以呢？你们的父亲说得更简单，他说我们这几十年都是白赚来活的，如果我那次在甘孜掉下桥去就没有今天了，如果他那次突发性阑尾炎没及时做手术，也没今天了……

你们不知道吗？

那年你们的父亲执行一项重要任务，骑着马带了一个分队的人在边境上跋涉了好几天。出发的时候他就觉得肚子有些疼，但他向来是喜欢硬撑的。他就一直忍着。警卫员见他脸色不好，就问他哪儿不舒服，他说没事。再问他他就发火了。后来警卫员发现他的额头上冒出一层细细的汗，天还冷着呢。他知道情况不妙，就悄悄告诉了随队医生。医生走上前问，首长你是不是身体不舒服？你们的父亲还是说没事，要了一支烟来抽。刚抽一口，就从马上跌下来了，砸得地下扬起一阵灰尘。他已经完全撑不住了。

那个医生一诊断就确定为急性阑尾炎。回到驻地再开刀肯定来不及了。他就指挥大家在避风处搭了个临时帐篷，然后烧一堆火，干开了。没有麻药，没有止血钳，没有缝合线。手术刀也没有，用的是你们父亲的一把军刀，在火上燎了燎，算是消了毒。你们父亲这个人就是命硬，那么一个荒凉野地，那么一个四面透风的帐篷，还睡在地下，就把手术做了，事后居然也没有感染，伤口长得好好的。

那个医生把滴着血的阑尾拿给他看，说首长你看，再晚一会儿就该穿孔了。

你们父亲不知道什么穿孔不穿孔的，他只是觉得把那个东西拿掉，他就不再疼。他很满意，就把那把军刀送给了医生。那个医生姓辛。叫辛明。我那次掉下桥差点儿送命的事，也和他有关，应该说他是我和你们父亲的救命恩人……

不不，我不能这么想到哪儿说到哪儿，我得从头说起，否则就无法理清我的思绪。现在我的脑子像一团乱麻，我得找到那个头，从头说起。我刚才想说的是，我们都是死过的人，能活到今天，能养下你们这么多孩子，已经是一件很幸运的事了。所以对于这一天，对于你们父亲的离去，我有思想准备，我不意外。

我只是感到难过。不是为我自己，而是为你们的父亲。一直到他离开这个世界，你们都不理解他，甚至有些怨恨他。当然，这不能全怪你们。你们的父亲对我说，他不需要理解。可是我需要，我不想让他带着那么多的埋怨离开这个世界，尤其不该带着你们这些孩子的埋怨，他是多么爱你们啊。而且对你们这些孩子，他尽到了父亲的责任。

我想有些事情，该让你们知道了。或者说，这个家的许多往事，应该告诉你们了。

可是从哪里说起呢？

过去木槿总是说，妈什么也不对我们说，好多事我们都是从别人嘴里知道的。是的，我很少对你们说起过去的事。我不说是因为我害怕，我拿不准你们会怎么看。我害怕自己的过去被你们用诧异的目光注视。或者说，我希望被你们理解。由于这种希望而害怕。可是现在，我忽然觉得没必要害怕了。我想，只要你们的父亲和我自己，对我们的过去是珍惜的，其他一切都不重要。

我和他在一起的日子真是太久太久了，我是说我和你们的父亲，比时间显示的更为长久。我们简简单单地开了头，就往下过起来，直到今天。所以想起来我还是有点儿生他的气。他怎么能说走就走了呢？他又没病倒，怎么能说睡过去就睡过去呢？如果他病倒了，我在医院守上他一年半载的，那就是另一回事了。他也太突然了。

我知道他喜欢搞突袭，那是他打仗养成的习惯。他第一次来见我时找不到话说，就给我讲他带部队打昌都的事，讲他们怎么连夜翻过雪山突然迂回到了敌人背面，出其不意地堵住了敌人的退路。讲得眉飞色舞，像个孩子。当时我心里就有些感动了。本来我有些烦他。为什么烦？那时我们女兵被组织上一个一个地介绍给老干部，都不大情愿。我们在背后嘀咕说，老干部可敬可佩不可爱。可组织上一方面说婚姻大事由我们自己定，一方面又总是给我们做说服动员工作，直至我们点头为止。

尤其是我，那个时候心里已经有人了，就更不愿意了。

虽然我们之间，我是说我和那个人之间什么也没发生，我们连手都没有握过，真的。可是我们的心里互相装着对方，互相喜欢对方。这是可以肯定的。我这么说你们不会嘲笑我吧？可以说，那个人是我这辈子唯一动过心的人。但是，我最终却嫁给了你们的父亲……

3

木兰搀扶着母亲下了车。

户外的阳光让木兰看出母亲的眼神有些散。木兰想：中午的惊吓和下午的守候，一定让母亲的精神疲惫已极。回到家后松弛下来，母亲也许能睡上一觉。

她真怕母亲病倒。

母亲到老都没有发胖，瘦小的身子让木兰一览无余。木兰觉得父亲太不了解自己。当她搀扶母亲时，立即就感觉到了她和母亲之间的那种永不消失的隔膜。即使在这种情形下，她仍无法和母亲亲密无间。这种感觉让木兰悲哀不已。小时候她从八一校回家，看见木槿在母亲怀里撒娇，一点儿也不嫉妒。她觉得那是别人的事。父亲这时候往往爱说，木兰，你也过去亲亲妈妈吧。她不敢违抗父亲，就走过去，勉强在母亲的脸上亲一下，然后很快退到一边去，她觉得心里别扭。

这种别扭一直残留到今天。

好在母亲毫无察觉，她顺从地让木兰搀扶着，进了家门。

木兰把她扶到楼上的卧室里，让她躺下，然后给她盖了床毯子。母亲继续呆怔着，没有木兰所期待的松弛下来的迹象。好像她随时准备着站起来，去追刚刚走开的父亲。木兰只好在母亲身边坐下。母亲神色憔悴，松弛的皮肤已没有光泽，记录着一生的沧桑。

差不多从懂事以后，木兰就认定自己不是母亲亲生的。但她究竟是谁生的，为什么会来到这个家，她一直不明白。有一年从部队探亲回家，她下决心开口问父亲。她想父亲也许比较理智，会告诉她实情的。哪知父亲一听就笑了，说，傻丫头，谁说你不是我们亲生的？木兰反问道：那为什么我和木槿只差半岁？（其实还有一句她没问出口，那就是为什么木槿和你们那么亲？）一问这个，父亲就不说话了，闷闷地抽着烟，最后说，反正你和木槿，还有你哥你弟，都是我和你妈的孩子。我和你妈一共有你们6个孩子。

木兰觉得父亲是欲盖弥彰，明摆着的事。但从那次谈话以后，从来不利用职权的父亲，却利用职权将她从西藏调了出来。木兰后来细想了一下，除了小时候父母把她丢到保育院、而把比她年长5岁的哥哥带在身边这件事让她不满外，其他她都说不出什么。

木兰不好意思再去追究这事了。她想：也许自己和父母之间有些隔阂，是自己的性格造成的。而妹妹木槿天生就是个感情充沛也善于表达的女孩子，喜欢撒娇，喜欢趴在父亲的肩上给他梳头，还喜欢挽着母亲的胳膊散步。这些都让父母开心。自己呢？自己连丈夫的胳膊都很少挽，更不要说父母了。自己天生就是个不会表达感情的人。难怪父亲说自己理性，父亲只是说得好听些罢了，其实他是想说自己心肠比较硬。不像木槿，天生温柔多情。

但是母亲呢？木兰总觉得母亲也是个不善表达感情的女人。木兰从没见过她为什么事大喜，也没见过她为什么事大悲，她总是平平静静地对待发生的一切。应该说，自己和母亲还是有几分相像的。

母亲现在这个样子，她也不十分意外。

母亲呆呆地盯着墙壁，那上面有一张大大的全家合影。她顺着母亲的目光，也去看全家照。这张照片是 5 年前照的，后来这个家再也没有到齐过。照片上的母亲很安详，无所用心的样子。只要父亲在，母亲总是无所用心的样子。

家里静悄悄的。窗外吹进来的风带着初冬的寒意。木兰走过去，关上了窗户。

父亲就这么走了吗？少了父亲，这个家一下子显得空空荡荡。平日里父亲高大的身材和响亮的声音让这个家很充实。木兰觉得难以接受，太突然了。尽管父亲和她打过招呼，尽管她是个医生，她仍觉得太突然了。也许这种事情，任何时候发生都显得太早太快，没有合适的时候。虽然理智上她明白人终有一死，但感情上，却总希望自己所爱的人永远活在世间。

母亲一声不响地躺着，大睁着眼睛。房间里静得能听见母亲的喘息。她们母女二人这么单独坐在一起的时候很少。木兰有些不适应。她想说点儿什么，却找不出话来。

木兰从没见母亲哭过。相反，她倒见父亲流过泪。那是她小时候，母亲生小弟得了产后症，情况很糟，医生让父亲做好思想准备。那天木兰偶然回家，就看见父亲一个人站在门后的角落里垂泪。尽管家里一个人也没有，父亲还是躲到了门后。当然，她当时并不知道父亲在流泪，是事后才判断出的。

后来木槿说，妈，你住院的时候我爸都哭了。母亲笑笑说，我不信。

但母亲的眼神分明是信的，母亲从不在他们孩子面前流露出对父亲的感情。相反，父亲倒是常常表现出对母亲的关爱。父亲有时会慈爱地看着母亲说，你看你自己还像个孩子，怎么就成了妈妈？

电话突然响了，吓了木兰一跳。她掩上母亲的房门，急忙去接电话。

是大弟木凯从拉萨打来的。木凯上来就说，爸怎么样了？

木兰不知如何回答，沉默着。中午她给木凯打电话时，他们团刚刚从野外训练回来，但没找到木凯。她只是让值班员转告木凯，父亲病重入院。说心里话，她真希望木凯马上回来，再见父亲一面。她知道他是父亲心里最看重的孩子。可木凯是团长，眼下已近年底。同为军人的木兰深知，这种时候，作为部队主官是很难离开岗位的。

木兰的沉默让木凯明白了实情。他喃喃道：怎么会……那么快？

木兰拿着电话，眼泪流下来，一句话也说不出。

木凯艰涩地说，那妈呢，妈怎么样？

木兰不得不说出实情：妈的情况不好。到现在一句话也不说，也不哭，只是发呆。我真害怕她有什么……

木凯在电话那头简短地说，我去买票。

木兰说，你能请下假吗？

木凯停顿了一会儿，什么也没说就挂断了电话。

木兰仿佛已经看见了木凯脸上的泪水。他一定低着头匆匆穿过营区。空旷的营区一定沐浴在午后依然耀眼的阳光里。风却是冰凉的。冬天的阳光无法温暖那么辽阔的风，尤其是风要躲开阳光的时候。木兰知道这一切。

4

在我年轻的心里，也曾有过那种怦然心动的感觉，也曾有过那种滋味儿悠长的思念，我把它们当作爱。我想那的确是一种爱。但我却没能嫁给我最初所爱的人，那个在我心里住了很久的人。你们以为我从来不懂恋爱，从来没有爱的感觉，你们错了。

关于他，我从来没跟你们的父亲说过。因为我知道这会让你们父亲伤心的，不管是年轻的时候告诉他，还是年老的时候再告诉他，都会让他伤心，因为他心里从来没有过别人。所以我下决心把这事永远埋在心里，烂在心里。他去世的时候，我很难过，无人可说，那时我真想对你们的父亲说说。可我还是忍住了，我不想伤害你们的父亲，永远不想。在这个世界上，你们的父亲是唯一一个最了解我的人，唯一一个最知道我心里在想什么的人。我从没瞒过他什么，我的一切对他都是敞开的。

这个人是个例外。

如果没有这个例外该多好。

可就是有了。

感情的事真难以说清，所以我对木槿提出离婚的事能够理解，虽然我并不赞同她那样做。正如对木凯原来的媳妇，我虽然生气，也对她有几分同情。她让我想到了我自己，我也曾经长时间地独自一人带着孩子过日子，见不到你们的父亲，没有他的消息，甚至不知道他是死是活。但我挺过来了，她没挺过来。我们毕竟是不同时代的女人，用现在的话说，我们那个时代，是没有个人空间的时代。但我们也是有着七情六欲的人哪。

有时候连我自己也奇怪，我是说回想起往事的时候，我不明白我们是怎么经受住那一切的？就是这样，在事情过了许久之后，我依然没弄明白。也许根本没必要去弄明白。人的一生要经历多少事啊，把每一件事都弄明白显然是不现实的，也是没有必要的。

可是这件事我却忽然明白了。我是说我和你们父亲之间。

过去我一直以为我不爱他，我只是为他尽一个妻子的义务而已。我嫁给他，是不想让组织为难，我为他生孩子，养孩子，操持家务，是不想让他影响工作。我尽心照顾他，是觉得他是革命功臣，应该受到照顾。至于说到感情，我还是那句话，任何人相处那么长时间都会有感情的。用我们老家的话说，一块石头在手上捏久了也会滋润的，何况是人。有一次我们俩为孩子的事争吵了起来，吵得很厉害。看着他火冒三丈的样子，我就想：我怎么会嫁给他？嫁给这么一个火爆爆的武夫，而没有嫁给那个让我心动的知书达理的军医？真的，结婚很长时间后，我都认为我不爱你们的父亲。我只是对他好而已。

到今天我才知道，我错了。我真的错了。

现在你们的父亲去了，再也不会为这种事感到难过和痛苦了，我想我可以把这一切都说出来了。它们在我心里埋得太久了，压得我难受。

但是要说清楚这些事，又是多么困难。它们就像水草一样纠缠在一起，你要把它从中间清理出来，就必须捞起所有的水草。

让我从头说好吗？你们慢慢地听我从头说好吗？

5

木兰看着母亲发呆的样子，看着悲痛难抑的大哥和小弟，忽然想起去年的某个时候，父亲和她的一次谈话。父亲难道有预感吗？

父亲当时坐在院子里晒太阳，手里捧着一个大果珍瓶子改做的茶杯。他主动招呼木兰和他一起坐坐。木兰有些受宠若惊，就搬了张藤椅，在父亲对面坐下。

院子里有一棵很大的香樟树，树杈剪碎了午后的阳光，洒在父亲的脸上，令父亲的脸有些斑驳陆离，比平日里多了几分慈祥，也多了几分沧桑。平日里父亲的脸膛总是红红的，虽然木兰知道那是高血压所致，但她还是喜欢看到父亲红光满面的样子。父亲的眼睛也总是明亮明亮的，从无阴翳，走起路来昂首挺胸，十分威严。

父亲说，木兰啊，我看几姊妹里，你是最理性的一个了。是不是因为你当医生啊？木兰不知父亲要说什么，有些紧张。父亲说：你别紧张，我是觉得，你最像你妈。其他那几个都像我。老大犟，认准一个死理不变。老三任性，那是被我惯的。老四呢，好冲动，一激动起来就不管三七二十一了。老五喜欢要小心眼儿。老六，这个老六总是长不大。只有你，爸觉得还比较懂事。你这丫头虽然有时候过于敏感，但总的来说，说话办事比他们有理性。

木兰没想到父亲这么看好自己，心里有几分感动。尽管父亲说起其他几姊妹的缺点乐呵呵的，跟夸奖一样。但毕竟，父亲认为她是几个孩子当中最理性的，对一个大家庭的家长来说，那等于是说她是最可靠的。父亲说她的理性像母亲，这点让她觉得好笑。父亲总爱把她和母亲拉在一起。他明知她和母亲……但她还是懂事地说，爸，您要跟我谈什么事吗？父亲笑道：说你敏感你果然敏感，你怎么知道我要跟你谈事呢？木兰不好意思地笑了。

父亲打开瓶子喝了一大口水，说，你知道，我已经是快八十的人了，上次体检又查出些个毛病。没准儿哪天就不行了……木兰连忙说，爸，你想到哪儿去了。你身体这么好，不会有事的。父亲说，这话就不像医生说的了。我又不是神，兴人家那么多毛病就不兴我有？这一身的零件已经用了七八十年了，该坏的坏了，该生锈的生锈了，很正常嘛。木兰说，人和人不一样的，有些人的零件就是特别耐用。你就属于耐用的那种。

父亲慈祥地一笑，说，刚刚夸你理性，你又不理性了。

木兰笑笑，听父亲说下去。不知怎么，她特别地害怕面对这种事情。尽管当了20多年的医生，已经见惯了生老病死，但她从没想过这样的事情发生在自己家里。

父亲说，如果哪天我走了，你们几个孩子倒没什么，我就是有些不放心你妈。

木兰有几分意外地望着父亲。

父亲说，你妈那个人，别看平时大大咧咧的，但心里揣着很多事，很重情。

我怕她到时候受不了，会出什么事。

木兰心生诧异。一是父亲如此牵挂母亲，二是父亲对母亲的看法完全出乎她的意料。平时他们几个孩子都觉得母亲是个很坚强的女人，什么事情都不能打垮她。关于这一点，木兰儿时有许多记忆。在他们几个孩子看来，母亲从来不是个温柔多情的女人，也从来不是个多愁善感的女人。她的话语和动作都让人觉得生硬。他们认为那是因为母亲参加革命太早的原因，性格已被锻造得像钢铁一样。难道她在父亲面前是另外的样子吗？

父亲说，希望到那时候你多陪陪她，不要让她一个人待着。特别是开始的几天，她肯定不习惯。你要告诉她，我不过是先走一步，我会在那边等她的。

木兰点点头，起初的一点意外已变成感动。她望着父亲，父亲此时的眼神让她感到陌生，也让她感到难过。父亲真的老了。从来都是高大威风、无所畏惧的父亲渐渐地变成了一个普通的老头。那一瞬间她有一种拥抱父亲的冲动，像通常她在影视剧里看到的那样。但她一动没动，仍平静地坐在那儿。在他们家里，从小到大，没人这么做。她连母亲都不曾拥抱过。她不习惯与家人肌肤之亲。

父亲又说，我这一辈子，没什么遗憾的，你母亲一直陪着我。可惜我不能陪她一辈子了。老太太本来就比老头子活得长，她还比我年轻十来岁，她很吃亏的。父亲说到这儿笑起来，笑容里有些调皮的样子。

父亲大概不习惯于表达这么温柔的感情，转了话题说，你也要好好地待小陈。父亲仍叫她的丈夫小陈。父亲说，夫妻之间能有什么大不了的矛盾呢？主流是好的就行了。谁没个缺点？木兰，我这儿给你提个要求，不许和小陈离婚。

木兰不知所措，只好点头。虽然她已经和小陈分居半年多了。但父亲的话在这个家里从来都是必须执行的指示。木兰已习惯点头接受他说的一切。木兰知道父亲最不能容忍他的子女离婚。虽然木凯离婚是媳妇提出的，但父亲仍觉得跟打了败仗一样。木兰和丈夫不和也不是一年半载的事了，木兰从不敢让父亲知道。但父亲显然已有所察觉。小陈很久没上门和老丈人下象棋了。

谈话到最后，父亲从房间里拿出一个大信袋慎重地交给木兰。信袋里似乎装着本子之类的东西。信封口已被很仔细地封好了。父亲说，这里面装着我写给你妈的一封信，算是遗嘱吧，另外一个相册，你妈原来跟我要我没给她，她老嘀咕。都留给她吧。不过你现在不要给，等到了"那一天"再说。父亲说到这儿狡黠地笑笑，好像很为自己的预谋得意。

木兰接过来，觉得心里沉甸甸的。除了郑重地点头，她说不出其他的话。她想不出，父亲为什么要做这件事？难道像父亲这样无所畏惧的人，也会对命运无奈吗？

从那次谈话后，木兰就开始注意父亲的身体。可一段时间下来，什么也没发现。父亲一如既往地早起早睡，喜欢活动；一如既往地声如洪钟，笑声朗朗。没有任何不对劲儿的地方。血压高是老毛病了，他也一直在吃降压药。木兰想：父亲这样一个吃了一辈子苦的人能有这样好的身体，真是上苍有眼。

慢慢地，木兰的神经又松弛下来。她把父亲交给她的那个信封锁到抽屉里，又陷到自己的烦心事中。

没想到父亲却来了个突然袭击。

这就是父亲的风格。木兰想：喜欢干脆利落，不喜欢拖泥带水。

路过父亲的办公室，门开着。木兰就走了进去。

在这个家里，一直有一个房间是父亲的办公室。尽管退下来以后父亲再也不用办什么公了，但他仍挑了一个最宽大的房间布置成办公室的样子。中间是一张大大的书桌，上面铺着绿色的军用毛毯。父亲常俯在上面写些什么。一面墙是两排书架，里面放的大多是军事方面的书籍，战史，回忆录。其中有几排全是西藏方面的，西藏历史，近代史，宗教文化，外国人到西藏的探险经历。最醒目的是西藏军区自己编辑出版的三本《世界屋脊风云录》。那里面有好几篇父亲的回忆文章。唯一一本带文学色彩的书，还是木槿给他买的，西藏女作家马丽华的《走过西藏》。

另一面墙上，非常醒目地挂着一张很大的西藏地图，地图上星星点点，作着一些只有父亲自己才能看懂的符号。当然，有一种符号木兰能看懂，那是用红笔画的小五星，一共有五颗，分别是大哥、她、木凯、木棉和大哥的儿子小峰先后在西藏当兵的地方。

有风穿进房间。木兰走过去关窗户。从窗口望出去，她忽然看见了父亲。父亲提着一袋垃圾往院门口走去。提着垃圾的父亲依然昂首挺胸，气宇轩昂，迈着稳重的步伐。背影如同有着白色峰顶的雪山。这就是父亲。无论做什么，无论手上提的是枪还是垃圾袋，他的威风都不会倒，一辈子挺拔坚强。

泪水模糊了木兰的眼睛，父亲消失了。她关上窗户。一张纸从书桌上飘落到地上，她捡起来看，发现上面写着几个字，是父亲的字迹。

说吧，说吧，把一切都说出来吧。

母亲说，要把过去的事告诉他们。那都是些什么事呢？木兰怀着期待，也许那其中就有她渴望解开的谜底。

母亲很少说起往事。至少很少对她说起往事。有时候母亲过去的战友来了，老阿姨们和母亲坐在一起聊天，就会说起过去的事。但在木兰的记忆里，她们说的总是开心的事，因为她们常常笑得满脸是泪，你笑我，我笑你，好像过去的岁月是那么快乐，没有忧伤也没有烦恼。但在孩子们面前，母亲却不大说起过去。也许有父亲在，母亲不需要他们聆听？

6

那时候我还很年轻。我说的是 50 年前，年轻得对这个世界一无所知。就在那一年，我迈出了自己这一生最重要的一步：去西藏。如果不去西藏，我的一生完全会是另外的样子，就不会遇见你们的父亲，就不会有你们。

那会是一种什么样子呢？

当我出发去西藏时，丝毫没想到以后，没想到我的一生会是这样。当然，谁也不可能想象出自己的一生是什么样的。我的眼前闪耀着光芒，我奔着光芒而去。

那年我 18 岁。

现在一闭上眼，我就能看见年轻时的自己。

我看见自己走在路上，背着行装。我和我的姐妹们，我们都是一样的装束，一样的神情。我看见了我们的队长苏玉英，她背着孩子，使劲儿挥手叫我们快些跟上，好像她背上背的不是孩子而是背包。我看见了赵月宁，像个小小少年，那时候她是我们队伍中最小的，出发时才 13 岁。圆圆的脸上稚气未脱，但眼里却有一种一般少年所不具有的坚强神情。我还看见了我的同学刘毓蓉和吴菲，看见吴菲瞪着眼憋着气使劲儿去顶牦牛……哦，牦牛，我也看见了你们，你们披着长长的神秘的黑毛，瞪着圆圆的铜铃般的大眼，你们跟着我们跋山涉水，真是吃了不少的苦，你们现在还好吗？

我看见我走在路上，目光明朗，心境明朗。我一直朝前走，从家里走到军政大学，从军政大学走到十八军，然后随着十八军的大部队一起，浩浩荡荡地走到西藏。

我们的队伍真是浩浩荡荡。

我们的心情也浩浩荡荡。

我们唱道——

　　　不怕雪山高来天气寒，

　　　不管草地深来无人烟，

　　　我们的队伍千千万万

　　　浩浩荡荡进军西藏高原

　　　……

我们是从哪儿出发的？

是从四川眉山。

我当然不会忘记，那是个诞生了中国三个大文豪的美丽小城。我们的进藏大军就在三苏公园里召开了誓师大会，然后浩浩荡荡出发了。我们30多个女兵组成了一支运输队，年龄最小的13岁，最大的也不过22岁。我们都是些刚出校门不久的女学生。我们赶着从未见过的庞大的牦牛群，驮着前线急需的物资和粮食，和大部队一起跨越万水千山，忍饥挨饿，风餐露宿，从甘孜走到昌都，又从昌都走到了拉萨，行程3000里，历时一年零两个月……

我把头发剪得短短的，不让它成为累赘。我用一根粗糙的皮带扎在腰间，为的是让自己空空大大的棉衣不透风。尽管已经18岁了，但我的身体仍未发育，又瘦又小，胸脯也是平的。大概是长期营养不良的原因。我把头发全部塞在帽子里，看上去就更像个男孩子了。唯有唱歌和笑的时候，才能暴露出我作为一个女孩子的特征。那时的我，脸庞和心都纯净得像高原的月亮一样。这是我们苏队长说的。

我一边走，一边赶着牦牛。牦牛的身上驮着部队急需的粮食和物资。生活艰辛，路途漫漫，牦牛们不堪忍受，常常闹情绪。它们一闹情绪就停蹄不走了，我只好耐心地哄它们，甚至是推着它们走。

我从不闹情绪。我喜欢笑。这并不是因为我的日子比牦牛舒服，而是因为我心里揣着火一样的理想。我就是为着这个理想偷偷离家的。即使每天吃的是稀粥，睡的是帐篷，人们也总能听见我的笑声，我的笑声很特别，总是一串一串飞出来的。队长苏玉英说，一听这孩子的笑声，就知道她还什么苦头都没吃过。

当时我不知道她说的苦头是什么，我以为就是生活上的苦。我不愿让自己显出女学生的幼稚和娇气，就拼命做事，受苦受累，我以为那样就会显得成熟起来。的确，比起在学校的时候，我已不知成熟了多少倍。但我还是喜欢笑。

我快乐地笑着，一步步向西藏走去。

直到有一天，我终于开始了哭泣。

7

大哥和妹妹弟弟们从医院回来了。

木军看见木兰就问：妈呢？

木兰说在楼上躺着呢。

木军松口气，说，让她睡会儿吧。

从大哥的神情看，他似乎平静多了。木兰心里踏实一些，就说，哥，我想先回家去一下。

木军有些诧异。

木兰就把父亲生前和她的那次谈话对大哥简单说了一下。她说她得把那个大信封拿过来，给母亲。大哥看上去有些意外。的确，这样的事，父亲照理是应该交代给他的，却交代给了妹妹。木兰也觉得有些蹊跷，她解释说，也可能是因为我当时正好在家吧。大哥说，你看过里面的东西吗？木兰摇摇头，她不愿违背父亲。那是父亲留给母亲的。大哥说，那你快去吧。木兰说，我很快会回来的。

其实木兰想回家，还有个重要原因。她想独自一人待一会儿，或者干脆说，她想找个没人的地方大哭一场。她不愿在大哥和弟妹们面前流泪。

可没想到，丈夫竟在家里。

木兰很是意外。她没有这个思想准备。以往丈夫总是夜半才回来，回来就进自己的房间。虽然他们还没到完全不说话的地步，但至少是完全没有交流了。木兰进门一看见他，泪水就毫无防备地流了下来。丈夫有些吃惊，说你怎么了？本来木兰已经想好不把父亲去世的消息告诉丈夫的。不告诉丈夫并不是怕丈夫难过，而是想证明自己完全能离得开他，不用他也能把一切灾难都扛过去。反正他对她，还有她的家，早就无所谓了，他这个女婿早就名存实亡了。

但不知怎么回事，真的见到了丈夫，木兰一下子撑不住了，满脑子全是泪水，每一个器官都是泪水。在母亲面前，在哥哥弟弟妹妹面前，她始终是坚强的。现在她却感觉到自己的坚强已经见底，她撑不住了。泪水将她的大堤彻底泡垮了。在丈夫惊诧的目光中，木兰一头扑倒在床上，号啕大哭起来。

丈夫在迟疑了几秒钟后，坐在了她身边，将她从床上扶起来，拉进自己的怀里。也许是她的反常让他感到了害怕。他拍着她的背说，快告诉我，出了什么事？木兰号啕着，说不出一句话。汹涌的泪水倾泻而出，毫无理性地冲垮了她和丈夫之间的陌生、距离、怨艾……丈夫的怀抱在那一刻重新变得温暖。

木兰终于对丈夫说，我爸，我爸他去世了……

丈夫惊愕不已。对一个冷峻的外科医生来说，这个消息仍过于突然。他说怎么回事？是意外事故吗？木兰说，脑溢血。丈夫不再说话，他当然明白脑溢血的后果。他抚着木兰的后背说：真是怪，我今天就是有一种异常的感觉，所以提前回来了。而且我还把路路叫到我妈那儿去了。

木兰听了有些感动。这么说他们夫妻之间还有心灵感应。

半小时后，木兰平静下来。平静下来的木兰立即对自己的行为感到了尴尬和后悔。她起身洗了把脸，恢复成原先的样子。她对丈夫说，我是回来安排路路的，马上还要去，家里事情很多。我妈的情况也不好。

丈夫说，我陪你一起回去吧。

木兰想说不用了，但终于没说出口。

丈夫马上开车去了。

她打开书柜，找到了那个大信袋。她把它抱在怀里，好像抱着父亲的嘱托。也许这个信袋能帮母亲恢复正常，她觉得心情比刚才放松了一些，是不是因为她把那些泪水倒出去了？泪水应该是身体里最沉重的东西吧。

木兰回到父母家，将信袋交给母亲，说，这是爸让我交给你的。

母亲接过来，竟然很平静，似乎知道这回事。她慢慢打开信袋，一个红皮本子掉了出来，很旧很旧，红色几乎成了棕色。上面印着"进军西藏"四个字。木兰有些意外，父亲不是说是个旧相册吗？怎么是个本子？这种本子母亲也有。他们当年进军西藏时，每人都发了一本。

一封叠得整整齐齐的信从本子里掉了出来，母亲把信拿在手上，没有打开。木兰想了想，悄悄退出房间，掩上了门。

木兰走下楼，见兄妹们都呆呆地坐在客厅里，除了缭绕的烟雾，没有一点儿声音。大哥他们几个男人闷闷地抽着烟，连平时从不抽烟的丈夫也点了一支。木槿和木棉仍在低声哭泣。尤其是木槿，看得出她的悲伤已到了极点。她的尚未离婚的丈夫郑义也来了，坐在她的对面，不时地抬头看她一眼。大嫂晓西一边劝她，一边也落着泪。

木兰能够理解他们每一个人的心情，尽管他们兄妹之间平时并不密切。她知道他们和自己一样，都被深深的自责和内疚折磨着。特别是木槿，不仅仅是因为父亲最疼爱她，昨晚的会毕竟是因她而开啊。当她气冲冲地离去时，肯定不会想到那是与父亲的永别。如果知道，任父亲怎样发火怎样骂她，她也不会说一个字啊。可现在，一切都无法补救了。这样深的自责和痛苦，实在是让人难以承受。

木兰走过去，搂住木槿的肩膀，想给她一些安慰。她的手刚放上去，木槿的哭声就控制不住地爆发了出来。她一头趴在木兰的肩膀上痛哭道：姐你骂我吧，是我不好，我把爸给气走了。爸，我对不起你！爸，是我害了你呀！

木槿的哭声里，有一种撕心裂肺的痛，木兰顿时被这样的痛击得流出眼泪来。

木鑫闷闷地说：三姐你别这样，是我不好，是我把爸气成那样的……

木棉也哽咽地说，还有我，我太没出息了，总是给爸添麻烦……

木军嘶哑地说，你们别说了，如果有什么过错，都该我承担，我是大哥。

木兰听见大哥的声音吓了一跳，怎么像个老人在说话？她抬起头来看着大哥，大哥竟在那一刻苍老了许多许多。

8

不不，我不是从眉山出发的。我糊涂了，我应该是从重庆北碚，从我故乡那个美丽的小城，从我家里，从母亲的身边出发的。

1949 年，我应该从 1949 年讲起。那一年我从一个女学生，变成为一个女军人。我把自己的命运和国家的命运联系在了一起，我把自己和西藏连在了一起。

当然，那时我并不知道这么多。我只是觉得火热的生活在召唤我，比起学校循规蹈矩的生活来，军队的生活更令我向往，女兵的形象对我产生了巨大的吸引力。为了参军我从家里偷跑了出来，连个字条都没有留给母亲。

那是个冬天的早上。

那个早上有雾。

重庆的冬天总是这样，大雾弥漫。雾中带着浓浓的水汽，一头扎进雾中的我，很快就湿了头发。不过即使等到中午雾散了，你也很难见到太阳，重庆就是这样的。夏天也很难见到太阳。其实太阳是出来了的，是挂在天上的，但它被厚厚的云层挡住了。太阳也生气，它总被重庆人误解。重庆人说，今天又没得太阳。它一生气就更加努力地发射热量，把个重庆整成了火炉。

虽然我知道重庆的太阳是被误解了，但我看不到它时，依然会抱怨。有时候我有一种感觉，我是因为想看见太阳，才离开重庆跑到西藏去的。难道人们不会因为一个简单的原因采取一个巨大的行动吗？尤其是女人。我在一篇文章中读到过，有个女人，总梦想着看见大片大片的葵花，她为这个梦想渐渐地白了头发。她就对她的丈夫说，我太想去看葵花了，太想看看那种一望无际的花海了。丈夫听了只是笑笑。也许他觉得她不过是说说而已，他不必当真。她又对她的一个朋友说了，这个朋友立即说，我带你去看，我知道哪里能看到大片大片的葵花。这个女人听到这样的回答，就落下泪来。为这个，她离开了她的丈夫，和那位朋友一起走了，他们看葵花去了。

这样的事情我能理解。

当然，没有人告诉我西藏的太阳比重庆的明亮，没有人告诉我西藏的太阳任什么也遮挡不住。我不是因为太阳才离开重庆的。那时的我不在乎太阳，我自己就是太阳，我快乐，明亮，热情洋溢。刚才那样说，只是一种说法而已。人们往往喜欢在事情过去之后给它一个诗意的解释。

如实地说，我是为了革命离开重庆的。

或者说，我是被革命热潮吸引而离开重庆的。

9

木兰协助大哥，把弟妹们叫到一起准备开会。6个兄弟姊妹，加上各自的配偶，十几个人，把客厅坐得满满的。木兰的丈夫陈郡和来了，木槿的丈夫郑义也来了，连木鑫的女友小周都来了。大家都面色凄凄，低垂着头。

木兰看着大哥，有些忧虑地说，大哥，你可要挺住。

木军点点头，长舒一口气说，我没事，你放心。

木兰知道，木军虽是大哥，但因为长期不和弟妹们在一起，一直没有做兄长的感觉。还是这几年，父亲母亲有什么事常常爱和他商量，他的当兄长的感觉才明显起来。现在，不管他是什么感觉，他都必须像个兄长的样子了。他看着弟妹，深吸一口烟说，咱们开个会吧。

木军话一说出口，木兰就惊了一下：大哥的语气和声音，怎么那么像父亲啊。

木军说，在开会之前我想先说一点，在爸的后事没办完之前，我们都不要再提自己的事了，尤其不要再提那些让他伤心让他不愉快的事了。生前我们没能让他满意，死后我们总该让他安息了。

木兰不知大哥这话是说给谁听的。她，晓西，还有木鑫和木棉，都抬起头来看了他一眼，但这种时候，他们除了点头，不可能有任何别的表示。

木军开始说自己对办后事的一些想法。虽然有干休所的领导张罗，但他们作为子女，肯定要参与意见并具体操办的，其中包括通知父母亲的老战友、在家中布置灵堂等。

木兰补充说，还有，要照顾好母亲。母亲现在的情况不好，咱们得轮流值班，随时陪着她。停了一下她又说，这其实也是爸的意思。

大家有些不明白。木兰没有解释。

忽然，木鑫开口说，大哥，我今天晚上能不能离开一下？我有点急事需要处理。

木军皱眉头说，有那么急吗？

木鑫点点头。这时木棉也吞吞吐吐地说，大哥，我今晚……也有点儿事。

木兰冷冷道：你们都挺忙啊，连这样的晚上都不能待在家里？

木棉看木兰一眼，说，那好吧，我……不去了。

木军想了想，平静地说，去吧，你们都去吧。处理完了早些回来。

木兰心里很难过。不管平时怎么样，眼下父亲已经去了，而且很大程度上是因为他们的原因去的，弟妹们竟然还忙着自己的事。父亲如果在天有灵，会怎么想？

忽然，她听见木槿叫了一声妈。一抬头，母亲竟然站在客厅门口。她不知道母亲是何时下楼的，一点儿声音也没有。

木兰盯着母亲的脸，想看出点什么。但母亲的神色很平静，好像什么事也没发生，连头发都一丝不乱，梳理得整整齐齐。她想，母亲是不是糊涂了？忘了昨天发生的事了？

母亲很自然地走过来，在她通常坐的那个位置上坐下。她平静地看了看所有的孩子，甚至还微微笑了一下，说：你们看，昨晚你爸叫你们回来开会，你们只回来了9个，今天他走了，你们倒回来了11个。

木槿哽咽地叫了一声：妈！

木兰不安地望着母亲。

母亲的声音异常平静：你们不用难过，也不用负疚，该做什么就做什么好了。你们的父亲没有生你们的气，他爱你们。虽然你们一直觉得他脾气古怪，他不近人情，但我知道，他是多么爱你们。要说生气，他也是生我的气。我没能很好地理解他，我总想在他和你们之间作沟通，作调和，但我不知道那是没用的。我应该理解他，站在他一边，可直到他离开我，我都没做好。我本该是最理解他的人啊。

木兰和弟妹们都惶惶地看着母亲。

母亲说，你们不用那样看着我，我没事。我什么事没经历过？你们的父亲不是第一个离开我的亲人了。当初老大死了不到一年，老二又死了，我不是也挺过来了吗？我生了6个孩子有3个没能养活，我不是也挺过来了吗？你们放心，我不会垮，不会垮……

木兰目瞪口呆，看着大哥。大哥也目瞪口呆。他们这两个老大老二不都好好地在这儿吗？他们6个孩子不都好好地活着吗？难道母亲真的伤心过度以至神志不清了？

屋里的气氛怪怪的，有点儿沉闷。大家都有一种在梦里的感觉。

木兰打破沉寂说，妈，我陪你上楼休息去吧。

母亲摆了一下手说，不，我不想休息。我有话要对你们说。我要把一切都告诉你们。

母亲依然平静得出奇。

木兰忽然想起她在父亲书房里见到的那个字条，似乎有些明白什么了。她在心里默默地说：说吧，母亲，把一切都说出来吧。我想知道。我们都想知道。

母亲像是听见了木兰心底的话，朝木兰颔首微笑道：木兰，我知道你心里一直有疑团，我也知道这疑团起自何处。

木兰一惊，有些害怕地望着母亲。

母亲说，过去的40多年里，我一直不愿去解开它，或者说不能解开——虽然我知道那对你很重要。我总以为能靠我的努力，或者靠岁月的流逝让它自行消散。但我不知道我的努力在这样一个疑团的面前是多么无力，我不知道时间这个医生能治好那么多的创伤，却无法医治你心里的创伤。你的眼神告诉我，那个疑团经过了这么多年，依然存在于你心底，并且越发地坚硬，将你的心和我的心都咯出了血。

木兰心底一阵惊悸，她没料到母亲会如此清楚地了解她的心思，她想大喊一声：妈，别说了，我不想知道！可她的声音一点儿也没发出来。她就像一尊塑像似的呆立在那儿，但一股让她浑身战栗的寒气却从心底升上来，弥漫在全身。

母亲继续说，木兰，我想对你说一句对不起。40多年了，妈一直让你受着这样的委屈。但我也要告诉你，让这个疑团存在至今，是我和你父亲两个人做出的决定。40多年前，我们曾在西藏高原的一个雪夜里约定，永远不让孩子们知道他们的真实身世，永远让他们像亲兄妹一样生活在一起。为此我向你的父亲做出了承诺，我答应永远守口如瓶。

但现在，你父亲他去了，他没有做到向我许下的诺言。他当初对我说，永远不离开我，永远不让我伤心难过。可现在他却突然走了，丢下我一个人。一向好端端的人，一觉睡下去就再也不起来了。最让我受不了的是，你父亲一去，所有的往事在刹那间全部压到了我的身上。那么深远的往事，那么沉重的承诺，那么尖利的真相……我有些承受不住了。

让我把一切都说出来吧，孩子们，让我把那些埋在心底几十年的秘密打开吧，让我带着你们一起踏进回忆的河流吧。让我慢慢地说，从容地说，让我把一切的一切都告诉你们。要知道，这些往事在我的心里已经堆积得太久了，说出它们是我的幸福啊！

第三章

1

我从哪里开始说起呢？

1949 年，我应该从 1949 年讲起。

1949 年对中国大陆来说，是翻天覆地的一年，1949 年对我个人来说，也是人生重大转折的一年。我从一个女学生，变成为一个女军人，我离开了繁华的都市走向西藏高原，我把自己的命运和国家的命运联系在了一起。

而且就是从这一年开始，我和你们的父亲像两条小河，开始朝一个方向流淌了。虽然直到两年后我们才交汇，但命运的相连是从那时开始的。我们先后出发，最终会合在了进军西藏的漫漫途中。

如今一晃 50 年过去了。岁月的流失除了让人感叹，还能有什么呢？

如今我老了，真的老了。

人的衰老最初是在无意中出现的。当你有意识地去照镜子时，你不会觉得自己老，那是因为你的心态和面容都有准备，它们努力振作起来让你面对。你觉得自己还过得去。可是有一天，当你无意中在某个能照见人影的地方看到自己时，你会看到一个老得已不像你自己的人，那是因为你毫无防备。

岁月总是在毫无防备时流走。

可是对我来说，无论防备还是不防备，都老了。而且我还知道，我的心比我的面容更加苍老。那是因为，我的心比我的面容经历得更多更多。

但你们的父亲没有老，他永远不会老。所有经历的一切对他来说，都只是经历，他不会把它们变成叹息或者是忧伤。他不会在心上画下一道道皱纹。他的皱纹仅仅在面容上。我知道他的心仍然年轻，他的心永远不老。

还是让我从头说起。

50年前的我，在重庆一所女子中学读高二，是个年轻、单纯、热情，同时还有些理想主义色彩的女学生。这样的形象你们也许见过，就像《青春之歌》里的林道静。只是我比她更开朗，我喜欢说话，更喜欢唱歌。我的嗓音很好。在你们几个孩子中，只有木兰继承了我的嗓音。但遗憾的是，她从小就不喜欢唱歌。她的忧郁的天性和内向的性格，使她远离了音乐。我一直为此感到遗憾。

那时我们小镇上有个基督教堂，我曾跟着母亲去那儿参加过唱诗班。我不太明白那些歌的意思，但我觉得它们非常好听。我的母亲是个虔诚的基督教徒。她喜欢我去唱诗班。

更多的时候我是一个人坐在院子里唱。尤其是夏天乘凉的时候，常常一唱就是一晚上。重庆的夏天是非常炎热的，我一唱起歌来就什么热也感觉不到了。少女时代，唱歌是我最开心的事。

但我并不是个无忧无虑的孩子。我的家境不好，母亲是个小学老师，只有一份微薄的收入。父亲原先也是个老师，在我很小的时候病故了。对于他们，你们一无所知，他们没能活到看见你们的时候。我也很少向你们说起。尤其是我的父亲，连我自己也记不清什么了。

家中的清贫和孤弱，使我比较早就懂事了。我知道自己能进入女子中学读书，全靠母亲的省吃俭用和操劳。我对母亲有一份深深的感激和歉疚。有时在学校里正和同学兴高采烈的时候，收到母亲的信，我就会难过起来。虽然母亲从不在信上向我诉苦，她只是问我生活好不好，学习好不好。我的母亲，你们从未见过的外婆，是个虔诚的基督教徒，也是个非常有忍耐力的女性。

进中学后，我唱歌的天赋日渐展示出来，我是学校女子合唱团的主要成员。音乐老师说我的音质不错，也很有乐感，动员我中学毕业后报考音乐学院。我当然愿意。一个人能够选择自己喜欢的事作为职业，是一种幸福。有一年暑假，我去参加重庆市中学生会演，我作为我们学校的领唱，被重庆一家歌剧院的艺术总监看中了。他带我去见了大名鼎鼎的歌唱家俞伯华。俞伯华听过我的试唱后吃惊地说，你跟着谁在练唱？我说我没有正式跟人学过声乐，我只是喜欢唱。俞伯华对艺术总监说，天哪，你得抓住她，这孩子简直就是缪斯的安琪儿，你只要稍加培养她就能摘取音乐圣坛上的王冠。艺术总监听了，问我愿不愿意去他们那里做歌唱演员？如果愿意马上就可以去。他们可以为我提供丰厚的包银，如果我能和他们长期签约的话，他们还可以送我去意大利学习声乐。我非常高兴，一口就答应了。

没想到母亲坚决不同意，母亲希望我上大学，将来做个医生或者教师，而不是演员。她认为唯有做那样的工作，人的灵魂才会更加圣洁。我只能顺从母亲，但我悄悄地告诉那个艺术总监，高中毕业后我如果没考上大学，就去他们那儿唱歌。我之所以想去歌剧院工作，一个很重要的原因，就是想早些工作，挣钱养活母亲，再也不让母亲教书了。母亲有严重的青光眼。

也就是说，如果我不参军，也许就会成为一个歌唱家，成为一个一辈子生活在舞台上的女人，在音乐和掌声鲜花中度过一生，成为缪斯竖琴下忠诚而又幸福的仆人。

但生活没有"如果"。

1949年，全国的大部分地区都已经解放，解放军打过长江，紧接着进军大西南，向我们所在的城市重庆逼近。这些消息，我都是从学校里听来的。那时我已和一些同学加入了由学校地下党组织的进步学生活动。在那个组织里，我读到了大量的课本以外的文学书籍，像高尔基的小说，屠格涅夫的散文，易卜生的戏剧，鲁迅的杂文，还有茅盾的《子夜》，巴金的《家》、《春》、《秋》等等。受这些书籍的影响，我不但爱上了文学，还渐渐明白，一个人不能只为自己过好日子活着，要为更多的人过好日子奋斗。

这些话，不知你们听起来是否陌生？我就是从那个时候起，开始向往一个平等的自由的博爱的新中国。我愿意为建立这样一个美丽的祖国付出自己一生的努力。

我们关注着局势。

我们期待着解放军的到来。

2

我说过，1949年不仅仅是我一生中重要的一年，也是你们的父亲一生中重要的一年，或者干脆说，是天翻地覆的一年。这一年他率领部队连续打了几个漂亮的战役，从营长直接升任团长，很快又升任师参谋长。这一年他还像支利剑，从华北飞射到中原，又从中原飞射到大西南，横贯中华。更为重要的是，这一年他像一颗种子飞落在了西南这块土地上，从此扎下根来，长成了一棵大树。他甚至再也没有回过山东老家。

这一年你们的父亲28岁。

你们的父亲18岁入伍，是个大个子，年轻时身高一米八。他跟我说，他刚当兵时连长就很喜欢他，常拍着他的肩膀说，好小伙，天生一个当兵的料。的确，我认识他时他30岁，仍然精神抖擞，丝毫不见老。可以想见18岁的他是怎样的英武了。有句老话说，山东出好汉。我挺相信这句话。这里面除了有梁山好汉留下的英名起作用外，很重要的一点就是，山东人首先在个子上像个好汉，几乎个个都魁梧高大，不会给人卑微畏缩的感觉。

你们的父亲从参军那天起，就天天在战火中生活，真正是硝烟弥漫、金戈铁马，从抗日战争一直打到解放战争，从班长一直打到师参谋长。用他们的话说，直打得浑身是胆，帅气逼人。他们师从上到下都知道，他们的参谋长是个喜欢打仗、也特别会打仗的家伙。而且为了打仗，你们的父亲把自己从老家带出来的姓名都改了。也许你们知道，他原先是姓欧阳的，名字叫德成。德成这名字，还是你们爷爷找算命先生给取的。但你们父亲嫌它们又啰唆又没有战斗力，就自作主张改成了现在的名字——欧战军。用他的话说，简化姓，强化名。

不过老了以后，他又把孙子的姓重新改了回来，叫欧阳峰。也许人老了，特别怀念家乡和父母，就特别看重与那块土地上相关的一切吧。

那一年，我是说1949年，你们的父亲一仗接一仗地打，从华北打到中原。11月初，第二野战军开始进军大西南。尽管局势复杂多变，战斗频繁紧张，但从整个中国来看，解放军已胜券在握了。

11月下旬，解放军逼近重庆，我们一天天地听见枪炮声越来越近了。

那些日子，我和许多同学天天守在学校里，参加地下党领导的护校工作，防止国民党撤退时进行破坏活动。重庆的冬天总是阴沉沉雾蒙蒙的，可那些日子，我们却觉得很亮堂。我们心里有盼头。记得11月29日的那天晚上，枪炮声响了整整一夜。我和一些同学围着一盆炭火在教室里忐忑不安地等待着，我们知道解放军马上就要进城了，心里有一种说不出的激动。

凌晨时，枪声渐渐稀落了，几个胆大的学生从街上跑回来，兴奋地叫喊着：解放军进城了，重庆解放了！

我们听见这样的喊声，心跳得比枪炮声还响还重。校园里一片沸腾，我和我的两个好朋友，吴菲和刘毓蓉，立即跑回寝室，拿上脸盆之类能敲响的东西奔上街头。街上已经挤满了人，和过节一样热闹。我们融进了市民们庆祝解放的游行队伍里。那天老天爷也很给面子，从来都是阴雨的天空，居然出了太阳。整个市区都是一派热烈的景象，锣鼓声鞭炮声响彻大街小巷，路也不通了。市民们都自发地加入了游行队伍。

一支由妇女组成的大红大绿的秧歌队扭过来了，吴菲情不自禁地加入到了其中，一边扭一边喊我，快来呀！我就拉着刘毓蓉跑了进去。我们三个人学着人家的样子扭着，领队的那个妇女看见了，跑过来给了我们一人一根红绸，我们就系在腰上学着她们的样子甩起来，你看我我看你，乐不可支。吴菲那张娃娃般的圆脸红扑扑的，小翘鼻子上已渗出了汗珠，她一边扭一边对我说，我好开心呀！你呢？我用力地点点头，再看看平时沉默寡言的刘毓蓉，也兴奋得脸色通红，那双细细弯弯的秀眼亮晶晶的，月牙一般。

我们是真的开心，发自内心地迎接解放军的到来。我想得很简单，解放了，我们就能建设一个人人都能过上好日子，人人都能平等自由的新社会了。

正闹腾着，人群中不知有谁大喊了一声：解放军！解放军过来了！

人们立即自动地闪到了路两边，我也拼命地踮起脚来向路中间望。我很想亲眼看看这支被老百姓传得很神奇的队伍到底是什么样子。

先过来的是歌声，《解放军进行曲》，那是你们父亲最喜欢的歌了。

向前向前向前

我们的队伍向太阳

脚踏着祖国的大地

背负着民族的希望

我们是一支不可战胜的力量

······

　　他们就是唱着这支节奏感很强的歌出现在我面前的。那真是一支威武雄壮的队伍，尽管他们穿着非常朴素，布衣布衫，布鞋布帽。朴素得出乎我意料。但一个个却精神抖擞，眼里满是喜悦和自信，那是打了胜仗的部队才会有的动人风采，是胜利者才会有的动人风采。

　　　　听，风在呼啸军号响
　　　　听，革命歌声多么嘹亮
　　　　同志们整齐步伐奔向解放的战场
　　　　同志们整齐步伐奔向祖国的边疆
　　　　向前向前我们的队伍向太阳
　　　　向着最后的胜利
　　　　向着全国的解放

　　他们肩上扛着枪炮，脚下踏着节拍，甩动着胳膊大声唱着。不知是因为歌的原因，还是因为别的什么，反正我站在那里看着，一种天然的亲切感在心里升起。好像他们是我的朋友，是我的兄弟。以前我一看见当兵的，总是马上躲开，躲得远远的，生怕惹上什么麻烦。现在却觉得只想靠近一些，好像他们身上有什么吸引我的力量。路两旁的群众大概和我的心情一样，自发地鼓起掌来，我们也跟着拍巴掌。吴菲还一边拍一边跟我说，解放军好可爱！比隔壁中学的男生可爱！

　　我不好意思这样说，但我心里也有这样的感觉。我目送着他们，心里有一种莫名的亲切。我不知道我和这支队伍，从此结下了不解之缘。后来你们的父亲告诉我，他当时就走在那支队伍里。看见那么多人欢迎他们，而且还有那么多年轻的女性，他有些不好意思，只好目视前方，大步流星地往前走。

　　如果这一次也算，那应该是我第一次见到你们的父亲吧。

　　突然，我的眼睛一亮，我在那支长长的队伍里看见了女兵！

　　我激动得一把去抓身边的刘毓蓉，没想到她也看见了，一把抓住我，我们两个人的手使劲地握在一起。我连忙去拽身旁的吴菲，我说吴菲：快看！女兵！

吴菲的眼睛还在盯着男兵，见我拉她，不情愿地转过头来。但一转过来，她和我们一样怔住了。尽管那些女兵也是布衣布衫，布鞋布帽，并且头发被帽子压着。但她们相形之下瘦小的身材和秀气的脸庞，还是让人们一眼就看出，她们是女性。女兵的出现让街道上安静了片刻，接着就有人喊起来：女兵、女兵！

我们三个人没有喊，我们为她们的出现而失语。

女兵们微笑着，继续前进。显然她们已经习惯被人注视和被人呼喊了。她们只是不为人察觉地将已经很直的腰板又直了直。有个少女跑上前去，把一束花塞给了打头的那个女兵，那个女兵竟然羞红了脸，又把花送回给了路边的一个小姑娘。

云在那一瞬间散开了，冬日的阳光温暖地照在女兵们的脸庞上，我甚至清晰地看见了她们那年轻的面庞上有一层绒绒的汗毛。有风吹过，将她们的头发向后掠去，露出了光洁的前额。额下是一双双有着几分羞涩同时又有着几分坚毅的眼睛。

她们看上去就和我们差不多的年龄，可她们已经是军人了。她们迈着自信的步伐走在男人的队伍里，骄傲无比。她们和我们简直就在两个世界里。是因为军装，还是因为战争的经历？她们的身上散发出一种我所不熟悉的、却让我非常心动的气息。我目不转睛地一直看着她们，直到她们完全消失为止。我转过头来，看了吴菲一眼，吴菲也看了我一眼，我们的脸涨得红红的，心在剧烈地跳动。我们都从对方的眼里看到了无比艳羡的神情。

女兵们也唱起歌来：

冰河在春天里解冻
万物在春天里复生
全世界被压迫的妇女
在三八节喊出了自由的吼声
……

这是《三八妇女节歌》。我成为一名女兵后，也很快就学会了它，你们没听过吗？是啊是啊，现在这些歌，再也没人唱了。女兵们唱着这些歌，尽管她们的发声没经过训练，她们的嗓音也不那么悠扬，但她们唱得非常投入，发自内心，这使得歌声充满了活力。我多想和她们一起唱啊。我甚至觉得，像她们那样唱歌，才算是真的唱歌呢。她们该是这个世界上最自豪的歌唱家了。

3

以后的日子，我的脑海里总是出现那些女兵的样子。我太羡慕她们了。我真想自己也能成为一名女兵，成为世界上最自豪的歌唱家中的一员。我愿意为此付出一切。可我又觉得这个想法近似于梦想。那些女兵好像天生就是女兵，不可能是我们这些娇弱的女学生所能担当的。我还是忍不住对吴菲说，要是我也能参军，当一个女兵就好了。吴菲神往地点点头。刘毓蓉没有说话。

我读中学时有三个好朋友，除了吴菲和刘毓蓉，还有一个叫姚兰芝的。姚兰芝的父亲是南充一个大丝绸商，家里很有钱。她是家里最小的女儿，父亲特别宠她。重庆解放前夕，学校一停课，她父亲就派人把她接回家去了，生怕她出什么事。而我们四个人中年龄最大也最懂事的是刘毓蓉。那时她19岁，已经有未婚夫了。未婚夫是个银行职员，说好了等她中学一毕业他们就结婚。平时她少言寡语的，也没我们那么多梦想。

吴菲叹口气说，我们恐怕也只能是梦想了。

重庆解放后，我们回学校继续上课。姚兰芝听说学校复课了，也从家里赶了回来。我们人虽然坐在教室里，心里却总是慌慌的，有些静不下来。好像外面总有人在召唤我们，总有一股力量在拽拉我们。也许一个新世界的出现，无论它将怎样发展，在它诞生之初，都会有一股朝气蓬勃的力量，对人产生强大的吸引力。我们渴望投入到这样的新天地去。

这天我正在寝室里看书，吴菲一阵风似的刮进来，大呼小叫地喊我的名字。她本来就嗓门大，我正看得入神，被她的叫声吓了一激灵。

我没好气地说，假小子，你说话能不能斯文点儿？

吴菲说，斯文？斯文你就别当兵了。

我一下从床上跳下来，说，当兵？你说什么？

吴菲顾不上和我多说，拉上我就往学校的布告栏那儿跑。只见布告栏里贴着一张大红纸，上面写着通知：解放军代表来我校招收军政大学学员。

我把那个通知看了一遍又一遍，简直不敢相信这是真的。解放军也要我们女学生？真的要从我们女学生里招收女兵？而且是上大学，军政大学！吴菲说，当然是真的。招兵的解放军已经到校了，马上就要召开全校师生大会。

果然，在第二天的全校大会上，校长向我们宣布说，解放军到我们学校来招收军政大学学员，希望同学们踊跃报名参加。校长称他们为军代表。她说，现在就请军代表讲话。

军代表的讲话非常富有鼓动性，说得会场群情激昂。几乎所有的同学都坐不住了，我的心更是跳得山响。我想自己真是太有运气了，想当兵就真的有人来招兵了，而且还是军政大学。这样一来，自己不也就可以成为一名女军人了吗？自己不也就可以成为一名甩着胳膊昂首挺胸在行进中大声唱歌的歌唱家了吗？我为那样的念头激动着，心情无法平静。军代表还说了些什么我都没在意，我只听清了一句：一旦考上军政大学马上就发军装。

我毫不犹豫地报了名。

吴菲也毫不犹豫地报了名。

许多同学都毫不犹豫地报了名。连姚兰芝也报了名。

只有刘毓蓉在犹豫，她怕她未婚夫反对。未婚夫总是催她结婚。我们三个就去磨她缠她，非要她报名。我说干吗那么早结婚，先上大学有什么不好？吴菲说，我们四姐妹你可是大姐，你就忍心不管我们？姚兰芝说，就是嘛，要走一起走嘛。刘毓蓉终于被我们说动了，也去报了名。她说她先考考看，说不定还考不上呢。

我的音乐老师听说我报名参军后，似乎有些惋惜。她把我拉到一边，说你不考音乐学院了？不当歌唱家了？我用军代表的话回答她说，部队是一所大学校，有着广阔的天地，所有的聪明才干在那里都能发挥出作用。我不是说大话，我是真的这么认为。而且我还想到部队后肯定有很多机会唱歌。你没看见那些女兵，个个都会唱歌吗？军代表说了，部队尤其欢迎有艺术特长的同学。音乐老师听我这么说，叹口气，不再说什么了。

第二天就考试。考试内容简单得出乎我的意料，什么数理化外语一律不考，只考一篇作文。作文的题目是《今天和明天》。

今天和明天？这还不简单吗？今天我是一个女学生，明天我将成为一名女军人。

我一提笔就写下了这样的话。写的时候我握笔的手微微有些发抖，仿佛明天那些激动人心的日子已经在眼前展开，充满激情的话一句一句迫不及待地涌上笔端，真的叫下笔如流水，只恨自己的手写得不够快。我对自己的选择没有丝毫的怀疑。我仿佛看见了一个自己所向往的光明的新的祖国已经诞生。

"今天我把青春交给了祖国，明天我将为祖国贡献一生。"

那时候真容易激动啊，青春的热血，加上天翻地覆的景象，让我无法平静。有时我看见你们，对比年轻时候的我自己，总觉得差异很大。我很少看见你们激动。是你们更善于掩饰自己，还是你们比我更成熟？抑或是你们看不到新的希望？

那次考试写的作文，可能是我这辈子写得最好的文章了。可惜的是没能留下来。

许多应该留下的东西都没有留下来。

其实那一天，我不用文思泉涌妙笔生花也能考上。后来我才知道，军代表让大家写那篇文章的目的，主要不是为了看作文水平，而是为了看看大家的态度。凡是有革命热情的，凡是拥护解放军的，都会受到解放军的欢迎。

头天考试，第二天就公榜了，几乎所有参考的学生都在榜上。我、吴菲、刘毓蓉、姚兰芝……许许多多的同学，都一一出现在上面。尽管如此，我一看见自己的名字，还是激动得一阵心跳。我看见我的名字在红榜上咧嘴笑着。吴菲的名字紧挨在我旁边，手舞足蹈。我一回头，就看见了吴菲通红的脸，还有姚兰芝惊喜的脸，还有刘毓蓉兴奋中又有些不安的脸。

我们四个人一句话也没说，击掌相庆，心里塞满了幸福的感觉。真的是幸福，你得到的，正是你所盼望的。而且，我觉得还超出了我所盼望的，那就是我们四个好朋友仍然可以在一起。

不过我们顾不上庆祝，马上收拾东西，准备分头回家告别。

姚兰芝说她不能回家，她一回家肯定就别想再出来了。她父亲绝不会让她当兵的。她说她留在学校等我们。刘毓蓉的最大障碍不是父母，而是未婚夫。但她的决心似乎比报名之前大了，她说我一定要和你们一起走，我要上军政大学。他要是坚决反对，我就跟他分手。我们都支持她。吴菲则开玩笑说，别那么悲观，没准儿你一穿上军装，他更爱你了呢。

我心里惦记的是母亲。我不知道母亲会怎么想。但我打定主意，一定要说服母亲。

其实报名的时候我就想到了母亲。但我想得很简单，我听军代表说，等我们从军政大学毕业，就是解放军的干部了。我想那样的话，我不就可以照顾母亲了吗？既能上大学，又能当女兵，将来还可以有一份工作。这么好的事情，母亲肯定会支持我的。

4

你们的父亲正像歌里唱的：向着最后的胜利，向着全国的解放。重庆解放后，他们很快又打响了成都战役。成都战役告捷后，大规模的解放战争在中国大陆上算是告一段落了。或者说，燃烧了几十年战火的中国大地，终于安宁下来了。

你们父亲那横贯中国大地的匆匆步履，也终于停在了川西平原上。

当时他们得到的消息是，十八军将驻防四川，不再走了。

但你们的父亲却为没仗打而感到了寂寞。10多年来，他已经习惯了枪炮声的震动，习惯了马不停蹄地奔波，对突如其来的一个又一个安宁的日子很不适应。

没事的时候，你们的父亲就趴在地图上仔细地研究琢磨，好像生怕还有什么地方被遗漏了没有解放。他一边看，一边用红笔将自己征战过的地方一一画出，这才发现自己的足迹竟然踩过了大半个中国。当时他就下了个决心，后半辈子要跑遍全国。当然，他没料到自己的后半辈子主要待在了西藏，那个地方让他一踩踩了30年。

你们的父亲这辈子最大的爱好，就是看地图。最初是因为打仗需要，后来是因为喜欢到处跑。他对地图、尤其是中国地图的熟悉程度，我相信就连地理老师也不一定能赶上，所以直到老了，他的房间里还挂着那么大一张地图。那是他最钟爱的西藏地图。他熟悉上面的每一寸土地，热爱上面的每一寸土地。

当时他从中国地图上清楚地看到还有三个地方尚未解放：台湾、海南岛、西藏。他想，解放台湾和海南岛，肯定轮不着他们二野。只有西藏属于他们考虑的范畴。但他也知道，解放西藏可没那么简单，除了有特殊的地理环境和严峻的气候外，还有极为复杂的政治形势。

1949年7月，还在解放战争进行得十分激烈之时，西藏地方当局预感到了国民党政府已来日无多，便公开驱逐代表中央政府常驻西藏的国民党官员，想借此机会脱离中央政府。这就是西藏历史上著名的"驱汉事件"。事件发生后，即将占领全国的中国共产党对此很快做出了反应，发表了《决不允许外国侵略者吞并中国领土——西藏》的社论，明确表示："西藏是中国的领土，决不允许任何外国侵略。西藏人民是中国人民一个不可分离的组成部分，决不允许任何外国分割。"

此态一表，解放军进军西藏，就只是时间问题了。

1949 年 12 月，毛泽东主席在访苏途中给西南局的三位书记，也就是第二野战军司令员刘伯承、政委邓小平，西南军区司令员贺龙写了一封信。大意是，当前国际国内形势对我们非常有利，要不失时机地解放西藏，打击帝国主义侵略扩张的野心，促使西藏向内转化，所以进军西藏宜早不宜迟。越早越有利，否则夜长梦多。

西南局及西南军区领导收到此信后，立即电报中央和毛泽东，坚决执行解放西藏的任务，同时决定，将这一艰巨而又光荣的任务，交给第二野战军第五兵团第十八军。以十八军为主，筹划进军和经营西藏的任务。同时，建议第一野战军由新疆、青海方向出兵配合，以形成向心入藏的有利形势。

这些背景，你们的父亲当时并不知道。当时他们已接到前往川南某小城驻防的命令，正准备出发。

但他还是有一种预感，解放西藏的事不会拖延太久，并且和自己有关。他趴在地图上，用红笔把拉萨那个地方重重地画了一圈。

后来你们的父亲对我说，当他在地图上画上那个圈时，心里忽然涌起一股热浪，好像自己的一股血脉随着笔尖涌到了地图上。我听了心里默默地想，在这一点上我们是多么的相像啊，仿佛与那块神奇的土地前世有缘。

不过，当你们的父亲在地图上画下那个红圈时，我与西藏，无论是在心理上还是地理上，都还相距很远很远。

5

军政大学张出红榜后，我连夜回家向母亲告别。

从重庆到我们老家那个小镇，有几十里的路。我坐不起长途车，就用身上仅有的一元钱租了一匹小马，连夜赶回了家。

　　我坐在马上兴奋不已——那时我完全不会骑马，靠别人牵着。牵马的是个大爷。我忍不住对老大爷说，我要当解放军了！大爷说，你这么一点儿年纪，解放军也要？我那时长得非常瘦小，身高不到一米五，又是一张娃娃脸。看上去像个小姑娘。我说我都17岁了，翻了年就18岁了。大爷就说，好啊，当解放军好啊，光荣。

　　到家已是夜里。我一点儿也不觉得困和乏。一进门，看见母亲正坐在微弱的灯光下批改作业。我兴奋地说，妈，我考上军政大学了，我参加革命了。我想我终于有值得母亲高兴的事情了。我多么希望看到母亲眼里能流露出喜悦的光芒啊。

　　但是没有。母亲停下手中的笔，忧伤地望着我。她说，你能不能不去？

　　我知道身为基督徒的母亲，对"革命"这样的字眼儿有着本能的拒绝。但我怎么能不去？我尽可能顺着母亲的心思说，妈，革命不是坏事，是为了把不合理的社会制度推翻，建立一个合理的、平等的、博爱的新社会，是为了让所有的人都过上好日子。

　　母亲不再说反对的话，她只是轻轻地叹了口气。也许她早就知道会有这一天，她用那种我非常熟悉的忧伤望着我说，这么说，你要永远离开妈妈，再也不回来了吗？

　　我被母亲问住了。这个问题我真没想过。我答非所问地说，我要走了。吴菲也和我一起去。母亲知道吴菲，知道我们俩是最要好的朋友。我说我们要去上大学了。上大学不好吗？军政大学，一毕业就是女军官。到那时候我就可以养活你了，你不要再去教书了，你的眼睛已经不行了。

　　母亲说，你什么时候走？我说马上就走，我是回来和你告别的。

　　母亲就站起身说，那我帮你收拾收拾吧。我拦住母亲说，不用，到了部队，什么都会发的。母亲还是站了起来，在屋子里走来走去，好像想找点什么给我。可家里实在是太清贫了，除了最简单的生活用具，什么也没有。

　　母亲打开唯一的一个箱子，拿出一块新布说，本来这块新布我是想等你工作以后给你做件旗袍的，既然你要走，现在就做吧。

　　原先我一直想要件旗袍的，我还没穿过旗袍呢。可现在我没心思了，我连连摆手说，妈你留着吧，别给我做了。哪有女兵穿旗袍的？我们都穿军装，扎腰带。等我穿上军装，就照一张相寄给你。

　　母亲没有说话，把桌上的作业本收了，将那块新布摊开。那是一块簇新的阴丹蓝布。母亲的手是非常巧的，针线活儿一流。

母亲做着做着，就流泪了。那深潭一样的泉水终于流了出来。凭着做母亲的敏感和直觉，她知道她要永远失去这个女儿了。但我并不这样认为。虽然我也不知道将来是什么样子。但我决不会悲观。一辈子长着呢，我想我以后会有机会孝敬妈妈的。

我爱我的母亲。可惜她没能在这个世界上留下任何照片。就我的记忆来说，母亲是个美丽的女人，在这一点上，我远远不如母亲。你们几个孩子，最像我母亲的是木鑫。母亲留在我记忆中最深刻的就是那双忧伤的眼睛。从我记事起母亲总是用那样的眼神望我，以至我以为所有的母亲都是这样的。直至有一天，我在一个同学家里看见她的母亲嘎嘎大笑，并且用力地拍我的脸蛋，还声音响亮地说我比她家孩子文气，我才知道做母亲的是可以这样说话这样大笑的。但我的母亲永远不会，她的眼里好像蓄着一汪很深的泉水，总有不尽的忧伤从里面流出来。

我很小的时候父亲就病故了。不知为何母亲一直没有再嫁，也许是因为做了教徒？母亲找了一份小学老师的工作，以维持生计。十几年来，我们母女一直相依为命。可我却那样绝情地离开了她，我几乎没有想过我走了之后母亲靠什么活下去，她在这个世界上是那样的孤单。

但我还是走了。我太年轻，因为年轻而自私，一门心思只想照自己的愿望去做。还有，我丝毫没想到从今以后我再也不可能陪伴母亲了。我以为我去去就回，最多不过几年的事。我渴望走出去，投身到如火如荼的革命洪流中。

我坐在母亲身边安慰她说，妈你别难过，等我从军政大学毕业了，就回来看你。

母亲看着我说，出门在外，你可要照顾好自己。

我点点头。

母亲又说，与人相处，要谦让，要宽容。

我又点点头。

后来母亲说了些什么，我就不知道了。骑了几个小时的马，太疲倦了，我就那么趴在桌子上睡着了。

第二天早上醒来时，我发现自己已经睡在床上了。桌上放着做好的旗袍，旗袍里包着一本《圣经》。母亲一直要我读它，可我读不进去。看来母亲是要我带上它。母亲不在房间。我想她一定是出去买早点去了。我最喜欢吃我们那个镇上的米糕了，特别是刚蒸出来的时候，又香又软。我每次回家，母亲都要买上几个。那米糕也便宜，2分钱一块。

我坐在那儿想了想，决定趁着母亲还没回来之前赶紧走掉，免得母亲告别时又伤心落泪。我一看见母亲落泪心里就疼。我却没想到，即使我不看见，母亲也是要落泪的，而且会更伤心的。那时我还体会不到母亲的心情，我只会从自己的角度考虑问题。我从作业本上撕了张纸写了一行字：妈，我走了，我会回来看你的。但写完后，我又把纸揉了，塞进了衣服口袋。我想这些话都是说过的。母亲知道。

有些话，我是说我们心里珍藏着的那些表达感情的话，是应该对自己的亲人说出来的。我们以为我们是亲人，那些话就不必说，我们以为亲人是知道的。但不是那样，有些话不说出来，亲人永远不会知道。而等你明白过来时，已经晚了，你再没有那样的机会了。

犹豫了一下，我还是把母亲赶做出来的那件蓝旗袍，还有那本黑色羊皮封面的《圣经》放进了行李中。我想不带走会让母亲伤心的。我站在屋子中间四下看了看，心里有一刹那的难过。但我甩了甩头，赶走了这刹那的难过，毅然打开了门。临出门前我的最后一个念头，就是很想吃几个母亲买的米糕，为此我还咽了一下口水。

街道上静悄悄的，晨雾弥漫。

我一头扎进雾里，心情却十分晴朗。

后来我给母亲写信。

第一封信是刚入伍时写的。我说等我从军政大学毕业了，就回去看你；第二封信是在离开眉山时写的，我说我参加了进军西藏的部队，等解放了西藏就回来看你；第三封信是在昌都写的，我说现在上级号召我们要长期建藏，保卫边疆，暂时不回来了。

我就这样一封信一封信地远离了母亲。

我曾经因为不懂事而深深地伤害了母亲，这种伤害一直无法弥补无法偿还，结果是你们替我的母亲偿还了。你们以你们的方式，让我在几十年后，终于尝到了被孩子们抛弃的滋味儿。这种抛弃不是以离别的方式出现的，而是以不理解不接受的方式。你们拒绝理解，而拒绝就是抛弃。

但我不怨你们，这样的结局在一开始就是写好了的，我明白。

6

那个冬天，我是说 1949 年的 12 月，我真的穿上了军装，成为军政大学的一名学员。我们 4 个好朋友幸运地分在了一个班。刘毓蓉已经说通了未婚夫，未婚夫答应等她读完军政大学再结婚。姚兰芝还瞒着家人。吴菲虽然告诉了父母，但父母很不情愿。她的父亲是重庆一个百货公司的业主，家庭条件相当好。父母亲舍不得让她跑到军队上去吃苦。但吴菲已经铁了心，无论父母和兄长们怎么劝阻也不听。后来她索性使性子说，如果父母再阻拦她参军，她就和家庭决裂，让他们这辈子再也没有她这个女儿。

父母终于妥协了。那天她的父亲亲自把她送到学校来，千叮咛万嘱咐的，说一旦过不下去了就赶紧回家。吴菲见同学们都看着，觉得很丢人，一个劲儿撵她父亲走。她父亲无可奈何，终于走了，满眼都是担忧。我想要是他知道他女儿日后还会去西藏，肯定会用三把大锁把她锁在家里的，任什么也不会让她去的。她父亲走出去之后又很快倒了回来，把我拉到门外，悄悄地塞给我一叠钱，说请我以后多多关照他的女儿。我的脸一下红了，推开他的手很生气地说，我和吴菲是好朋友，我们会互相帮助的，你不用这样收买我。

我真是那样说的，我觉得他那样做简直是对我的侮辱。

一直到很久以后，当我们走到藏区，身上没有一分钱买卫生纸时，我才把这事告诉吴菲。我开玩笑说，早知如此，还不如把你爸的钱收下来呢。吴菲说，别说你，就是我也没要他的钱啊。这下可好，成了身无分文的穷光蛋了。我们一边说一边乐，并不为自己没钱买卫生纸而难过。

进入军政大学没多久，我们最初那种当兵的兴奋和喜悦，就被严格的学习和训练取代了。每天早上一吹哨就起床，出操，打扫卫生，然后是训练，在操场上一遍遍地来回走着。当时正值冬天，天气阴冷，站在那儿手脚冻得发僵。那些派来训练我们的解放军一个个都严肃得像铁人，从来不笑，也从来不心软，不到时间一分钟也不会提前结束训练的。

每天到了晚上睡觉的时候，女兵们一个个累得直叫妈。我还好，从小爬山，经累。吴菲就惨了，平时路都少走。她一躺上床就叫唤说，不行了，我不爱解放军了，他们太严厉了，太没人情味儿了。我说好啊，那你也别爱自己了，你自己就是解放军呢。吴菲大笑，说，呀，我怎么就忘了，我自己也是解放军呢。那不行，那我还得爱。

是的，尽管穿上了军装，我们还不像个军人。严格地说，我们只是些穿着军装的女学生。但我们单纯、热情，愿意改变自己。我们努力让自己变得像个军人。

军政大学真如校名所示，就是学习政治和军事。

我们的课程有时事政治，有社会发展史，还有马列著作和毛主席的书。至于军事课，主要是掌握最基本的军事知识以及队列要领，不会让我们操枪弄炮。几个月下来，我们都发生了明显的变化，我们走路时，已不再像做学生时那样喜欢挽着手臂摇摇晃晃，而是甩起手来迈着大步。我们见到领导时，不再扭扭捏捏地往边上躲，而是大大方方地上前行个军礼。我们一天天地把那些刻板的形式转变为内在气质，军人气质。

当然，我最喜欢的还是唱歌，特别喜欢大合唱。部队的大合唱跟教堂里的唱诗班有着天壤之别，一个是静得不能再静了，一个是热烈的不能再热烈了。我很喜欢那样的大合唱，喜欢那种节奏强烈的、山呼海啸的、分不出彼此的感觉，喜欢自己的声音淹没在其中，又冲撞出来，扬上云端。每当全校师生集合在操场上，校长挥动着胳膊指挥我们唱歌时，我听见的都不是自己的声音，而是自己的心跳。我们激情万丈地唱《中国人民解放军进行曲》，唱《团结就是力量》，唱《抗日军政大学校歌》：

> 黄河之滨
>
> 集合着一群
>
> 中华民族优秀的子孙
>
> ……

这是一首多么好听的歌啊！时至今日，一唱起它仍会让我激动，仍会让我的血液沸腾。

我知道，你们说我的性格有些硬，不像别的母亲那么温柔和蔼。我想，也许那是因为我从年轻时，就努力想磨掉自己身上的那些女人气吧。真的，那时候我认为一个女兵是不该像女人的，而应该像个男人，或者说像个男兵。我后来真的像个男兵了，常常有人叫我"小伙子"，我不但不难过，反而很自豪。

请你们原谅并理解你们的母亲。

一年后，当我们整队集合、喊着口令步入会场时，我们已经和初进校时有了很大的不同。我们甩着手臂，踏着节奏明快的步子，与整支队伍融为一体。特别是当我们唱起歌时，更显得英姿飒爽。我想，我终于成为自己羡慕的女兵中的一员了。我为自己感到自豪。

但我不知道，作为一名女兵，仅有自豪是远远不够的。

7

1950 年初，当我开始在军政大学学习时，你们父亲所在的部队接到上级指示，前往川南一小城驻防。

如果说你们的父亲对驻扎下来、不再打仗、进入和平生活没有一点儿向往的话，那也是不真实的。因为这时的他已经老大不小了。加上他在团里时的老搭档王政委，也就是你们知道的王伯伯已经结了婚，常常在他面前夸耀自己的媳妇，脸上浮现出幸福满足的笑容，让他羡慕。

王政委的爱人，就是我后来的队长，叫苏玉英。王政委原先在师宣传科工作，苏玉英在师文工队，两人就认识了。打过长江后他们结了婚。等到了四川，他们的孩子也快要出生了。这让你们的父亲非常羡慕。

接到驻防命令时你们的父亲想，也好，打了这么多年的仗，大家都非常疲惫了，能够在天府之国里驻扎下来，好好休整一下也是好事。打了十多年仗，根本顾不上成家的事。现在总算可以考虑一下了。他甚至具体想到了找一个四川姑娘做媳妇。他也不知听谁说的，四川姑娘个个聪明能干，又能吃苦。他很羡慕王政委，他觉得他们这一对是最理想的，既是夫妻，又是革命战友。他想自己要是也能找个队伍上的女同志就好了。但他又觉得这很不现实，当时部队上的女同志少之又少。所以他看着王政委脸上放光的样子，总是又高兴又羡慕地擂他一拳说，要当爹了，还不快请我喝酒？

王政委那时候的确很兴奋，革命胜利了，妻子也快要胜利了。大事小事都顺心如意。他走起路来都哼着歌儿。自己心里高兴，当然也就愿意关心别人，他对你们的父亲说，喝酒算什么，我的参谋长，这回到了四川，驻扎下来，我一定帮你好好挑个媳妇。参谋长媳妇的好坏，可是关系到咱们师士气的大事。

你们的父亲说，行了吧，只要你的革命后代顺利生下来，咱们师的士气就不会有问题。至于我嘛，无所谓。

王政委说，真无所谓吗？

你们的父亲嘴硬，说，无所谓就无所谓，只要有兵带。说句摆老资格的话，他们个个都是我的孩子，就算一辈子没老婆，我也不亏。

结婚以后你们的父亲跟我说过老实话，他说天天打仗的时候，从来没想过结婚的事，一旦停下来，这个念头就强烈起来。毕竟是二三十岁的血气方刚的小伙子，看见女人走过，也会想象将来自己的媳妇该是个什么样子。说一辈子不要老婆，那是假话。如果不是后来接到了进军西藏的任务，他很有可能马上在当地找个姑娘结婚。

如果那样，当然就不会有我们的结合了。

那时候，我们都还对自己的命运毫无感觉。

就在你们的父亲率领着他的部队兴高采烈地向川南开拔，以一天几十公里的速度行进时，一个巨大的历史事件正在向他们抵近。

1950年元旦后，毛泽东从莫斯科给刘伯承、邓小平发来电报，同意西南局和二野领导对解放西藏的部署，即同意由十八军主要担任解放并经营西藏的任务。于是，解放西藏的问题被正式提到了议事日程上。

几天之后的一个晚上，当你们的父亲率领他们部队刚刚到达宿营地准备休息时，突然接到了上级指示：全师停止前进。两日后北上返回乐山集结，准备领受新的任务。

命令一下达，几乎所有的人都感到一头雾水。

但你们的父亲却莫名地兴奋。他是个职业军人，职业的敏感让他预感到这个新任务非同一般。他把自己关在屋子里，分析元旦社论，研究地图，彻夜难眠。元旦社论上明确地说，1950年的主要任务，第一条就是"解放台湾、海南岛、西藏，完成统一祖国的大业"。你们的父亲琢磨着，解放台湾和海南岛，肯定是三野和四野的事，解放西藏恐怕就是非他们二野莫属了。

果然几天之后，刘伯承和邓小平就在西南局所在地重庆曾家岩，接见了十八军军长、政委，以及师以上领导主官，正式向他们下达了解放西藏的任务。

十八军是由豫皖苏军区独立旅与冀鲁豫军区一纵廿旅等部队共同组建的，之所以把这个任务交给十八军，是因为这支部队不仅英勇善战，同时还具有独立作战的光荣传统，富有开辟和经营新区的能力。领受了这一任务的十八军将领们自是很自豪，但同时，他们也感到肩上的担子很重。西藏地广人稀，交通闭塞，地处高海拔地区，空气稀薄，气候恶劣，不适宜作物生长，更不适宜作战行动。一旦行动起来，首先补给就是一大困难。恐怕是前方派赴易，后方补给难；军事收拾易，政治解决难。

但无论难易，这一仗是打定了！

根据刘邓首长的指示精神，二野领导明确表示，动员全野战军尽一切可能的力量，从装备、运输等各方面支持十八军，并不惜一切地抢修公路，以保证运输。

很快，军、师长们回到了部队，传达了上级指示。这一下，部队像开了锅似的沸腾起来。这种沸腾并不都是斗志高昂的表现，还是有不少人转不过弯来。他们觉得十八军打了十多年的仗，东伐西讨，南征北战，早已疲惫不堪、浑身伤痛了，好不容易可以在四川喘口气休整一下了，没想到又要投入战斗，而且是从未有过的艰苦战斗。

你们的父亲是不需要转弯的。他向来不喜欢婆婆妈妈，军人以服从命令为天职，更何况这是一件关系到整个中国统一事业的大事。在军里召开的会议上，军长在那张大地图上把西藏画了一个大圈，他说，你们看，西藏120万平方公里的土地，差不多是我们整个中国的八分之一了，我们怎么能让帝国主义把它占了呢？

下面有个干部嘀咕说，听说西藏是个不毛之地，很荒凉，又不能种庄稼，干吗非得花那么大的劲儿去占领它呢？

军政委说，你把它看成不毛之地，帝国主义可从来不嫌弃它，这一百多年来他们一直在打西藏的主意，总是想方设法地往那儿钻。西藏是我们中国的领土，西藏人民是我们多民族大家庭中的一员，难道我们对自己国土的热爱反倒不如帝国主义？难道我们就眼看着帝国主义把西藏割裂出去而不管？再说，如果西藏真的被割裂出去，我们的西南边防退到金沙江边，恐怕我们在四川也坐不安稳吧！

这一番话把大家说得心服口服。尤其是你们的父亲，忍不住大声叫好。他站起来表态说，我坚决服从野战军的决定。西藏从来都是我们中国的，过去国民党都没把它丢了，更不能在我们手中丢失。我们不但要解放它，还要守住它，让它永远不离开我们中国的版图。这才对得起祖先，对得起后代。你们的父亲立即请缨，要求调到先遣支队任职。

军长笑道，你放心，吃苦的事少不了你。

果然，在军里拟定出的进军方案中，你们的父亲被任命为先遣支队负责人。而先遣支队则由王政委的团担任。这样，他和王政委又成了搭档。你们的父亲高兴得满脸笑开了花，终于有仗可打了！而且是在世界屋脊上打！恐怕世界上没有哪支军队在这么高海拔的地区作过战。你们的父亲跟王政委说，咱们当兵的，就是骑马扛枪打天下！现在终于打到世界屋脊上去了，这辈子真没有白活！

他的命运从此和西藏交织在了一起。

而此时的我，也开始向西藏抵近。

8

夏天来临时，我们从军政大学学习结业了。

一个惊人的消息在重庆闷热的上空传播着。那消息说，十八军来了几个干部，要从我们这批女兵里挑选 100 个女兵，充实到进军西藏的大军中。

一听到这个消息，我的心兴奋得怦怦直跳。现在想想真怪，我为什么一听到这个消息就会兴奋呢？我怎么会在对西藏毫无所知的情况下对它产生向往呢？我真的不明白。

实事求是地说，我当时并不是因为西藏而兴奋。

我更不知道你们的父亲那时已经先遣到了甘孜，正在那里建立进军根据地。

一切都是未知的。

我兴奋，是因为一个简单的原因。

我在十八军同志带来的大地图上，第一次看到了西藏，感觉那是很大一片土地。但当时我并没有什么特别的想法。我只是想：既然那是我们国家的领土，是我们中国的一部分；既然它还没有解放，那还有什么可说的？就去解放它！整个中国大陆都解放了，如果还要解放谁，就只有西藏了。我是多么渴望能亲自参加一次解放受苦大众的战斗啊！

不光是我，所有的同学都很激动，大家觉得革命前辈总算是留了一块土地给我们，让我们亲手来解放它。

全体女同学都争先恐后地报了名，没有人产生一丝的畏惧，也没有人有一丝的怀疑。那时我们的脑海里几乎就没有畏惧、怀疑、忧虑这样的词。我们有的只是热情、勇敢、信仰、希望。我们像一团生面，被这些美好的词汇发酵起来，热气腾腾地挤满了校长的办公室。

我们4个好朋友仍是一起报了名。经过军政大学近一年的学习和训练，我们都变得比过去坚强，比过去有主见了。刘毓蓉也不再是原来那个凡事都必须经未婚夫点头的刘毓蓉了，她非常干脆地对未婚夫说，要么你也报名参军，我们一起去西藏；要么你就耐心等着我，等我解放了西藏再回来结婚。

她的未婚夫犹豫再三，选择了后者。他害怕去西藏。他和我们不一样。他跟刘毓蓉说了一个附加条件：如果两年后她还不回来，他就不再等她了。刘毓蓉想也没想就爽快地说，行啊，就两年。

那时候我们认为，解放战争也只打了三年，解放一个西藏还用得着两年？

女学生只招100个，不能个个都去。作为军政大学的毕业生，我们在政治思想上应该没什么问题。于是身体健康成了招收的主要条件。招生的同志说，西藏非常苦，进军西藏更为艰苦，因此身体必须好。身体好是首要条件。

他们为身体定了一个硬杠杠：体重必须超过90斤。

这是一个多么简单又多么不容易达到的条件啊。如果是现在，一个十七八岁的孩子体重90斤肯定不在话下，或者说，只会是超重的比达不到的多。可那时候却不是这样。尤其是我。我们四个人里我最瘦，个子又小。18岁了却没有80斤重。所以一听到90斤这个标准，我就傻眼了。我一直自认为身体很好，什么病也没有，就是瘦点儿。如果仅仅因为少几斤体重就被刷下来，那不太亏了吗？

那天我急得像一头急于拱出笼子的小野兽，四处乱撞。吴菲她们见我急成那样，也急起来。她们三个的体重都没问题。但如果我去不成，她们怎么忍心撇下我一个人呢？

　　后来还是吴菲想出一个办法。她说体检的时候，吴菲和刘毓蓉站在我前面挡住医生，让姚兰芝站在我后面。等我称体重时，姚兰芝就悄悄踩一只脚到磅秤上，这样肯定能增加重量。我们四个人中她最胖。至于能增加多少，她心里也没底，只好听天由命。姚兰芝看我那可怜巴巴的样子，当即同意了。她再三对我说，到时候她一定会用力踩的，让我非超过100斤不可。

　　真的轮到我的时候，我的心跳得很厉害，两腿酥软，人就像要飘起来似的。长那么大，我还从没干过这种作假的事。我的脸也不由自主地红了。不光是我，刘毓蓉的脸也红了。为了理想，我努力叫自己沉住气，不要慌乱。

　　医生终于叫到我的名字了。我往磅秤上一站，吴菲往前靠，有意挡住他的视线。姚兰芝迅速踏上一只脚，用力一压。医生只管看秤上的度量尺，丝毫没察觉我们的计谋。

　　46公斤——他报出了数字。

　　够格了！我赶紧跳下来，生怕有人发现。姚兰芝紧跟着上了磅秤，说瞧你轻的，看我的。保证有100斤。我们都听出了那句话的潜台词。我们都笑起来，暗暗得意。

　　但还是被人发现了。

　　就在我转头的时候，一张笑吟吟的脸正对着我。是一个也穿着白大褂的年轻人。他干净利落，个子瘦而高，像一棵白杨树。当然，那时我完全不认识他。穿白大褂的年轻人显然是看出了问题，想告诉那个负责称体重的医生。

　　我的脸涨得通红，情急之中我竟然对他说，我会唱歌，别看我体重轻，我唱歌声音很大的。不信你问她们，再不信我马上就给你唱。

　　吴菲和姚兰芝只是点头，一句求情的话也说不出来。我们都怯生生地紧张地看着他。他看看我，终于一句话也没说，走开了。很久以后他告诉我，当时我们的目光都可怜极了，令他不忍心揭穿我们的"骗局"。就这样，我终于站到了合格的队伍里。等我想答谢一下那个年轻人时，连他的人影都找不见了。我也就在一转眼忘掉了他。

　　我没想到，我们后来还会相见。如果不再见面，我可能永远只会在讲到这件事时想起他，并且感到好笑。他只是我脑子里那一幕中的一个人物。而不是像现在，他成了我记忆中的伤痛，不，是生命中的伤痛。

1950 年夏天，我们 100 个体检合格的军政大学分校的女生，一起坐大卡车往川西走。我们的军部在川西平原。

我们丝毫也没对将要去的西藏产生恐惧。真的。尽管那时候，已经有许多关于西藏的可怕说法在流传，说西藏那个地方如何天寒地冻，是世界上最冷的地方，一下雪就有成群的牛羊冻死在雪地上，人不能出门，鼻子一摸就没了，耳朵一摸就掉了，等等。还有别的更为玄乎的说法，比如氧气稀薄，寸草不生，鸟儿不飞，外面的人到了那儿，说倒下就倒下。倒下就别再想站起来了。以后，当我真的踏上西藏的土地并在其中生活了多年后，我知道那些说法的确是夸张的。

但我也同时知道，西藏的确是非凡的。

当时我们一路唱着歌，都是些很有力量很有激情的歌。我们才不害怕呢。

毕竟有人害怕。

走到半路上，我们的卡车忽然停住了，前面传来吵吵嚷嚷的声音。后来有同学说，不知是谁的家长得到了消息，赶来拦住了我们的汽车。

吴菲的脸色一下子变了，因为当初参军他父母就不肯，现在要进西藏，那还得了？吴菲说糟了，肯定是我爸来了！怎么办？

她的声音里带着哭腔，紧紧拽着我的胳膊：我不回去，我不回去！

我说你别怕，我们帮你。我和几个同学叫她躲在车上蹲着，我们围着她站着。我当时已经想好了，为了我的好朋友，我要撒谎。如果吴菲的父亲问我吴菲在哪儿，我就说她已经回家去了。我的心因为这个预谋好的谎言而慌张得乱跳，腿也软起来。

我心慌还有一个原因，那就是我怕自己的母亲出现。其实准确地说，我是又希望母亲出现，又怕母亲出现。希望母亲出现，是想再见她一面。因为离开学校前，我没有回家跟她告别，我只是给她写了封信，说我分配到十八军了。我没敢说我报名去西藏了。一直到进入藏区后，我才写信告诉她我进藏了，但我仍是说，一年后就回家看她。

我不是有意骗她的。

后来我终于看清了，拦车的家长中没有吴菲的父母，也没有我的母亲。但却有姚兰芝的父亲，还有另一个女兵的父母，他们正拉着自己的女儿哭着，坚决不准她们到西藏去。一时间许多路人都围了过来。

　　从那些家长的神情看，他们就像是来拯救女儿性命的，好像他们的女儿正面临着万丈深渊，面临苦海的岸边，如果他们不把女儿一把抓住，他们的女儿马上就没命了。他们的这种恐惧和不顾一切的态度，令他们的女儿又尴尬又无奈。

　　我看见姚兰芝傻站在那儿，就跳下车去帮她。我拉着姚兰芝的手，想说服她父母让她留下。但她的父亲凶巴巴地推开我说，不要你管，你自己要去送命，别拉着我女儿。

　　我只好松开了手。

　　接兵的同志见此情形，态度很温和地对两个家长说，对于参加革命队伍的人，我们从来都是本着自愿的原则，如果你们不自愿，就请回去吧。

　　无奈，姚兰芝和另一个女兵流着泪和我们告别，跟父母回去了。

　　我坐上车，看着她依依不舍地走了，心里真为她们感到遗憾，由衷的遗憾。

　　几十年后，姚兰芝找到了我。一别20多年，她找到我时我已离开了西藏。我几乎认不出她了，她也几乎认不出我了。我们各自说着离别后的情况，有许多地方我们是一样的，比如都结婚了，都有孩子了，都老了。但有许多地方又是不一样的。比如当我讲述往事时，常常情绪激动，她的情绪始终是淡漠的。唯有说起孩子时，她的脸上才露出笑容，她对孩子的亲昵让我羡慕。再比如我们的孩子因了我们的命运，也有了完全不同的生活状态。最好笑的是，当我们老了，得的也是完全不同的病。

　　很难说谁是谁非，谁好谁坏。我只能说我对我的选择不后悔。因了这样一个选择，我常常在回忆往事时感到心底的疼痛。

　　这样的疼痛使我无法麻木。

第四章

　　欧木凯跳上三菱越野车后，对司机说了声去军区，就再也不吭声了。

　　司机小韩用眼角看看他的团长，发现团长的脸阴得像成都的冬天，云层厚厚的，一点儿光也没有。怎么了，中午吃饭时不还高高兴兴的吗？还说等他探亲时，他也可以探亲了。怎么一转眼就变了呢？难道团里出事了？

　　小韩已跟了团长三年，知道团长连每天夜里睡觉时都睁着一只眼睛，唯恐出事故。可是在西藏带兵，一点儿事故不出，的确不是靠人为努力就能做到的，还得靠老天保佑。

　　小韩不敢言语，只有尽量把车开得平稳些。

　　欧木凯一手抓住车前扶手，一手夹着一支烟，让烟雾浓浓地在眼前飘散。虽然已是下午 5 点，阳光却热烈得如同正午一样，照得马路白花花的。但一打开车窗，风依然是又冷又硬。毕竟是 11 月了。但他还是摇下车窗，让硬硬的风猛烈地吹打着自己的脸庞。他有头痛的感觉。手中的烟被风一吹，迅速地燃烧下去，很快就剩个烟头了。他把烟头扔出窗外，随手又拿出一支。

　　小韩想：看来团长的确是遇到心烦的事了。

　　昨天晚上，欧木凯才带领全团从野外驻训回来，精神和体力都疲乏到了极点。脸晒得黢黑不说，人也瘦了整整一圈儿。一个月的外训，全团车炮拉出，行程千里，最后不但是实弹考核得了个全团优秀，还车辆人员一切平安。军区考核组给予了他们极高的评价。对身为团长的他来说，辛苦一年，这样一个结局就是最好的回报了，生活中最快乐的事也莫过于此了。

可没想到生活对他竟那么苛刻，仅仅让他愉快了一天，就一掌将他击进了黑暗。

他好像有预感似的。本来下午是团党委的总结会，他和政委坐在那儿说话，感觉非常不好，头一阵阵地眩晕。他想这是怎么了，难道一回来思想放松，身体就支撑不住了吗？还在野外训练时，他就感冒了，每天大把大把地吃着药片，但他一直挺着没倒。他不想在那样的时候倒下。怎么一回来休息反而不行了呢？

后来政委看出来了，政委说老欧，我看你得先去看病，打打吊针。你的脸色实在是太难看了。欧木凯说那怎么能行？军区等着要总结呢！政委说，会可以晚上开。无论如何，你现在得去看病，要不要我陪你去？

欧木凯连连说不用，自己就去了卫生队。医生一量体温一查血，不由分说地给他挂上了葡萄糖盐水，医生说他现在的状况再不控制就该成肺水肿了。欧木凯一边说别吓唬我，一边还是老老实实地躺到了床上。这边输着液，那边他就睡着了。他实在是太疲乏了。

正迷迷糊糊的时候，有人叫他接电话，说是他姐姐从成都打来的。他一听心里咯噔一下，不管三七二十一，爬起来提着盐水瓶就跑去接电话。他知道没有特别的事，姐姐是不会给他打电话的。一定是父母大人哪一个病了。他当时判断是母亲，母亲身体一直比较弱。

没想到竟是父亲……

没想到竟是父亲的噩耗……

欧木凯在一瞬间简直无法相信自己的耳朵。父亲？怎么会是父亲？是的，他两年没回家了，两年没见到父亲了，可他也时不时地，差不多是一个月一次吧，往家打电话。每次打电话，父亲的声音都很洪亮，丝毫没有衰弱的表现，怎么会说倒就倒、说走就走呢？他真的无法相信。可是，姐姐已经那么明确地告诉了他，姐姐是医生啊！

欧木凯想也没想，就告诉姐姐他要回家。他怎么能不回家？他必须回去最后一次见见父亲。对他来说，父亲不仅仅是父亲，还是曾经的上级，还是心中的偶像；对父亲来说，他也不仅仅是儿子，还是相知的同僚，还是未来的希望。

而且，由于一个只有他自己知道的原因，他放弃了去年的探亲。也就是说，他已经有两年没回家了，两年没见到父母了。本来他是想春节的时候无论如何回去一次。但偏偏在这个时候……

放下电话时，欧木凯发现自己的眼里已经盈满了泪水。他一言不发地拔下针头，交给紧跟着他跑出来的医生，一句话也不说，就以最快的速度穿过操场，向团部后面那座大山走去。一直到他穿过操场不见了，医生才回过神来。但他不敢去追，他太了解他们团长的脾气了。

欧木凯大踏步地走，一路上有下级军官向他敬礼，他像没看见一样只顾往前走。这些下级军官们感到很意外，他们的团长怎么啦？他们的团长匆匆地往前走，只想尽快地爬上山去，尽快地站到那块石头上去。他不想让任何人看见他的泪水。除了大山，大山是他的知己。他噌噌噌地爬上了山，站到了那块他常常站立的巨石上。一站上去，泪水就急不可耐地涌出来。

他站在那儿，面对安静的山峦，无声无息地淌着眼泪。

满脸都是。

那些咸涩的泪水不等滑落下去，就被阳光吸了去。

一条细蛇似的血流，从拔掉的针眼中渗出，沿着指尖滴落到脚下。

17 年前，欧木凯从炮兵学院毕业，来到这支部队。

走进连队荣誉室，他在墙上贴着的那张"红一连历任连长指导员"的表格中，竟一眼看到了父亲的名字：欧战军。父亲竟是这个连的第六任连长。他简直惊呆了！父亲从没对他说过。他一声没吭，心里却明白了父亲坚持要他到这个部队来的用意，他甚至能肯定父亲在他的去向上动用了自己手中的权力。

他一个人在荣誉室站了很久。他为父亲感到自豪，为自己感到骄傲。他暗暗下定决心，要为父亲争光，要干出个人样来。

那年他 21 岁。21 岁的他被任命为红一连一排排长，是他们那支部队第一个军校大学生。或者说，第一个军校培养出来的学生官。

作为排长，他太年轻了。尤其是在 80 年代，当时排里的老兵有一半儿年龄都比他大。他那张清瘦白净的脸上还有几分学生气。他开始用一套与过去老部队完全不同的方式管理他的排。排里的老兵从不服气到服气，从服气到佩服。

记得刚到排里没多久，他领着全排在炮阵地上训练，比他年长两岁的三班长走过来，用轻蔑的语气说，新来的，敢不敢和我比试比试？木凯立即迎战说，行啊，就怕你输了不认账。三班长说，输了我从今以后就听你的！木凯伸出手道：一言为定！

　　战士们一听说三班长和新来的排长挑战，全都围了过来。三班长提出比五六炮手压退弹。木凯同意了。三班长是个老五六炮手了，这一招全连都没人能比过他。战士们都不由得替新排长捏一把汗，觉得这回新排长肯定要丢面子了。

　　三班长自负地说，你是新来的，你先请吧。

　　木凯微微一笑，说，那我就不客气了。他上前一步，按动作要领迅速上炮，左手握火把，右手扶于装填机后壁，两脚呈丁字形站好，而后报出一个"好"字，做好了压弹准备。

　　充当裁判的老兵一声令下：压弹！木凯拉火把，抓弹，压弹，放回火把，打开保险，一系列动作在瞬间完成，仅用了 7.1 秒。

　　周围一片安静，战士们简直看呆了。片刻之后响起了热烈的掌声。三班长的脸一下子涨得通红。谁都知道他这个项目的最好纪录是 8.4 秒。木凯退完弹，为三班长准备好了弹头，朝他一笑说，该你了。

　　三班长红着脸摇头说，不用比了，排长，以后我听你的就是了。

　　一年后，木凯的脸黑了，皮肤粗糙了，烟瘾也出来了。抽第一支烟那天是他 22 岁生日，他没好意思对谁说，只是给母亲写了封信。走出来时，听见几个老兵在那儿议论说，咱们排长各方面都不错，就是不像个爷们儿，烟都不抽一支。

　　木凯一声不响，交了信，就在团里的小卖部买了一包最便宜的烟，不管三七二十一叼在了嘴上，然后一个班一个班地转悠。班里的老兵们一脸惊讶，继而是万分热情，这个拉他坐，那个递他烟。这让木凯体会到，有些本事，再优秀的院校也不会教，得到部队上学。后来，随着他职务的不断升高，烟瘾也越来越大了。如今，他的烟瘾和他的军事技术一样出名，大概是全团第一吧。

　　他没有辜负父亲对他的期望，父亲对他越来越满意了。

　　尤其是大哥转业离开西藏后，父亲就把他那充满希望的沉甸甸的目光全部移到了他的身上，让他在不堪重负的同时感到骄傲和自豪。

　　可是两年前，当他终于无奈地同意离婚时，当前妻带走了孩子剩下他只身一人时，父亲看他的目光中，又多了一分内疚，好像他的婚姻失败是他造成的。他想对父亲说并不是这么回事，这是他自己的选择，是他从结婚一开始就选择了失败。用他妻子的话说，像他这样一个男人，是不该结婚的。差不多从结婚第一年起，他就没管过这个家，他不知道他们家的煤气罐是怎么搬上6楼的，他不知道女儿萨萨那一口牙是怎么矫正整齐的，他不知道妻子得过胆结石并因此切除了胆囊，他不知道老岳母脑中风后已经在床上躺了一年多了……除了每月能记住给妻子寄回他的工资外，他几乎像个外人。特别是当了营长后，一年一次的探亲假被他自行改为了两年一次，两年一次还常常提前归队。用他妻子的话说，他根本就不是个正常的男人。就像一尊石雕，你可以远距离欣赏他，却不能和他一起生活。她要过正常的生活就只能离开他。所以他一点儿也不埋怨妻子。谁叫他像个殉道者一样守在那块土地上？他自己作了选择，他自己就该承受。

但他还是害怕看到父亲那怜爱的、负疚的目光。对他来说，父亲不该有那样的目光。父亲应该永远乐观、开朗、严厉、自信、坚强。但父亲却叹息了，为他叹息，甚至为他的离婚感到懊悔。木凯宁愿自己死，也不愿让父亲有这样的感觉。他更加努力地干，想干出更大的成就来，让父亲知道，婚姻失败并没有影响他的事业，并没有影响他去实现他们父子共同的理想。或者说它影响了，但他会坚守。他被击垮了，但他会爬起来，重新扑上去，死死地拽住他的事业和理想。他想证明父亲没有错，他也没有错，他们只能做出这样的选择。像他们这样的人，生命不是以应该的方式存在着，而是以必须的方式存在着，准确地说，是以意志和信仰的方式存在着。

就是这样。

但木凯在内心深处不能不承认，这些年来他是多么孤单。这种孤单不是寂寞，不是冷清，而是心的寂寥，无边落木萧萧下，是一种巨大的、蚀骨的孤独。特别是去年，当他偶然得知了那个关于他身世的秘密，这种孤独变得更加强大和可怕。他常常觉得自己那颗心离开了身体，丢在旷野上被冷风吹着，被石头硌着，被无边无际的黑暗包围着。很多时候他无法承受了，就一个人走出营区，爬到营区后面的这座山上，站在这巨石上，一站就是几小时，渴望被高原的黑夜融化，融进那块巨石里。

他甚至想，自己也许就是由一块高原的石头变成的。

他站在那儿，一直站到黎明到来。然后匆匆回到宿舍，靠在床头抽上一支烟，军号就响了。军号一响，他就精神抖擞地站在了大操场上，和太阳一起升起在全团官兵的面前。

这样的升起所带来的愉悦足以抵挡三更半夜的寂寞和孤独。

因此，无论再苦再难，他也不愿意离开这支部队，不愿意离开西藏。他的生命是属于这儿的，属于这个高原的——如果说以前只是在冥冥之中感觉到这一点，那么，现在他则是清楚地确定了这一点。

三菱越野车驶进了军区大院。

路两旁那一排排左旋柳的叶子已经落光了，露出了褐色的枝干。没有浓荫遮蔽的路显出几分冷清。木凯让小韩直接把车开到政治部干部处去。他在心里盘算着，他已经两年没休假了，眼下政委在位，两个副团长也在位，即使不提父亲的事，也该同意他休假吧。

任何时候任何事情，不提自己的父亲，这是木凯为自己定下的原则。他不想别人因为父亲照顾他什么，或者顾忌他什么。他要靠自己。他必须靠自己。虽然父亲没有说过这话，但他相信父亲是希望他如此的。而且，他高傲的心性也会令他如此。他相信自己有能力干好，有能力成为一个出色的军官，而不需要借助别人。

当然，事实已经证明了这一点。

机关下班了。木凯直接来到了干部处处长的家。处长很惊讶，问他有什么事，这么急地来找他？他说他想休假，他想问问他的休假报告批了没有。

处长没有回答他，一个劲儿要他坐，还要他一起吃饭。

他不想坐，更不想吃饭。

他站在那儿问：处长你就告诉我吧，我的休假报告到底能不能批下来？

处长有些奇怪。他知道欧团长是个出了名的硬心肠，从来都是只顾事业不顾家的，就是离了婚也没能让他改变。现在怎么啦，怎么忽然之间这么恋家了？处长见他不坐，站起来在他面前走了两个来回，说：欧团长，我知道你该休假了，我知道你去年就没休假。可是……

木凯心里一紧：可是什么？

处长说：你知道，现在已经是年底了。

木凯说我知道年底了，面临老兵退伍。我们团里政委他们几个都在位。

处长说，今年不同往年啊！今年咱们军区要搞科技大练兵，你们团也要装备一批新装备。老兵一走，军区马上就要搞集训，明年的全训也要提前开始。

你们团又是重点。所以你的休假报告恐怕……

木凯在一瞬间几乎要说，我只要10天假期，或者我只要5天，3天也行！我要回去看我的父亲！我甚至只要在他的床前站立一分钟，我要见他最后一面！

可是他没有说，他一句话也没有说，他只是因为情绪激动而涨红了脸。但他那张黑黢黢的面庞丝毫也显不出他面部充血的样子。

处长说，是不是家里有什么事？

他还是不说话。牙关咬得紧紧的。

他不说话，处长反而感到过意不去了，解释说，这不是我个人的意见，也不是对你一个人这样，军区要求所有的主官这段时间都不离位。

木凯正了正帽子，挺胸立正，敬了个礼，转身就走。

处长说，你别急嘛。要不，我再把你的情况跟领导谈谈？

木凯拉开门，说，不必了。他走了出去。

去年夏天，木凯在军区开会，非常偶然地在招待所遇见了父亲一个老战友的儿子，林亚东。他是总参谋部的一个高职参谋，下西藏跑边防。他的父亲当年是和木凯的父亲一起先遣进藏的，70年代以后调到了北京。相同的父辈，相同的出身，使两人相见分外亲热，加上身处西藏那样一个地方，彼此一下子更亲近了。那天夜里，他们俩就待在招待所的房间里，边喝酒边聊天。他们用大杯喝，喝了整整三瓶全兴特曲，聊了整整一个通宵。

他们说父辈的事，说小时候的事，说着说着，林亚东就说，你为什么还待在西藏？为什么不想办法调出去？如果需要，我可以帮你的忙。

木凯说，不，我不想走，我喜欢这儿。

林亚东说：是真的喜欢？

木凯说，真的喜欢……你别用那种同情的目光看着我，我讨厌别人同情怜悯我们西藏军人，好像我们待在这儿就是吃苦，就是奉献，就是付出。不，西藏不仅让我们付出，还给予了我们许多许多。那是一种说不清道不明的给予。这种给予让我们快乐、愉悦、兴奋、激动，让我们足以与艰苦的环境抗衡。当然，这中间的情感滋味，外人无法体会。

林亚东说看来你还真的是和西藏有缘，真的爱上这个地方了。我还以为你是为了父母的理想。我佩服你，来，敬你一杯。

　　木凯和林亚东碰了杯，一饮而尽。他已带了几分醉意，嘎巴咬碎一个兔头，搅拌机似的，三两下就将兔头连骨头带肉碎成了末，咕噜一声吞下，说，当初我从军校毕业要求进藏的时候，我妈还挺不乐意呢。后来还是我爸坚持的。我爸说这孩子属于西藏。我爸太爱西藏了，他希望我能到西藏来继承他的事业。

　　林亚东说，那不仅仅是继承他的事业，还是为了实现你亲生父母的愿望。

　　木凯愣了，他盯着林亚东，说：我亲生父母？

　　林亚东已经醉了，没有察觉到木凯的惊诧，继续说，我爸说，你亲生父母都是西藏军人，去世前把你托付给了你父母，说要让这孩子长大了当兵，子承父业。你父亲答应了他们，他说你放心吧，我一定会把他培养成一个优秀军官的。怎么，这事你不知道？

　　木凯的酒意被他的话顿时惊得无影无踪，但他不动声色地继续问道：我的亲生母亲是谁？亲生父亲又是谁？

　　林亚东含含糊糊地说，母亲我不太清楚，父亲……我听我妈说，就是和你妈她们一起赶牦牛进藏的女兵队的医生，好像姓辛。

　　辛医生？！木凯听母亲说起过这个人，难道……一种不好的感觉在他心里出现，他猛地站起来，揪住林亚东的衣服说：操你妈，别跟我开这种玩笑！你以为你喝醉了酒就可以乱说吗？

　　林亚东想挣脱掉，但木凯熊掐虎钳的，10个他也无法挣开，任木凯拎着他，他的眼圈儿一下红了，说：我为什么要跟你开这种玩笑？你以为这好玩儿吗？我难过……我听我母亲说，当时她在医院当护士，你的母亲和你的亲生母亲，两个人差不多是前后生产……条件太差了，许多母亲生下的孩子都没能养活。当时你母亲那个孩子一生下很快就死了，而你亲生母亲生下你后大出血，也死了。但是你活了下来，你母亲就把你抱回了家……

　　这回木凯相信了，由于完全相信而异常难受。好像突然从一场温馨的梦中醒来，发现身边一个人也没有了，自己掉在冰窟里。

　　林亚东终于醉倒了，倒头就睡。

　　木凯一个人坐到了天亮。

　　天亮时分，他将最后半瓶酒倒进杯里，一口气灌了下去，然后戴正帽子，系好风纪扣，拉开房门，摇摇晃晃地走出了招待所。

　　尽管木凯相信了林亚东的话，相信了自己的真实身世，但他却无法改变过去的感觉。在他过去的感觉里，母亲非常爱他。

虽然母亲是个不善于表露感情的女人，她不会像别的中国母亲那样，把她们的孩子搂在怀里亲个没完，也不会像外国母亲那样直截了当地说，孩子我爱你。但母亲依然让他从小就感觉到了一种深深的爱。那爱是从母亲的目光里流淌出来的。母亲的目光永远都流淌着爱意，那爱意带着一种深深的忧愁，而不是像别的母亲那样，充满着柔情蜜意。

这就是母亲的与众不同之处。

木凯忽然想，别的不说，有一点可以明确证明，母亲非常爱他。母亲本来一直在西藏工作，她不愿离开西藏，不愿离开部队，也不愿离开父亲。即使是大哥和大姐都去内地上学了，她仍在西藏工作。但是到了木凯上学的年龄，母亲却终于下决心离开西藏了。她带着 7 岁的木凯、5 岁的木棉和 3 岁的木鑫来到了成都。虽然她仍把木凯送到了八一校住读，但每到周末，木凯就可以回家，和母亲弟妹在一起。

母亲是为他离开西藏的。

母亲为了他决然离开了她热爱的生活。

还有父亲。用大姐木兰的话说，她唯一一次目睹父亲落泪，就是为了他。

木凯当兵的时候并不在西藏，而是在云南。一入伍就赶上了那场边境战。用父亲的话说，是运气，一个军人的运气。更运气的是，他们连一上来就参加了一场攻坚战。

但他的连长在战役开始之前接到营教导员一个莫名其妙的命令：你要给我保证一班那个新兵欧木凯的安全。连长虽然莫名其妙，还是隐约明白一些，这小子的爹肯定是个有来头的家伙。他虽有想法，也不能不执行命令，就临时把欧木凯弄来当他的通信员，皱着眉头嘱咐他战斗打响后不要离开自己身边。

等战斗真的一打响，连长就把这事儿忘得干干净净了。他们连的战线拉得太长，仗一开始打得不顺，伤亡很大，他不能不全身心地投入到战斗中。什么欧木凯不欧木凯的，恨不能所有的兵都勇敢地冲锋陷阵，而且，他们别他妈的死掉，最好连花也别挂。而木凯也早已忘了连长的交代，炮击过后，重机枪一响，他就自己给自己下了命令，端起冲锋枪就冲出了阵地。这下好，刚刚发出两梭子子弹，他就中弹了。一发子弹滚烫地钻进了他的胳膊。

他被子弹强大的冲击力撞倒在地，枪脱了手，滑落到一边。他低头看了看胳膊，血从那里急速地涌出来，很快渗透了半个身子。他气坏了！他妈的他被别人击中了！

他嗷嗷叫着，爬起来，拾起枪，受伤的胳膊吊在一边，歪着身子单手搂火，一梭子子弹打出去，撂到了两个企图冲出坑道的敌兵。他的叫声一下把连长给惊醒了，连长突然想起了教导员的交代，急了，大喊：快把这小子给我拉下去！看住！

他被看住了，直到战斗结束也没再摸着枪。

那一仗应该说打得很漂亮。他们完成了任务，受到了表扬。但因为欧木凯受伤，连长还是被教导员训了几句。最后教导员说，算你小子运气，没让他送命，只是伤了胳膊。连长嘟囔说，那是他自己运气。伤了胳膊还那么大喊大叫地闹，要不是火力猛，子弹出膛快，早让对方两个家伙给报销了！

木凯的确运气，子弹伤在左胳膊上，贯通伤，但没伤着筋骨。他马上被送到战地医院去了。木凯觉得很不过瘾，最主要是他觉得委屈，刚接火就受了伤。他还没来得及多撂倒几个呢。他躺在医院里闹情绪，要求返回连队。当然没人理他。这时候连里面转来了他的家信，他才想起自己已经两个多月没给家里写信了。信不是一封，而是一摞，父母亲的，大哥的，二姐的，三姐的，还有弟弟妹妹的。每个人差不多都是一个意思：听说他上了前线，要他多保重，要他时常给家里写信。

木凯就搬了个小凳坐在病床前，想给家人写信。可提起笔就觉得丧气。又没立功，跟父母亲说什么呢？负伤的事情是绝对不能说的。于是他写了几句就撕了，撕了就忘了。这样又过了半个月，连长亲自来到医院，见面就说，欧木凯，你要是再不给家里写信我就处分你！

原来母亲收不到他的信，就给连队党支部写了一封信，问其儿子的下落。

木凯听了，情绪低落地说，写就写呗。但连长一走他就把这话给扔到脑后去了。谁知那时候他怎么会那么不懂事。一直到他伤好了回到连队，连里给他记了一个三等功，他这才想起给家里写信。

而此时，母亲由于长久得不到他的消息，已经快要急疯了。母亲为此更加抱怨父亲，她说你当时明知道他们那支部队是要上前线的，非要把他往那儿分。如果他这次有个什么三长两短的，你让我怎么活？

父亲嘴上说，能有什么事儿？木凯这小子从小就机灵，不会有事的。但他心里还是急了，他通过军区作战部一路查了下来，查到了营里。教导员吓了一跳，连忙找到连长，说他不是轻伤吗？连长说是啊，他好好的，没事儿。教导员问，好好的为什么不给家里写信？连长只好说他的伤正好在右胳膊上。连长把他的左胳膊换成了右胳膊，是想替他找点不写信的理由。其实连长也不明白这小子为什么不给家里写信。这倒让他有几分喜欢。但教导员还是生气，说那你们就不知道主动给他的家长说一声吗？连长的倔脾气上来了，说，我不知道他家长是谁！我就是知道了，我一百来个兵，该给谁说，不该给谁说？要说你自己去说，教导员只好自己去回话，说，人在，好好的，没事儿。

好在三个月后，木凯的信终于分别寄到了父亲母亲手中。

当时父亲还在西藏。据二姐木兰说，她正好去看父亲，父亲坐在沙发上，叫她读信。她就把那封短得只有半页的信读了。父亲一句话也没说，只是示意她把信拿给他。他就捏着那封信，坐在那儿，眼睛盯着窗外，直到一滴老泪滚落出来。

以后，木凯作为优秀士兵被送到军校去培养。他在军校各科成绩都很优秀，毕业时学校想把他留下来，他却提出了进藏申请。当时他一点儿没想到要和父亲母亲商量。他觉得父亲在那儿，大哥在那儿，大姐也在那儿，他进去是理所当然的，父亲母亲一定会赞成。没想到当他打电话告诉母亲时，母亲竟生气了。她说你这孩子怎么自作主张？谁让你进藏的？你还嫌我操心不够？你给我把申请撤回来！

木凯很意外，他有些不理解母亲，她从来都是支持家里的孩子进藏的，为什么对他会是这样的态度？他不明白，便以沉默抗拒。

后来还是父亲站出来支持了他。

父亲说，让他来吧。像他这样的军人，西藏永远都需要。

父亲还说，我们得说话算话，我们必须实现我们的诺言。

这后一句话，木凯没有听见。

第二天早上林亚东酒醒了，恍惚回忆起昨晚好像聊到过木凯的身世，连忙找到木凯，说，木凯，我昨天晚上说什么了？

木凯平静地说，没说什么。

林亚东看着他的红红的眼睛，看着那一烟缸的烟头，说，不对，我肯定是说什么了。

木凯说，如果说你说了什么，那都是应该说的。我应该知道的。

林亚东说，好像我跟你谈起过你的身世。是不是在此之前你并不知道？

木凯不说话。其实早上离开招待所后他开始怀疑林亚东的话是否准确，是否是讹传。但很快他就排除了这种可能。他是十八军的子弟，他知道这样的事在十八军中并不鲜见。

林亚东非常懊悔，打着自己的脑袋说，对不起对不起，我真该死！我一直以为你知道，这么多年了，我想你爸爸妈妈会说出来的。早知如此，我真不该……

木凯说，你放心，我又不是孩子，不会怎么样的。

沉默了一会儿，林亚东揽住他的肩说，其实像咱们这种家庭的孩子，是不是亲生的无所谓，真的。你看我们家这几个亲生的孩子，还没有你和你父母感情好呢。

木凯淡淡地说，这是两回事。

但他心里还是承认林亚东说的对。比如在他们家，大姐木兰和母亲就有隔膜。小时候他不太明白，以为是大姐性格太内向的缘故。后来随着年龄的增长他才明白，那是因为大姐从小不在母亲身边造成的。亲情也是要培养的，仅有血缘是不够的。而他和母亲之间，就一点儿没有隔膜。正像林亚东说的，像他们这样家庭的孩子，即使是亲生的孩子，又有几个能像他和母亲之间这么亲呢？

林亚东说，孩子和父母的感情也要培养，光靠血缘不行。所以我现在的孩子，再难我也自己带。不把他丢给别人。

木凯不再说话。

木凯也有孩子，但木凯不和自己的孩子在一起，也许永远都不可能。这和自己早早地就没了亲生父母有多少区别呢？无论木凯怎么在心里说服自己，无论他怎么确定父母是爱自己的，他还是感到难过。他怕自己在父母面前流露出来，只好放弃了当年的休假。反正离了婚，他也无家可回。他打电话对父母说，工作太忙，走不开。他听出他们非常失望。在那一刻他心里很难受，他真想说，我这样做不是抱怨你们，也不是为了疏远你们，我只是想……这样做而已，没什么道理。原谅我！爸爸妈妈！

可是他万万没想到，他从此再也见不到父亲了。

唯一庆幸的是，他没让父亲在生前知道自己的心事，知道他已经得知了真相。父亲一直把他当作亲生儿子，也一直认为他把他当作亲生父亲的。他愿意那样做。他甚至害怕自己会生出别的什么念头来。但是出了林亚东的事后，他突然有些不太习惯。

西藏的天总是黑得很晚。已经7点多了，还像内地的黄昏似的。落日迟迟不肯离去，在西边徘徊着，但月亮已经迫不及待地升起来了，它们在天空中遥遥相对。这样的景色，只有西藏才能见到。好像只有西藏这个地方才能给太阳和月亮提供这样的机会似的。木凯不知道太阳和月亮，它们是在期待着与对方相见还是不得已才与对方相见？

木凯坐在自己的房间里，对着窗户，等着天黑下来。

晚上8点，要开团党委会。木凯给自己一个小时的时间调整心态，让自己振作起来，他暂时不想让大家知道父亲去世的消息。这么艰苦的日子都挺过来了，他不想在最后作总结的时候，让大家因为自己的情绪受到影响。

但他的身体却有些不听话地开始发烧。

他没有开灯，就是不想让人知道他在房间里。他要一个人慢慢地等待天黑下来，太阳彻底落下去。

小的时候他也干过这事，一个人跑到一片树林里去，等天黑。他眼睛一眨不眨地盯着天空，但天空始终是亮的。后来他盯累了，揉了揉眼睛，天一下就黑了。天黑后他竟在那片树林里睡着了。也不知过了多久，他醒过来，发现自己已经躺在了宿舍的床上。班上的小朋友说，是徐老师把他抱回来的。

想到徐老师，他脑子里忽然跳出一件事来。这件事曾让他很疑惑，后来却淡忘了。

那时他在成都八一校住读。那是一所西藏军区的子弟学校，那里聚集着十八军的后代，聚集着西藏军人的后代，那里有许多叫高原或者小峰的男孩儿，还有许多叫萨萨或者雪莲的女孩儿。他们的父母都在西藏，他们是在一个又一个、一年又一年远离父母的日子里长大的。甚至有的孩子就在那样的日子里永远地失去了父母，成为真正的孤儿。

那是西藏军人后代的摇篮。木凯家有好几个孩子都是在那里长大的。

小时候的木凯和所有的男孩子一样，非常淘气。有一天他在学校操场上看见一个女孩子，手上拿了个红红的橘子，非常眼馋。先是拿玻璃弹子和人家换，人家不肯，就趁其不备一把抢了过来，并且剥了皮迅速吃了下去。小女孩儿大哭不止。那橘子是她母亲来看她时给她买的，她在怀里焐了好多天，橘子都焐熟了也一直舍不得吃。

小女孩儿哭得上气不接下气，去告了老师。老师就来找木凯的班主任告状，班主任就是徐老师。徐老师来找他，班上的男生马上通风报信，木凯看无处可藏，就爬到宿舍的天花板上躲了起来。徐老师到处找不到，以为到了吃饭的时候他总要出来，没想到男生们竟偷偷地给他把晚饭送了上去，他吃了饭，就在那个落满灰尘的地方睡着了。

徐老师本来很生气，想好好训他一顿的。可到处找也没找到，晚饭时也没见人。就有些心慌了。到了熄灯睡觉的时间，还是没有人影。徐老师又怕又气，把班上的男生弄来审，可男生们一个个都跟小共产党员似的紧闭着嘴巴不说。

木凯倒是一点儿事没有，一觉睡到天亮。

早上他从梦中醒来，听见有人在哭。是徐老师。

徐老师一边哭一边说，木凯你在哪儿呀？你别这样吓我，你要是有个三长两短，我怎么向你爸爸妈妈交代呀，我怎么对得起辛医生呀……

木凯在天花板上听得清清楚楚，他想不明白，对不起他的父母他可以理解，为什么还对不起一个医生？那个姓辛的医生又是谁？

徐老师的哭声让他有些难过和不好意思，他从天花板上摸摸索索地爬了下来。

起初徐老师突然看见那么一个满身是灰的孩子，吓了一跳，待看清是木凯，她上去照着他的屁股就狠狠地给了他一巴掌。木凯没有哭，他仰起脸问：徐老师，辛医生是谁？

徐老师愣了一下，说，什么医生不医生的！你下次再敢这样，我就写信告诉你爸，让你爸收拾你！

木凯嘻嘻一笑，逃出教室，就把这事丢到脑后了。

也许林亚东说得对，像他们这种家庭的孩子，亲生不亲生已不重要。他们的父母注定了是要为千百万个家庭付出自己的家庭的，他们一生下来就承担了和父母同样的时代命运，他们就像一些随风飘扬的草子一样，在哪里落下了，哪里就是他们的家。在哪棵树下发芽了，哪棵树就是他们的父母。比如徐老师，她在木凯心里就是那样一棵树。她就像母亲一样。他们许多同学对老师的感情都胜过了自己的母亲，那是因为他们是在老师身边长大的。每天早上醒来看见的第一个人肯定是老师，每天晚上入睡的时候，听到的最后一句话也是老师说的。冬天的早上，老师自己也睡眼惺忪的，却不得不一个个地叫他们。他们虽然实行的是半军事化管理，吹起床号。可毕竟是孩子，听到号声也起不来，舍不得离开那个热被窝，老师常常拉起这个，又倒下那个。到了毕业的时候，没有哪个学生不抱着老师大哭的。6年的时间，学校就是这些孩子的家呀。

木凯最后一次见到徐老师，是在他进藏许多年之后。

那年春节，已是连长的他回家探亲。他陪着妻子上街，妻子要买蜡梅，他站在旁边等。这时，一个男人推着一个轮椅走过来。轮椅上坐着的女人也要买蜡梅。当那个女人开口说话时，木凯听着像是徐老师的声音。可是木凯不相信徐老师会坐在轮椅上。他试着叫了一声：徐老师？女人转过头来。真的是徐老师。

徐老师也马上叫出了木凯的名字。她记得住每一个孩子的名字。因为身体不好，她自己一辈子没孩子，可她成了一个孩子最多的母亲。木凯说徐老师你怎么了？徐老师微笑着说没什么。徐老师的丈夫说，徐老师一年前脑血栓中风，下肢瘫痪了。木凯强忍着，才没让自己的眼泪涌出来。他叫妻子先回去，自己推着徐老师回家。

到了家门口，木凯恳求徐老师的丈夫说，让我把徐老师抱进屋去吧。

徐老师的丈夫点点头。

木凯将徐老师从轮椅上抱起来，他这才发现徐老师是那么轻那么轻。他的眼泪再也忍不住了，在眼圈儿里打转。他哽咽地说，徐老师，你怎么会这样？都怪我小时候太淘气了，让你操心得了病，我该早些来看你的。

徐老师递给他一张纸巾，哄孩子似的对他说，别这样说，你是个好孩子，我为你感到自豪。我一直都为你感到自豪，你看你已经是一名优秀的军官了。徐老师高兴都来不及呢，怎么会怪你？

那天，他陪徐老师说了很久的话，他很开心，徐老师也很开心。徐老师的丈夫说，徐老师已经好久没有这么高兴过了。

后来说到了那次他在学校"失踪"的事，木凯就问起了"辛医生"，他说你当时说对不起辛医生，辛医生是谁？徐老师沉吟了一下说，木凯，命运中有些

86

事情，不是你能够掌握的，还是不要弄清楚为好。木凯就没有再问下去了。

后来他走了。他站在床边，给徐老师敬了个礼，然后转身就走，他怕自己的眼泪再次涌出来。回到西藏后，他立即就托人给徐老师买了好多虫草带去。可是等他再一次探亲时，徐老师已经去世了。

徐老师为什么那么爱自己，难道她是自己的亲生母亲吗？

木凯忽然想到了这个问题。

不可能。不可能。木凯马上否定了自己。徐老师对每个孩子都非常好，木凯兄弟姊妹几个孩子都很爱她。在后来的那一天，他们都去参加了她的葬礼。

天终于黑透了。

月亮在黑夜中显示出它的魅力来，那么亮，那么干净。

木凯看看表，7点50分。他站起来拉亮灯。他知道政委路过他门口时，会叫他的。但他刚一站起来，就力不能支地晃了两晃，倒在了地下。一直守在门外的公务员小林听见动静马上跑进来，把他扶到床上后，慌不迭地跑去叫医生。

政委比医生先赶到。

政委有些不快，说，下午专门给你时间看病你不好好看。我听说你一瓶吊针没打完就跑了，去军区了。有什么要紧的事你连命都不顾了？

木凯知道政委想到别处去了，但他没有解释，只是笑笑。

医生来了，量了体温，39.5摄氏度，打了一针退烧针，又挂上了盐水。欧木凯叫医生先离开。他对政委说，有些事，我以后再给你解释。我现在有个请求，党委会能不能就在我房间里开？

政委说，你能行吗？

木凯说，没问题。发个烧算什么。你不也常这样吗？

政委无奈地笑笑，叫人去通知其他人。

木凯在心里对自己说，无论什么情况，你都不能垮。更不能因为父亲不在了而垮掉。父亲希望看到的是一个坚强的你，父亲的离去只能使你变得更坚强。

第五章

　　木鑫走了吗？让他走吧，他这样做总有他的道理，不要勉强他。

　　木棉也要走吗？走吧走吧，妈妈没事儿。妈妈只是想说说话。

　　木槿，你不要再哭了，你那样哭让妈妈心疼，也让你父亲不能安宁。你父亲生前最疼爱的就是你了，你现在这个样子，他死了也会心疼的，他会疼得睡不着。你让他安息地睡吧。

　　你们不用担心我，木军，木兰，虽然你们的父亲走得这么突然，可我不难过。你们看我不是没有流泪嘛。

　　我这一生已失去过许多亲人了，我曾经大声地哭过，泪流满面地哭过，悲痛万分地哭过，我也曾无声无息地流泪，从夜晚到天明。但现在，我不会再哭了。因为我不难过，我知道你们的父亲离开我是迟早的事，我还知道他不过是先走一步，到另一个世界等我去了。这有什么好难过的呢？所有那些离开我的亲人，他们都在那边等我呢。他们留下我，是因为我还有一些事没做完。总有一天，我把今生该做的事都做完了，也会到那边去的，会去和他们团聚的。所以我不难过。

　　我难过的是另一点。那就是你们的父亲直到离开这个世界，都没有被你们接受和理解，他是带着遗憾走的啊！虽然他不承认这一点，但我知道。我为他难过。

　　我没有责怪你们的意思。因为这是他自己的选择。他说过，我不需要理解。因为他这一生是壮怀激烈的一生，是倒海翻江的一生，不是所有人都能够理解的，甚至包括你们这些孩子。可是我需要，我需要你们理解你们的父亲，否则我的心无法安宁。

木兰，我知道此刻你非常想知道你的身世，还有你，木军，你也有着许多疑惑，你们的眼睛告诉了我。但我还是要请你们耐心等待，我得从头说。在没有说到老大和老二之前，我无法说清楚你们。因为那不是一个简单的故事。即使是一个简单的故事，也因为生长在复杂的人生经历中而无法简单。我不可能在移植一株树时，只拔出无数根须中的一根。

请让我一个一个地说，一点一点地说。让我告诉你们，我是在经历了什么样的日子之后，才成为你们的母亲。

1

那个夏天，当我们从军政大学毕业的 100 名女生报名参加了十八军后，就跟着接兵的同志从重庆来到了十八军的集结地乐山。由于路途上被家长拉走两个，实际上我们到达目的地时还有 98 个。98 个也真不少呢，整整三卡车。

到乐山后，我们很快被分配到了各师。我和吴菲、刘毓蓉三个人分到了一起，参加了新组建的康藏运输队。我就是在这时候，认识了苏玉英。其实我从没叫过她名字，我一直叫她苏队长。她是我们新组建的女兵运输队队长，我们将跟着她往西藏走。

苏队长比我大 4 岁，也就是说，我认识她时，她也不过 22 岁。要是放在现在，22 岁的女人完全是小姑娘的感觉。但 22 岁的苏队长已经是个非常沉稳、能干的女军官了，而且还做了母亲。所以她看上去远远不止大我 4 岁，好像大了一个辈分。我看她时，总有一种小孩儿看大人的感觉。在此之前，我从没见过她这样的女人。人长得好看不说，身上有一股说不清的帅气，走路说话都显得精精神神，充满了朝气。反正就是和我们这些女学生不一样。

所以第一次见到苏队长，我就喜欢上了她。

当时我们分到运输队的十几个女兵，正像燕子似的在那儿叽叽喳喳说个不停。她来了，腰间扎着皮带，短短的头发上戴着一顶帽子，眼里盈着笑意，那笑意里有喜悦，还有疼爱。我一直没想明白，她也不过 23 岁的年龄，怎么就会有那样的笑意？她一手揽住我的肩，一手揽住吴菲的肩。她说，同志们，以后咱们就天天在一起了。有什么困难，有什么想法，就告诉我，我会尽力照顾好你们的。我当时想，你也不大呀，怎么说话跟我妈妈似的。

苏队长是个南下来的"老革命"，已经参军5年了，本来刚做了母亲，一听说成立了女兵运输队，她就背着吃奶的孩子赶回来工作了。我们知道后一下崇拜得不得了。特别是吴菲，老是缠着她问，你打过仗吗？枪响的时候你怕吗？

对我来说，苏队长让我着迷的不仅仅是这个，而是她竟然结了婚，竟然做了母亲。我很想知道那个做了苏队长丈夫的男人是什么样子的。因为在我看来，苏队长是个非常出色的女人。不知谁能够征服她的心。老同志告诉我，苏队长的爱人是先遣支队的政委，已经先一步出发了。他们是一家三口，不，加上保姆张妈，是一家四口举家进藏。

但我有一种感觉，苏队长有心事。

一直到许久以后，我才知道苏队长的心事。

我们分到运输队后，就在苏队长的带领下，积极投入到了进军西藏的准备工作中。这准备工作包括三个方面，思想、物质和身体。思想准备主要是学习时事，学习政策，了解西藏，掌握宗教政策和知识；物质准备也很重要，因为是去高原，吃的和穿的都和内地部队不一样，但那主要是上级的事。对我们说，最最具体和重要的，是身体准备，即开展体能训练，为进军高原打下一个良好的身体基础。

为了强化体能，我们和男兵一样，把大如磨盘的石头捆起来背在背上，然后急行军。苏队长把孩子交给保姆张妈，带头背起石头走在最前面，我们一个个紧跟其后。周围的老百姓看了不解其意，不知道解放军在干吗。如果说是为了搬运石头吧，怎么背出去又背回来了？大概他们从来没见过这样的军事训练。

我们每天背着石头走几十里山路，这样的训练强度别说是我们这些刚入伍的新兵，就是南下来的老战士也有个适应过程。所以全累得直喘大气，汗水一次次地湿透了衣服。吴菲累得受不了了，跟苏队长说，年轻人，力气用了睡一觉就会长出来的。现在这样消耗体力，以后真的进军西藏没力气了怎么办？苏队长说，在高原上行走，消耗的体能将是内地的几倍。根据先遣部队的经验，这样的训练很有必要，也很有效。苏队长还说，这点困难算什么？更大的困难在后面呢。

苏队长的话我句句都很相信，我甚至觉得那都是她丈夫告诉她的。我却不知道他们已经有好几个月没通音讯了。

我还好，从小爬山爬惯了，脚上有劲儿，适应比较快。刘毓蓉年龄大，好强，总是紧跟在苏队长的后面，吴菲就有些受罪了，常常上气不接下气地落在最后面。和她一起落在后面的是上海姑娘徐雅兰，她的身体不太好，我们是越跑脸越红，她是越跑脸越白。年龄最小的赵月宁反而比她们俩还强些。赵月宁那时周岁还不到 14 岁。但她比我们的军龄都长。1948 年部队解放了她的家乡，她死活缠着苏队长参了军。

但不管是谁，不管每天累得怎么叫唤，早上没有一个赖在床上不起来的，都强撑着爬起来继续锻炼，那个时候谁也不愿意显得自己娇气，都暗暗较着劲儿。

半个多月下来，我们感觉自己强壮多了。

苏队长很快就发现我唱歌唱得很好，她推荐我去演节目。她说等我们到了甘孜和大部队会师后，就要演出精彩的节目来慰问先遣支队。

我已经说过了，中学时我是学校合唱团的领唱。我尤其喜欢我们女声的无伴奏合唱，好像无数轻柔的少女在月光下仰望星空。那时我们唱《平安夜》，唱《欢乐颂》，也唱《梅娘曲》。但到部队后，我很快发现这些歌儿太不适应部队的火热气氛了，还是那些充满激情的革命歌曲更能唱出我们的心情。

我们排演了好几出小歌剧，主要是《白毛女》《血泪仇》，还有《刘胡兰》。让我最忘不了最受感动的是刘胡兰。也许因为我们都是年轻女性吧。每次演到她牺牲时，我总是忍不住流泪。我难过地想，她才 15 岁呀！她和小赵差不多大呀。我还想，比起刘胡兰，我们受的这点苦算什么呢？

日子过得很快，也很开心。我们每天都问苏队长：什么时候出发呀？什么时候去解放西藏呀？苏队长说，别急，先遣支队刚到，正在建立根据地呢。

苏队长说这话时，口气非常亲切，好像说着自家的事。我想苏队长一定比我们更盼望着早些出发。

有一天夜里，苏队长坐床边给我改那件太大的棉衣，我趴在一边看。我忽然说，苏队长，你好像心情不好？她很吃惊，针把手指都扎了。她说你个小丫头，怎么知道的？我说我看出来了。我能帮你吗？我真的很想帮她，我想对她好，我不想她难过。

她叹口气，摇摇头说了两个字：孩子。

她一边说一边用嘴去吮手指，我发现她的左手无名指和小指都是弯曲的，而且有个很大的疤痕。我问她是怎么受的伤。我想说不定她会就此给我讲个战斗故事。但她犹豫了一下说，是小时候上山砍柴时不小心受的伤。我有些失望。我以为所有的伤都和打仗有关。我又问她为什么为孩子发愁，孩子不是好好的吗？她叹了口气，不肯往下说了。

后来我才知道，她想把孩子带上路，也就是说，她想带着孩子一起进军西藏。那么小的孩子她实在丢不下。她的老家在安徽，本地又没人可托付。再说孩子出生到现在都没见过他父亲，她也很想把他带进去让他父亲看看。可是我们要去的地方不是一般的地方，是西藏。而且我们将徒步翻山越岭，那么小的孩子，能行吗？领导上有些顾虑。

苏队长就是在为这个心事重重。

后来，上级终于同意她带着孩子上路了，她高兴得第一个跑来告诉我。也许是因为我最早看出她心事的吧。我真为她高兴，我当时就拍着胸口对她说，把孩子交给我吧，我来帮你背。我会背。

现在想来真是奇怪。我为什么会说那样的话？难道我早就预感到了什么吗？不不，我没有预感，丝毫也没有。

有许多事情是永远无法解释的。更何况这样的事情发生在西藏。

苏队长开心地拍拍我的头说，小白，你把自己带好就行了。孩子有张妈呢。

在后来的进军路上，苏队长为了不让孩子影响工作，几乎不让张妈带孩子到我们中间来。不要说我们，就是她自己也很少抱孩子。只有到了休息的时候，她把我们都安顿好了，才从张妈那里接过孩子来喂奶。那孩子生在虎年，小名就叫虎子。我们都很喜欢虎子。尤其是我，好像天生和他有缘似的。

是啊，我的确是和这孩子有缘，要不，怎么解释后来发生的一切呢？

2

1950 年 3 月，十八军先遣支队开始一面进军、一面筑路。历尽千辛万苦，4 月 28 日抵达甘孜，之后继续修路、修机场等，建立大部队进藏基地。到 1950 年 8 月，公路终于通到了甘孜。

1950 年 8 月底，十八军进藏大军出发，9 月初抵达甘孜，与先遣支队会合。

1950 年 9 月，先遣支队渡过金沙江，10 月，解放了西藏重镇昌都，为大部队进军西藏打开了大门。

1951 年 5 月 23 日，《中央人民政府和西藏地方政府关于和平解放西藏办法的协议》在北京签字。

1951 年 8 月，先遣支队从昌都向拉萨进发，9 月 9 日进入拉萨城。与此同时，在云南、青海、新疆等兄弟部队的配合下，大规模的进军开始了。我军分路横渡金沙江、澜沧江、怒江，从四路分别向西藏进军。

1951 年 10 月，主力部队到达拉萨，以后又进入日喀则、江孜，乃至边境重镇亚东，完成了和平解放西藏的伟大战略任务。

这段历史，我也是很久以后才搞清楚的。当时我就像一滴水，融进了革命的洪流中，汹涌澎湃地向那块高地冲去。我不可能跳出洪流在高处纵览全局。不过我还是知道自己是去干什么，就像我们的队长苏玉英说的那样，我们是去解放祖国大陆的最后一块土地，解放水深火热之中的藏族同胞。

1950 年 8 月，我们女兵运输队和十八军主力部队一起，开始向西藏进发。就是说，从 1950 年 8 月起，我们女兵进入了这段重要的历史。

我为此感到自豪。

有一回我在哪个杂志上看到一篇文章，写的是中国女兵首次进藏的事。我以为写的是我们，一看根本不是。从头到尾都是瞎话。什么 500 名女兵被送进拉萨，抵达拉萨后由于不适应又送出来了，如何如何，还写得挺神秘，时间也不对，说的是 1968 年。也不知是什么人胡编的。

我跟你们的父亲说，中国女兵首次进藏，那就是我们。我们是活着的见证。

当然，我从来也没觉得这有什么可炫耀的。

不仅如此，我还知道很多人对我们这批进藏的女兵有非议。我不在乎。因为这种非议从一开始我就听见了，但从一开始我就不在乎。为什么要在乎呢？我只在乎我自己内心的想法和感受，只在乎我亲眼看到的，亲身经历的。别人说什么，我不在乎。

我还记得出发前开誓师大会时听到的那些话。

当时我们女兵站在黑压压的进藏大军队伍里，非常醒目。操场四周有许多群众围观，一些孩子还爬到了树上。我在他们好奇的目光中感到很自豪，拼命地挺着胸脯大声地喊着誓词。这时我听见了旁边的议论：瞧瞧这儿还有女兵呢。她们能干什么？也能打仗吗？马上有人说，她们是去给那些军官当媳妇的。

我当时真觉得好笑。我想这些人的觉悟也太低了，太看轻我们了。我真想大声地对他们说，你们懂什么？这是革命。我是来参加革命的，不是给谁当媳妇的。我们要求进藏，是为了解放祖国大陆的最后一块土地，是为了解放灾难深重的西藏同胞。

不过我当时可顾不上跟他们解释。我在认真地听首长们讲进军任务。首长们说，西藏有120万平方公里的土地，有100多万人口。我听了非常自豪，我们要解放这么大一片土地呀。解放战争中，那些老革命解放了一个小城镇都会无比自豪，那我们还不豪情盖天？首长还说，西藏是全国唯一不通公路的省区，是世界屋脊，气候寒冷，空气稀薄，因此我们将面临的是两个敌人，一个是国内外的反动势力，一个是特殊艰苦的自然环境。我对两者都没有具体感受，一想到不久之后我将会站在世界屋脊上，亲手解放受苦受难的西藏人民，心就激动得怦怦直跳。

一直到许多日子后，我才把我听到的老百姓那些"没觉悟"的话告诉苏玉英队长。我是连着一串笑声一起告诉她的。我说他们太好笑了，还以为我们是来当媳妇的。他们连革命都不懂，连男女平等都不懂。我一边笑，一边抚摸着苏队长怀里那个孩子的脸。

苏队长望着我笑，她说，这丫头，无忧无虑的，看来什么苦头都没吃过。

她说这话的时候，我们已经到达了甘孜。她正坐在一个老百姓的房子里给孩子喂奶。在我看来，我已经吃了不少苦头了。我不明白苏队长为什么说我什么苦头都没吃过。我的确没想到，更多的苦头还在后头。我更没想到的是，所有生活上的苦都不能叫做苦。

我至今能想起苏队长说这话时的神情，很慈祥很疼爱的样子，就像我的母亲。我不明白她不过23岁的年纪，怎么就会有这样的神情。现在我有些明白了，她是将她的一生浓缩了，在她说这话的一年后，就走完了她的全部生命路程。

　　到了 8 月底，终于从前面传来了好消息：先遣支队已将公路抢修到了甘孜，大部队可以出发了。

　　出发前，军里召开了隆重的誓师大会。

　　大会在眉山三苏公园的广场上举行。那一天是个大晴天。下午 4 点钟的样子，进藏大军的官兵穿着整齐的新军装，扛着枪炮，唱着雄壮的歌从四面八方拥向会场。前来欢送的群众更是人山人海，把会场四周挤得水泄不通。队伍经过公园门口的彩门时，站在路两旁载歌载舞的学生们把五彩缤纷的花瓣撒在官兵们身上，还把鲜花和彩旗插在战士们的背包上。那种热情洋溢的场面让人无法不激动。

　　我走在女兵队伍里，又自豪又有些害羞。女兵队伍非常醒目。我们的队长苏玉英站在排头，英姿飒爽。我们女兵则三人一排跟随在后面，和男兵一样穿着新发的军装，扎着腰带，还把帽子低低地压在头上，遮住刘海儿。当我们走进会场时，不知道是谁高喊了一声，看，女兵！一下子好多人拥上来看我们。这让我想起了重庆解放时，我在街头见到的那一幕。没想到一年后自己就站在这样的队伍里了。我不自觉地将胸脯挺得更高，迈着有力的步子，在大家羡慕的目光中走进了会场。

　　会场上悬挂着红底金字的横幅：进军西藏誓师大会。下面是黑压压的队伍，进藏大军庄严威武，刀枪闪亮，红旗飘飘。那种气派，让人心潮激荡。

　　礼炮响了。五星红旗徐徐升上了天空。在隆隆的礼炮声和雄壮的军乐声中，誓师大会庄严开始了。我们的军长和军政委站在主席台上，率先向党宣誓。

　　不管进军道路上有多么大的艰难险阻，我们都要完成进藏任务，誓把红旗插上喜马拉雅山！——这是军长的誓词。

　　为了祖国的统一和共产主义事业，我们要发扬革命英雄主义，不惜牺牲自己的一切，直至生命。你们记住：此去边疆，如果我为祖国献身了，请一定把我的骨头埋在西藏！——这是军政委的誓词。

　　我想告诉你们的是，他们说到做到，他们真的把自己的一生都献给了西藏。西藏的雪山掩埋了他们的忠骨。"藏我于雪山之上，望我第二故乡。"这就是他们诗一般的遗嘱。

　　军政委大声地问：同志们，钢枪擦亮了没有？

　　擦亮了！全体官兵大声回答，如同雷声滚过。

进藏的守则记住没有？

记住了！又如同雷声滚过。

我们的军政委真是个非常善于做鼓动工作的领导。几句话一问，全场的气氛更加热烈。他说好，现在让我们举起手来，一起向党中央毛主席宣誓！

整个会场好像滚过春雷一般，齐刷刷地举起了森林般的手臂：

——我们是人民的战士，是坚强的国防哨兵。光荣地领受了解放西藏建设西藏、把帝国主义侵略势力驱逐出国境，保卫祖国边防，保卫世界持久和平的伟大任务。我们有决心，有勇气，有把握，为保证其圆满实现而战斗！

雷鸣般的誓言在川西平原上回荡着，在稻花飘香的田野上回荡着：坚决把红旗插上喜马拉雅山，让幸福的花朵开遍全西藏……

让我感到激动和自豪的是，在轰隆隆如雷声的宣誓中，清晰地响着我们女兵的声音。我们的声音如同闪电，为雷声助威，在雷声中开出艳丽的花来。

随后，在热烈的掌声中，各地代表送上了大批的锦旗、鲜花、礼品和慰问袋，堆满了整个主席台。一个少女跑上主席台去，将一株带着泥土的鲜花送给了我们的军长，她说她想请解放军叔叔将这株美丽的花朵带到西藏去，让它开放在西藏的土地上。这一幕让大会的气氛更加热烈了，并且充满了诗意。

夜幕降临，红绿色信号弹飞上了天空，成千上万的群众举着火炬从会场拥向大街，开始游行，那些火炬立刻把全城照耀得如同白昼一般。

我走在队伍里，心咚咚直跳，恨不能一步跨到西藏去。

3

我们出发了。

兵车一辆接一辆，浩浩荡荡地驶出了那座川西小城。车上贴着大红标语，车头上还挂着大红花。路旁是欢送的人群，我们坐在上面，有一种说不出的自豪。但我们努力地保持着威严，没有把笑容挂在脸上。

我们终于向西藏进发了！

苏队长说，小白你领大家唱个歌吧。

听见苏队长叫我，我马上站起来起音，但还没唱出口人就倒下了。车被不平的路狠狠颠了一下，歌声一下变成了笑声。女兵们绷了很久的脸一下绽开了，笑声顿时撒了一路。吴菲扶起我，几个女兵把我环绕在她们的手臂里。我扬起头，高声唱起来：

> 向前向前向前
> 我们的队伍向太阳
> ……

大家立即和我一起唱起来。

这个歌应该算是我们那时候的流行歌曲了吧？几乎走到哪儿都能听见，人人都会唱。

我们唱着歌，眯着眼。那时候的路几乎全是土路。碰上几天不下雨，车轮碾起的灰尘就有几丈高。那些灰尘像淘气的男孩儿，自始至终跟在我们车后，好像舍不得我们，送了一程又一程。我们随便用手抹一把脸，就是一手的土末儿。

风呼呼地狂吹着。幸好出发前，我们已经把长长短短的头发全部剪掉了，短得和男同志没什么区别。就好像现在街上那些时髦的女孩子一样。当然我们不是为了时髦。苏队长告诉我们，你们一定要做好充分的吃苦准备，这一路上不可能有水洗脸洗澡的。我们就痛痛快快地把头发剪了。连最漂亮的上海姑娘徐雅兰也忍痛剪掉了她那齐腰的秀发。她仔细地把秀发包在报纸里，轻言细语地说，也许什么时候演出还用得着。

剪头发之前，我和几个同学特意到眉山的照相馆照了一张相，留作纪念。照相的时候我有意笑得很开心，然后把那张照片寄给了母亲。我在信上告诉她我到西藏去了。为了让母亲放心，我还特意说，西藏很美，就像天堂一样。但那里的人民很苦，我们一定要把他们救出苦海，让他们过上好日子，过上平等自由的生活。我们的事业是神圣的事业。最后我告诉她，等解放了西藏，我就回重庆去看她。那口气，就好像你们现在跟我说要去出差一样。

我没想到自己一去不回，更没想到再回去时我已经没有了母亲……

木兰，那年是你陪我回去看母亲的。在进藏许多年之后，我终于又回到了内地，我抱着半岁的你去重庆老家。

一路上我想象着母亲看到我的样子，想象着母亲得知我已经结婚、并且也做了母亲的样子。我想母亲也许会责怪我，这么草率就成了家。但我会好好向她解释的，我会把这些年的经历全都告诉她的。我相信母亲听我说了之后会理解我的，而且她会非常乐意帮我照料孩子的。我甚至想象着母亲见到你，见到她的外孙女时，那快乐的样子。

但是，一切想象都落了空。等待我的是一个不幸的消息：母亲已经病故了。

最让我难过的是，她是在我已经启程回家时病故的，刚刚离去一星期。如果我早一点回来，或许母亲还有救。邻居们告诉我，母亲一直非常孤单，常常念叨我。尤其是在生病的时候。我知道她实在是撑不住了，她撑了5年，等待她的女儿，却终于在女儿回来之前撑不住了。我有些想不明白的是，她为什么没有一点感应呢？难道她不知道我已经上路了吗？因为没有一个亲人，是母亲的几个学生和原来的教友安葬了她。为了尊重她的意愿，坟地就选在那座已经荒废的教堂后面。教堂上的钟还挂在那儿，只是锈得无声无息了。我不知道我的母亲，她走进她向往的天堂没有？

木兰，我抱着你站在母亲的坟前，我告诉她我也做了母亲，我告诉她我终于明白了她眼底的忧郁从何而来。滚烫的泪水源源不断地从我的眼里流出，很快又变得冰凉。但我没有哭泣。我已不再是5年前的我了。我只是无声地流泪。坟地四周的黄草在秋风里悄声地絮絮叨叨，似乎在劝慰我。

终于，一直安静地躺在我怀里睡觉的你，放声大哭起来，仿佛是在替我哭泣。我没有哄你，我想让母亲听听你的哭声……

不说这个了。

还是接着说我们进藏。

进藏之前我们剪短了头发，从那次剪短了头发后，我这辈子再也没有留过长发了。我把长发，还有别的女人所特有的快乐都放弃了。

我们女兵一个个都把帽子低低地扣在脑袋上，像男孩子一样只露出光光的前额。但我们一唱歌一大笑，就泄露出女孩子的天性了。像书里写的，是银铃般的笑声。男兵们都纷纷探头张望。这时候苏队长就会把手指放在嘴唇上"嘘"一声，我们即刻安静下来。

苏队长是我们的主心骨。

兵车日行百里，很快就过了雅安，到了二郎山脚下。

你们都知道二郎山吧？就是歌里唱的那个，二呀么二郎山，高呀么高万丈……

其实这首歌原来唱的是大别山，大呀么大别山，高呀么高万丈……我们进军西藏时，急需有一首鼓舞士气的歌，就把它的曲子借来用，填了新的词。结果还倒把二郎山给唱响了。

后来我才知道，二郎山实在还不算是高万丈。它的海拔是 3400 米。比起后来我们翻越的青藏高原上的一座又一座高山，它算是小山了。但它却是我们翻越青藏高原的第一道关隘，是进军西藏途中用双脚翻越的第一座高山。当时二郎山的路刚刚抢通，路基很差，常常有泥石流发生。有些地段工兵还正在修，不可能过卡车。我们就跳下车来，背上背包迈开双腿爬山。

我喜欢爬山。我家乡那座小城是个山城。

小时候从我们家到学校，必须翻过一座山。那山虽然算不得什么大山，但上上下下也有相当多的石阶。我每天都爬坡上坎地去上学，走在路上也总是跑呀跳呀的，好像从来不知道累。人家都说山城的姑娘有脚劲儿，那都是从小爬山爬的。只要一跑到山里，我就快乐无比。我简直就像山里长出来的一棵树一株草或者一块青苔，我和小鸟打招呼，我和流水说话，我和花草逗乐。我像个女王似的在山中为所欲为。那座山是我儿时的天堂，尽管它无名，但它让我快乐。我相信那些山谷里，一定至今还荡漾着我童年的欢乐和笑声。

我固执地认为，我的童年比我孙女的童年要快乐得多。尽管她比我吃的好穿的好住的好，但她没有我的那些快乐的记忆。她没有属于自己的山谷。

我们上了山。

早上出发前，苏队长就特意嘱咐我们，爬山时少说话，更不要大声唱歌和说笑，那样太消耗体力。这是先遣支队的经验。可是年轻的我们哪里管得住自己？就像我们不能控制自己的心跳一样，我们也无法控制自己的歌声和笑声。何况山上的景色那么好，郁郁葱葱的树木，大片大片的野花，连石头上都长满了绿绿的青苔，空中悬挂着绿色的衍生植物。一眼望去，简直看不见一丝裸露的泥土。

这样的山真是一座幸福的山。

这座幸福的山，这座世世代代安静着的山，被我们惊醒之后一下活泼起来，落叶松果噼里啪啦往下掉，不断地砸在我们的头上；小动物窜来窜去。最快乐的是鸟儿。山上的鸟儿极多,有雪鹑,黑鹇,红头灰雀,还有藏雪鸡,它们对我们这群突然闯入的活物并不感到害怕,停在枝头上好奇地看着,并叽叽喳喳地议论着。一只红胸脯的山鹛鸪好像要对我进行侦察似的,低低地从我的眼前掠过,翅膀擦过我的鼻尖,痒痒的。

走在这样的山上,哪会觉得累。

我精神头十足,走在队伍的前面,一边翻山,一边为大家做宣传鼓动工作。先是和徐雅兰一起为大家唱歌,后来徐雅兰不行了,脸色都灰白了。我就和吴菲一起给大家打快板:

> 呱嗒呱嗒竹板响,
> 说段快板谈以往。
> 不说南下和渡江,
> 单说部队进西藏……

我们清脆的声音在山里回荡着。一个从我们身边经过的小战士,将一束野花塞进了我手里,我开心地把它们插到了背包上,然后几步跑到前面的山口,喘几口气,再给大家鼓劲儿。苏队长一边喘气一边笑眯眯地看着我说,雪梅你怎么那么会爬山呀,跟个小猴儿似的。

我说我的前世是猴子呀。

那时候为了进藏,我已经看了一些有关藏传佛教方面的书,了解到在藏传佛教里,佛教徒们相信每个人都有前世、今世和来世。我就想,如果我有前世的话,即使不是猴子也是松鼠,总之是个生活在山里的小动物。

后来海拔渐渐升高了,一些同志开始呼哧呼哧地喘气,出现了高原不适应。我还是没什么感觉。是不是因为我的身体瘦小,适应能力强?

这时,有几个挖药的老百姓从山下爬上来,见到我们这支欢闹的女兵队伍就说,喂,等会儿你们上了山就不要再唱歌了,也不要大声说话,不然会下雨的。

我们听了根本不信,哪会有这样的事?难道我们的声音能把雨震下来?几个老百姓无可奈何地摇摇头,走到前面去了。我想我又不是没爬过山,下雨是老天爷的事,又不是大山的事。我满不在乎地想,上山以后一定试试。

爬上山顶后,我往那儿一站,就扯开嗓子唱起来。我一唱,大家全跟上了:

不怕雪山高来天气寒，

不管草地深来无人烟，

我们的队伍千千万万，

浩浩荡荡进军西藏高原！

没想到真的很灵，歌声一起，雨就哗哗哗地落下来，还挺大。我们无处可躲，淋得一脸一头都是。跟在我们旁边的几个老百姓也淋了一身。他们无奈地摇头说，看看，叫你们不要闹你们还不信，这下信了吧？

信是信了，还是想不明白是怎么回事。

很久以后我才弄明白，是辛医生告诉我的。他说之所以出现那样的景象，是因为山顶上的空气太稀薄了，再加上空气湿润。二郎山毕竟不同于西藏的山，它仍有茂密的植被。稀薄湿润的空气被震动后，就变成了雨水。

我们被淋了个透湿，一点儿也不生气，反而笑得很开心。雨水清清凉凉的，洗出一张张白里透红的年轻快乐的脸庞。那几个老百姓看我们那样，真是不理解。他们的眼神似乎在说，这些姑娘怎么会那么开心呢？她们有什么可开心的呢？她们这是去哪儿呢？她们一路怎么吃怎么睡呢？她们为什么和这些男人们一起往前走呢？

我们只是开心地笑着，不回答。

二郎山让我们初步感受到了高原的滋味儿。气候变化无常，一会儿出太阳一会儿下雨，出太阳的时候晒得你皮肤疼，下雨的时候又冻得你骨头疼。再一个就是植被发生了很大变化。翻山之前，也就是说，在二郎山的东边，我们还看到茂密的自然森林，成片的山花，湿润的空气；等翻过山到了西边，简直成了两个世界，气候干燥，没有了森林，只有一些低矮的褐色的灌木丛。二郎山的西边，就像一个看上去十分幸福的人，心里藏着不为世人所知的痛苦。

再以后，我们越走路边的树木越少，直到再也没有树木为止。当时我并不知道这对人的生命意味着什么，我不知道连树也不长的地方人会怎么样。我不会想这些的。我只知道我们的目的地在前方，在高处，在没有树的地方。

　　下山时，队伍终于安静下来。除了景色不再美丽，气候变得炎热干燥外，最重要的是我们的两条腿已经累得僵直，几乎打不过弯来。因为时间紧，上山后我们没来得及休息，就匆匆下山了。山路很陡，许多地方根本站不住人。我们差不多是跌跌撞撞冲下去的。我们必须在天黑前到达干海子。

　　带虎子的保姆张妈年纪有些大，又一直背着虎子，渐渐走不动了。我们几个就轮流帮她背。快要到达干海子时，轮到我背虎子了。也不知是背带没捆好还是我人没站稳，一个趔趄，我就和虎子一起摔进了路边的沟里。虎子从我的背上摔了下来，头磕在一块石头上，顿时号啕大哭起来。我吓得坐在地上不知所措。还是吴菲反应快，迅速跳下去抱起了虎子。

　　苏队长听见哭声从后面赶上来，她接过虎子安慰我说，没事儿没事儿，能哭就没事儿。可是我看见一缕鲜血从虎子的额头上流了下来，差不多要急哭了，血，我说虎子流血了……苏队长看了看虎子的额头，说问题不大，只是擦破皮，最多留个疤。男孩子身上还能没疤吗？

　　我还是哭起来。我说苏队长，对不起……

　　苏队长一边哄着虎子一边说，虎子别哭了，你看你把小白阿姨吓坏了吧？

　　虎子就好像听懂了妈妈的话，真的停止了哭泣。

　　后来在虎子的额头上，果然留下了一个疤痕。永远的疤痕。就是靠着这个疤痕，我在许多年后找到了他。我找到虎子的时候，自己已经失去了两个孩子。所以我一直觉得，虎子是上天给我的补偿。

　　这是多么好的补偿啊。

　　前些日子，我又从电视里看到了二郎山。一别几十年，二郎山已经变得让我陌生了。川藏公路刚修通时，公路就像一根细细的绳子，在山腰上缠绕着，一场泥石流就能冲断它。现在好了。电视上说，二郎山的大隧道终于修通了，长达9公里。就是说，现在过二郎山，只需要坐几分钟的车穿过隧道就行了。这消息让我又高兴又感慨。人们再也不用唱"二呀么二郎山，高呀么高万丈"了。可我是多么想念高万丈的二郎山呀！

　　我想念我翻越过的每一座山。

4

　　终于，我们和牦牛相遇了。

　　记得萨萨有一回让我做一个游戏。她说奶奶，如果有 5 样动物，分别是豹子、牛、猴子、羊还有兔子，在不得已的情况下让你一一放弃，你的顺序是什么？放在最后的就是你最看重的。

　　我没怎么犹豫就说出了我的答案：首先放弃的自然是豹子，其次是牛、猴，最后是羊和兔子。萨萨听了我的这个答案拊掌笑道：奶奶，看来你最看重的是爱情和孩子。我心里一动，嘴上却说小孩子，真能胡说。她说本来就是嘛，豹子代表自我，猴代表金钱，牛代表事业，羊代表爱情，兔子代表孩子。

　　我无话可说。游戏有游戏的规则。后来我想，我之所以做出那样的选择，是因为在我作这样选择的时候，我已经到了老年。

　　而年轻的时候，我会把牛留在最后。我会和牛相依为命。

　　牛，准确地说是牦牛，在我年轻的记忆里，占着多么重要的位置。

　　回想起来，在进军西藏的路上，我不怕爬山，不怕过河，就怕赶牦牛。

　　可是我们却必须与牦牛同行。

　　还没离开乐山时苏队长就告诉我们，我们女兵运输队在进军途中所担负的任务，就是赶牦牛运送物资。我以为牦牛和牛是一回事。我在老家见过牛。我看见它们总是老老实实地在田里耕地，或者驮运东西，所以一点儿也没当回事。

　　进入藏区后，我们时常看见草滩上有一群群黑色的东西在蠕动。有人就问，那黑色的是羊群吗？

　　同行的藏族翻译说那不是羊群，是牦牛群。

　　我们立即争相踮起脚来看，看我们未来的伙伴。但每次都是远远的，没有看清过，更没有领教过。

　　你们父亲的先遣支队最初与牦牛遭遇时，也闹过笑话。一个北方战士凌晨去执行侦察任务时遇见了牦牛。他是头一回见到这种动物，加上天没亮看不清楚，还以为是西藏的老虎呢，就卧倒射击，一枪击中。后来才知是牦牛。当时西藏正流传着一些谣言，说解放军是红头发绿眉毛的强盗。为了消除这些谣传，你们的父亲和王政委一起，亲自上门到牦牛的主人家赔礼道歉，赔偿了三倍于那头牦牛的钱。牦牛的主人简直不能相信这是真的，过去旧军队不要说是误杀，就是明抢也没人敢吭声。他一再地说着感谢的话，眼圈儿都红了。

　　你们的父亲说，我就不信我们不能赢得藏族同胞的信任。无论什么民族，只要你真心待他，就能赢得他的心。

终于有一天，我们和牦牛遭遇了。

那是在过了康定之后，在折多山下。

我们的兵车正停在路边小憩。远远地，看见一群牦牛慢悠悠地向公路边靠过来，它们完全不知道我们的心思，很悠闲的模样。而我们，也因为见过几次了，不再有新鲜感。我们互相漠然地对视着。

正在这时，公路上驶来几辆地方上的大卡车。大概司机见路边有那么多解放军，还有那么多女解放军，一高兴，就鸣起喇叭来向我们致意。他这一致意不要紧，却惹怒了牦牛。牦牛群突然疯狂地朝着公路冲过来，我们毫无防备，顿时吓得四处逃散，有的往卡车后面躲，有的往路基下跑，我和吴菲则不顾一切地爬上了卡车。

牦牛一蹦三丈高，前蹄一撅后蹄一尥的，像黑色巨浪般直扑而来，我简直想象不出这么笨重的家伙能跳那么高，能跑那么快，能有那么大的火气。我爬上卡车后仍吓得腿软心跳。我甚至觉得它们会推翻卡车。

就在牦牛快要冲上公路时，赶牦牛的藏民追上来了，他吹出一声响亮的呼哨，牦牛很快就安静下来了，不再奔跑。片刻之后，它们又开始低头吃草，那安详的样子与先头的疯狂迥然不同，好像刚才发疯的根本不是它们。

但我的心却咚咚直跳，无法平复。后背居然有了一层冷汗。不光是我，所有的女兵都害怕，连从来不知道害怕是什么的苏队长也感到害怕了。

那位牧民比画着，冲我们又笑又说。翻译告诉我们，他在说不要紧，只要我们不去惹它们，它们是不会来伤害我们的。

我们摸着胸口等待着心跳平复，不约而同地想到了一个问题，这一次我们是逃开了，今后我们却无法逃开。不但不能逃开，还得和它们一起相处。

我们围到苏队长身边说，天哪，太可怕了。我们以后要赶的牦牛就是这样的吗？

苏队长苍白着脸，强装出笑容说，大概会比这个老实一些吧？

第一次走近牦牛时，我牢牢地管住自己的两条腿，不让它们朝后跑，然后强迫自己睁大眼睛去看它们。我不想让它们知道我心里多么害怕，不想让它们知道我的腿是软软的。我是女兵，不是女学生。贪生怕死决不属于我们。

牦牛们黑压压地站在那里，瞪着大眼睛——牛的眼睛的确是很大的，要不为什么人们常说"瞪着牛眼睛"。牛的眼睛已经大到能做形容词了。它们身上披着长长的毛，有些毛长得从头上披下来遮住了眼睛。它们瞪着我，我也瞪着它们。那时我还很矮，更感觉到牦牛庞大。我参军的时候才 1.5 米，后来还是在进军途中长了些个子。

我小心翼翼地走近其中一头，鼓足勇气抚摸了一下它的长毛。它没有动，一言不发地看着我。我真想告诉它，我愿意好好地待它，只要它别发疯。它的眼神似乎也在告诉我，在今后的路途上，我们唯有互相帮助，才能共同生存。

后来我们真的和牦牛相依为命，共同走过了 50 多天的路程。

从甘孜到昌都。

坦率地说，我在进军路上有好几次被吓得腿发软。牦牛是第一次。

也许在你们眼里，我是一个坚强得不像女人的人。只有我自己知道，我是在经历了一次又一次的惊吓、一次又一次的腿软之后，才逐渐变得坚强起来。

在经历了那么多的摔打和磨难之后，人的筋骨不可能还是软的。

5

很快，我们来到了著名的大渡河畔，准备过泸定铁索桥。

泸定铁索桥赫赫有名，这是因为红军长征时曾从这条路上走过，并留下了传奇般的故事。

我们从卡车上下来，准备走过桥去。卡车被迅速地拆成了零件，用木排分批地运送过去，然后再重新组装。

一下车，我就听见了隆隆如雷声的河水。应该说，还没下车，还没走近，我们就听见这雷声般的怒吼了。但我们毕竟还没见着大渡河的真面目。我们的脑子里装满了苏队长给我们讲的红军十八勇士抢过铁索桥的故事，我们的心里全是无所畏惧的勇气和自豪，我们为自己也能有这样的经历激动了一路。

但现在，当我们终于站在它的岸边，亲眼看见发出雷声般轰鸣的惊涛巨浪，亲眼看见那荡来荡去没有一刻平稳的铁索桥，亲眼看见走在桥上的人被甩得左右摇晃，似乎随时都可能消失在汹涌的浪涛之中，我们一个个面面相觑，全都在心里打起鼓来。桥很高，到江面起码有几十米的距离，桥面上铺着一条条木板，每条木板都相距很远。那天天气又特别冷，风呼呼地吹着，就好像一只魔鬼的手在用力地摇晃桥身。

我的腿又情不自禁地发软了，而且手心冰凉出汗。比见着牦牛时还要紧张，真恨不能把自己变成个螺钉，铆在哪个汽车的部件上运送过去。从前面传来的消息说，有两个女兵上桥后根本站不起来，几乎是爬过去的。我太能体会她们的心情了，她们的腿一定比我还软。我紧张地想：怎么办？我会不会走到桥上之后也站不起来，只能爬过去？能爬过去也不错啊，关键是会不会掉下去……

我越想越害怕。不止是我，我看我们每个女兵都紧张得不行。赵月宁声音里已经带了哭腔。她说：苏队长，我有点儿害怕……

这时苏队长站到了队伍前面。

就像你们在电影里看到的那样，她挥着手，充满激情地对我们大声说道：同志们，当年红军十八勇士，冒着敌人的严密封锁和枪林弹雨，都敢于奋不顾身地冲过铁索桥抢占桥头阵地，保证大部队飞渡天险，我们今天在和平的环境里，更应当战胜困难，渡过铁索桥！大家说，有勇气没有？

队伍中一片沉默。没有像电影里那样，响起一阵气壮山河的回答。我们仍站在那儿发呆，你看看我，我看看你，没有人说话，也没有人动。

苏队长有些意外。但她没有生气。她走过去，从张妈的手上接过孩子，背在自己的背上。我不解地想，她要干吗？苏队长背着孩子走到桥头，回头看了我们一眼，平静地说，我先上。大家一个个跟上来。

苏玉英，我们年轻的队长，背着她还在吃奶的孩子，第一个上了桥。至今回想起来，我都不能确定，如果不是她背着孩子走在前面，我有没有勇气上桥？

我再也不愿胆怯了，背上自己的背包和粮食，第一个跟在苏队长的后面上了桥。桥剧烈地摇晃着，桥下的水汹涌地翻滚着。我全神贯注地一步步往前走，努力稳住自己。我听见苏队长边走边大声说，不要往下看，也不要往两边看，踩稳了一步步往前走……她的声音有些跑调，但依然非常响亮，顺着风传进了我的耳朵，我把她的话一句句向后传。我听见身后不时传来惊叫声，我知道那是因为惊吓发出的。但我没有叫。我紧咬着牙关，我想，反正叫也恐惧，不叫也恐惧，那就不叫。不要让人看见我的恐惧。

更何况苏队长背着孩子一步步地走在前面。一个只有 6 个月大的孩子在为我们领路，我们还有什么可说的？

后来我才明白，苏队长她为什么会那么勇敢。

我也才明白，她手指上那个伤疤的真实来历。我不知道一个柔弱的女人竟能够承受这样多的苦难，并在承受之后依然美丽。我在惊讶之余，对她更多了一分敬重。

苏队长是大别山区人。家里很穷，姊妹又多，还在她很小的时候，就被父母说给别人做了童养媳。到了 18 岁那年，父母就急着想把她嫁过去。可是她坚决不肯。那时她已经得知她要嫁的那个男人是个四乡八里都出了名的懒汉，还好赌。她懂事了，无论如何也不肯嫁给这样的男人，她宁可嫁给一个穷汉，只要他勤劳。因此她苦苦请求父母不要让她结婚。

可是她的父母因为孩子太多，家里又穷，根本顾不上疼爱她，仍是强迫她嫁过去。我这才知道，天下也有不爱孩子的父母。大概我的母亲太疼我了，使我体会不到这样悲惨的事。显然贫穷是可以使人丧失爱的。她的苦苦哀求一点儿没有用，父母定下了结婚的日子，强迫她结婚。

她的眼泪哭干了，绝望了。她对父母说，如果你们强迫我结婚，我就砍下自己的手指。

她的父母不相信她会这样做，仍不理睬。

她心一横，举起了手中的柴刀。

我不知道她的手是怎样砍下去的，我不知道一个人怎么能让自己的一只手去向另一只手下毒手？我只知道当她讲到这里时，讲到她挥刀向自己的手指砍去时，我的心骤然一紧，几乎紧出血来。

但流血的不是我的心，而是她的手。她真的将自己的两个手指生生砍断了。

一时间血流如注，她昏死了过去。

我看到了那只曾经血流如注的手。小指和无名指弯曲着，已无法伸直。那永恒的伤疤在永远地诉说着她内心的伤痛，我却为那不是战伤而感到过遗憾。

一个敢于砍断自己手的女人，还会怕什么？

我跟在苏队长的后面上了桥。

桥身剧烈地晃动着，桥下滚滚波涛，我的心随着桥身的起伏而起伏，一刻也无法平静。我在心里对自己说，苏队长都不怕，我也不怕。

但我的双腿一直在抖，不知是因为桥抖还是腿抖，浑身上下就这么一直抖着。当我抖到桥头一脚踏上岸时，扑通一声就软在了地上，再也站不起来了。一层细细的冷汗布满额头。我听见一旁的男兵悄声议论说，瞧瞧那女兵的脸，白得像一张纸。

赵月宁过桥之后呜呜大哭起来。她不是因为害怕，而是因为自豪。她哭过以后又笑起来了，拍着手对我们说：我过来了！我是走过来的！我没有趴下！

她毕竟只有13岁。

看着小赵孩子似的又笑又抹眼泪，我走上前去一把抱住了她，苏队长又走过来抱住了我。我们一群人默默地拥抱在一起，在紧紧地拥抱中互相听着心跳。

在那个路途上，我总是听见自己的心跳。

我说过，我是带着心跳出发的。这心跳从来没有平息过，它总是那么有力，充满朝气。即使在睡梦中我也常常能感觉到它。后来它变得越来越激烈了。这是因为我们到了高原。

其实到了"跑马溜溜的"康定，就已经算到了高原。我们一路唱着《康定情歌》，只是我们把它唱得不像情歌了，而像一首队列歌曲。我们唱得豪迈，快乐，雄壮。我还故意改了歌词，"张家溜溜的大姐"不只是"人才溜溜的好"，还"志气溜溜的大"。我们唱得男兵们也和我们一起开怀大笑了。

只有苏队长和我们唱的不一样，她喜欢低吟浅唱。特别是当她一个人，怀里抱着孩子的时候，她就轻轻地唱起来。这时候我们全都住嘴，静下来侧耳细听她的歌唱。我尤其喜欢听她唱那一句：月亮弯弯……那个"弯"，可真是个优美的弯呀。后来我再也没听到过那么好听的《康定情歌》了。我敢肯定，除了苏队长，谁也唱不出那种忧伤的优美，或者说优美的忧伤。

让我再接着讲苏队长的故事吧。

为了抗婚，她砍断了自己的手指。

母亲见她真的把手指砍断后，惊得目瞪口呆。反应过来后，赶紧用土办法给她止住了血。因为骨头断了，手指就成了残疾，再也伸不直了。她的婆家听说这件事，只得延缓婚期。但并没有因此解除婚约。她彻底绝望了，她知道要摆脱这个婚姻，唯一的出路就是逃走。

那个时候，刘伯承的部队已经挺进大别山，到处都能听到他们的消息。老百姓纷纷议论说，现在的世道是八路军的世道，八路军翻山山就让路，八路军过河河水就回落。许许多多的年轻人纷纷跑去投奔八路军的队伍了。这些传闻让她心动。她想，如果自己是个男的就好了，就可以去投奔八路军了。

这一天她去集市上卖柴，遇见八路军二十旅的宣传队在那里做宣传演出，她一眼看见其中竟有女兵，惊喜无比。她连忙挤上前去问：你们要女兵吗？我会唱歌。其中一个首长模样的人说，当然要，所有愿意加入八路军的青年我们都欢迎。不会唱歌也没关系。她说我会唱歌我真的会唱，我唱给你们听吧。那人笑了，说，唱吧。她就唱了一支沂蒙山小调。周围的人都为她热烈鼓掌。那个首长模样的人高兴地说，唱得很好。如果你愿意，你就留下吧。她犹豫了一下说，可是，我的手有伤。

她伸出了自己的手指，手指上还缠着破布，渗出的血让裹着的布发黑发硬。首长和旁边的女兵们看了非常吃惊，问她怎么回事，她就诉说了自己的遭遇。女兵们听了后，个个都流下了眼泪，连那位首长眼睛也红了。她顿时有一种强烈的感觉，那就是这些初次相见的人，都比她的父母更心疼她。她在那一刻下定了决心，不回去了，要和这样的人在一起。

她就这么当了兵。她几乎不能相信自己的好运，就像我当初不能相信自己的好运一样。她跟着宣传队回到了他们的住处，马上得到了一套军装。她兴奋得一夜不敢睡觉，生怕第二天醒来这一切变成一场梦。

第二天起来，周围仍是一张张真实的笑脸，她踏实了。

但很快，她的母亲不知从哪儿得到了消息，约了婆婆一起找到了宣传队，要把她带回去。

她一听说母亲和婆婆要让她回去，眼泪一下就流了出来。她剁自己手指的时候都没有流过眼泪。她躲在屋子里不肯去见她们。她知道如果她跟她们回去，就永远也翻不了身了，永远也没有出头之日了，即便她把自己的所有手指头都剁下来也不管用。那位首长走进来，看见她泪流满面的样子，安慰她说，小苏同志，你不要害怕，我们会保护你的，我们能把三座大山推翻，还能保护不了你一个人吗？你先出去见见她们，你尽管去见，让她们放心，看看她们会说些什么。

她就在几个女兵的簇拥下走到了院子里。母亲一见她穿着军装，愣了一下，好像不相信那样的衣服会穿在她的身上，一屁股坐在地下大哭起来，说她是个没良心的女儿，说她是个不孝顺的女儿。她的婆婆也大声武气地说，她已经是他们家的人了，不能随随便便地走，不能当兵，要她马上跟她回去。

两个老女人一唱一和，闹得很厉害。她心慌意乱，眼巴巴地看着那个首长，真怕他经不起她们的闹腾，让她回去。

首长终于开口说话了，他用那种推翻三座大山的严肃口气说，我现在先不说你们这样逼婚对不对，就是要结婚，也得等革命胜利以后，革命是大事，结婚是小事。你们不要闹了，先回去吧。

简单几句话，把两个女人给镇住了。

她终于留了下来。

后来她才知道，那个首长叫王新田，是宣传科长。她说首长太谢谢你了。是你救了我。王新田说，不是我救了你，是你自己救了你自己。你的勇敢坚强和倔脾气救了你。我相信你一定会成为一个优秀女兵的。

她在心里对自己发誓说，我要在革命队伍里待一辈子。

当她把这个故事讲给我们听时，她已经在革命队伍里干了 3 年。虽然离一辈子还远，但我坚信，如果不是后来发生的事，她是肯定会当一辈子兵的，甚至两辈子。

两年后，她做了王新田的妻子。

再后来，她有了虎子。

她是虎子的亲生母亲。

6

我们跟随着勇敢的苏队长往前走。

翻过"跑马溜溜的山"之后，就开始翻越终年积雪的折多山。折多山是我们进藏途中翻越的第一座高海拔的山，有 4300 米高，终年积雪不化。以折多山为界，翻过去之后的北边，被称为关外。康定县志上写道：西出炉关（即康定）天尽头。我们竟然走到天尽头了。

在折多山宿营时，部队开始发生高原反应了。那天夜里，许多帐篷里都传来了叫喊声，让我们听着害怕。虽然我们知道那是高原反应引起的剧烈头疼和胸闷所致。我们女兵里反应最厉害的是徐雅兰，她用皮带捆着自己的胸口，她说她觉得自己的心脏好像要炸开似的。但她硬是坚持着没有叫喊。

我虽然不像她那么厉害，但也有了明显的反应，流鼻血，呕吐。

第二天早上起来，我们互相一看，一个个都皮青脸肿的。苏队长去参加紧急会议，回来告诉我们，有个战士感冒后，由于高原反应而导致肺水肿，头天夜里睡下去，第二天就再也起不来了。苏队长说，上级要求，从现在开始，每天晚上睡觉时必须两个人睡一起，一头一脚，半夜互相踢一踢喊一喊，免得睡过去了都不知道。

从那天开始，我就每天和吴菲挨着睡了。刘毓蓉则和赵月宁在一起。她说自己年纪大，可以照顾小赵。刚开始还有好几个人不太习惯，挨着别人就睡不着。包括我在内。可为了生存，为了顺利进军西藏，哪还顾得上那么多？加上每天走得很累，很快大家就习惯了。

我们开始领略到高原的滋味儿了。

但我们却不知道，你们父亲他们先遣支队比我们更苦更累，他们不仅要战胜高原反应，还要战胜饥饿。从到达甘孜后他们就口粮减半了，每人每天只靠几两青稞粉度日。为了建立进藏根据地，为了完成修路的任务，他们不得不吃老鼠，吃蛇，吃麻雀，吃野菜，他们把所有的苦都吃到了，终于为大部队进军西藏摸索出了许多高原生活的经验。

9月9日，我们终于到达了甘孜，与先遣支队会合了！

我兴奋地想：西藏啊西藏，我就要摸到你的脉搏了。

第六章

　　木棉急匆匆地赶到宾馆时，大堂的经理雷小姐正在等她。

　　雷小姐说，木棉姐你怎么啦，今天来这么晚？

　　木棉一看前台的钟，北京时间已经是晚上 10 点 40 分了。她从没迟到过，更不要说迟到这么长时间了。她只有连连道歉说，对不起，对不起。

　　她说话的时候，声音有些哽咽。雷小姐察觉了，侧头看她一眼，说你怎么了？好像哭了？木棉摇摇头，但眼泪已盈在了眼眶里。

　　雷小姐关切地把她拉到一边问，是不是又和老公吵架了？

　　木棉还是摇头，摇出一串泪水。她现在只能摇头，如果开口，她肯定会控制不住地大放悲声，并且一发不可收拾。那她以后就别想再要这份工作了。她不想失去这份工作。过去不想，现在更不想了。从今以后，她所做的一切不再是为了让父亲高兴，而是要让自己充实。她要为自己活了，她不得不为自己活了。

　　可是此刻，她的心却被从未有过的痛苦煎熬着。

　　刚才离开家时，大哥和二姐都有些不高兴。木鑫要走，大哥他们还想得通些，因为木鑫从来就是那副样子，她要走就有些出乎他们意料了。是啊，这样的时候还非要走，的确没道理，她有些迈不开步子。

　　木鑫走后，她又陪着母亲坐了一会儿，母亲在那儿絮絮叨叨地说着往事，她不太能听明白。她觉得母亲很反常，当他们几个孩子大放悲声时，她竟然一滴眼泪也没流，只是不停地说。而且说的都是些让他们感到吃惊的话。她想自己如果继续留在家里的话，也没有太大的作用了，母亲好像不在乎他们听不听，只是自己说着。所以她坐了一会儿，还是硬着头皮走了。宾馆这边的工作在等着她，一个萝卜一个坑，没人可替代。她不想打电话给宾馆请假，狠狠心就赶过来了。可人过来了，心却过不来。

雷小姐见问不出什么，拍拍木棉的肩，说了声想开点儿，就离开了。

木棉一个人坐在宾馆门口，有些神色恍惚。

她的工作职责，就是坐在这个门口为宾馆值夜班，也叫值更。累倒是不算累，但就是不能睡觉。以前木棉为了对付时时袭来的倦意，想出了许许多多的办法，但今天，她不用喝茶不用洗冷水脸不用采取任何措施，也不会有一丝倦意了，因为她的心里已被悲伤填得满满的，被内疚搅得生痛，她真想痛痛快快地大哭一场。

父亲，她的威严的老父亲，她的一辈子声音洪亮、昂头走路、腰板硬朗的老父亲，竟会这么突然地离开他们。尽管他们父女有矛盾，直到前晚的家庭会议都还有冲突，可她无论如何也不会想到父亲会那么快离开他们。可能正因为毫无思想准备，她才会在父亲面前那么随意地表现出自己内心的真实想法，说出那些对父亲不满的话和伤父亲心的话。如果知道父亲会那么快走掉，她怎么也不会把现在的困境和不满表露出来的。她不想让父亲再为她操心了，也不想让父亲再对她失望了。

唯一能够让木棉感到安慰的，就是父亲直到去世，也不知道她现在到底在做什么。他以为她真的找到了一份很好的工作。当她说，她现在的工作比在岗时收入还要好时，父亲的嘴角露出了一丝不易察觉的微笑。他说，我早说过，再就业的路很多，干吗非要经商？我就知道你能行。

父亲这样的微笑是多么珍贵呀。

因为对她和父亲来说，那都是永远。

从很小的时候开始，木棉就盼望得到父亲这样的微笑，可很难。

母亲生她的时候，正在县里开会。那时母亲还在西藏，但已从部队转业到地方，在尼木县县委工作了。她是提前出生的，发作时提前了 20 多天，弄得母亲措手不及。不但把母亲那个会搅了，把父亲正在开的会也搅了。父亲一听到消息，就慌慌张张地往医院赶。父亲之所以慌张，是因为母亲前几次生孩子都很不顺利，已让父亲感到了害怕。从来都很沉着的父亲乱了方寸，对参加会议的同志们说，对不起，敌情来了，我得去医院，我不能让这一仗再打窝囊了。为这个父亲常和木棉开玩笑说，你生下来就是个破坏分子，一下破坏了军队和地方两个会议。

可那能怪她吗？她在母亲腹中的8个月从没安安生生地待过。母亲总是跑来跑去，而且就是这跑来跑去的8个月，她也没吸收到什么营养。那是1959年，是全国发生严重自然灾害的时候，不仅如此，更是西藏局势非常紧张的时候。若干年来敌对势力一直没有停止过的武装骚乱，已从局部发展到了大规模的全区性武装叛乱，父亲见她平安生下来就迅速离开了她们母女，从此没了踪影，直到整个叛乱平息，她快两岁了，才再次见到父亲。

因为局势严峻，生活艰辛，独自一人带着3个孩子的母亲，身体已极为虚弱。整个怀孕期间没好好吃过一顿饭。母亲说，她能够顺利地生下来并活下来，已经是奇迹了。她虽然活下来了，却瘦弱得像只小老鼠，连哭声都是细细的，听不见，只能靠看来判断。但母亲没有奶水喂她，只能发愁地看她发出细细的有气无力的哭声。后来母亲所在县委机关专门召开了一个支部会，经过认真研究形成了决议，发给产后的母亲两个鸡蛋罐头和一个水果罐头，作为特殊照顾。

那大概是支部大会最特殊的一项决议了。

拿着那三个罐头，母亲依然犯愁。她不能保证自己吃了它们之后会有奶水，这种可能不大。而且母亲的工作没日没夜，几乎丧失了有奶水的资格。母亲决定把罐头里的内容碾碎冲成汁喂她。靠着这三个罐头，她勉强活了下来。但一直病病歪歪的，直到4岁离开西藏时，体重始终不到10斤。据母亲说，她之所以下决心离开西藏，离开父亲回到内地，和她身体不好有很大关系。

但木棉还是有些不明白，既然她身体不好，母亲为什么又把她丢回到父亲老家去？母亲解释说，她上学时正赶上"文革"，八一校也被运动搞乱了。许多孩子逃课。当时他们家里有四个孩子上学，母亲一个人照顾不过来，只好把她送回到山东农村。可是为什么只是送她，而不是别的孩子？对这一点，木棉心里始终有些疑惑，也有些不舒服。

她在山东农村一待就是7年。由父亲的一个远房叔叔和婶婶抚养，应该说叔叔婶婶都对她很不错，尤其是婶婶，很疼爱她。生活也不是太苦，父亲每月都寄30元生活费来，在那个时候算是一笔巨款了。当然，父亲交代说那不是给她一个人用的，叔叔一家，包括村里的人有了困难，都可以用。她勉强读到初中毕业，成绩很一般。不知是不是小时候营养不良使智力发育受到了影响？

后来她当了兵，自然是后门兵。那是 1977 年，一大批部队子女由于找不到出路全当了兵，那一年的后门兵就格外多。她在这一大批后门兵里，仍是平平常常的一个。不同的是，父亲当时说了一句话，他说要当兵你就给我进西藏当，别找那种舒适的地方混几年兵龄然后找工作。她就进了西藏。

她喜欢西藏，她想到了西藏就可以和父亲还有大哥大姐在一起了。

3 个月的新兵训练结束后，木棉晒得又黑又瘦。她在分下连队前，请了半天假去看父亲。自从进藏后她还没见过父亲。当她费了好大的劲儿见到父亲时，父亲脸上一点儿笑容也没有，皱着眉上下打量了她一下，第一句话是：你的头发太长了吧？不合要求吧？去理个发。

木棉当时的头发不过是超过耳朵而已。但她不敢吭声，坐都没坐，转了身就去剪头，等剪了头再回到父亲那儿，请假的时间已经到了。父亲看她一眼说，好，短发好，精神。父亲又说，任何时候都不要跟人提我，自己好好干。木棉点点头。父亲似乎再没话了，挥挥手说，早点儿回去吧。我不能派车送你，木棉就出门了。走到门口，父亲忽然叫住她，从口袋里摸出自己的笔，插在她军衣上面的口袋里。木棉的心里一热，差点儿流出眼泪，说了声谢谢爸爸。父亲唔了一声，再次挥挥手。

在木棉的记忆里，父亲唯一一次对她流露出温情，是在她将要回老家之前。父亲从外面回来，见母亲在为她收拾行李，就一把抱起她，放到了自己的腿上。父亲抱着她有些不知所措，就拿起一把剪子给她剪起指甲来。那时没有指甲刀，也没有精巧的小剪子，父亲用一把很大的剪刀剪着。木棉心里有些紧张，可她一动不动，生怕稍稍地一动就改变了眼前的一切。父亲的怀抱让她觉得又陌生又温暖，她的心里充溢着从未有过的快乐。她真希望自己的指头多多的，指甲长长的，让父亲总也剪不完。但父亲很快就剪完了，三下五除二，差不多和他的每一场战役一样。父亲放下剪子，又放下她，径直走进自己的房间，关上了门。

等若干年后木棉从老家回到父母身边时，父亲看见她竟有些疑惑，说，是木棉吗？

父亲从此没再对她有过任何温存的表示，甚至没碰过她。

木棉当兵3年后，有过一次考护校的机会，分数与录取线只差5分。木棉下了很大的决心给父亲打了个电话，希望父亲找有关部门替她说说情。但父亲竟毫不犹豫地拒绝了，还把她给好说了一顿。

她只好复员。

如果说父亲不愿为她上学的事动用自己的权力她还能够理解——他从来就是坚持原则大公无私的——但后来父亲对她复员后的工作安排进行干预她就有些不满了。那本不需要他做任何事打任何招呼的，是人家民政局安排的。可生生被他搅了。

当时对她的安排有两个去向，一个是木材加工厂，另一个是银行储蓄所。她本来是想去银行的。当然，那时候她并不知道银行收入高，她只是觉得那个储蓄所离家近，工作也相对轻松。但父亲得知后却非要她去木材加工厂。父亲说储蓄所天天和钱打交道容易犯错误，木材加工厂是国营大厂，那才是真正为建设祖国出力的地方，是工人阶级待的地方。他说他一直希望他们家里有一个工人阶级的代表。他还说木棉朴实，适合当工人。

木棉没有反抗，除了父亲的威严之外，还有个原因，就是她很想做一件让父亲高兴的事，读书不行，复员也对不起父亲，当工人总不至于那么难。既然父亲那么希望这个家里出现一个工人阶级，她为什么不去做这一个呢？那是80年代中期，工人阶级还没那么受冷落。木材加工厂有5000多工人，真是个大厂。父亲高兴地说，这下好了，我们家终于有一个地道的工人了。木棉看父亲高兴，自己也高兴。同时她暗暗下了决心，要好好地干，干出点儿名堂来，让父亲为她自豪。她开始一边工作一边读夜校，两年后拿到了中专文凭，又当上了车间的检验员。但父亲再也没说过什么，似乎这一切都是应该的。

因为在工厂工作，自然就和工人恋爱了。等父亲回家探亲时，木棉就把对象小金领回了家。父亲很开心，小金穿着工作服，理一个平头，不说话，只是嘿嘿地傻笑。父亲打量之后连声说，好，一个朴实的青年。又对木棉说，你现在是真正与工人阶级打成一片了。好，好。

这两个"好"字，让木棉高兴了很久。木棉的高兴，是因为父亲喜欢。

但结婚后，种种问题都出来了。朴实的人不等于没缺点呀。接下来有了孩

子，木棉被家庭和孩子一拖累，渐渐地没有了原来那股子劲头，只想凑合着过
日子。

　　没想到凑合过的日子也被中断了。

　　去年底木材加工厂裁员，其中有一个硬杠杠，就是 35 岁以上的女工一律下
岗。木棉 37 岁，自然在下岗之列。小金作为男职工，勉强留在了厂里，也没有
好收入了。这一切，木棉在父亲面前提都没提。她知道父亲不会去帮她说话的。

　　但父亲还是知道了。他是从母亲口里知道的。父亲长叹不已。

　　木棉知道父亲这么长吁短叹不是因为她下岗，或者主要不是因为她下岗。
父亲是为了她们这个大厂。父亲为这样一个国营大厂生存不下去而感到痛心，
为国家面临的困境感到痛心，为所有的下岗工人感到痛心。父亲在为国家和工
人阶级痛心的时候把她给忘记了。

　　木棉只好反过来劝他，说像我们这样的厂缩小规模是应该的，国家要保护
森林资源，不能大面积砍伐树木了。经营那么大个木材加工厂干什么？

　　父亲还是叹气，他不明白现在怎么会这样，怎么会有那么多的工人下岗？
怎么会有那么多的人过不下去日子？而与此同时，怎么会有那么多的人腐化堕
落？怎么会有那么多的人挥金如土？父亲一日日眉头紧锁。

　　但他仍没有对当初叫木棉去木材加工厂感到后悔，他从不说后悔的话。他
只是让木棉的母亲拿了 1 万元钱给他们，以表达他的关心。在他看来，这点困
难木棉自己能克服。

　　木棉却对父亲真的感到生气了。在她看来，正是父亲一次又一次地把她引
上这条贫穷之路的。如果当初复员时父亲不干涉，她去了银行储蓄所工作的话，
现在的日子就会是另一副景象，决不会落到现在这个地步。

　　如今她下岗了，想通过新的途径改变一下穷困的境况，父亲还是不支持。

　　她怎么会有这么一个古板的父亲？

　　夜已经很深了。木棉眼睛瞪得大大的，盯着进进出出的人员。

　　今天的宾馆似乎很安静，也许是因为市场萧条，客房使用率不高的缘故。
木棉犹豫了一下，给家里拨了一个电话。

　　接电话的是二姐木兰。木棉和二姐之间比较疏远，年龄是一个因素，最主

要的是在一起的时间太少了。木棉从老家出来时，木兰已经当兵了。加上木兰的性格总是那么内向冷淡，从不主动和家里人说话，木棉从小就有些怕她。

木棉胆怯地叫了一声二姐。木兰冷淡地说，怎么，你还没睡？

木棉一听，知道二姐误会了自己，以为她跑回家睡觉去了。这种时候，她怎么可能跑回家睡觉？实在是因为不好请假，她才跑来值班的。

但她不想解释，她只是问：妈现在怎么样了？

木兰说，刚刚睡下。

木棉想了想说，我明天不上班了，请假回家陪妈。

木兰说，你自己看吧，不方便就不要勉强，反正家里有我。

昨天下午木兰打电话四处找她找不到，后来还是通过她丈夫小金才把她找到的。小金打电话告诉她噩耗的时候，她正在张处长家做钟点工。她一下子四肢发软，差点儿倒在地上。张处长知道了情况，马上用自己的车把她送到了医院，但她还是几个子女中到得最晚的。尽管大哥他们也没能见到父亲最后一面，她仍为自己的晚到深深地自责。好在大家当时都悲痛万分，没人追问她为什么来得这么晚。

木棉完全能想象出此刻二姐的表情。二姐从来就是那个样子，好像谁欠了她。其实在木棉看来，她已经够好了，自己是个医生，丈夫也是个医生，说起来都是知识分子。比起自己这个家，她算是生活在上层了。而且父亲待她也很不错啊，本来她在西藏医院里的，父亲竟然破例把她调了出来。可她总是一副不开心的样子。虽然是姐妹，木棉却永远无法弄清楚木兰心里在想什么。

木棉没再说什么，放了电话。

放下电话一抬头，木棉看见一个男人走进了电梯。样子很陌生，不像是宾馆的客人。是来会客的吗？但现在已经 11 点了。

木棉心里存了一分警惕：要不要报告保安部门呢？

一个多月前，当木棉想开一个装饰材料店的计划遭到父亲反对、她气冲冲地离开父母家时，就在心里下定了决心，以后无论遇到再大的困难，也决不再向父母开口了，一定要自己顶住。

木棉看出，当她和小金提出想租厂里的门面需要资金时，父亲的眼神里有一种不满和失望。他一定认为他们总是在依赖父母，自己不去努力。但事实上并不是如此啊，正因为她想今后不再依赖父母，才想开铺面搞经营的。可父亲却那么不满。是的，木棉知道自己在 6 个孩子里是最没出息的。他虽然经常和父亲争吵，但他毕竟有自己的事业，毕竟会挣钱，人也聪明能干。自己就不同了，样样事情都不顺，嫁了个丈夫也不能干。

小金的依赖思想比她还重，总觉得他们家是高干，瘦死的骆驼比马大，再怎么也会有办法的，老是怂恿她去找父母。小金还说，你爸给老家钱都那么大方，动不动就上万，给自己的孩子应该更大方才是，未必你就不是他亲生的？

木棉恼火地说，正因为他给别人大方，所以才没钱了嘛，你还以为他是百万富翁啊！

她生父亲的气，生丈夫的气，也生自己的气。她发狠地对自己说，我就不信靠我自己养活不了这个家。我就不信靠我自己走不出一条道来。

可是真的做起来，就没那么简单了。像她这样的文化水平，这样的年龄，又是女的，能有什么好工作等着她呢？她四处咨询，最后听说像她这样的情况，眼下唯有家庭钟点工还比较有把握。但一听说做钟点工，丈夫坚决不同意。

木棉生气了，大声说，你不就是怕没面子吗？我都不怕你怕什么？如果你想要面子，你就去挣，每个月交给我 500 块，我就在家当什么高干子女。

丈夫不说话了。他知道自己做不到。

那天早上，木棉终于下决心到街道办事处的家庭服务中心去登记。

去的路上，她经历了 30 多年来从未有过的心理重压，短短的路程，她走了一个多小时。走走停停，有几次都想倒回去。她就像是在做一件见不得人的事，低着头，生怕遇见认识的人。后来她对自己说，如果路上遇见了家人或者熟人，那就倒回去。可那天偏偏什么人也没遇见，她再磨蹭，也终于蹭到了地点。

街道办事处的同志很热心，去登记的人也很多，这让她心里好受了一些。她刚把自己的名字写下，登记的那个女人就抬起头来说，怎么是你？木棉一看，原来是住在她们家楼下的一个女人，没想到她在街道上工作。女人说，你怎么会上这儿来？木棉尴尬地红了脸，说，我也下岗了。女人很同情地点点头。木棉连忙走出门去。她听见那女人对旁边的人说，她爸是个将军呢。

木棉心里酸酸的，但她没有走开。她鼓足勇气站在那儿，想看看别人是怎么和雇主谈的。她想既然已经来了，既然别人也知道了，那就做到底吧。

不时地有雇主来找人。看得出现在钟点工是一个比较受欢迎的行业。每来一个，等在那儿的女人就一拥而上。那些女人差不多都是像她这样，年龄大，文化不高，又急需一份工作。

负责登记的那个女人走出房间，见木棉老是站在角落里，就走过来对她说，你这样不行，你要主动一点儿。木棉点点头，但还是站在那儿。她不知道该怎么主动。对她来说，能走到这儿来，能站在这儿，已经是一个巨大的跨越了。

眼看要中午了，已经有好几个女人跟着雇主走了，她心里焦急起来。

这时又来了一个急匆匆的男人，看上去像个机关干部。木棉感觉这人挺可信赖，就鼓足勇气走了过去。可还没来得及容她开口，旁边的女人又一下子包围上来，七嘴八舌的，把那个男人搞得晕头转向不知所措。木棉又被挤到了人群之外。一个胖女人还猴急地搡了她一把，差点儿没把她背的包带搡断。负责登记的那个女人看见了，走过来大声说，你们不要吵，一个个地介绍情况。来，你先说。她把木棉往前推了一下，推到那个干部的面前。显然她是有心帮她。

那个男人就看着木棉，其他女人也看着她。

木棉紧张得手心出汗，不知该说什么好。那个女干部着急地说，你快说呀，简单介绍一下自己的情况。

木棉嗫嚅着，终于说：我当过兵。

木棉说出这句话时，眼泪就涌出了眼眶。

那个男人看了她一眼，把其他的人挡开，对她说，走吧，我请你。

后来木棉才知道，请她的这位机关干部，也曾在部队干过 20 年，对部队很有感情。现在是市委机关的一个处长，姓张。他一听说木棉当过兵，一种亲切感和信任感便油然而生，马上就请了她。他问木棉怎么会下岗的，木棉不愿多说，更不愿告诉他自己的父亲曾是个将军。她只是笼统地说厂里不景气。

木棉到他家后，竭尽全力地做事。每天 3 小时，任务就是打扫卫生，并为他们一家三口做一顿晚饭。除星期天之外天天如此，一个月的工资是 260 元。

木棉在张处长家做了两天后，张处长很满意，征得她同意后，又把她介绍到了他妹妹的家，再做一份。

这样她上午去张处长妹妹家，也是打扫卫生，兼做一顿午饭。下午去张处长家，一天就有了两份工。一份工 260 元，两份就有了 520 元。过了不几天，张处长的妹妹又问她，愿不愿意星期天再兼一份打扫卫生的工作，打扫一次 20

元，一个月80元。是她一个朋友的家。木棉又答应了。这样三份工加起来，她每月就有600元的收入了，加上厂里发的230元生活费，差不多近千元了。

但木棉还是觉得不够。女儿马上要读中学了，听说好一些的中学都要交上万元的费用。无论如何，她是不会再向父母开口要钱了。

张处长的妹夫是一家宾馆的经理。有一天木棉听见他打电话跟人商量说，宾馆要再招一名值夜班的员工。她就小心翼翼地问，你们要不要女的？我想做。

经理说女的也可以。问题是你白天已经有工作了，夜里再值班怎么睡觉？

木棉说，不要紧的，我会克服的，我这个人本来睡眠就少。

经理说，那个工作绝对不能打瞌睡的，并且还要胆子大。另外嘛，你是熟人，我也不瞒你，宾馆那种地方，比较复杂，没事还好，有事就难说了。

木棉说，我保证不会睡觉的。至于胆子嘛，我当过三年兵，不会有问题。碰到事我就喊，女人的声音大，这点比男人强。我就是打不赢，还可以用牙咬。这样，你让我先试试，如果我不合格，你就炒掉我好了。

她这么一说，经理就只好答应让她试试了。每晚10点到凌晨7点。月薪400元。

这样一来，木棉有了第四份工作。不算厂里的生活费，收入也有上千元了。

做四份工作的木棉，成了一个每天睡三次觉的女人。

早上7点她从宾馆下班后，赶快回家做家务。做完家务睡一两个小时。10点钟起来后，赶到张处长的妹妹家做钟点工。中午回家给孩子做饭，吃了饭再睡一两个小时，到下午3点半起来，赶到张处长家做钟点工，晚上吃过饭，再睡两小时，9点半起来，赶到宾馆去值夜班。

这就是木鑫在父亲面前说的，木棉过着"非人的生活"。

所以昨天木棉晚到的时候，木鑫看了她一眼。只有木鑫知道。

木鑫说得对，她现在能挣钱养活一家了，但她的生活是抽血榨油的生活。

两个年轻小姐走进了宾馆，穿着黑色短皮裙，踩着像小山坡一样的高跟鞋，妆化得很浓，一看就有些不正经。木棉凭直觉就知道她们是从事所谓"特殊职业"的女人。她们没去总台，而是直接往电梯门口走，想上楼去。

木棉站起来走过去问，请问你们找谁？

一个小姐说，我们上去看个朋友。

木棉说，对不起，现在是12点，已经过了来访时间。请你们明天再来。

另一个小姐说，我们是约好的。

木棉说，那你们可以请客人到楼下来，在大厅会面。

小姐生气地白了她一眼，扭头往外走。走到门口，故意大声地说了一句，留给你一个人吃独食，看不撑死你。

有一天木棉正在值班，看见木鑫和几个人一起从宾馆的电梯下来，其中还有个年轻的小姐。木棉连忙躲开，但还是被木鑫看见了。木鑫见她出现在宾馆里大为惊讶，说五姐，深更半夜的，你在这儿干什么？

木棉马上拿出做姐姐的态度说，我还要问你呢，你深更半夜的在这儿干什么？

木棉说的时候，有意扫了一眼他身边那个年轻女人，那显然不是他的女朋友。

木鑫说，我在这儿谈生意。

木棉说，我在这儿工作。

木鑫让那个年轻女人先走，他把木棉拉到一边，有些焦急地说，你告诉我，你到底在这儿干吗？我不相信你会在宾馆工作，你又吃不了青春饭。

木棉说，我真的在这儿工作，值夜班。不信你去问经理，是他聘请我来的。

木鑫一听木棉每天夜里在这儿通宵值班，一个月才400元，很难过。他说五姐，我知道你经济上困难，可你也不能干这个呀。需要钱我可以帮你的，不告诉爸就行了。

木棉说，我干这个没什么不好嘛，又不偷又不抢，又不违法乱纪。哪一点不好呢？

木鑫说，你明白我的意思。我听姐夫说你们想在厂里租个门面，做装饰材料生意，需要多少钱我帮你就是了，你何必去跟爸商量，他那个死脑筋。

木棉说，不。我现在觉得这样挺好。爸说的也有道理，能有多大困难呢？动不动就开口求人。我自己能克服。

木鑫有些伤感地说，我知道，你们都瞧不起我，好像我挣的钱不干净。

木棉连忙说，不是这样的，木鑫。我只是想靠自己而已。你的钱再多也是你自己辛辛苦苦挣来的，我也不随便向你开口。木棉看看站在门外等木鑫的女人又说，你也要注意点儿，做生意归做生意，不要把自己的生活搞得太乱了。

还是好好和周茜成个家吧。

木鑫点点头，说你放心吧，我心里有数。

分手时姐弟俩互相约定，不把对方的事告诉父母。

一个月干下来，木棉的确很累，有时候觉得自己就像个机器一样，麻木地转动着。但拿到钱的时候，心里很踏实。这每一分钱，都是靠她自己劳动挣的，丝毫没有依赖父母。她甚至觉得，自己从小到大，最能干的就是现在。她打算这样干上一年，攒够了钱，还是要去租个门面，不是为了钱，而是要有一份可以发挥自己能力体现自己价值的事业。

丈夫小金见她这样连轴转，又心疼又生气，说你这个样子，哪还像是个将军的女儿？他几次说要把她现在的情况告诉她的父母，木棉坚决不让。

木棉说你要敢告诉他们，我就跟你离婚。木棉还说，你不要怪我父母，如果你有本事，我又何至于如此？木棉又说，我一定要让我爸看看，我完全可以靠自己的能力来创业。我非要开这个店不可，等开业了我再通知我爸，看他怎么说。

小金好像第一次认识她似的，把她看了好一会儿，终于说，木棉，让我们一起来努力吧。我们一定会有那一天的。

可是，万万没想到，她来不及等到这一天了。

木棉忽然觉得一切都没有意义了。

忽然，木棉看见刚才那个可疑的男人从电梯里走了出来，神色有些鬼祟，手上提了个白色购物袋。木棉透过袋子，一眼看见里面装了个黑皮的小方包，就是弟弟木鑫常提着的那种包。谁会把那样体面的包装在购物袋里？

木棉已经确定他不是这里的客人了。她警觉地看着他。

男人扫了她一眼，装作若无其事的样子往门口走。

快走到木棉身边时，木棉突然开口说，请问你是住在这儿的吗？

男人看了她一眼，说，当然是啦。木棉发现一丝惊慌从他眼里闪过。木棉说，我可以看一下你的房卡吗？

男人假装去摸口袋，趁木棉站起来的一瞬间撒腿就跑。木棉拔腿就追，同时大喊了一声：抓贼啊！

男人冲出宾馆向左一拐，就跑进了一条小巷，木棉在后面紧追不舍。她自己都不知道哪来那么大的勇气和力气，风呼呼地从耳边掠过，她觉得自己有如神助。她一点点地接近了那个男人，她确信自己一定能抓到他。那个男人却跑得跟跟跄跄，突然，他被什么东西绊了一下，跌倒在地。木棉一步冲上去按住了他。

男人似乎已无力，也无心反抗了，他开始向木棉求饶：大姐你放了我吧，我把东西还给你就是了，以后我再也不干了，我这是头一回……

木棉没有松手。她才不会被这么几句话骗住呢。

男人继续求饶，他说我真的是头一回，我要是惯犯，还能这么笨？还能不带凶器？我要是带了凶器，你哪里还能这么按着我……我也是被逼无奈才这么做的，我下岗了，我老婆也下岗了……

不说这话还好，一说木棉更是火冒三丈。她死死地压着男人的胳膊不松手。大口大口地喘着气。难道下岗就有理由这么做吗？这不是侮辱我们下岗工人吗？如果父亲听见了，肯定会大拍桌子说：人只有在一种情况下可以放纵自己，那就是丧失了灵魂！

男人忽然说，大姐，我看你也像个下岗工人……

木棉一下子愣住了。就在这一瞬间，男人把包砸向她，爬起来就跑。后面传来急促的脚步声，木棉知道是宾馆的人赶上来了，她抱住那个包，软在了地上。

雷小姐赶上来扶起了她，焦急地说，木棉姐你没事吧？

木棉摇摇头。可她刚一站起来，两腿一软，又倒了下去。这时候她才感到有些后怕，正像那个男人说的，如果他带着凶器，木棉也许早倒下了。

雷小姐说，木棉姐你胆子可真大，一个人这么狠命地追，还空着手。万一他带着凶器你可就完了。真把我吓坏了……

木棉有些凄惨地笑笑说，如果真那样，我就可以陪我爸了。

雷小姐不明白她这话的意思，愣在那儿。

木棉的眼泪已经汹涌而出。她在心里对刚才那个贼说，谢谢你没带凶器……

第七章

　　木凯不能回来吗？不要紧。木凯已经两年没回来了，再多一年也不要紧。反正我知道他在那儿，他在那儿我心里就踏实。本来我是不同意他去西藏当兵的，我生怕他有什么闪失，那样的话我无法向他的父亲交代。后来你们的父亲跟我说，让他去吧，西藏需要他。你们的父亲还说，我们必须实现他父亲的愿望。这后一句话我没法抗拒。当初我把他从医院抱回家时，带回他父亲留给他母亲的一封信。他的亲生父亲在信上说，我越来越感觉到，对于西藏这片神圣的土地，仅仅献出我们自己的一生是不够的，还必须让我们的后代延续我们的事业。所以得知你有了孩子，我真是太高兴了！如果生下的是一个男孩儿，就把他培养成一名边防军官，如果是个女孩儿，就把她培养成一名医生，总之要让他（或她）延续继承我们未完成的事业。他的父亲在留下这封信不久之后，就离开了人世。

　　木凯是我的儿子，我没有说他不是我的儿子。我不过是说，我同意他去西藏，是为了实现他亲生父亲的遗愿。这些日子我很想念木凯。我知道他为什么这么久没回来。哪有做母亲的不了解儿子心思的？但我没说，没有对你们的父亲说。你们的父亲太看重木凯了，我怕他知道了难过。我跟他说，木凯是在西藏替我们守着呢，是在西藏替我们晒太阳呢。

　　木凯有心事。我知道。我刚才说了，哪有母亲不明白儿子的？知子莫如父，也可以说知子莫如母。他一定已经知道了什么，否则他不会这么长时间地回避我和他父亲。这个孩子，太好强了，什么都自己撑着。像他的父亲。我是说，像他的亲生父亲。

你们感到吃惊？你们肯定会吃惊的。我们这个家，有太多让人吃惊的事。

现在，当我对你们讲述这些时，往事就如同天上行走的云，从我的眼前急速地掠过。它们都期待着我将它们一一展开。

<h1 style="text-align:center">1</h1>

我一直以为陷入往事是一件很美的事。

许多人陷入往事是为了逃避今天。我陷入却是为了享受今天。如同在一个晴好的天气里，泡一杯清澈无比的绿茶，坐在阳台上看着天上的浮云。那些曾经亲历过的事，被岁月过滤之后已远远离开了我，在历史的天空中飘浮着。

我喜欢那样，喜欢让自己的整个身心都沉浸在过去的岁月里，忘了今夕何夕。因为对我来说，每一朵往事之云都是美丽的，尽管它们中有的饱含雨水，一触即满脸是泪。有的蕴含着雷电，一触便能天撕地裂。但我仍钟情于它们。

有一次木凯的媳妇对她的同事说，她们那时候——她指我——好可怜哪，居然背着背包赶着牦牛翻山越岭地走进西藏，而且还饿着肚子。我在隔壁听见了。我很感慨。我想我们可能是艰苦的，我们可能是受尽了磨难的，但我们不可能是可怜的。我没去说她。因为在她看来，我们那样就是可怜，可怜得不得了，可怜得不可思议。既然我不指望下一代人能理解我们的理想，当然也就不指望他们能分享我们的快乐。

我从不为我的过去感到后悔，为什么要后悔呢？我甚至认为，也许我正是为了在白发如雪时，能有回忆不尽的往事，才走进西藏的。

何况那时候，我们的确有许多快乐。也许应该叫苦中作乐。

有一回木槿问我，妈妈，每次那些阿姨来咱们家，你们在一起说起过去那些事，总是笑个不停。我从没见你们叹气过。那个时候你们真的很快乐吗？

木槿还追问：你们是为什么快乐呢？

为什么快乐？我一下答不上来。我想不会是因为苦。没有人天生喜欢吃苦。吃苦本身也不值得骄傲。我想我们的快乐，除了源自于我们的年轻，大概就是源自于我们为他人吃苦的信仰了。换句话说，这苦是我们自己找来吃的。

在我年轻的心里，所有生活上的苦都不能算苦，所有生活上的难都不能算难。唯有心灵上的苦难才是真正的苦难。

在我年迈的心里，依然如此。

当我们女兵随着浩浩荡荡的进藏大军一起向西藏进发时，我们的心是那样的明朗和纯净，心底没有一丝阴影。我为此感到自豪，有多少人能有这样的人生之初呢？虽然后来我们吃了那么多苦，有时候苦得我都难以承受了，但我仍没有怀疑过自己的选择。我只是觉得自己对这样一种选择还准备不足。

木兰，记得吗？还在你上小学的时候，为了写一篇作文你曾跑来问我，妈妈你那时候真的赶着牦牛爬雪山吗？你那时候真的每天饿着肚子吗？你那时候真的差点儿被江水冲走吗？

我点头。平静地点头。还微笑。过去了的苦日子想起来总让我忍不住微笑。

还有许多是我当时无法告诉你的。比如有一次过河，正是我来例假的时候。当我蹚到河中心时，河水中浮起了缕缕血丝。我每蹚出一步都有一缕血水浮上来，在我的身后打旋儿。我觉得整个身子都在往下坠，好像我全身的血，它们都很喜欢这种样子，都急不可待地想涌出来，汇入那些无名的河流中。我想我的子宫肌瘤，应该是从那个时候开始滋生的。它们一天天，一年年，缓缓地伴着我长大。所有的病都不是不速之客，它们早就和你住在一起了。所以当我被检查出这个毛病那个毛病时，我一点儿也不奇怪，甚至对它们感到亲切。好像和它们是老相识似的，对它们的到来报以微笑。

在我的影集里，至今还保留着一张我到达拉萨后拍的照片。我眯缝着眼睛，大概是被太阳光刺的。身上的棉衣看上去比我人重。我站在那儿，站得不直。背后是我们住的干打垒土房子。还有一棵孤零零的西藏红柳。

其实还有很重要的一点人们从那帧照片上看不到，那就是在我的腹中，怀着我的第一个孩子。

那时我不过 21 岁，脸上的神情却比老人还要肃穆。

你真的认为你是去解放西藏人民吗？你还问过我这样十分严肃的问题。

是的。我亦十分严肃地回答你。毫不迟疑。

1950 年 9 月，我们在行进了 10 多天之后，终于抵达了西康重镇甘孜。

尽管你们的父亲早在几个月前就先遣到了甘孜，并且为我们的到来做了充分的准备，尽管我们到甘孜的大部分路程是坐的车，尽管苏队长说，到甘孜只是我们进军西藏这一万里长征的第一步，我还是感到非常自豪。因为对我来说，这已经是平生走得最远的一次了，而且一下子就跨入了神秘辽阔的青藏高原。

第一次出现在我眼前的甘孜，真是无比美丽。碧绿的雅砻江蜿蜒流淌，无声无息。江两岸地形开阔，水草肥美。9月正是高原的黄金季节，蓝天白云之下，到处都可以看见黑色的牛群和白色的羊群在悠闲地吃草，还能听见牧民们悠扬的歌声。山上喇嘛寺的金色屋顶与远处白雪皑皑的山峰交相辉映，就像一幅美丽的图画。还有那随处可见的经幡，被高原的风吹得猎猎作响，似乎没有绳子紧紧地系着，随时都可能化作五色的彩蝶，飞上天去。

如果不是后来我在甘孜城里见到了那可怕的一幕，我会一直以为这里就是世外桃源。

那天我们几个女兵去甘孜城里办事，一走上那条凸凹不平满是烂泥的街道，我就被眼前的景象惊呆了。街道两旁堆满了垃圾和废物，中间淌着臭水，一股恶臭冲鼻而来。在这些垃圾和臭水中，布满了乞讨的人。他们有的跪在地上，有的趴在街边，身上只是披着一张黑乎乎的羊皮。这些人大多是残疾，不是瞎子，就是断了胳膊或断了腿的，有的人虽然有腿，却无法站立，像布袋子似的拖在地上。他们茫然地伸着手，在那里蠕动着，发出哀号，向行人乞讨着。一只半腐烂的死狗的尸体蜷曲在那儿，上面落着好几只专吃腐肉的乌鸦。狗的旁边，是一个10来岁的小乞丐，他的嘴角溃烂着，往下淌着脓血，睁着一双可怜的眼睛看着我们……

我惊呆了，好像陷进了最黑暗最悲惨的地狱，压抑得喘不过气来。

这时，随着一声吆喝，一个有钱人骑着马过来了。身上穿着绸缎，脚上是长靴。马的身上也配着金鞍。极为富贵华丽，与这条肮脏的街道形成了鲜明的反差。街两边的穷人纷纷伏在地上向他跪拜。他停下马，一个穷人连忙跪在马前弯下腰，让他踩在自己的背上下马。

有钱人下马后发现了我们，他看了我们一眼，极为有意地从口袋里拿出一把钱币来，朝满街的乞丐撒去。那个小乞丐迫不及待地朝离他最近的一个银圆爬去，但他的两条腿就像两只布袋拖在身后，使不上劲儿。他只能靠两只胳膊往前挣扎。好不容易靠拢那个银圆，刚把手伸出去，那个有钱人就一步跨上来，踏在了银圆上。小乞丐不顾一切地去扳那只穿着长靴的脚，想抠出脚底的银圆，那只靴子却抬起来，将他一脚踹开。小乞丐顿时像个烂布袋一样，掉进了路边的污水沟里，溅得满脸都是污水……

愤怒和同情让我忘了一切，忘了宣布过的纪律，也忘了苏队长的交代。我猛地跑过去扶那个小乞丐，可我无法把他扶起来，他的整个身子往下坠。那个有钱人哈哈大笑着。我愤怒地瞪着他，我握紧了拳头。我发誓如果我手上有枪，我会打碎他的脑袋！

吴菲和刘毓蓉也跑过来帮我，我们一起把小乞丐扶到了路边。我从自己身上拿出一个银圆给他。小乞丐如获至宝，合掌向我作揖，然后捏着银圆朝街边一家奶茶铺匍匐着爬去……

你们知道吗？你们也许知道，可我还是要告诉你们。那些人的手和脚，是被奴隶主砍断的；那些人的眼睛，是被奴隶主挖掉的；而小乞丐那两条像布袋一样拖在地上的腿，是被奴隶主抽了筋的；还有更甚者，被奴隶主剥了皮，砍了头做天灯……

这都是真实的啊！

很长时间，我脑子里都无法抹去那个满脸是泥的小乞丐，无法忘掉他的两只软如烂棉的脚。我也忘不了那个穿着绸缎的奴隶主，因为我无法想象他能干出那样残忍的事来。我以为奴隶主都是青面獠牙，却不想他们是穿着体面的人。

我想起刚报名参军时，政委曾在课堂上对我们说，西藏还处在奴隶社会，劳动人民过着非人的生活。我当时想象不出非人的生活是什么样子，我以为仅仅是饿肚子或者衣衫褴褛。我怎么也没想到人和人会有这样大的不同，人真的会活得不如牲畜。就在那一刻，我一下明白了什么叫黑暗、残酷、野蛮的封建农奴社会，什么叫非人的生活；也终于理解了"解放灾难深重的西藏人民"这句话的真正含义。不用人再对我说什么大道理，即使是最起码的同情心也让我对所见到的一切恨之入骨：我们怎能容忍这样的社会存在？

尤其让我痛心的是，那里本来有着世界上最明亮的阳光，最湛蓝的天空，最洁白的云，最碧绿的草，最纯净的风，可是在那一切之下，却有着如此黑暗丑陋的社会。如果不是我亲眼所见，我无论如何也不会相信，在那样明媚的阳光下，人们过着万恶的生活。

在后来的进军途中，每当遇到艰难，遇到几乎是翻不过的坎时，我都会想到甘孜那一幕。我咬紧牙关对自己说，不能倒下，受苦受难的人民在等着你。

你们千万别嘲笑我啊，孩子们。那时的我，从内心深处，真诚地向往着一个人人自由平等的社会，向往着一个人人有饭吃有衣穿的社会，向往着一个明朗健康的社会。我为自己能投身建设这样一个理想的社会而感到自豪和骄傲。

直到今天。

有时候一个信念的建立是很容易的。

2

终于到达甘孜了！

我从车上跳下来，背着背包站在队列里。高原的风拂着我的脸，让我觉得无比舒畅和惬意。往前看，我们的苏队长正英姿勃发地站在那儿，仰起一张疲惫的却是充满了喜悦的脸庞。我想，苏队长一定比我们谁都更高兴，因为她马上就可以见到丈夫了，她的虎子马上就可以见到父亲了。

说心里话，我也和苏队长一样渴望见到她的丈夫。我是被一种好奇心驱动着：苏队长的丈夫他到底什么样呀？

不过此时苏队长很严肃。她说大部队在雅砻河畔安营扎寨，我们女兵被照顾住到藏民家里。她提醒我们要严格遵守进藏纪律，不给群众添麻烦，更不能违反群众纪律。这些话苏队长一路上都在讲，我们早已耳熟能详。我们说苏队长你放心吧，我们决不会给部队丢脸的，决不会给群众添麻烦的。

苏队长笑笑说，那好，同志们，咱们先去吃饭吧。到底是不是好样的，这第一顿饭就能看出来。

这话我们有些不明白。但我们也没打算弄明白。看着那么蓝的天，那么白的云，看着与内地截然不同的高原景色，我们都兴奋得不知怎么表达。

我们跟着苏队长，到先遣支队建在河滩上的野营生活区去吃饭。没想到营区那么漂亮：一排排圆锥形的、屋脊形的、人字形的各式帐篷间，铺着一条条平坦的碎石路，路两旁栽满了鲜花，在阳光下五彩缤纷。我们还发现，每条路都有名字，比如进军路、建设路、民族路……除了一顶顶帐篷外，还有露天饭堂、娱乐活动场所，很齐全。真不敢让人相信几个月前这里是一片荒凉的河滩。

我忍不住大声说，太美了！先遣支队太了不起了！

刘毓蓉说，雪梅你快看，那儿还有个解放路呢，和我们重庆的一样，就是没有商店。

吴菲叫道，呀，那些花好漂亮呀！那叫什么花呀，我真想采一把。

徐雅兰细声细气地说，大概就是格桑花吧。真的好漂亮呀！

我们一边走一边叽叽喳喳地议论着，越说越兴奋。

我一开心就唱起歌来：天上有星，像你晶莹的眼睛……

女兵们也跟着我一起唱：地上有花，像你娇红的笑靥……

忽然，一个高大的男军官从帐篷里钻了出来，军棉衣上扎着腰带别着手枪，手上拿着一卷书。与那卷书很不相称的是他那张黑乎乎的有棱有角的脸膛。

他冲着我们吼道：唱什么唱？！不许唱！

我们全都愣住了。赵月宁不满地嘟囔说，怎么啦，这么宽的地方，能吵着谁吗？吴菲也说，就是，这是在河滩上，又不是在藏民家里。

那个人继续板着脸说，我不管这是在哪儿，这是高原。到了高原，你们就给我老实点儿，少说话少唱歌，先当狗熊后当英雄。

见我们都不解地看着他，他才缓和下语气解释说，我的意思是说，你们刚到高原，不要激动，要慢慢走路，慢慢做事，少说话。这就是先当狗熊。等过几天适应了，那就可以好好工作了。要唱要跳随你们便。那就叫后当英雄。

原来是这样。我们不敢再唱了。刘毓蓉有些抱歉地说，对不起同志。我们不知道。那人说，不怪你们，你们没有经验。不过……他看了我一眼说，歌还是唱得蛮好听的。是个什么歌？

我还没来得及回答，赵月宁就抢先道：《先有绿叶后有花》。吴菲又马上接嘴说：先爱祖国后爱她。

这下他马上不好意思了，脸上的表情和刚才凶巴巴的模样判若两人，转身就进了帐篷。

我想，这个人肯定是先遣支队的，要不怎么有资格这么厉害？

我还是想唱，不过我把唱改成了哼哼：

你的歌声在我耳旁

你的微笑在我心上

我高兴地走上战场

先有绿叶后有花

......

你们没听过这歌吗？这是我们那个时代的爱情歌曲。

果然，高原很快就给了我们一个下马威。

我们来到吃饭的地方。先遣支队的同志为迎接我们，早已经做好了饭菜，一盆盆地摆在河滩上。我们也的确饿了，连忙围了上去。可我们马上就觉出有哪儿不对劲儿。第一个有了反应的是徐雅兰，她轻言细语地说，喂，你们闻到没有，是什么味儿呀？

我使劲一嗅，真的，空气中好像飘着一种特殊的气息，让我又陌生，又不舒服。等我盛好饭夹了一筷子白菜时，才明白这气息就是从白菜里飘出来的。

原来先遣支队为了让大家更快地适应高原的气候和海拔，第一顿饭就用酥油炒菜了。并且还宣布说，以后将不再吃猪肉，而是要吃酥油，吃糌粑，吃羊肉和牛肉。其实猪肉早就没有了，吃不吃无所谓。牛羊肉也很少能吃到。难以适应的主要是糌粑和酥油。那白菜用酥油一炒，味道全变了。加上我们吃的是陈年酥油，所以气味更是厉害。

我当时却不知道，先遣支队为了给我们准备这顿饭，费了多么大的劲儿。那些野菜都是他们亲自挖回来、并且省下来的，白菜更是他们千难万难种出来的。酥油也是节省经费才买来的。

我被这千难万难才做出来的饭折腾得够呛。

我端着碗，肚子饿得咕咕响，勉强往嘴里扒拉了一口，就再也不想吃了。不仅仅是因为到处飘着酥油味儿让我恶心，还因为饭是夹生的。高原的沸点低，一般的锅灶无法将饭做熟。更因为已经到来的高原反应让我们头晕恶心。不只是我，所有人的饭量都锐减。

苏队长就一个个地作动员，好言好语地劝说，并且带头端起了碗。她一边吃一边说，根据先遣支队的经验，必须吃酥油才能抗缺氧，抗严寒。先遣支队的一些战士就是因为抗不住严寒和缺氧倒在了路上。今后的路还长，不学会吃这些高原食物，就不可能走到西藏。

我看着苏队长的样子，也下决心夹了一筷子白菜，但扑鼻而来的那个味道，让我忍不住想呕吐。好不容易忍住了，却听见那边"哇"的一声，然后传来赵月宁的叫声：苏队长，徐雅兰她吐了！我一听，再也忍不住了，跟着哇啦一声吐了出来，然后是吴菲。刘毓蓉马上端着饭跑到了离那盆菜最远的地方。

我们吐得非常狼狈，也非常不好意思。我想：我们这个样子一定很让苏队长失望，太像资产阶级的娇小姐了，太丢人了。但我们一个个都端着饭碗发呆，没有勇气吃饭了。

只有苏队长一个人在坚持。她脸色苍白，仍强忍着往下咽。而且是一口饭一口菜地咽。这需要多大的毅力呀。我想苏队长之所以能坚持，除了队长的责任外，一定还有母亲的责任。不吃下那碗饭，她怎么有奶水喂虎子呢？虎子瘦弱得一点儿也不像只虎犊子，6个月了却轻得像只猫。一路上虎子常常饿得连哭声都十分微弱，让我们听着心里难过。

这时，保姆张妈将虎子背来了，虎子在她的背上嘤嘤地哭着。苏队长立即放下碗，将虎子接过来抱在怀里喂奶，可是虎子仍是哭，一次次地放开母亲的奶头。我知道一定是苏队长没有奶水了。一路上那么累那么苦，又吃不好睡不好，哪还会有奶水呢？我们都忧虑地看着苏队长，看着虎子。虎子额头上那个伤疤已经结痂了，仍让我歉疚。

苏队长一声叹息也没有，她蹲下来，把虎子横抱在怀里，重新端起夹生饭来吃。虎子继续咧嘴哭着，苏队长将一口饭送进嘴里，慢慢地嚼，细细地嚼，嚼了很长时间，仿佛她的嘴是个磨盘。片刻之后，一口如豆浆一般又细又白的饭汁出来了，苏队长嘴对嘴地将饭汁送进了虎子的嘴里。虎子的哭声立即停止了，急切地吧唧着小嘴。

苏队长抬起头来高兴地对我们说：他要吃！看，他要吃！太好了。

苏队长又吃进一口饭，又细细地嚼，又推起软软的磨盘，然后又嘴对嘴地喂给了虎子。我们简直看呆了。仿佛那饭经了苏队长的嘴变成了琼浆，虎子吃得非常香甜。

苏队长一口一口地喂着虎子夹生饭。她好像忘记了我们。

我们在小小的虎子做出的榜样下，也都重新端起了夹生饭。我们都像苏队长那样细细地咀嚼。真是奇怪，我竟然也把夹生饭嚼出了香甜的味道。

我们被安排到一个叫拉姆的藏族老乡家借住。

拉姆四五十岁的模样，听不懂汉话。但她面带微笑，态度很友好。她拉着我的手，指着楼上比比画画，意思是让我们住到上面去。楼下全是牛羊的圈，我们当然希望住到楼上去。可是看了半天也没找到楼梯。拉姆把我带过去，我看见在通往楼上的地方，架着一根碗口粗的木头，上面凿了几个痕迹，左右也没有扶手。我疑惑不解。拉姆却一边笑，一边踩着那根圆木走了上去。

原来这就是楼梯！

见拉姆那么轻巧就走了上去，我也背上背包跟着踩了上去。但木头太窄了，又没有什么可扶的，我觉得心里发慌，好像演杂技一样。爬上去就不敢下来了。没想到到藏区后让我们为难的竟是这样一件小事。为了对付它，我花了一个小时的时间，我在那根独木棍口来来回回地爬了几十次，爬出一身的汗，还摔了几次，终于征服了它。再上下楼时，简直身轻如燕了。

拉姆把我们领上楼，将楼上的两间房子腾出来让我们住，自己搬了东西要下楼。我一看那怎么行？苏队长说了，要尽量减少对群众的打扰。我们比画着告诉她，我们不住房间，我们随便在地下铺个铺睡觉好了。拉姆这才留下。我们在拉姆的灶房里铺上青稞草，当作床铺。其实青稞草铺的床，又松又软，睡起来很舒服的。后来我们再也没睡过那么舒服的床铺了。

拉姆的丈夫原先在甘孜城里做小买卖。我们去时，男主人出乌拉去了。所谓乌拉，就是为寺庙或者头人做无偿差役，当然是被剥削。怪不得我们的进藏纪律中有一条，就是不准随便拉藏民当乌拉。拉姆说解放军刚来的时候，村里的头人让她们去打柴。她们不敢不去，等打了柴送到解放军驻地时，一个解放军笑容满面地过来为她们的柴草称重量，然后一边说着感谢的话，一边付给她们柴草钱，她当时简直不敢相信自己的眼睛。她当过多少次差了，还是头一回有人付她工钱。一直到白花花的银子拿在手上，她才相信这是真的。从此她见人就说，解放军是好人，解放军是菩萨。所以看见我们去，拉姆格外热情，主动提出让我们去她家里住。

我们铺好床，在院子里捡了几块石头搭好了灶，然后就开始帮拉姆打扫卫生，挑水什么的。一次挑不了多少，还气喘得不行。拉姆见我们做这些事，脸笑得像花一样，不停地说，吐其其，吐其其 [1]！

---

[1] 吐其其：谢谢。

虎子又哭起来。苏队长开会还没回来，拉姆怕他饿了，连忙去挤了一小碗牛奶喂他，虎子不喝，还是哭。拉姆看了看孩子有些忧虑地向我比画着，我看出她是担心虎子病了。我用手摸摸他的额头，又用脸贴贴他的脸。我小时候生病母亲就是这样的。可贴了半天我还是拿不准他有没有热度。

幸好这时候苏队长回来了。苏队长顾不上擦汗，连忙接过虎子。我说虎子老是哭，会不会生病了？苏队长说不会吧？可能是想睡觉了。我说苏队长，怎么虎子他爸爸还不来看你们？

苏队长说，他肯定忙顾不过来。

刘毓蓉说，等他来了，见到虎子怕都不认识。

吴菲说，那当然，他还没有我们熟悉虎子呢！

正说呢，听见楼下有人喊：苏玉英同志在吗？

来了来了！我们几个都叫起来，比苏队长还兴奋。尤其是我，连忙趴到那个小窗户往下望，我看见两个男军人站在院子里。一高一矮。我想大概高的那个就是虎子的爸爸吧？我扭脸看苏队长，她的脸已经红了。

我高兴地跳起来说：我下去领他们。

3

那次陪着王政委去看苏队长的，就是你们的父亲。换句话说，就是在河滩上不准我们唱歌的那个男人。不过我当时完全没对他留下任何印象。因为在部队里成天见到的都是男军人，在我眼里他们都长得差不多，甚至走路的姿势、说话的语气也很相像。

但他却记住了我。那算是他第二次见到我吧。

你们的父亲后来告诉我，大部队抵达后，王政委一回到帐篷，又拿起那本《西藏宗教简史》看起来。他上去一把抓过书说，喂，你是真不急呢还是假装不急？盼星星盼月亮好不容易盼到了大部队，还盼到了你的"小部队"，居然这么沉得住气？王政委笑笑说，急什么？好事不在忙上。等她们住定了再说。你们的父亲却不管三七二十一，硬把王政委给推走了。

王政委打听了半天，才找到我们住的老乡家。他在门口喊了一声，有人回答说苏玉英不在。他很失望，转身要走，忽然听见有小孩儿在哭。他想会不会是自己的孩子？他就站在那儿听，听了好一会儿，他也没敢肯定是不是自己的孩子。他根本就没听见过自己孩子的哭声。他掂着家里的工作，只好先回去了。

回到住处把情况一说，你们的父亲就急了，他说哪有你这种当爹的，是不是自己的孩子在哭都听不出来？要是我一听就能听出来。王政委也不急，还是笑眯眯地说，你别吹了。我敢说你连小孩儿的哭和笑都分不清。你们的父亲说，那你推门进去问问不就得了？这是谁家的孩子在哭呀？人家还能不告诉你？王政委说，对呀，我怎么就没想到？你们的父亲说，走走，我亲自陪你去。这么大两个人，还能找不到一个孩子？

这样，他们又来了。

当时我从楼梯口探出头来，冲着他们大声说，是找我们苏队长吗？快上来吧！

你们的父亲觉得眼前一亮，这不是刚才唱歌的那个女兵吗？

两个人就顺着那根圆木上来了，显然他们已经走惯了，很轻松就上来了。我站在楼梯口等他们。高个子走在前面，他看见我就说，原来是你。我很奇怪，我又不认识他，他怎么说原来是你？我看了看他，又看了看他后面的那位。后面那位长得敦敦实实，两个腮帮子鼓着，好像随时咬着两块肉。我就笑眯眯地对他说，我敢肯定，你是虎子的爸爸。

王政委很吃惊，说，你怎么看出来的？

我说，你和虎子的嘴巴很像。

王政委摸摸自己的嘴，大概不知有什么特点。楼上有些暗。他好一会儿才看清坐在地铺上的苏玉英，苏玉英正在给孩子喂奶，旁边还围了几个女兵。苏玉英见丈夫来了，丈夫的搭档也一起来了，有些不好意思，赶紧扣上了衣服。

王政委从她手上接过孩子，结巴地说，这就是……我们的……虎子？

苏玉英含笑点点头。

他这儿怎么啦？王政委发现了虎子额头的伤痕，用手轻轻地摸着。

苏队长说，路上不小心摔了一下。

我心里有些紧张。还好王政委只是笑笑，说，哟，我的虎子也光荣挂花了。但他笑是笑，抱虎子的手却有些抖。

你们的父亲在一旁笑道，看你紧张的，让我先抱抱吧。

小赵在一旁拽拽我说，哎，这就是刚才在河滩上训咱们的那个人。

我说真的吗？我怎么没看出来？

吴菲点点头说，就是他。

我们几个就悄悄地溜下楼去了。

你们的父亲抱起虎子走到窗口，借着光亮看了看说，嘿，怪不得你能看出他们是父子，这父子俩的嘴的确很像，都是薄薄的那种。你们父亲回头说，小同志，你的观察力还挺强嘛。

他回头时才发现我已经不在了，几个女兵都不在了。楼上除了王新田夫妻俩，就剩他了。这一来他有些尴尬，赶紧把孩子还到王新田手里说，不行，这孩子不是我的，抱着不对劲儿，还是你们自己抱着，我不凑热闹了，我先走了。

你们的父亲急步走下楼来，他有点儿性急，差不多是直接从楼上跳下来的。院子里已经没人了。但他听见了歌声。他走出院子，只看见我们几个的背影，我们正往甘孜城里走去。

不知为何，你们的父亲断定那歌是我唱的。

他站在那儿发了一会儿愣，他想，有空儿时问问王新田，那女兵叫什么名字。

4

应该说，我和你们父亲的真正会合，是在主力部队与先遣支队的会师大会上。不过到了那个时候我仍不认识他，而他虽然记住了我，却始终不知道我叫什么名字，只知道我会唱歌。因为会师大会那天，我差不多把嗓子都唱哑了。

会师庆祝大会的会场布置在甘孜城南的柳林里。彩门上写着几个鲜红的大字：向祖国边疆挺进！你们的父亲穿着整齐的军装，腰里挎着手枪，人高马大地站在高大的彩门下迎接主力部队。当威武雄壮的主力部队唱着嘹亮的歌声，喊着震天的口号走进会场时，你们父亲的眼眶忽地热了。整整半年了，他们作为先遣支队，不说是吃尽了千般苦，至少也是体验了万般难。现在终于等来了大部队，他有一种见到亲人、见到母亲的感觉。

头天夜里，他和几个支队领导彻夜没睡，一一总结着半年来先遣支队的工作情况，终于感到可以舒一口气了。对照出发时上级交给他们建立进藏根据地的7项任务，应当说是基本完成了。尤其让他们感到欣慰的是他们终于度过了粮荒，并且摸索出了一套适应高原的生活经验，还为主力部队储存了一些野菜，开荒种出了白菜，动手编织了一些羊毛袜。这些东西虽然少，却能够帮助主力部队尽快适应藏区生活。

更重要的是，他们终于把这片冷硬的土地踩热乎了，热乎得就像自己的家乡。他们以自己一贯的优秀作风赢得了藏族人民的深深喜爱。刚来时，许多藏族群众感到害怕，他们把生产和生活用具纷纷藏了起来，然后躲到了山上。他们躲在山上用眼偷偷地看，看见那些被称作解放军的汉人，竟然饿着肚子在为他们修桥铺路，收割青稞。他们没粮吃就打老鼠麻雀吃，后来头人说，老鼠麻雀也是神物不能打，他们就忍着，不吃老鼠麻雀，挖野菜吃。但即使如此，他们也照样把收下来的青稞全部送到主人家去，好像他们不知道那些青稞是粮食，是可以吃的。

一双双怀疑的眼睛终于变成了一双双信任的目光。男男女女的藏民下山了，他们一回到家，就把埋在牛粪里的锅、水桶、锄头等，挖出来送到解放军那里去。他们腼腆地笑着，比画着，告诉解放军他们相信他们。人心换人心。后来，上级给先遣支队空投的物资被风吹到远处去时，总会被藏民完好无损地送回来。特别是那些被解放军治好了病的藏民，更是感激万分地拉着解放军说，你们的亚姆亚姆！我们的稀稀拉拉[1]！

从会师的庆祝会会场就可以看出，无数的藏族群众是自发来参加的，还带来了他们的食品和礼物。

你们的父亲站在彩门下心里感慨万千。忽然，他觉得耳边有异样。在一片雄壮粗犷的口号中，他的耳朵里灌进了另外一种声音，悦耳柔和，同时又很有穿透力。他仔细张望，才发现有一支队伍虽然着装和大部队完全一样，却忽地小了一圈儿，再看那一张张的脸，是那么秀气，那么年轻。原来是女兵队！会场的老百姓都朝彩门下拥来，部队也全都朝彩门那儿投来钦佩和骄傲的目光。一大群小鸟忽然飞临，在彩门上下快乐地翻飞着，然后齐刷刷地落在了彩门上，好像觉得那彩门还不够漂亮，要镶上一圈儿羽毛花边儿似的。

藏民们的眼睛瞪大了，他们双手合在鼻尖上，不停地说：卓玛、卓玛[2]。

男兵们全都挺起了胸脯，那使他们就像一座座山，他们的眸子闪着光，充满了骄傲，因为那些女兵是他们的姐妹，是他们山上最美丽的丛林，是从林里

---

[1] 亚姆：好。稀拉：不好。

[2] 卓玛：仙女。

最有活力的鸟。他们的歌声更加高昂了，但他们的高昂并没有覆盖女兵们的歌声。因为女兵们的歌声更加高昂，还因为她们的歌声富有穿透力，直上云空。

你们父亲那钢铁般的胸膛里，突然间有了一阵柔软的暖意，他的眼眶甚至有些潮湿。他想，她们才该骄傲呢。他们有的自豪感不过是她们的十分之一罢了。

站在你们父亲身边的通信员小冯忽然惊喜地说，首长，你也会唱歌？

你们的父亲这才发现自己竟然在跟着女兵唱歌。他瞪了小冯一眼，大声说，去，跑步到女兵队，告诉她们，就说先遣支队全体官兵向她们致敬！

小冯兴高采烈地大声说：是！然后藏羚羊一般地跑掉了。

你们的父亲想，真的，我怎么也会唱歌了呢？

你们的父亲在女兵队中看见了王政委的爱人苏队长，接着就看见了跟在苏队长后面的我，他当时在心里称我为会唱歌的女兵。他有些不好意思，就把眼转开了。而我，只顾着激动，丝毫没注意周围的事情。

大会的气氛非常热烈，进军队伍黑压压地站了一大片，让我又想起了出发前在眉山召开的誓师大会。和在眉山时一样，附近的群众都闻讯赶来了，像过节一样热闹。也的确是过节，当时是 9 月初，正好是藏族群众庆祝丰收的节日"央勒节"的开始，所以百姓们都穿着自己最好的衣服，带着一家老少赶来了，他们满怀喜悦地要和解放军一起过节。

师长代表先遣支队，将几个月艰苦劳动采集的野菜和编织的羊毛袜、节省下来的茶砖、用银圆买的牛羊肉等一大批物资送给主力部队。接下来，主力部队把从内地带来的毛巾、肥皂、日记本、水果糖还有菜籽等，送给先遣支队和藏族同胞，以表示慰问和感激。暴风雨般的掌声一次次响起，那热烈的气氛，那兄弟般的情谊，至今想起来我心里都是热热的。

慰问演出开始了。我们把自己出发前就排练好的节目一一搬上去，小歌剧、舞蹈等等。那时候部队不管生活多艰苦多困难，总是非常活跃，秧歌队、腰鼓队、高跷队、舞蹈队，应有尽有，丰富多彩。整个会场立即成了欢乐的海洋。

最受欢迎的，还是你们父亲他们先遣支队的演出。那些战士在短短的时间里，已经学会了优美的藏族舞蹈——巴塘弦子舞。弦子就是歌舞的意思，那是藏区所特有的歌舞，参与性很强。起舞时，领舞的走在前面跳，腰上插着一把类似二胡的乐器，藏民们管那叫比庸，用牛角做的管，用马尾做的弦。领舞的一边拉着比庸一边跳舞，后面就跟着众多的舞者。他们在优美和谐的乐曲声中围成一个圈儿，载歌载舞，很快乐。

那些拿起枪能打仗拿起锄头能种地的战士们，跳起弦子来非常轻快，节奏鲜明，动作优美。他们跳了两圈之后，开始热情地邀请我们加入，邀请藏族同胞加入。我们起初还有些不好意思，但那些藏族青年马上就大大方方地上去了，他们手拉手地加入到了战士们的快乐舞蹈中。我们被感染了，也和他们一起跳起来。

藏族青年们一边跳还一边高声唱着：

> 国王的舞姿
>
> 豪迈矫健
>
> 姑娘的歌声
>
> 优美动听
>
> 索郎央金姑娘呀
>
> 深深陶醉在歌声里

接下来，藏族同胞又表演了牦牛舞、狮子舞、鹿神舞和采花舞。那采花舞，是为了纪念一个叫莲芝的藏族姑娘而编的，莲芝姑娘心地很善良，总是克服千难万险，采花给村里人治病，后来遇到暴雨身亡。演出的姑娘们先是用对歌的形式互相问答，一路走一路歌，采了花之后她们把花编成一个美丽的花环插在头上，然后用怀念的歌声向莲芝姑娘告别。

她们唱道：

> 百样鲜花采齐了，把莲芝姑娘丢下了。
>
> 明年百花开放了，我们届时又来了。
>
> 碧绿的草坡留给你，鲜艳的花儿陪伴你。
>
> 含着眼泪离开你，明年今天再看你……

那歌儿真是好听极了，我很快就跟着藏族姑娘们学会唱了。

最后是我们女兵小合唱，我领唱。我还是头一回在这么多人面前唱歌呢，非常兴奋。眼睛亮亮的，脸庞红扑扑的——苏队长这么形容我来着。这和我在学校里参加合唱团的感觉大不一样啊。我们唱了《南泥湾》，唱了《绣金匾》，唱了《康定情歌》，还唱了那首《先有绿叶后有花》。战士们掌声如潮，吼叫着不让我们下去。我看见师长几次站起来让大家安静，可战士们实在是太高兴了，就是安静不下来。我们最后唱了我们的《十八军军歌》，全场官兵和我们一起唱起来，把庆祝会推向了高潮。

> 跨黄河，渡长江
> 我们生长在冀鲁平原太行山上
> 锻炼壮大在中原
> 威名远震东海长江
> 祖国处处欢呼
> 毛泽东的旗帜迎风飘扬
> 更伟大崇高的任务号召我们勇敢前进
> 解放大西南
> 毛泽东的光芒照耀祖国边疆
> 进云贵，入川康
> 保卫西南边防
> 巩固祖国后方
> 解放的大旗插到喜马拉雅山上
> 雅鲁藏布江

　　我站在台上，挺着胸脯大声唱着。我看见台下好多官兵一边唱，一边流下了热泪。那是他们的歌，是让他们为之骄傲的军歌。
　　你们的父亲说那天他很开心。几个月了，他都没这么放松过。他跟身边的王政委说，那个领唱的女兵嗓子可真亮。
　　王政委笑眯眯地说，要不要我帮你去问问她叫什么名字？
　　你们父亲砸核桃似的擂了他一拳，说，你这政治工作就这么做？一点儿也不深入。光问名字有什么用？你得把情况全搞清了。
　　王政委故意说，你别性急，西藏咱们也得一步一步走进去嘛。

你们的父亲一点也不马虎地说：当然。不过走进之前我就有了主张，我是坚定地朝着主张一步步走进来的。

师长政委和一些领导走上台，和我们演出的女兵一一握手。师长笑呵呵地说，你们辛苦了！进军西藏，你们也是功臣啊！等将来西藏解放了，我带你们到全国各地去观光！

我们开心地欢呼起来。

我丝毫也没注意到你们的父亲站在台下看着我们。

或者说，他是在看我。

后来王政委真的来找我们苏队长，打听我的名字。

王政委说，那天我和欧参谋长来你们这儿时，出来接我们的那个女兵叫什么？

苏队长想了想说，是不是那个白白净净的喜欢笑的？

王政委说我记不清了，反正她一眼就看出我是虎子的爸。

苏队长说，哦，那是小白。白雪梅。怎么了？

王政委笑笑说，我们欧参谋长对她的印象很好。你帮着注意点儿。

苏队长知道这是什么意思，还是故意问，注意什么？

王政委说，你别给我绕圈子。你看我们欧参谋长为了革命，到现在也没成家。他可是个非常出色的军事干部，战斗英雄，人又长得威猛。我看小白挺适合他。

苏队长看丈夫对自己搭档那么关心，心里很赞赏。但她板着脸说，不行。现在我不允许她们想这些事，我需要她们顺利到达目的地。别的什么也不能考虑。尤其是小白。

王政委说，为什么尤其是小白。

苏队长说，我也不知道。我很喜欢她。她是个单纯的姑娘，充满幻想。等她大一些成熟一些再说吧。

王政委说，我也不是说现在。我只是叫你注意一下。

王政委和苏队长又说了一会儿体己话，王政委马上就要回支队里了。临走时苏队长又把王政委叫住，一脸严肃地说，喂，我告诉你，你们那些人别老打我们女兵队的主意，恨不能把我们女兵队瓜分了，连建制都撤了，变成个家属营。要是那样，我可得找上级去告你们！

　　王政委笑着挥挥手，说，没那么严重，好好当你的女兵队队长吧。说着就走了。

　　苏队长真的没有把这事告诉我。

　　一直到昌都后，苏队长才把这些话告诉我。但她仍是说，雪梅，我不是作为领导和你谈的，我只是作为一个大姐。这件事，一定要你自己愿意。

　　而你们的父亲却从那时起就装上了心事。他一向很坚定，心里有了目标就不会轻易放弃，那是他的性格。当然，他太看重解放西藏这件大事了，为了这件大事他可以舍去一切。所以他也只能是在抽烟的时候，半夜醒来的时候，端上碗开始吃饭的时候，也就是空闲的时候，才会在脑子里闪过一下我的样子。他想，那个会唱歌的女兵现在在哪儿呢？

　　我们这两条河还在各自流淌着。

5

　　向西藏进发的日子一天天临近。

　　渐渐地，我们适应了高原反应，头不再那么剧烈地疼了，心口不再那么闷得慌了。我们已经可以用酥油炒出的菜下夹生饭了，我们不用捏鼻子就能喝下酥油茶了，我们还能老练地转着碗，把糌粑搓成一条条地扔进嘴里了。我们大口嚼着夹生饭，嚼出一片树枝儿摇曳的响声来。

　　也许是强体力的训练，加速了我们对吃饭这一新课题的适应吧。

　　我们还学会了一些简单的藏语：尼玛——太阳；达娃——月亮；葛玛——星星；梅朵——花；卓玛——仙女；格桑——吉祥；金珠玛米——解放军；亚姆——好；稀拉——坏；嘉沙巴——新汉人……那时候许多藏族群众都叫我们新汉人，表示对我们的好奇和喜爱。

　　除此之外，还有许多事情是需要我们学习的。比如做饭、捡柴、捡牛粪、搭帐篷，等等，这些看似简单的生活小事到了高原都变得难起来。我们就虚心地向拉姆请教。拉姆对我们特别好，她亲自带着我们上山去捡柴，到草滩上去捡牛粪。她告诉我们哪里才能捡到柴火，还告诉我们怎么烧牛粪才烧得旺。在她的指导下我们都进步很快。我们分了工，有做饭组，捡柴组，搭帐篷组。我分在做饭组。那并不是我情愿的，可是苏队长说我个子小，不让我去干体力活。刘毓蓉分在捡柴组，那是比较累的，但她说自己身体好，年龄大，主动要求去了那儿。吴菲在搭帐篷组，她声称自己四肢比较灵活，能把帐篷搭得跟砖房一样结实。

拉姆教我们做这样那样，但有些事情她也没办法。比如做饭，她做出来的饭也夹生。这是因为高原沸点低造成的，你烧再旺的火也没用。我们不可能让高原适应我们，只有我们适应高原，适应夹生饭。再说了，虎子都吃夹生饭，我们有什么不能吃的。可以说我从到达甘孜那天起就开始吃夹生饭，一直吃到转业离开部队，离开西藏。

当然，最难的不是做饭，不是捡柴，也不是搭帐篷。

最难的是面对我们的新伙伴。

这天早上苏队长开会回来，笑着对我们说，同志们，去看看咱们的新伙伴吧。

我们面面相觑：什么新伙伴？又调来新同志了吗？

苏队长仍微笑着说，去看了就知道了。

我们就跟着苏队长走。应该说还没走近我们就看见它们了，看见我们的新伙伴了，它们黑压压的一大片，以一种气势出现在我们的视野里。但我们一时没反应过来，我们一边躲避着它们一边东张西望地问：在哪儿呢？在哪儿呢？

苏队长用手一指我们躲避着的东西，说，那不是吗？

我们呆住了。

牦牛？就是这些黑色的长毛的大眼睛的家伙？就是曾经把我们吓得脸色苍白的家伙？我们真的要和它们成为伙伴了吗？

折多山下那惊人的一幕又出现在了我眼前。我心里不由得一紧。

苏队长严肃地说，同志们，我们下一步的任务，就是将前线部队的作战物资及时地送上去。要完成这一艰巨繁重的任务，我们必须与牦牛成为好伙伴。

吴菲冲我伸伸舌头，说了声天哪。

我深深地吸了口气，小声说，只要别人能赶，咱们就能赶。

现在，那个让我们想了很久也怕了很久的牦牛，终于来到我们面前了。整整 200 头，黑压压的一大片。它们一个个武士一般披着铠甲似的长毛，昂着泛着金属光泽的巨大犄角，瞪着大眼睛看着我们，好像在拭目以待。我们鼓足了勇气，小心翼翼地靠近它们，想亲近它们，但它们冷冷地站在那儿，面无表情。不过它们至少没有发疯，没有狂奔不已，这让我们的胆子大一些了，慢慢靠近了它们。

苏队长告诉我们，牦牛是高原上最有力量和耐力的牲畜，被称作"高原之舟"。在高海拔地区，在气候寒冷地区，它们是唯一能够运送物资的牲口了。为了保证下一步进军路上部队的补给能够跟上，师里在四川藏区采购了一万多头牦牛，这一万多头牦牛将组成一支庞大的运输队。我们这一支，不过是浩浩荡荡运输大军中的一小部分。

一想到那么多人和我们一样赶牦牛，我们的胆量壮大了一些。

需要运送的物资也分配来了，有粮食，有弹药，还有银圆。分成无数个驮子。我们就是把这些驮子送到前线去。

我们要学习的第一件事，就是把驮子搁到牦牛的身上。

没想到这就很难。我和吴菲搬起一个驮子，围着牦牛转了10多圈儿也没能把它放上去，急得出了一头的汗。后来一群人上来帮我们，七手八脚地才勉强把驮子放到牦牛背上。

第一步完成了，第二步更难：上好驮子的牦牛不往前走。它们站在那儿，生了根似的，任我们怎么赶怎么推怎么吆喝，它们就是不动。

小小的赵月宁急了，上去用两手推牦牛的屁股，牦牛还是纹丝不动。她生气了，攥起拳头使劲儿地擂，牦牛慢慢地转过硕大的脑袋看了她一眼，还是不动。大概她那个小拳头擂上去在牦牛的感觉中就是挠痒。

我们一边笑一边担心：怎么办呢？牦牛不听我们的话。还有那么长的路要走，怎么办？

苏队长比我们更急，最后想出个笨办法，让我们在牛头上拴根绳子，像牵马那样牵着牦牛。于是我们就分成两人一组，一个在前面牵，一个在后面赶。

我和吴菲一组，吴菲在前面牵，我在后面赶。但任我们怎么用力，牦牛就是不动还瞪我们。大概它们祖祖辈辈都没被人这么牵过，很不乐意。吴菲就用力拉，牦牛被拉火了，用头蹭了她一下，把她蹭了一个跟头。吴菲也火了，从地上爬起来说，你还敢顶我？就给了牦牛一拳。牦牛又蹭她一下，她又还它一拳。

我看见那牦牛的眼睛里有红色漫上来，胆战心惊地说，吴菲你别惹它！

　　吴菲根本不听，又连续给它两拳。这下牦牛不耐烦了，一尥蹶子，把吴菲踢倒了。踢得吴菲滚出了一丈远，立即就捂着小腿爬不起来了。我吓得死死拽住牦牛，生怕它再往吴菲身上踏上一只脚。

　　一旁的赵月宁吓得脸色都变了，拔腿就去找苏队长，边跑边喊，苏队长，不好了，吴菲和牦牛打起来了！苏队长忙不迭地跑过来，先扶起吴菲，撩开她的裤腿看，那里已经乌青了一大块，扳着脚腕试了试，还好，没让牦牛踢断。她这才嘘了口气说，小吴，你也是，和谁打架不好，和牛打。你就让让它吧，它是牛啊！

　　这后来成了一个笑话。一路上大家经常问，怎么样，今天谁和牦牛打起来了？

　　眼看着要出发了，我们仍没能制服牦牛。

　　师里了解到这一情况后，给我们雇来两个藏族牧民。让他们协助我们赶。苏队长觉得心里不安，那两个牧民赶牦牛时，她就在一旁观察。她发现藏牧民赶牦牛时，个个都"君子动口不动手"，他们笑嘻嘻地和牛说话，好像牛是他们的兄弟一样。然后轻轻一举，就把驮子放上了牛背，再然后拍拍它们的屁股，像是在表扬它们。带牦牛队走的时候，他们并不费力地驱赶，自己走在前面，轻轻地噘起嘴唇，"嘘——"的一声，那庞大的牦牛群就启动了，乖乖地像一群听话的孩子，一点儿脾气也没有，跟着他们走了。

　　苏队长有些明白了，回想起在折多山脚下牦牛发疯的那次，也是一声口哨镇住了它们。她学着牧民噘起嘴唇，"嘘——"的一声，牦牛真的就往前走了。她像个孩子似的高兴地拍掌大笑起来，迫不及待地把我们全都叫了去，让我们也试试。

　　于是我们一个个全都噘起嘴唇来学着牧民的声音哟哟地叫，或者嘘嘘地吹口哨，练得嘴唇都干裂了，但渐渐地，终于能发出和牧民相近的声音了。当我们再靠近牦牛时，牦牛终于显得温驯了。

　　后来我发现，牦牛不仅温驯，还很通人性。尤其是我们唱歌的时候，它们总是抬起那硕大的头颅看着我们，眼里水汪汪的，好像听懂了那些歌声。渐渐地，它们成了我们的好伙伴，甚至成了我们的卫士。有一次，我们在灌木林里遭遇了一群狼，那群狼大概有 30 多头，非常饥饿的样子，肆无忌惮地朝我们嚎叫。我们紧张极了，不知道该怎么办。这时候牦牛也叫起来，它们的叫声像威武的号角，一声声的，把树叶纷纷震落下来。有一头牦牛一边吼叫着一边朝狼群走去，另一些牦牛也朝狼群走去。那群狼终于胆怯了，夹着尾巴迅速逃离。

后来，我们和 200 头黑黑的牦牛一起，爬冰山过雪峰，相依为命度过了 50 多天，终于在 11 月里到达了昌都。

6

那些日子，苏队长天天和我们待在一起，和牦牛待在一起，我们几乎要忘记她是一个母亲了。晚上回到住处听到虎子的哭声时，我们才想起她还有个可爱的儿子，并且，还有个心爱的丈夫。

说实话，自从见到苏队长的丈夫王政委后，我心里对他很有些失望。没想到他长得这么其貌不扬，我以为他高高大大，英俊潇洒。因为我们苏队长就英姿勃勃的，很帅气。但看得出苏队长很爱他。尽管他很少来，但只要来了，苏队长的眼里就会闪烁出一种光芒，脸上就会有红晕，人更漂亮了。

我心里想，苏队长真的爱这个看上去比她大许多的男人吗？

我的这个猜测很快就得到了证实。

快要离开甘孜时，我们队里发生了两件大事。

第一件事是，我们队的徐雅兰被查出有严重的心脏病，不能再和我们一起往前走了。

说实话，我当时也险些被留下来。后来总算幸运过关。但有两个人却没能和我一样幸运：一个是赵月宁，一个是徐雅兰。赵月宁是因为年龄太小，人又那么瘦。医生觉得她还完全是个孩子，让她负重行军，实在是于心不忍。徐雅兰则是被检查出有严重的心脏病，在甘孜症状就明显了，再往高处走肯定会出问题的。

赵月宁一听要她留下，马上哭闹起来。她左右不离地缠着苏队长，说她瘦是瘦，可没有病。她保证不拖后腿，保证和大姐姐们一样完成任务。她哭得哇啦哇啦的，让我们都忍不住站出来帮她求情了。我们说我们会帮她的，就让她去吧。我们一定把她好好地带到拉萨。现在想来我们是多么的单纯啊，自己能不能走到拉萨尚且不知，就想着去保驾别人了。苏队长和师里的其他领导拗不过她和我们，终于同意让她一起走了。她高兴得搂着我们跳起来，那张脸就跟高原的天气一样，刹那间风吹云散，出了太阳。

可是徐雅兰就不行了，明摆着的危险让我们谁也不敢为她说话，一起劝她留下来，留在甘孜。领导说，甘孜也有许多革命工作要做，后面还不断地要上来部队，需要接应。可她还是伤心地哭了一场，惹得我们也都陪着她一起掉泪。

徐雅兰终于留在了甘孜，她在甘孜工作一年多后，由于身体越来越差，被调回到了成都，在军部保育院当一名老师。你们都认识她，她就是徐老师。

当时我们都非常同情徐雅兰，觉得她太不幸了，生病都是次要的，关键是她将孤独一人离开我们这个集体。

但我们不知道，还有更不幸的事情，正在折磨着我们的苏队长。

这就是我说的第二件大事。

那天当我欢天喜地跑回到住处，想告诉苏队长我通过了体检时，我看见她一个人呆呆地坐在那儿，眼睛红得像桃子，明白地昭示着她破碎的心。

我从没见苏队长哭过。我为这个没见过的情形不知所措。

旁边的同志小声告诉我，说王政委刚走。王政委来告诉苏队长，不能带虎子上路。要把虎子留在甘孜。

我惊呆了。我一下子有了一种愤怒。我想这是一个丈夫和父亲应该说的话吗？！

王新田政委来向他的妻子苏玉英告别。

他们先遣支队领受了新的任务，要出发了。

苏队长正坐在拉姆的房间里给虎子喂奶，看见丈夫她笑笑说，你看，我喝了几天酥油，奶水比原来多一点儿了。

王新田默默地在她身边坐下，显得心事重重的样子。他看看瘦弱的儿子，看看更为瘦弱的妻子，心里很难过。但现实容不得他儿女情长，他抬起手来，为妻子捋了捋头发，想说的话却始终开不了口。

苏玉英说，你好像有什么事要说？

王新田清了清嗓子说，我马上要带部队出发了。

苏玉英说，我知道。我们也会很快跟上来的。

王新田说，就是因为这个。我来……和你商量一下……孩子的事。

苏玉英吃了一惊，下意识地抱紧了孩子：孩子怎么啦？

王新田硬着头皮说，你知道，接下来的进军路途更加艰苦了，全靠徒步，海拔高，气候寒冷，荒无人烟，供给困难。你们还有那么重的运输任务，尤其你是队长，担着全队的担子，闪失不得。所以……再带着孩子，会非常困难。对你，对孩子，可能都难以承受……

眼泪一下从苏玉英的眼眶中涌出，滴在了孩子的脸上。她知道他说的句句都是实情。还有更多的实情他还没说出来：保姆张妈的身体越来越不好，显然不能再往前走了；虎子一路上总是挨饿，她已经没有一点奶水了；还有，他已经摔伤过一次了，万一再出什么事，前不着村后不着店的，更重要的是，女兵队的担子在她的肩上，那是一大群孩子，那比虎子更重要。怎么办？

这都是实情。

但实情也一样刺痛人心。

她说，那……怎么办？

她说这话时眼泪汹涌而出，拍打着王新田的心岸。他被拍打得心里发疼，他知道这对一个母亲意味着什么。别说是母亲，就是他心里也感到疼痛。他站起来，在她和孩子面前走了几个来回，然后站下来试探性地说：要不，你和孩子一起留下，别再往前走了？

苏玉英几乎是毫不犹豫地摇了头，她温柔地却是坚决地看着她的丈夫。她知道他只是说说而已，那可做不到。要她留下来？且不说这意味着和丈夫的分离，更重要的是，她怎么能在进军的道路上半途而废呢？她怎么能丢下运输队里的女兵们呢？就是组织同意了她也不同意。这在她是不可想象的。

王新田重新坐下来，揽住妻子瘦弱的肩膀，安慰她说，组织上让我们暂时先把孩子和保姆留在拉姆家里，你也知道，拉姆是个非常可靠的人，她的丈夫也是我们的基本群众。等大部队到达拉萨安顿好后，或者等进藏公路修通后，我们就回来接他们进去。

只能是这样了。苏玉英擦了眼泪，异常坚定地点点头。她别无选择。

想通了，也就坦然了。

苏玉英把熟睡的孩子放到床上，盖好。然后站起来，站到丈夫的面前。丈夫是那么魁梧，令她显得越发弱小。

她为丈夫整理扣得好好的风纪扣，为丈夫整理戴得端端正正的帽子，然后把自己的脸贴在丈夫的胸前。透过军棉衣，她闻到了丈夫身体的气息，那种熟悉的好闻的气息。丈夫紧紧地抱着她，抱得她身上发疼。但如果疼痛能延续这拥抱，她愿意选择疼痛。她轻声说，来吧。丈夫摇头，但手上用的劲儿更大了。她忍不住发出了呻吟。丈夫却忽然松开手，站到了一边。

王新田说，我得走了。她怨尤地问，干吗那么急？王新田说，支队的人还等着我呢。出发前还有好多事情要安排呢。她说，难道就在乎这半天的时间吗？或者，我们只需要一会儿，你……你的担子那么重，也该松弛一下……王新田迟疑了一下，走过来，拥住她，下巴在她的头发上轻轻地蹭着。他以少有的温存耳语道，马上要上路了，前面的路很苦，我不想让你……背上包袱……

她明白了，释然一笑，仰起脸来看着丈夫，就像妹妹看着兄长。她想，他多好啊！然后她用两只手环住了丈夫的腰。她知道她又要很长时间才能见到丈夫了。

但丈夫掰开她的手，他定定地看着她，好像要在那一眼里把她看得足足的，整个儿看进心里去。然后他深深地吸了口气，拉开门大踏步地走了出去。

他连头都没有回一下。

他甚至没有亲一下他的儿子，他的那个叫作虎子的瘦弱的儿子。

7

我们几个女兵得知苏队长要把虎子留在甘孜时，全都哭了起来。

我哭着说，苏队长，你可不能把虎子留在甘孜呀。我说的时候，眼前又浮现出了在甘孜城里看到的那一幕，浮现出了那个拖着两腿的小乞丐，那些被挖了眼、抽了筋的奴隶，还有那个骑在马上的奴隶主。

我祈求苏队长说，你不能把虎子留在这儿呀，我们带他走，我背，我背得动的。这一次我一定会小心，再不会摔着他了，我就是死也要把他背到拉萨……

见我一脸的泪水，心如刀绞的苏队长只能反过来安慰我了。她说别难过小白，不会有事的。拉姆很可靠，张妈对虎子也很好。再说最多一年，我们就会走到拉萨的。到那时候，路也修通了，我就回来接他。说不定他在这里养着，还能长胖一些呢。

我把虎子抱在怀里，看着他那瘦弱的样子，终于接受了苏队长的说法，如果虎子留在这儿真的能养胖一些，苏队长就不会老是含着眼泪看他了。再说，苏队长都无法选择的事，我又能怎样呢？我有什么权力来决定虎子的命运呢？

我是说在那个时候，虎子和我有什么关系呢？

于是我们努力工作着，努力把所有的事情都做好，想以此来减轻苏队长心里的痛苦。

那些日子，苏队长看着我们时，眼里是心疼，看着虎子时，眼里是心痛。我就是从那个时候明白，疼和痛是不一样的。

出发那天，拉姆要抱着虎子送我们，苏队长不让。她有些烦躁地说，就在这儿分手。她指的是拉姆的家门口。我们已收拾好了所有的行装，大部队在等我们，牦牛在等我们。而我们在等苏队长。苏队长背上东西往外走。她不想耽搁。

拉姆跟在她身后反复说，你放心吧。我一定会带好他的，有我在就有他在。

苏队长也反复说，你快回去吧，我们走了。我们一定会回来的。

只有虎子什么也不知道，在拉姆的怀里安静地睡着。苏队长最后看了虎子一眼，就大步地走到我们前面去了，再也没有回头。我不知道她流泪没有，我没有看见，我只知道她这一去，就永远告别了儿子。

不不，我不知道。我当时以为，最多一年，苏队长就可以接回虎子。我真是这么相信着。

我却无论如何也没想到，半年后虎子竟然下落不明；我更没想到的是，一年后，虎子的父亲和母亲，王政委和苏队长，都先后离开了人世。

第八章

　　木鑫走出干休所，去旁边的区委大院开车。他的雅阁总是停在那儿，而不是像别人的车那样，直接停在干休所的院子里。因为父亲见不得。眼下虽然父亲去了，他也没想到要改变，还是照样地停进去了。他甚至想永远都不改变，好让父亲在他身上留下些什么。比如说原则，比如说规矩。

　　他发动了车。车内的时钟显示出 20 点 20 分的字样。还好，比预约的时间晚得不多。

　　他是兄弟姊妹中第一个离开家的。木棉虽然也提出要走，但还是坐在那儿没敢动。他装作若无其事的样子，对女朋友说，周茜你替我多陪陪妈。他极力回避着大哥和二姐的目光。但感觉是回避不掉的。他完全能感觉到他们的不满。他还是硬着头皮走出了屋子。

　　让他们不满吧，如果换成他，他也会不满的。竟然在这种时候——父亲刚刚去世的时候，急着去忙自己的生意。父亲在的话，还不把他骂得狗血喷头。父亲肯定会说他为了钱丧失了人性。可是他有什么办法呢？今天上午他跟曹行长约定见面时间时，已经信誓旦旦地说，我肯定来，除非我死了。再说，他并不认为自己这么做会丧失人性。他还是他。他的本性依然善良。

　　木鑫已经想好了，等把银行这件事情办成了，他就全力以赴地投入到父亲的后事中，他要以自己的经济能力，做一些哥哥姐姐们很难做到的事，他要把父亲的后事办得漂漂亮亮。让母亲满意，让大哥他们满意，也让自己满意，以弥补自己对父亲的歉疚。

货币介入。肯定得让货币介入。换句通俗的话说，叫用钱摆平一切。尽管木鑫知道父亲最恨他说这句话，他还是要这么说。只要能把事情做好，说法不重要。或者说，只要能把事情做好，手段不重要。父亲尽可以不满意他，但在他看来，他正是为了让父亲满意才这么做的。

有一点木鑫始终不明白，父亲为什么至死也不承认，在今天这个社会里，有钱才能把事情办好？在木鑫看来，只有货币介入才能产生效益。这的确是一条虽然粗俗却放之四海而皆准的真理。

木鑫那次和父亲起冲突，就是为了这句话。这本来是木鑫的一句口头禅。每当他们公司遇到什么难题，公司里的人找他汇报或者商量时，他总会说这句话，说了做了也总是行之有效。那次他回家，听见母亲说，父亲的老家来了人，说县里面想搞一个名人纪念馆，把他们这些在外面做了大官的人的文物资料集中起来展览，好提高家乡的知名度，也好让家乡的百姓们感到荣耀，还可以让他们这些久离家乡的人更加怀念家乡，同时以各自的方式和能力帮助家乡搞好建设。总之可以达到许多目的。

父亲听了眉头紧锁。他不喜欢这件事。他觉得这是一件务虚的事，他不喜欢务虚。可是家乡的人大老远地跑来找他帮忙，他又不能不理。在此之前的好些年，或者说，自从家乡人打听到他的下落后，就开始不厌其烦地来找他了，大事小事，县事家事，好像他是他们县的驻外办事处。谁让父亲是他们县排在前几位的高官呢？谁让他们县至今没有脱贫呢？父亲每次都倾尽全力帮助。用木鑫的话说，叫打肿脸充胖子。县里建小水电站，父亲拿出 1 万，建希望小学，又拿出 1 万；遭受干旱，拿了 5000，逢年过节慰问孤寡老人，又拿了 2000。父亲母亲一辈子总共就那么一点积蓄，三拿两拿就拿没了。何况他们每年还固定地要给三个老战友的遗孀和孩子寄钱。

母亲为此有些生父亲的气。母亲自己已没有任何亲人了，家乡也从没有任何人来找她这个嫁出去的女儿。母亲觉得自己辛辛苦苦一辈子，抚养了 6 个子女，所花的钱全部累计起来也没有父亲送出去的多。但母亲不敢说，或者说不愿说。有一回偶尔在木鑫面前说起了。木鑫就安慰母亲说，妈你要用钱尽管跟我讲。爸的钱就让他去充大方吧。他这辈子没别的爱好，就是喜欢充大方。再说他的大方并不是虚荣，他是有一份割舍不下的感情，你就随他的心愿吧。母亲当时颇感意外，说，我看你还是挺理解你爸嘛。木鑫说那是，可惜的是爸不要我理解。而且，他也未见得能理解我。

这次家乡的人要搞名人纪念馆，没有明说要父亲资助的话，他们只是把这事当作一种荣誉告诉他，请他提供详细的个人资料。父亲皱着眉头说，我还没死呢，搞这种事不大好吧？县里的人解释说，他们这个纪念馆所展示的名人百分之九十都健在。正因为健在，才能为建设家乡出力。父亲默不作声，没有表态。

木鑫在客厅里进进出出的，早就听出人家的意思了。同时他也看出了父亲的为难，父亲实在是没有能力再充大方了。他突然生出一个念头，在家乡人面前给父亲一个面子，同时也给自己一次让父亲认可的机会。于是他坐下来，加入谈话，三两句之后他表态说，我觉得这件事很好，应该让我们这些后代多了解一些父辈的光荣业绩。如果你们需要的话，我可以以我们公司的名义支持这件事。

木鑫说完去看父亲，他期待着父亲的笑容。

哪知父亲眼睛一瞪，说：你怎么支持？

木鑫想也没想脱口而出，这还不简单，货币介入嘛。

父亲忽地一下站起来，板着脸说，把你的货币拿走，这件事我自己会考虑的，用不着你操心。

后来木鑫想，如果他不说这句话可能会好一些，他应当继续说那些冠冕堂皇的话，可他习惯了，喜欢直截了当，就这么说了出来。其实就他本意来说，管这件事也不完全是为了面子，他的确想让父亲在家乡留下英名。父亲苦了一辈子，奋斗了一辈子，毫不利己专门利人了一辈子，应当有人永远怀念他——除了家人之外还应当有更多的人。只是他不善于表达这些。他一表达这样的感情就别扭。

客人走后父亲对他说，我知道你有很多货币，它们撑起了成功的商人欧木鑫。但是别让你的货币介入我的生活。它们在我的生活里不过是狗屎一堆。

木鑫苦笑了一下，想，老爸还有点儿幽默感嘛。

后来木鑫却背着父亲和老家的人继续联系，或者说，老家的人背着父亲和木鑫继续联系，并且已经达成了一些实质性的协议。木鑫跟老家的人说，以后再有什么事就直接找我吧，我替我父亲为家乡出力。但他不让人告诉父亲，他想等事情完全做好之后再说。他要让父亲知道，他并不是个把钱看得很重的人，他也愿意为贫困地区出力。而且一旦投入了，比他老爸的赤子之心更有实际效益。

父亲见老家的人不再来找他了，就主动打电话过去说，我考虑过了，我不想为自己树碑立传。至于我死了之后，那就是你们的事了。

木鑫怎么也没想到，他介入的这件事，真的只能做成在父亲的身后了。好像父亲在冥冥之中感觉到了，为了说话算话，就匆匆忙忙赶着离开了人世。

经过一个路口，遇到了红灯，木鑫的手机不失时机地响了。他一看号码，是周茜的，心里先叹了口气。

周茜果然一上来语气就有些不满，她说你是不是有点儿太过分了？今天这种日子还不老老实实待在家里？

木鑫说，我也不想出来，可实在是有一件重要的事必须今天晚上办。

周茜说，明天后天再办你的生意就会垮吗？

木鑫说，差不多吧。我一点儿不夸张。

木鑫从不跟周茜谈生意上的事，他觉得跟她说了除了添乱不会有任何益处。有时候他被生意上的巨大的压力压得夜夜失眠，他也不会告诉她。

周茜说，难怪你老爸对你不满，你真是钻到钱眼儿里去了。

木鑫突然发火说，你不要用这种口气跟我说话好不好？我要不钻到钱眼儿里，你能穿名牌衣服用名牌化妆品？你能天天打高尔夫球进美容中心？你能出国旅游随便得跟上菜市场似的？

周茜愣了，木鑫从没这样吼过她，她一时说不出话来。木鑫缓和下口气说，你不了解情况，我是真的有事。不然我至于吗？

周茜说，那好吧，我不管了。你办完事情早点儿回家，你一走，我又不好老待在你们家。我看你大哥和二姐都挺难过的。

木鑫说，我知道。你先回去睡觉吧，明天早上过来，家里肯定会忙的。

周茜还不想放电话，幽幽地说，我有点儿难过，尽管你爸爸平时不喜欢我，可他真的走了我还是有点儿难过。

木鑫没有说话。绿灯亮了，他一手把着方向盘往前开一手拿着电话。他很想放下电话了，警察看见他这个样子肯定又要麻烦。但周茜不说再见他不敢放，毕竟此刻她是替他守在父母亲的跟前。

周茜说，那好吧，你去吧。

木鑫说，好。你早点儿休息。

周茜还是没说再见。木鑫只好继续等待着。周茜终于说，木鑫，你怎么了？木鑫一下明白了她的意思，谈了一年多恋爱，这还能不明白吗？木鑫打起精神说，我爱你。周茜说，我也爱你，再见。

她总算说再见了。木鑫关掉电话，手搭在方向盘上想，我爱她吗？不知道。他真的不知道，他只知道到目前为止，他不想失去她，他需要她。至于爱不爱，上帝知道。也许感情的事情用不着那么明白，又不是生意。糊里糊涂地处着吧。

又过了一个路口。快要到目的地了，木鑫拿起手机，彻底关了。

他不想再接到任何电话。

木鑫把车停在楼下，他的漂亮的雅阁一进入银行宿舍区就被淹没了。他不明白银行的人在修宿舍区的时候，为什么不建一个地下停车场？难道他们不知道自己会很有钱吗？

他抬头看了一眼，7楼的曹行长家亮着灯。尽管他知道她会在家等他，但还是要在看到亮灯之后心里才会踏实。现在的社会，什么事不可能发生？答应的事情说反悔就反悔，甚至不跟你作任何解释。在这方面，他有许多前车之鉴。

他拿上自己随身携带的小包，锁好车，上楼。他永远不会拎着大包小包上别人家，那是土八路的做法。他甚至没带钱，也没带和钱有关的许诺。他打算以一种全新的方式来和曹行长达成一种默契。

其实他们已经有默契了，否则曹行长不会打电话提醒他明天要开审贷会的事，也不会把另一家竞争对手的情况告诉他。只不过这种默契还没有达到能让他放心睡觉的程度。就是一时达到了，谁又能保证不变化？亲人还可能反目呢，何况陌生人。木鑫对人永远怀着警惕和怀疑，他谁也不信任。

他今天上门来的主要目的，是为曹行长的儿子补习数学。

当然，也顺便说说贷款的事。

明天上午，那个关系到他们公司性命的银行审贷会就要召开了。1000万到底能不能拿到他的手上，就看今天晚上了。不然的话，他又何至于在这样的时刻，上门来给一个初中生补习什么劳什子数学？他一层层往楼上爬的时候，心里突然升起一种悲凉。父亲的遗骨还躺在医院里，他就跑到这儿来了。而且父亲的去世和他在家庭会上那番激烈的话有关。他实在不是个好儿子，难怪父亲生前总是骂他。

　　但既然来了，木鑫想，他一定要达到目的。他已经付出代价了。他不能白白地付出代价。

　　木鑫的公司在城西盖了一栋高达 16 层的大楼，他对这栋大楼倾注了许多心血和希望。只要大楼顺利建成并且售出，他的整个公司就可以松口气了，他就用不着每天在还贷款的压力下过日子了。因为大楼的地段好，价格合理，所以从开始打地基的时候就进入了销售，眼下大楼的主体工程已经完了，楼花也售出一半了。只要内装修一完成，他就可以彻底脱手活过来了。

　　可他却拿不出装修的钱。

　　年初的时候，他看到楼房走势不错，就雄心勃勃的，想把已经销售出楼花的那笔钱再投进一个新项目。他不喜欢让钱摆在账上。正好有人来找他，说一家服装厂濒临倒闭，问他是否愿意收购。他去看了那个厂，厂里的机器厂房都不值什么钱，但他看中了那块地皮，它位于商业区。现在上哪儿去找那么好的地皮呢？他的公司成立这么多年了，始终待在租来的写字间里。如果他能在那儿建一栋大楼，不仅能卖一个好价钱，还能让自己的公司有个固定的场所，并且修一个职工宿舍楼。于是他一口答应，花巨资顶下了那个厂。

　　当时厂里有百十个工人，木鑫知道，最简单的处理方法，就是一人发上两万块钱让他们自谋生路。他的公司用不了那么多人，留着都是麻烦。但当木鑫在厂里转，看见那些工人，尤其是女工们，满怀希望地望着他这个新老板时，他心里那种很难被人察觉的善良涌了出来。所以在公司的讨论会上，他以比较强硬的口气说，我看还是把工人都留下来，也许我们能为他们找一个比较好的出路。

　　可工厂就是工厂，它和公司大不一样。突然之间多了百十口吃饭的嘴，还有医疗保险退休福利子女上学等等一切的一切。木鑫不仅赔进去不少钱，还被这些杂七杂八的事弄晕了头。

　　更让他预料不到的是，春节后房地产市场开始不景气，剩下的楼花竟卖不动了。他一下没了资金来源。这且不说，关键是，他的 16 层大楼如果不按时完成装修交付使用的话，已经卖出的楼花也会给他带来巨大的麻烦。所以他急于再贷一笔款，完成大楼的装修。

经过这一个多月的努力（其中就包括无数次上门为曹行长的儿子补习数学），他们的老合作伙伴，新兴支行的曹行长总算同意贷款给他们了。

可是昨天，木鑫突然听人说，另一家在市里颇有名气的房地产公司也在争这笔贷款，他还听说那家公司的老板和这家支行的副行长有亲戚关系，并且出手大方。木鑫一下急了，无论如何，他也不能让这笔贷款落空，不能让大楼停下来，不能前功尽弃。否则的话，后果将不堪设想。

据曹行长今天在电话里透露，明天的会，就是最后决定贷款究竟花落谁家的问题。曹行长意味深长地说，她有些为难。因为那个副行长和上面的关系非同一般。

木鑫就怕听见这句话。

但他已经不是初下海那会儿了，他的沉着和老到常常令他自己都吃惊。他几乎没有停顿就说，曹行长，你知道我对你的信任。如果你感到为难，肯定有你的原因，没关系的。我不会怪你。咱们该干什么还是干什么。今天是星期六吧？我还是按计划来给小胖补习数学。

曹行长的声音马上充满了喜悦，说，真的吗？

木鑫一边说我什么时候骗过你，一边在心里感叹：女人哪！

木鑫第一次找曹行长贷款的时候，并不知道这位行长是个女人。后来见了面发现是个女行长，并且年纪不算大——39岁，比他大两岁。他就适当地恭维了她一番。再以后他才得知她是单身，离异后自己一个人带着儿子生活。凭良心说，木鑫并没有打算利用这一点，他不想那样。他只是有些同情她。他们谈完公事之后，他请她吃饭。她没有拒绝。后来她又回请了他，他也没有拒绝。这样一来二去，两个人的关系渐渐地有了些私人色彩。为此周茜还吃了几回醋。

但木鑫始终把握一个原则，不在两个人之间掺杂感情。再说，这位曹行长在商场这么多年，又单身这么多年，已经有些男人的性格了，也不是木鑫所喜欢的女人。所以他才会想出这么个为她儿子补习数学的既讨好又安全的事。

打开门，木鑫有些意外。

出现在木鑫面前的曹行长和往日不太一样。是什么不一样，他还一下说不上来。他对女人缺乏观察。但他就是感觉和往常不一样。

他努力摆脱掉脑子里的悲伤，朝她笑笑说，有点儿事我来晚了。

曹行长微笑着摇摇头，说，来了就好。我怕你不来呢。

她的声音也和以往不一样了。

木鑫觉得不对劲儿，他想是不是自己今天有情绪造成的啊？他连忙问：小胖呢？

曹行长说，小胖他们同学今天晚上有个聚会，出去了。

木鑫愣了一下，脱口说，那你为什么不早告诉我？他想说，你要早告诉我我能来吗？你难道不知道我们家今天晚上出了什么事？但他在一瞬间控制住了自己。

曹行长也愣了一下，说：你今天晚上来，真的只是为了给小胖补习数学吗？

这一问，把木鑫问清醒了。是啊，难道他真的只是来为小胖补习数学的吗？当然不是。他没有说话，好一会儿没说话。一屁股坐在了沙发上。曹行长拿了一双拖鞋放到他跟前。他开始下意识地换鞋，曹行长又一言不发地把他的皮鞋放到鞋架上。他不是第一次来了，这个家他已经比较熟悉了，甚至有几分亲切。但此时此刻，他的心里实在是不对劲儿。

木鑫觉得应该说点儿什么，否则显得自己很失态。他就说，我喜欢进门换鞋，那样才有放松的感觉。但是我老爸最烦这个。他第一次上我那儿去，我女朋友拿鞋给他换，他气坏了，扭头就走。我赶紧把他拉住，然后对周茜说，你也太没道理了，你就是叫美国总统换鞋你也不能叫咱爸换鞋呀。

曹行长听了笑。

他又说，我爸那个人，像个老小孩儿。偏得要命。就那样他还是生气了，从此再也不去我那儿了，他说我那个家装修得不像个家，像个公司，他没法待。

曹行长仍是笑笑，坐在一侧看着他。

这时木鑫才意识到，曹行长今天晚上让他感到不习惯的正是她的眼神，她的那种果断的洞察秋毫的眼神没有了，只有一种温情和迷茫。往日高高挽在脑后的头发，今晚也柔柔顺顺地披了下来，披得她没了平日的干练，多了少有的妩媚。他在心里说，不对，这样不对。他要调整过来，他要把气氛调整到以往那种味道，亲切随意，但有距离。

于是他开口说，曹行长，你知道我这个人，最不会绕弯子了。明天那个会我们……

曹行长打断他说，我有个提议，今天晚上咱们能不能别叫曹行长和欧总，互相叫名字好不好？你那个家像个公司，我这个家可不像银行。所以你在我这儿可以换鞋也可以不换鞋，用不着那么公事公办。

木鑫心里一怔，知道事情来了。他迟疑了一下说，行啊，那我叫你……

曹行长笑说，你不至于不知道我的名字吧。

木鑫说我当然知道你叫曹青。只是不太习惯，好像这么叫对你不够尊重似的。不论职务，你也比我大嘛。要不我叫你曹姐？

曹青笑盈盈地说，看来你一点儿也不了解女人的心态，哪个女人想当姐呀。一当姐我又有一种要照顾别人的感觉，我老是在这种感觉里，很累。你还是叫我名字吧。

木鑫顿了一下，说，好，那我就叫你曹青。

他忽然想，幸好是单名。

曹青说，你不会觉得我唐突吧？我一天到晚陷在工作里，晚上总想放松一些，和你比较熟了，所以才敢这么说。

曹青说得极为自然，木鑫就不好表现出不自然了。但他心里不太对劲儿，对付着说，是是，8小时之外，应当轻松一些。如果不是要给小胖补习功课，我都想约你出去喝茶的。

话一出口木鑫就后悔了，因为曹青的眼睛马上就亮了，说好啊，咱们现在就去喝茶。小胖这会儿不是不在吗？我听人说西延线新开了一家新新绿茶坊，很有情调，还供应夜宵呢。

木鑫看看表，犹豫着。今晚如果扫了曹青的兴，明天的事情就悬了，但如果要让她尽兴，自己又有些力不从心。全家都在那儿守着尸骨未寒的父亲，他却陪一个女人悠闲地喝茶。不，这怎么说都说不过去。

曹青敏感地察觉了，说算了，咱们就在家里喝吧，我有好茶。

木鑫觉得有些歉意，就说，那还不如喝酒呢，你的酒量怎么样？

曹青说，还行。喝什么酒？

木鑫说当然是葡萄酒，女人最适合喝了，我陪你。

曹青说，我有王朝干红、长城干红、张裕干红，还有波尔顿，你喝哪种？

木鑫说，我老爸说，能消费国货就不要消费洋货。说完他心里咯噔一下，他想他今晚怎么了，老是提父亲？

曹青没有察觉，说，那就喝长城。万里长城永不倒。她说这话时，样子有些调皮。可是长城干红拿出来之后她才发现，家里没有开酒的工具。显然她还没自己在家喝过葡萄酒。尽管她什么酒都有。木鑫连忙说，那就喝白酒吧，少喝点儿。曹青说，行啊，反正我这儿酒有的是，好像所有人都认定我会喝酒似的，总是送酒。

曹青很快拿来一瓶五粮液。然后打开矮柜找出两只酒杯去洗，之后又打开冰箱想找点儿下酒菜。可是除了两根火腿肠，什么吃的也没有。木鑫心里涌起几分同情。他接过酒瓶，帮她打开倒上。

曹青把火腿肠切成片端上来，说，真抱歉，就这么两根肠子，还是小胖的，凑合吧。

木鑫说没关系，我从来不用下酒菜。

木鑫忽然觉得这场景似曾相识。

他想起来了，有一回他回家，父亲不知怎么了，一定要他陪着喝酒。母亲不愿意，就说找不到下酒菜。

父亲说，当兵的喝酒要什么下酒菜？我们那时候在西藏，从来没有下酒菜。有一回你郑伯伯非闹着要下酒菜，我就让小鬼洗了一盘鹅卵石拌上酱油，给他端上来。他老兄还真的喝一口酒舔一口鹅卵石。后来喝醉了他就去嚼石头，活生生硌碎了他一颗狗牙。

父亲说完哈哈大笑，流露出孩子似的得意。父亲只要一说到在西藏的日子，就快乐得像个孩子。木鑫对此永远也不理解。

当然，父亲也永远不理解他。

那天父子俩喝酒，又以不愉快而告终。父亲推心置腹地和他谈，要他放弃经商。原因是他最近又从报上看到一则公司经理被抓的报道。他实在是担心木鑫。他不能想象家里出现这样的人。他说小六你又不是没文化，你可以去当老师嘛。

木鑫当然不会答应。他干得好好的，干吗放弃？

木鑫知道，父亲最初是希望他也当兵的。据母亲说，木鑫出生时，正是中印边境自卫还击战打响的时候，也就是 1962 年 11 月。父亲是在前线的指挥所里听到孩子降生的消息的，消息说是个儿子，母子平安。父亲当即就对着话筒喊起来，他说好小子，你来得正是时候，赶快长大给我当兵！母亲说，父亲对他出生的喜悦超出了任何一次，这让木鑫有些不明白。要说儿子，他不是已经有两个了吗？后来木鑫考了地方大学，并明确表示不想当兵，父亲很失望，他虽然没有勉强他，却一直耿耿于怀。

木鑫说，老爸，我保证不做违法的事，保证不偷漏税，你就别为难我了。再说，咱们家全是机关干部和工人，将来体制改革了全都下岗了，总得有个人能垫底吧。

父亲说，我就不相信共产党的天下还能让工人吃不上饭？还非得要你这样的人垫底？

木鑫不说话，他觉得父亲幼稚得像个孩子。

父子俩谈不好，就喝闷酒。后来两个人都醉了。木鑫借着酒劲儿指着客厅说，老爸，我真不明白你，革命了一辈子，好歹也算个高官了，就过这样的日子。你怎么想的？

的确，在木鑫眼里，父母亲家实在是太清贫了，客厅里最值钱的那套真皮沙发，还是军区配发的。唯一的电器就是那个14英寸的彩电，看了十多年了。几个子女几次提出给他们换一台大的，都被父亲制止了，他说他就是喜欢小的。父亲还说，难道你们那个大的就能比我这个小的多现几个人出来？最让木鑫受不了的是，家里来个客人，倒出的茶竟然是陈茶，除了怪味儿一点儿茶味儿都没有。后来木鑫专门买了一听上好的新龙井，亲自泡好端给父亲，想让父亲知道新茶和陈茶的区别。父亲喝了一口之后没良心地说，差不多嘛。

木鑫的确不明白，父亲是怎么想的？

父亲听见木鑫的话说，我怎么想？我就这样想。你以为我当初参加革命是为了自己享福？那你就太小瞧你父亲了。我自豪的就是这个，革命一辈子，清清白白，两袖清风。

木鑫说，你以为你这样好？你这是不正常，你已经被革命异化了，连自我都没有了，连人的七情六欲都没有了。

父亲听不懂什么异化不异化，只听懂了"不正常"三个字。他说，我不正常？如果人人都像我这样不正常，国家早建设好了，共产主义早实现了。

木鑫没办法和他谈，就直截了当对父亲说，爸，你和妈能不能上哪儿去旅游一趟，给我一个月的时间，我把你们这个家装修一下？那么好个小楼，让你们住得像贫民窟一样。

父亲拍着桌子说，你要敢把我的楼弄成你那个样子，我就敢把你的公司给拆了！父亲说完后大概觉得自己太凶了，又缓和下语气说，小六，你要真是钱多得不得了了，你就往老家寄，给吃不上饭的乡亲们发点救济款。

木鑫也赌气说，我永远也不会给谁发救济款。如果他们有项目，我可以投资，但我讨厌发什么救济款。我看就是救济款把这些人给养懒了。

父亲气得说不出话来，顿顿脚，自己又连喝了三杯酒，然后倒在了沙发上。木鑫一看知道不好，今天可是把话说到父亲痛处了，父亲一旦清醒过来，准有他好受的。于是趁着父亲酒还没醒，赶紧溜了。

木鑫终于明白，他和父亲永远无法沟通。

曹青先举起杯子，说，来，木鑫，为了我们的缘分。

木鑫仍不甘心陷入她营造的氛围，说，也为了我们的愉快合作。

曹青说，说过不谈工作的。

木鑫说，那就什么也不为，干杯。

两人碰了杯。曹青一口把小半杯酒全喝下去了。木鑫想了想，也喝了下去。曹青说，木鑫，咱们俩认识有一年了吧？我发现你这个人还是和别的生意人不太一样。木鑫说怎么不一样？

曹青说，反正不一样，我不太能说清。

木鑫自嘲地说，是不是还有点儿人情味儿？

曹青却很认真，说，可能吧。反正我从来没有和别的客户在生意之外接触过。你说要帮小胖补习数学，我也没拒绝，好像挺自然的。

木鑫认真地说，我也把你当朋友看。

曹青有些感动，端起酒杯说，来，为了朋友。说完她又一口喝了下去。曹青是属于那种喝了酒就上脸的女人，两小杯酒下去，她的脸颊已经泛红了，显出几分妩媚来。

木鑫担心地说，你没事儿吧？

曹青说没事儿，再说在家里怕什么。来，这杯我敬你。为了你的事业有更大发展。

木鑫笑道，怎么，只祝我事业有发展，不祝我改邪归正，根除人情味儿的毛病?

曹青看他一眼,说,木鑫,你今天晚上似乎心情不好?

木鑫愣了愣,说,哪儿的话,我是想起我老爸了,他总是希望我做个有人情味儿的人。

说完他一口把酒喝了,然后又倒了一杯,举向曹青:这杯我敬你,曹青,我衷心地祝你今后的生活能幸福。像你这么好的女人,是应该生活幸福的。

曹青的眼睛一下亮了,说,你真的这么想?

木鑫说,怎么,我说得不对?

曹青笑笑,仰头喝了下去。然后拿起酒瓶又倒。木鑫忽然觉得不对,不能让她这样喝,这样喝她很快会醉的。一旦醉了事情就麻烦了。于是他抢过酒瓶说,今晚我做酒司令,你说倒多少我就倒多少。

但曹青抓住瓶子不放,说我自己会倒的,你让我自己倒,我今天要喝个痛快。

木鑫一听这话心知不好,她已经喝多了。显然曹青是没有酒量的,她这么主动喝是带着情绪的。女人要是带着情绪喝酒,那非醉不可。木鑫可不希望她醉,他一点儿也没有思想准备。尤其是今晚,他还想早些撤离回家呢。于是他不由分说地去抢瓶子。曹青就是死抓着不放,同时端起已经倒进杯子里的半杯酒说,来,我敬你,谢谢你对我的祝福。

木鑫说,这杯酒我不喝,你也别喝。

曹青说,为什么不喝?多好的祝福啊。难道你不是真心的?只是为了讨好我?

木鑫突然火了,说,你是不是真的要喝?那就让我喝给你看!

在曹青发愣的一瞬间,木鑫一把抓过酒瓶,直接对着嘴咕噜咕噜地往下灌,转眼间就把剩下的半瓶酒全灌进了肚子里。

曹青看他把酒喝完,忽然就趴在桌子上哭了起来。

木鑫在那儿大喘着气。他觉得头一下子眩晕起来,本来他是有点酒量的,可是今晚他没有吃饭,他一直空着肚子。

曹青呜咽着断断续续地说,你根本没把我当朋友,你是有求于我才对我好的。我不需要这样的关心。我要真正的关心……我是女人,我不是行长……这么多年了,所有的男人都不把我当女人看待,好不容易遇到你,没想到你也是这样……我真的就那么不让人喜欢吗？为什么？这是为什么呀……

曹青的哭泣越来越厉害了，她整个儿人瘫在桌子上，好像已经化成了一摊水。

一种陌生的情绪渐渐涌上了木鑫的心里，这情绪让他体内潮水涌动。但他一次次地作着深呼吸，努力克制自己。别动感情，千万别动感情，他一遍遍地告诫自己，今天晚上来不是来动感情的。有一瞬间他的手都伸出去了，想安抚一下那个剧烈抽动的肩膀，但他又把它收了回来。他觉得自己不能够。他拿出烟来点上，深深地吸了一口。

在吐出那口烟的时候，木鑫忽然觉得自己太冷漠了，面对一个如此痛哭的女人，竟然还无动于衷。他把烟灭了，伸手去抚摸曹青的双肩，曹青立即像个孩子似的扑进了他怀里。一种克制不住的情绪控制了木鑫，他开始吻她。曹青几乎是战栗地回吻着……整整一瓶五粮液开始在两个人身上发作，两人渐渐地都有些冲动……

忽然，木鑫一把推开曹青，抱着头喊道，不！不！

曹青愣了，又羞又恼地说，你是不是觉得我不配？是不是觉得我不是个女人？

木鑫痛苦地摇着头，泪水汹涌而出：不，不是。曹青，你知道今天我们家发生了什么事吗？我的父亲去世了，我老爸死了，可是我还跑来和你谈什么贷款！是我不配，我不是人啊！

曹青目瞪口呆，她无论如何也没想到木鑫会这样。

木鑫捶打着自己的头，话语如决堤般地涌出：我老爸是被我气死的呀，到他死我都没能让他满意啊，我不是个好儿子，我混蛋，我只知道挣钱……本来我是想挣了钱就做让他高兴的事，可是来不及了，一切都来不及了……以后我做什么都没有意思了，他看不见了，他不会生气也不会高兴了……我本来是想和他比一比，像个男人那样比一比，他能做到的，我也能够做到，我也能风风光光地干一番事业，可他连看也不看，他就这么走了……我为什么要惹他生气啊，我是爱他的啊……爸啊……

曹青走过去，制止住他的两只挥舞的手，把他揽进自己怀里，轻轻拥抱着，并像母亲一样拍着他的背。她以从未有过的温和语气说：哭吧，哭出来会好一些。

木鑫终于号啕大哭起来。

第九章

对我来说，很多事情都是在过去很久以后，我才明白的。我不知道为什么会这样？我不知道为什么当我身临其境时，常常浑然不觉？

比如我和辛医生，我们一次次地相遇，一次次地分离，却毫无感觉。直到第三次分离之后又重逢时，我才隐隐地明白了些什么。我想这个人和我，一定有一种特别的关系吧。为什么他总是让我感到亲切，感到温暖，感到快乐？为什么我一看到他，总是禁不住独自微笑？

在漫长的进军路上，他像一缕阳光，静悄悄地暖在我的心里，无人知晓。

我们的初次见面几乎是一晃而过，没留下任何痕迹。第二次相遇也很平常，就像秋雨遇见了落叶。

我是在部队将要离开甘孜时，与他相遇的。

1

为了能够顺利地进军西藏，离开甘孜时，上级要求我们所有进藏人员进行体检，凡是心脏有问题者必须留下。雪域高原可不是闹着玩儿的。

那天下午，我和吴菲、刘毓蓉她们一起来到河滩边上的师卫生队，等待体检。等待时，我的心里忐忑不安，生怕自己的心脏有问题，通不过。因为心虚，我就一个劲儿朝后靠，让吴菲和刘毓蓉先检查。

我站在后头往前看，看见一个医生埋着头，在仔细地听着面前那个人的心脏。一头浓密的黑发在阳光下发着亮光。他抬起头来笑笑，向面前的人说着什么。我看见了一张与浓密的黑发十分相称的英俊的脸，最多20岁。不像个大夫，倒像个学生。他的笑容灿烂明朗，像高原上的太阳，没有一丝云彩的遮挡。我当即对他有了几分好感。我想，这个医生一定很好说话。万一有什么问题，我就向他求情，他一定会帮我的。

轮到我了。我发现已经检查完了的吴菲在一旁朝我笑，还眨眼。我想怎么啦？我有什么不对劲儿吗？吴菲什么话也不说，指指医生，拉上刘毓蓉就跑了。

我转头去看医生，医生朝我笑笑，就像对一个认识的朋友那样，很亲切，很随意。但那双明亮的眼睛忽然照亮了我的记忆，我觉得我在哪里见过他。

我也朝他笑笑，是一种近乎讨好的笑。我说，医生，我的心脏肯定没问题。他说我还没检查呢，你怎么知道？我说我自己的心脏我还能不知道吗？

他笑笑说，怎么，又想捣鬼吗？

他一说这话我马上想起来了，他就是那个我们在重庆体检时，发现我称体重弄虚作假的医生。真没想到会在这里遇见他。怪不得吴菲朝我眨眼。我脸一下红了，心虚地抵赖说，谁捣鬼啦？我这不是好好的吗？

他朝我摆摆手，叫我不要说话了。

他认真地听我的心跳。

还没有人那么认真地听过我的心跳。

他听了很长时间，我几乎要坐不住了，他才从耳朵上取下听诊器。他抬起头对我说：你的心脏并不像你想得那么好。我一下急了，我说怎么了，你听到什么了吗？

他说，心脏有些杂音，还有……

我急急地说，不可能有问题的。我从来没感觉。你千万别说我不行，我不想留下来。我要跟着队伍往前走。

我说这话时已带上了哭腔，那时候我还是很容易哭的。我说医生求求你了，不管我的心脏怎么了，千万别让我留下来。我都走到这儿了，决不能半途而废。我一定要走到西藏去。你快说没有问题呀？

他看着我，那样看着我。我至今还能想起那目光。他什么也没说，开始给我量血压。我定定地看着他的一举一动，心里想着怎么说服他。量完血压他露出一点儿笑容，说还好你的血压没问题。我连忙说，那我不用留下来了吧？我可以继续走了吧？

我才不管什么血压心脏，它们与我无关。我只关心我能不能留在进军的队伍里。

他终于说，好吧，但你还是要多注意。你的右心室有些供血不足。

我连忙说，我会注意的，一定注意。其实我根本不知道注意什么。我只想赶快通过体检。我说谢谢你了，医生。

他说，你叫什么？我以后好照顾你。

我爽快地丢下自己的名字，飞快地跑走了。

这就是我们相遇的情形。

我说过，普通得就如同秋雨遇见了落叶。

很快我又见到了他。

大概上级对我们这群平均年龄不到20岁的女孩子不太放心，出发前，特意增派了三个男同志前来运输队协助苏队长的工作。

那天晚上苏队长把我们集中起来，高兴地说，同志们，上级对我们非常关心，特意派了三名男同志到我们队参加工作。现在我们来认识一下。

我一抬头，惊喜地发现走进来的三个男同志中，有一个是他。

我们像已经认识的朋友那样，互相点头致意。我发现他是个十分内向的人，或者说十分腼腆的人，看见我们齐刷刷投向他的目光，他竟不知所措地低下头去。不像另外一个年纪大些的和一个岁数小的，始终笑眯眯地看着我们。

苏队长介绍后我才知道，他姓辛，被上级派来担任我们队的副队长兼随队医生。另外那个年纪大一些的男同志担任管理员，年纪小的任通信员。

我很高兴。除了高兴，好像觉得心里更踏实了。真怪，我不知道这是因为女人对男人的依赖感所致，还是我对他的特殊信任所致？当然，我在心里暗暗告诫自己，一定不能和他过于接近，一定要注意影响。那时候注意影响是苏队长常说的一句话。就在他们来之前苏队长还特别强调说，三位男同志来队之后，大家一定要注意影响。我明白苏队长的意思，我们都明白。以致在后来的进军路上，我们甚至把不和男同志接触当成是严格要求自己、作风正派的一种表现。

苏队长把他们三位作了介绍之后，我们一起呱唧呱唧地鼓掌，表示欢迎。然后他就代表三位男同志讲话。

他坐在那儿，起初很拘谨，但讲了两句之后，情绪渐渐生动起来，眼睛亮亮的，脸颊泛红。他给我们讲的既不是军长政委讲的那些道理，也不是苏队长讲的那些注意事项。他给我们讲的是历史，讲的是自 17 世纪以来，西藏那块神秘的土地是怎样吸引着无数西方人。最早的一次是 1627 年，一个耶稣会的传教士团到了日喀则。以后就不断地有西方人进入这块神秘的土地。来自葡萄牙、意大利的传教士，来自荷兰的旅行家，来自俄国、英国的外交官，还有来自许多西方国家的探险家、地质学家、植物学家、医生，等等，他们千方百计，也是千辛万苦、千难万险地渴望进入西藏，渴望揭开亚洲大陆上这个神秘高地的面纱。许多人一去无回，许多人暴死途中，但仍不能阻挡这些人的步伐。到 19 世纪末，非洲大陆上只有很少几处鲜为人知的地方了，那么这个世界除了南极洲，只有西藏是最神秘的地方了。人类的探险本能和求知本能，使得他们更加强烈地向往西藏。当然，更有那些具有侵略野心的帝国主义分子，一直对西藏垂涎三尺。本世纪初，英俄两大帝国都在窥伺西藏，为向西藏渗透和扩张势力而明争暗斗。1903 年，英帝国主义终于派出远征军侵入西藏。当然，他们遭到了西藏人民的英勇抗击，以至爆发了著名的江孜保卫战。

我们听得简直是入了迷。我们没想到这块土地有着如此巨大的魅力。尤其是辛医生说，在那些千里迢迢走进西藏的传教士中还有女人，我更是感到了惊讶和钦佩。我想她们能行，我们应该更行。

最后辛医生情绪激动地说，那些外国人为了揭开西藏的面纱、为了侵吞占有这块土地都敢于铤而走险，我们革命战士为了解放自己的国土而进军西藏，还有什么可怕的？还有什么不可战胜的呢？让我们从现在起，同甘共苦，坚忍不拔，迈开双脚丈量高原，我们一定要把我们的五星红旗，插上世界的最高山——喜马拉雅山！

他的讲话赢得了我们热烈的掌声，也赢得了我心里深深的敬意。我想，这个年轻人他懂的可真多，他可真了不起。

会开完了，我们仍热烈地议论着。尽管苏队长一再催促我们早点儿睡，我们哪里睡得着呢？

明天就要出发了啊！

2

我们终于出发了，从甘孜向昌都进发。

甘孜到昌都，有1500里路程。如果是在平原，如果是空手空脚，1500里路程也许不算太难。但我们是在高原，我们还赶着牦牛，我们还要背着自己的口粮、帐篷以及高原御寒的皮衣等，每个人差不多负重40斤。

出发前我们就被告知，接下来的道路非常艰辛，比之川西到甘孜不知难了多少倍。不仅所有的山山水水都要靠我们的双脚去迈过，而且没有现成的路可走。道路将越来越崎岖，海拔将越来越高，空气将越来越稀薄，气候将越来越寒冷，给养也将越来越困难。这一连串的"越来越"预示着异常艰巨的进军道路摆在了我们的面前。

在这一切还没到来时，我们是体会不到的。我们只是抽象地想，要迎接更大的困难了，要吃更多的苦头了。但我们对战胜这些困难充满了信心。正像辛医生说的，那些外国人为了揭开西藏的面纱、为了侵吞占有这块土地都敢于铤而走险，我们革命战士为了解放自己的国土而进军西藏，还有什么可怕的？还有什么不可战胜的？！

其实为我们这些女兵做榜样的，还不是那些敢于冒险的外国人，而是我们中国自己的女人文成公主。苏队长最爱对我们说的一句话是，当年文成公主凭她的三寸金莲都能走到西藏，今天我们革命战士还能走不到吗？！

真的，这话给我们的精神力量是无法估量的。

我们怎么会输给一个遥远年代的公主？

读书的时候我就知道文成公主的故事了，知道在公元7世纪，有一个叫松赞干布的年轻的藏王，因为倾心唐朝的先进文化，想以联姻的方式与汉民族建立友好的关系。当时的皇帝唐太宗就答应了他的请求，将美丽的文成公主许配给了他。文成公主身负使命不远千里来到西藏，与松赞干布成了婚，留下一段藏汉人民友好的佳话。

我不知道文成公主是不是三寸金莲，也不知道她当时进藏是骑马还是步行，我只知道在那样一个遥远的年代，在公元7世纪，她就去了西藏。有一点可以肯定，她不会是飞进去的，她一定是贴着西藏的山水一寸寸匍匐进去的。既然她都能进去，同为女性，我们肯定也能进去。这应该是毋庸置疑的。

文成公主绝对不会想到，她会成为一千多年后女人们的光辉榜样。

我们背着行囊，赶着牦牛，真是浩浩荡荡。

　　那些牦牛的背上，驮着沉沉的木箱和麻袋。里面有银圆，有代食粉和大米。那都是我们进军西藏赖以维持性命的东西。我们每四个人一组，轮流和牧民一起赶牦牛。那些牦牛尽管在我们的口哨声中上了路，但它们和我们毕竟还有隔膜。它们时不时地要表现一下这种隔膜。不知有多少次，它们跑散了，跑得满山遍野都是。虽然有两个牧民帮我们，可毕竟有200多头牦牛啊，一旦跑散了，我们就必须全体出动，耐心地一次次地把它们找回来，再重新整队上路。

　　我们最多的时候，一天走50里，最少的时候，一天只走了8里。

　　牦牛实在是太散漫了，它想走就走，想停就停，只要看见哪个地方有草吃，那你就别再想往前走了，随你怎么赶，它们也不会走，非吃饱了不可。特别是爬山的时候，牦牛是决不走正道的，跑得满山坡都是。

　　刚开始我们很不习惯，总想让它们和我们一样听招呼守纪律。后来牧民比画着告诉我们，那没用，还是顺着它们为好，它们毕竟是牛。我想还不仅如此，它们还是常常饿着肚子的牛。西藏的一年四季中，只有几个月是有草可啃的。我们慢慢地也就习惯了。每当牦牛发现了自己丰盛的早餐、午餐或者晚餐，开始享用时，我们就索性坐下来歇着，等它们享用得差不多了，再往前走。

　　所以每天赶牦牛的队伍都是最先出发，最晚到达。

　　即使我们这么顺着它们，它们也还是有脾气。

　　这一天，轮到我，吴菲，赵月宁，还有刘毓蓉4个人协助牧民赶牦牛。刚出发没多久，一头牦牛突然撒野了，又蹦又跳，挣脱掉了驮在身上的两麻袋物资，撒腿就跑。赵月宁正好在旁边，伸手去拉它，被它蹬倒在地。一转眼，牦牛跑得无影无踪了。赵月宁急得一屁股坐在地上，守着掉在地上的两麻袋东西就大哭起来。

　　两个牧民见她那样，赶紧吹起口哨去找。我们也跟着吹起口哨去找。全队的女兵都吹起口哨去找。顿时，满山遍野都响起了我们的口哨声，像鸟儿在合唱。我从没想过口哨也能吹得那么好听。我们聆听着自己的口哨，真有些陶醉。那只撒野的牦牛大概也陶醉了，慢腾腾地钻出了树林。

　　我看见苏队长走上前去牵它，一边轻轻地抚摸着它一边说，牦牛呀，你别欺负小赵好吗？她才14岁，她还没有你高呢。

　　小赵见牦牛回来了，擦掉眼泪站起来，一声不吭地和大家一起，重新把麻袋上到牦牛的驮子上。苏队长问她要不要休息？她倔强地摇摇头。刚才牦牛撒野时，把她踢倒在了地上。这是我们中第二个挨牦牛踢的，第一个是吴菲，腿还在痛呢。辛医生卷起小赵的袖子察看，发现胳膊被踢肿了，要给她处理一下。但她甩开辛医生的手说不用，她一边揉着胳膊一边死死地瞪着牦牛。她的小小的红肿的眼睛和牦牛那铜铃大的眼睛对视着。

片刻，牦牛好像服输似的，把头转过去了。

我从一份资料中看到，从 1950 年进军拉萨到 1954 年底公路修通，几年间，参加运输物资的牦牛多达百万头。百万牦牛为我们进军西藏立下了汗马功劳。

前年我们这群女兵——如今的老太太在一起聚会时，吴菲阿姨也专程从西安赶来了。我们又说起了这段往事。我问她腿怎么样了？她笑说那还好得了？落了个骨质增生。一疼起来走路就像个瘸子。小赵阿姨说，我还不是，肩周炎厉害着呢。谁让我和牦牛干架呢。大家都笑了。

我想，我们都留下了疾病和伤痛做纪念。

你留下了生命，自然留下了与之相关的一切。但我们中没能留下生命的人，却留下了永恒的青春。

前些日子，我忽然在电视上看见了它们，我是说牦牛。它们和几十年前一样，还在高原的草滩上悠闲地吃着草，它们一点儿也没变。在那一瞬间我有一种冲动，想回高原去看看它们。我想它们一定还记得我，记得我们这群与它们朝夕相处的女兵。

3

前面的队伍突然停住了。

原来是一条波浪翻滚的河横在了面前。

河上架着一道铁索桥，那铁索桥比泸定铁索桥细多了，有些地方只是缠着一些细铁丝和破麻布片，看上去非常危险。河的跨度有七八十米。桥下水流湍急。

又是一道险关。

有了过泸定桥的经历，我们的心里已不再那么惊慌。领导让我们把牦牛群暂时交给经验丰富的藏族运输员，自己先过桥。我们就拉开距离，一个一个地上了桥。

很快就轮到我了。

我似乎已经没有力气惊慌了。我将背包紧了紧，用手绢系住，然后一步跨上桥去。我的心里甚至感到高兴，因为桥再险，好歹也是平的，不用再攀登了。不停地翻山越岭使我不会直着身子走路了，我渴望面前出现平路。我几乎是没什么感觉，就走到了桥中间。

但突然，险情发生了。我听见身后有人喊，不好了，牦牛惊了！快闪开！

我感觉到桥身猛烈晃动起来，根本来不及回头，一头牦牛就从我的身边猛冲了过去，一下子把我撞出到了桥板外。在那一瞬间我本能地抓住了桥上的铁丝，整个人就被悬空吊在了桥边上。一根铁丝卡在我的背和背包之间，我就像荡秋千一样在湍急的河水上荡着。

帽子掉下去了……

披在背包上的棉衣也掉下去了……

我听见桥两边的人在大喊，拉住她，快拉住她呀！

有人朝桥上跑来，但因为桥晃动得很厉害，无法跑快。我当时想，完了，今天要牺牲了。一旦掉下去，马上就会被这湍急的河水冲得无影无踪的，也许就冲回老家重庆去了。

求生的欲望令我死命地攥住铁丝。

眼看就要攥不住的时候，一只急切的手伸了过来，一把抓住了我的胳膊，抬头一看，是他，辛医生。他喘着粗气，一边用力抓住我，一边安慰说，不要怕，不会有事的，有我在，你决不会掉下去。我点头，我相信他说的每一句话。我的心先回到了岸上。

由于铁丝卡着的缘故，他无法将我一把拉上来。于是他全身趴在桥上，用尽力气拉住我的胳膊。他拉得那么紧，身子勾得那么低，低得半个身子都悬在了桥外，让我感觉到他是真的在阻止我掉下去，如果要掉下去也是我们两个人一起掉。我知道那叫什么，那叫舍命相救。我不再害怕了。这时已经率先过了桥的苏队长和管理员也跑过来，一个拽住我的另一只胳膊，一个去解开挂住我的铁丝，三个人齐心协力，终于把我拉上了桥。上桥之后，辛医生的手仍没有松开我，好像生怕我再掉下去似的，一直把我拽到桥头才松手。

惊呆在桥头上的吴菲和刘毓蓉一起扑过来，搂住了我。又是哭又是笑。我却像吓傻了似的，呆呆地站着，我只觉得两腿酥软，心咚咚直跳。嘴唇也咬出了血。

他呆呆地站在一旁，大口喘着气，好像还没回过神来。我穿过苏队长的肩膀朝他感激地笑笑。一直没流泪的眼里，忽然就涌出了泪水。

他看了看流泪的我，转身离开了。

后来苏队长告诉我，就在这座桥上，头天刚掉下去一个男军人，还有一匹马。他们一瞬间就消失在了惊涛骇浪里。我若掉下去了，肯定不可能再生还。

赵月宁小大人似的拍拍我的肩膀安慰我说，大难不死，必有后福。

我心里一动。什么是后福？

我当时只是想，命运让我遇险，是为了让我知道我是个幸运的人。

到了宿营地，我们就忙碌起来。那时我们分为做饭小组，捡柴小组，搭帐篷小组。我分在搭帐篷小组。所谓的帐篷，其实就是把4个人的4块雨布合在一起，中间用扣子扣上，边上用绳子拉住，拴在柱子上。一个帐篷也就勉强睡4个人。因为力气不够大，我们搭出来的帐篷总是歪歪倒倒的，像一朵歪蘑菇。

我正在那儿拉绳子，苏队长走过来说，你今天别干了，好好休息一下。

我连忙说这算什么？没关系的。其实刚从阎王爷那儿荡了一圈儿回来，我的确还没缓过劲儿来，脚酥手软的，一点儿力气也没有。但我不想给苏队长添麻烦。自从离开甘孜后，我眼看着她一点点地憔悴。我无力帮她分忧，怎么还能让她再替我操心呢？

苏队长疼爱地拍拍我的肩，没再说话。我打起精神，继续用力地拉扯着雨布。

帐篷搭好后，我一口饭也没吃就一头倒下了，只觉得头晕得厉害。躺下后觉得左胳膊很疼，脱下衣服一看，竟有一大块紫青。我有些迷惑不解，今天并没有撞着胳膊呀？后来我忽然明白了，那是辛医生的手捏的。因为紧张，他把我拽上桥之后一直拽到岸上才松手。我心里有一种说不清的滋味儿。

迷迷糊糊的，有人推了推我，我睁眼一看，是吴菲。她调皮地说，你的救命恩人看你来了。我连忙坐起来，帐篷的门帘撩开了。是苏队长，她说小白你出来一下。

我钻出帐篷，看见辛医生站在那儿，有些担忧地望着我。我朝他笑笑，觉得我们已经是老朋友了。他关切地问我，你感觉怎么样？胸闷吗？我说没事了，已经没事了。那时候我最怕别人说我身体不好。但他还是直截了当地说，你的心脏本来就不太好，今天这么一受刺激，我怕你会出问题，我还是给你拿些药吧。

他把药箱放到地下开始给我拿药。

他一边拿药一边对我说，你吃了药好好睡一觉，什么也别干。

我说我还要放牦牛呢。那天正好轮到我放牦牛。

他说我看你今天就不要放牦牛了。

苏队长也在一边说，小白你听医生的话，好好休息，放牦牛的事，我会安排的。

我说不行，你们也都够累的，我不能再给你们添麻烦了。

辛医生忽然发火说，你这个人怎么这么犟？你怎么总是不听话？你想把自己的身体搞垮吗？你要是我妹妹我早就揍你了！

我怔了一下，我没想到他还会发火。在我眼里他是个连说话都不会高声的人。但我没有生气，反而感到很温暖。我还从来没有被这样"骂"过。我不再说话了。

他也不再说话了，把药递给我，然后找杯子倒水。

我说，谢谢你救了我。他一笑，说，那是你自己救的自己。你想想，你要是不攥那么紧，早掉下去了。我不好意思地笑笑。

他把水递给我说，马上把药吃了。我乖乖地接过来把药吃了。他非常担忧地看着我。然后转头对苏队长说，牦牛在哪儿？我替她去放。

苏队长说，不用了，我已经安排好了。

他看了我一眼，说，那你好好休息，转身走了。

我呆呆地站了一会儿，忽然追了上去。我说，辛医生，等一等。他站下来问，什么事？我顿了一下说，你有红药水吗？其实在叫他的时候，我并没有想到这句话。我只是想叫住他。算是灵机一动吧，忽然就冒出了这句话。他有些紧张地问，怎么，你还受了外伤？我说不是，是牦牛。今天卸麻袋的时候，我看见有两头牛的背磨破了。我想请你帮忙处理一下。

他松了口气，说，你又吓我一跳。

我开心地笑了，带他去找牦牛。

那天对我来说，是非常愉快的一天。准确地说，是一个非常愉快的黄昏。我一边看着他为两头受伤的牦牛作处理，一边和他聊天。

我知道了他的年龄，他果然只有22岁。他是个医学院的学生，还没毕业呢，就迫不及待地报名参加了解放军，然后就进军西藏了。我说你干吗不等到毕业？你不还有一年就拿到毕业证书了吗？他说我倒是想再等一年，可进藏大军会等我吗？我一下笑了，我说我和你一样呢，生怕错过这个机会。他说是呀，这样的机会千载难逢呢。

他笑起来。在那一刻他像个大孩子。

但他的神情忽然之间又严肃了，他说这是我的愿望。我知道他指的是进西藏这件事。他重复说，这一直是我的愿望。我有些不明白。

他说，我的父亲是个留英的医生。还在我上小学时，他从国外带回一本书，讲的就是西方探险家一次次进入西藏的事。这本书给我留下了深刻的印象，书上说，在那块土地上，尼玛轮是唯一的轮子。也就是说，当西方世界已经有了汽车火车轮船的时候，那里连个手推车都没有。但那绝对是宝地，是一片资源丰富的辽阔土地，是一片有着神秘文化的纯净土地。

他说，西藏从那时起，就对我产生了强大的吸引力。上大学后，我有意找了一些这方面的书来看，知道了西藏高原的形成，知道了生活在那里的民族，知道了藏族的宗教信仰，知道得越多，我对西藏就越向往。我一直想，我要到西藏去。如果有可能的话，我就去西藏行医。

他说，于是我就报名参加了十八军，我要和十八军一起走进西藏。我从没打过仗，我是学医的，我甚至厌恶战争。但我知道，有些神圣的事业，它是需要我们去为之献身的。

他的话让我惊异。我没想到他年轻的心里，会有那么丰富的知识，会有那么深刻的思想。我有些钦佩地望着他，我说你懂得真多，真了不起。他一下子不好意思起来，那份儿严肃的神情瞬间消失了，又浮起了孩子般的笑容。他说你才了不起呢，你看你一个女孩子，就敢进军西藏。而且你的歌唱得真好听，就像个歌唱家。

这回轮到我不好意思了，我说唱得不好。他说好就是好，你不要谦虚。我要像你这么会唱歌，我就每天啊啊啊地唱。

他的那副表情一下子把我逗乐了。我开怀大笑。他也笑。我们仿佛有说不完的话，有一种他乡遇故知的感觉。虽然我们的故乡相隔很远——他是个典型的江南人。

他帮我把牦牛赶回宿营地，才回自己的帐篷。我始终没有告诉他，今天受伤的不光是那两头牦牛，还有我的胳膊，我的胳膊被他捏得青紫。我不想让他歉疚。

后来我发现，他真是一个非常好的人，一路上仔细地关照着我们每一个女兵。他的眼里总是充满了关切，不管是对生病的还是没生病的，不管是对大的还是小的。他就像我们每一个女兵的大哥。他常常像问孩子似的问赵月宁，你走得动吗？要我帮你背东西吗？以至赵月宁气恼地说，你别老这么问我行不行，我又不是孩子。但第二天他见到小赵仍旧问，你走得动吗？要我帮你背东西吗？

我想如果有可能，他会背起我们所有的女兵往前走。他就和苏队长一样，年纪轻轻的仿佛长了我们一辈。

那天他对我说的最后一句话是，你是我见过的最勇敢的女兵。

我为这句话感动了许久，我愿为这句话变得更加勇敢。

但我却辜负了他。

4

回想起来，在漫长的进军路上，留在我脑海里最深的记忆，就是饥饿。我不怕走路，不怕翻山，甚至不怕高原反应。可是我恐惧饥饿。那时无论是翻雪山还是蹚冰河，无论是行军还是赶牦牛，我们每人每天的口粮，就是 4 两代食粉加两小根蛋黄蜡。

先让我给你们讲讲什么是代食粉，什么是蛋黄蜡吧。我想现在没人再知道它们了，但它们曾是我们进军西藏赖以生存的食物，在长达两三年的时间里，它们是我们年轻的胃里仅有的食物。

这两样东西的成分差不多，都是由玉米、黄豆以及鸡蛋粉加上盐合成的。代食粉成粉状，蛋黄蜡则是压缩成了蜡烛的样子。十八军进军西藏时，毛主席明确提出了"进军西藏、不吃地方"的原则，故部队不向地方征粮。所有给养要么用银圆买，要么就从后方运来。当时全国刚刚解放，国家财力有限，运输也困难，故不可能保障我们的粮食需求。

我们明白这一点，我们没有怨言。

为了减轻运输负担，我们每个人自己背着一周的口粮进军。即2斤8两代食粉，14根蛋黄蜡。吃饭时，每人拿出自己的定量来，煮到一个锅里再吃。苏队长一再告诫我们，口粮虽然由自己背着，但决不能擅自拿出来吃。擅自吃了就是违犯纪律。

我那时十八九岁，用老百姓的话说，正是吃长饭的时候。加上每天爬山越岭，体力消耗很大，每天4两代食粉加2根蛋黄蜡，合起来只有六七两，一顿只能吃个半饱。所以我总是处在饥饿状态。每当我饿得肚子里空空荡荡时，脑子里就会反复响着一个声音：吃点儿什么吧，吃点儿什么吧。

终于有一天，因为吃，我闯了祸。

早上出发时，苏队长告诉我们，今天的路程比前些日子更难，因为我们将要翻越一座很大的山，这座山不仅大，且有些可怕。当地老百姓称之为死人山。帮我们赶牦牛的两位牧民比比画画地告诉我们，这座山必须在中午以前翻越，并且决不能在山顶休息，否则一过12点，山上就会刮黑风，就要死人。

起初我们不相信，哪有这么玄乎的事？但是想起那次翻越二郎山时，一唱歌就下雨的事，又觉得不能完全不信。后来辛医生说，这座山真的不能轻视。它的确非同一般，先遣支队一位战士爬上山后坐下来喝水，头一歪，人就过去了，再也没有醒来。

我们不由得咋舌。至今我也不清楚这是为什么。也许西藏的山，就是这样神秘莫测，让你无法明了它。

那天不知为什么，早上的代食粉糊糊煮得很清，喝下去没多久我就饿了。走到半山腰时，我已经饿得前胸贴后背了，肚子里先是咕噜咕噜地叫，后来连叫声也没有了，嘴里不断地冒出清口水，浑身一点儿力气也没有。

饿肚子的滋味真是无法形容，太难受了。

我想这可怎么办？山才爬了一半。我简直没有信心爬到山顶了。那个时候我才深刻地体会到了红军为什么会嚼草根吃树皮，甚至煮皮带。饥饿，它真像魔鬼。我的脑子里那个声音又响起来了，让我吃点儿什么吧，吃点儿什么吧……

这时我忽然想到了背在身上的蛋黄蜡。这个念头一旦产生，就紧紧地缠住我，再也挥不去了。强烈的饥饿感使我产生了不顾一切的念头。我想管它呢，吃一根再说。挨批就挨批吧，只要能把这座山爬过去，只要不半路倒下，把我批死我也认了。

我悄悄地拿出一根蛋黄蜡，我相信那样冰冷坚硬的东西，不饿到极点是没人会吃的。我的嘴里好像伸出一只大手，一把就将那根蛋黄蜡抓进了胃里，紧接着又迫不及待地抓进去了第二根。后来想想，我大概连嚼都没有嚼就吞了下去。

吞下两根蛋黄蜡后，我的身上果然有了几分力气，借着这股劲儿，我终于爬上了山顶。

还来不及高兴，就出问题了。

我的胃很快痛起来，而且是剧烈疼痛。现在想来，一定是在空腹状态下吃了那么两根硬邦邦的东西，把胃弄伤了，估计还出了血。在那之前，我从不知道什么是胃痛，那一刻却让我痛得站不起身子来。我蜷缩着，在寒冷的天气里冒着虚汗。脸色苍白无比。

苏队长吓坏了，她不明白是怎么回事。偏偏那天辛医生陪着两个病号走在队伍的最后面。我们不敢在山顶停留，害怕山顶起风，下不了山。苏队长只好将队里那匹马牵过来，把我弄上马去。我趴在马上，痛得进入了半昏迷状态，我不知道我是怎么下山的。我就像那些麻袋驮子一样，被毫无知觉地驮下了山。

我们终于赶在起风之前下山了。大家松了口气，停下来歇息。

辛医生急匆匆地从队伍后面赶上来，看我靠在路边脸色苍白，很是紧张，以为是我的心脏病犯了。后来得知我是胃痛才放松一些。他一边给我拿止痛药一边问我怎么回事，以前有没有痛过。我羞于回答他。我想我这个样子哪还像个勇敢的女兵？

吃了药，疼痛终于过去了。晚上到了宿营地，面对苏队长关切询问的目光，我终于无法再隐瞒了，说出了自己偷吃蛋黄蜡的事。

苏队长又惊又气，半天说不出话来。我想她之所以那么生气，除了我违反纪律外，还因为我把自己搞病了。她看我痛成那样真是心疼。一定是这样的。我愿意这样认为。

我非常后悔，真的。我一再对苏队长说，今后我再也不会这样做了，就是饿死也不再违反纪律了。

苏队长尽管很难过很心痛，可还是板着脸要我在全队作检查。我难过得掉下了眼泪。

这时候，我们队的管理员说话了，他说苏队长，就别让小白做检查了，这孩子饿成那样都是我不好，我没能让同志们吃饱，要作检查我来作。

苏队长说不，这不是你的责任，口粮是定死了的。如果要负责任那也该我负。

我听见他们这样说心里更难过了，我说是我不好，我愿意作检查。

在队里召开的民主生活会上，我作了检查。之后苏队长让大家发言，大家谁也没有说话，都默默地看着我。连小赵的目光中都含着同情，辛医生也把脸扭向一边，不看我。这比批评我更让我难过。我低着头。我想就在几天前，辛医生还说我是个最勇敢的女兵，可我却做出了这样丢人的事。

我在心里默默发誓，以后就是饿死，也决不再做这样的事了。

苏队长终于轻轻地说，散会吧。

我把这件事说出来，告诉你们，是因为尽管过去了近半个世纪，它仍在心里硌着我。我想再对苏队长和辛医生说一遍，我错了。同时我还要告诉他们，我做到了，我真的再也没有做过对不起他们的事。

在我年轻的记忆里，许多许多的事情都比性命更为重要。

在我老年的回忆中依然如此。

5

我们一天天地往前走，只计算着我们的双脚已迈过了多少条河，已越过了多少座山，其他一概不知，今夕何夕？没人去想。

也不知哪个有心人，竟然记起了中秋节。

这天我们刚到宿营地上面就来了通知，说今天是八月十五中秋节，叫我们去领月饼。这可把我们高兴坏了。别说是月饼，只要在定量之外还有别的食物，我们都会感到高兴的。我们一个个眉开眼笑，好像喜从天降。

小赵忙不迭地塞给苏队长一个大麻袋，催她赶快去。管理员在一旁说，我看还是我去吧，那么多月饼，别把苏队长累着了。通信员一听连忙说，你行吗？要不我和你一起去？管理员笑眯眯地说，真要背不动，我就先把月饼吃了再回来。

大家全都乐了，而且一个个笑得脸红。只有辛医生沉得住气，埋头在那儿看书。

但只是一小会儿，管理员就回来了，手上的麻袋竟是空的。

我们失望极了，以为又是谁在拿我们开心，故意造谣。但看看管理员，仍是笑眯眯的，不像是没领到月饼的样子。我们怀着一线希望瞪大了眼睛看他。他招呼我们说，看我干什么，快过来分月饼吧。

我们呼啦一下围了过去，同时悄悄地咽着嘴里生出的唾沫。只见管理员从身上背着的挎包里拿出10个月饼来。他说，领导说了，月饼虽少，但要保证每个同志都能吃上。我算了一下，我们队39个人，正好每4个人分一个。

小赵脑子一转，说，那还多出一份呢。

苏队长笑说，多出的那一份就给你。你是小妹。怎么样，大家没意见吧？

没意见！大家异口同声地喊。只要有月饼吃，多少都行啊。

晚上，月亮果然又大又圆，好像在明白无误地告诉我们，今天是中秋节。

我们围坐在帐篷外的草地上，一会儿望望月亮，一会儿望望月饼。那月饼和如今的月饼比起来，实在不能叫月饼。它们不过是些圆形的黑面饼而已，里面包了些红糖。要是放在现在，谁也不会碰它的。

当然，我们那时也不碰它，我们不碰是因为舍不得。被切成四分之一大的月饼堆放在一个盘子里，搁在我们中间，我们谁也不忍心先去拿它，像看着供果那样看着它。

终于，苏队长站起来，端起盘子将月饼一块块地分到我们的手上。

我们拿着月饼，拿得很轻，好像拿重了它就会变小。我们看着手上的月饼，仍不好意思吃。苏队长只好发话了。她说明天还要行军，大家必须马上把月饼吃了去睡觉。现在我命令每人拿好月饼，听我的口令：预备……吃！

"吃"字一出，我们真的就齐刷刷地咬了下去，这一口咬下去，就再也克制不住了，那甜甜的味道和那等待已久的胃紧紧地拥抱在了一起，分都分不开。所有的人都三下五除二，将月饼塞进了嘴里。

我因为上次吃蛋黄蜡伤了胃，不敢吃得太快，就去看她们。一看就忍不住大笑起来，瞧那一个个狼吞虎咽的样子，一副馋急了的模样。大家看我乐，彼此一看也都乐了，前仰后合地大笑起来，小赵笑得都噎住了，使劲儿咳嗽，又怕把嘴里的饼渣子咳出去了，拿手堵着嘴，脸涨得通红，苏队长一边笑一边替她拍着背。

大概不到一分钟吧，所有人手上的月饼都进了肚子。小赵还孩子气地舔了舔嘴唇。可以肯定地说，在以后的日子里，我再也没吃过那么好吃的月饼了。

但我还是注意到了，有一个人没有吃。那就是辛医生。他说他不喜欢吃甜食。第二天没人的时候，辛医生把那小块月饼递给了我。他说我发现你特别容易饿，可能是新陈代谢比一般人快的原因，你把这个留在身边，饿的时候垫垫，免得再伤胃。

我想推辞，可他不由分说，塞进我的口袋就走开了。

那天夜里，我躺在帐篷里怎么也睡不着。

我记得那天的月亮特别大，毫无遮拦地悬挂在空中。如水的月光从帐篷的缝隙流泻而入，我忽然想起了母亲。她收到我的信了吗？她现在日子过得怎么样？今天晚上她在做什么？她看到月亮了吗？我知道重庆是很少看到月亮的，月亮和太阳一样，总是被厚厚的云层遮挡着。我多希望母亲能一切平安，等着我回去呀。

在离开母亲一年多后，我第一次想她了。

我坐起来，看见刘毓蓉还坐在地铺上，打着电筒在那儿写信。她总是这样，一有空就写信，写给她的未婚夫。但走在那样的路上，信是不可能寄出去的。我曾好奇地问过她，写了也寄不出去，你干吗老写呢？她笑笑说，你不懂。

此时我又忍不住问她了，我说刘毓蓉，我还是不明白，你为什么写那些寄不出去的信呢？她没有抬头，只是轻声地说：早晚会寄出去的。

看她那个专注的样子，我有些羡慕。除了母亲，我没人可写信。但我不想给母亲写，反正寄不出去。我已经想好了，到了拉萨给她写，这样也免得她担心。

我披上衣服，出了帐篷。我想看看月亮。

不远处有个人影，我一下就认出是苏队长。她独自坐在土坡上。回头看见我，她就拍了拍身边，我走过去，靠着她坐下来。

我们俩就那么静静地坐在月光下面。忽然，我发现苏队长的眼里有泪光。在月色下那泪光使她的眼神有些迷离。

我犹豫了一下，开口说：苏队长，你是不是想虎子了？

掰着指头一算，我们离开虎子已经十几天了。

苏队长点点头，说，也不知道他现在怎么样了。

我说，我也想他。停了一下我又说，我还想我妈。

这话一说出口，眼泪就从我的眼里滑了出来，让我毫无防备。苏队长抬起手来揽住我的肩膀，轻声说，你要坚强些。我点点头，看着她。我想这句话不只是对我说的，也是对她自己说的。因为在说出这句话后，她眼里的泪光就消失了。

我忽然想起了虎子的父亲。我说，王政委他们这会儿在哪儿呢？苏队长摇摇头，说我也不清楚，大概已经接近昌都了吧？他们要准备昌都战役。

一说到王政委，她的目光变得特别柔和了。我突兀地问，你爱他吗？你爱王政委吗？

她有些诧异地看我一眼，轻轻地说，能嫁给他，是我的福分。

6

有位作家这样说到西藏，他说西藏是世界上最高的大高原。它的形成过程充满了大悲苦，大磨难，所以它才有一副世界上最伟岸的骨骼。

我非常能明白他的话。

但我还想说，西藏它不仅仅是由大悲苦和大磨难形成的，它还充满了神圣、信仰和神秘。当你把头仰到不能再仰的时候，看到那绵延不绝与天相接的雪山时，你会觉得那分明是一颗颗永不言说的灵魂，你会期望自己是其中的一座。

我不知道我能否成为其中的一座，我是说在我死后我的灵魂能否飞升到那里。

不管怎样，我敬佩那些经历过大悲苦和大磨难的人，敬佩那些为了信仰在悲苦和磨难中祭献出自己的人。

从这个意义上说，我和尼玛是一样的：我们都是为了信仰而历尽苦难。

尽管我们是为了不同的信仰。

我和尼玛，我们之间发生了一段很长的故事。但故事开始时我并没有意识到，那时我们彼此是路人。真正的路人。

我第一次遇见她们，或者说看见她们，是在折多山下。

　　我们的卡车在颠簸不平的土路上行驶，一路卷起高扬的尘土，我忽然发现前面扬起的尘土中有起伏的身影。让我发现身影的是一个醒目的小红点。它在滚滚尘土中依然耀眼。接着我看见一个蓬乱的头从尘土中露了出来，我是从那个小红点判断出那是个女孩子的头，因为那红点是她发髻上的一朵小红花。我还没来得及看清她的脸，她又匍匐下去了。我们的车从她们身边驶过，我又回过头去看她们，大约有6个人，好像都是女人。她们认真地叩拜着，对身边隆隆驶过的卡车丝毫不在意，好像被尘土淹没的是我们，而不是她们。

　　我知道她们是在叩长头，准确地说，叩等身礼。这是藏传佛教中佛教徒对佛的最虔诚的祈祷方式。我在书上看到过。但我还是第一次看见真实的景象。她们果然像书上描述的那样，双手合掌高举，先触额部、口部和心部各一次，然后双膝跪地，全身俯伏，两手前伸，额触地面……简单地说，就是五体投地。在这里，合掌代表领受了佛主的旨意和教诲；触额、触口、触心，代表心、口、意都与佛相融会，与佛合为一体了。她们要用身体一点点地丈量每一寸朝圣的路，以表达虔诚。

　　她们要这样一直叩到拉萨去吗？吴菲在一旁问我。

　　我点点头。照书上说是这样的。可我觉得这太难以想象了。前面有那么多雪山，还有那么多的冰河，她们怎么过？她们吃什么？住哪儿？会不会冻死？

　　她们为什么要这样？小小的赵月宁满脸不解地问我。

　　我说，书上说，她们认为这样就可以获得来世的幸福。

　　我虽然在回答她，但也和她一样，眼里心里全都是不解。甚至对她们充满了同情。我是一个无神论者，尽管母亲是一个基督徒，我却由于走进了革命队伍而在这一点上与她截然不同。我相信《国际歌》里的那句话：要创造人类的幸福，全靠我们自己。我总觉得那些把自己的幸福寄托在神身上的人，是愚昧的。我想她们一定是非常无奈才这样做的。但不知为何，当我目睹了他们的行为时，却感到敬佩。也许这就是信仰的力量。

　　我尊重有信仰的人。

　　我们的汽车继续向前，将她们远远地抛在了身后，渐渐看不见了。但她们那起伏的身影，尤其是走在最后面那个女孩子发髻上的红花，却总是在我眼前晃动。

我没想到我还会遇到尼玛她们，在从甘孜到昌都的路上。

当然，我那时不知道她叫尼玛，我在心里把她叫作小红点儿姑娘。我之所以一眼认出了她们一行，就是因为认出了尼玛。准确地说，是认出了她发髻上那朵红花。不同的是，红花已经完全风干了，只剩下一个暗红的小点儿，在黑发中隐约闪现。

我想当我们在甘孜停留时，她们一定不停地在赶路，所以才会再次与我们相遇。但我知道我们又会很快把她们抛在身后的。

因为我们在行走，她们在匍匐。我们用脚行走，她们用身体行走。

我从她们身边默默走过。因为离得近，我看清了，她们的确都是女人。而且年龄都不算大。我还注意到一点，她们少了一个人。上次在折多山遇见时，她们有 6 个，这一回却只有 5 个了。我在心里猜想，那一个怎么了？是坚持不住回家了吗？还是生病了？或者……死了？因为我从书上知道，许许多多的人，就是死在了朝圣的路上。

我看着她们那褴褛的衣衫，看着她们满是尘土的脸，看着她们起伏的身影，心随着她们身体的起伏而起伏，充满了同情。

我想同是年轻的女性，我们是多么不同啊。我去看辛医生，我发现辛医生看她们的目光里，除了同情，也有一种敬意。

但她们不看我们。和第一次遭遇时一样，一眼也不看，好像我们根本不存在。她们专心地叩拜着，目中无人，只有心中的佛。

那个发髻上有花的小姑娘仍是掉在最后面。我真替她担心。她能行吗？从这里到拉萨还有几千里路，她能坚持到目的地吗？

一条冰河横过路面。

准确地说，它是从山上冲下来的雨水形成的水沟。由于年深日久，水沟已变得又宽又深，完全像条河一样。没有桥，也不可能绕过去。河水在阳光照耀下闪着碎银子一样的光，在寂静中发出轻柔的流淌声。

走在前面的辛医生让队伍停下。他走到苏队长跟前悄声说，水太冰了，刺骨。

我知道，那都是雪水。

苏队长想了一下说，这样，凡是有特殊情况的女同志，骑马过去。辛医生说，可是队里只有一匹马，来回走太耽误时间了。这样，马跑两趟，我们男同志再背两趟。

为了抓紧时间，苏队长同意了。她大声宣布说，有特殊情况的同志，请出列！

小通信员一边牵马一边莫名其妙地小声说，什么是特殊情况呀？

我们你看我，我看你，谁也不好意思说自己有特殊情况。其实我那天就是有情况。可是我怎么好意思呢？但我的心里已经感到了温暖，有一种和家人在一起的感觉，有一种被关爱被心疼的感觉。

有人关心你，有人看着你，他们把你的生命轻轻地放在他们自己的生命之上。我想我能够在那样苦的环境里一直快乐着，就是因为常常有这样的感觉。

没有人出列。

最后苏队长只好点名了。她太了解我们了。

我们5个人被单列出来。我和刘毓蓉都在其中。刘毓蓉个子比较大，先骑马过去了。辛医生和管理员各背起一个，前后踏进了水中。

我留在了最后。我无论如何也不忍心让他们背我过河，无论是辛医生管理员还是通信员。趁苏队长不注意，我"混"进了队伍，卷起裤腿跟大家一起蹚进了河水。当时是中午，太阳非常耀眼刺目，可没想到河水却是如此冰凉。刚开始还行，走了两步之后，脚上立即有一种钻心的疼痛，好像有许多钢针在扎。一直往骨头缝里扎，没过多久，半个身子就麻木了，好像它已经不再属于我。

我强忍着一步步地往前挪去。走到河中间时，水已没过了膝盖，棉裤都湿了，河面上浮起了一丝丝的血水，我想走快一些，但走不快。好不容易靠到河边，有人伸手一把将我拽了上去，我抬头一看，是辛医生。他皱着眉头说，你怎么总是拿自己的身体不当回事？

我笑笑，但马上咝啦咝啦地吸起气来，一阵钻心的刺痛让我咧开了嘴。我一屁股坐下去，发现脚上划开了无数道血口，伤口翻开，一些小石子冻进了肉里。我咬着牙，把它们一点点地抠出来。辛医生在一旁大声嘱咐我们，赶紧用干毛巾擦脚板心，擦到发热为止。我疼得钻心，不敢使劲儿擦，只是擦掉了血丝。

后来我们渐渐习惯了。最多的时候，我们一天蹚过十几条冰河。我们把鞋脱下来掖在腰上，然后用破布条裹上脚，我们踏进冰河的时候就像踏进家乡的小溪那么自如。

当我穿好鞋站起来时，忽然呆怔住了。

我又看见了她们。

河对岸，那支小小的队伍也蠕动着靠近了。就是那 5 个叩拜的年轻女人。她们好像没看见面前有河似的，仍是起伏着往前移动。

我焦急地想，她们可怎么过河呀。

第一个女人接近了河水，准确地说她匍匐下去伸向前方的双手已经触到了水。但她像没有知觉一样，站起来，跨向前，天哪，她朝冰河匍匐下去了，她的胸脯扑进了浮冰，她的身子浸入冰水中，然后，她的头也没入水中。很快，她水淋淋地从冰河中站起，双手合掌，再次匍匐下去。在她之后，第二个也跟了上来，第三个……最后是那个小姑娘……她太小了，她在冰河中匍匐下去的时候，整个儿被淹没掉了，为了不被水呛着，她拼命地昂起头来，仰向天空。她的湿漉漉的头发上挂满了冰花，它们在阳光下闪闪发亮……

我感到浑身打战，我好像听见冰块开裂的声音。我看见那朵风干的红花被河水滋润后又重新变得鲜艳，在阳光下如同她那被冰水洗过的红唇。

一只巨大的老鹰在她们的头顶盘旋，舒缓地从容地扇动着黑色的翅膀。片刻之后，它冲上高空飞走了。没有鹰的天空顿时显得空荡而又寂寞。我忽然想，其实她们也和鹰一样在飞翔呢。她们在她们信仰的天空中飞翔，她们在她们心灵的天空中飞翔。

她们继续在冰河中匍匐向前。阳光下，闪着碎银子一样光芒的冰河仿佛被她们滚烫的身体融化了，蒸腾起一片云雾，她们在云雾中轻盈地飞翔。整个世界都安静下来，看她们轻盈地飞翔着，听那翅膀滑动空气所发出的振鸣。

我回头，发现大家和我一样在看她们。每个人的脸上都写满了自己的心情，有惊讶，有同情，有敬佩，也有不解。

苏队长挥挥手说，咱们走吧。

我最后看了她们一眼，跟着队伍走了。这时候我真希望有神存在，能够保佑她们，最终到达她们心中的圣地。

7

我们往前走。一天天地走。

谁也不知道管理员是什么时候病倒的。就是那个不忍心批评我偷吃蛋黄蜡的老同志。

因为在那个路上，我们只是往前走，我们只关心驮运的物资是否一件不少，我们只关心牦牛有没有受伤，我们只关心今天又走了多少路，我们只关心能不能把物资早一天送到作战部队的手中……总之，我们没人去关注自己的身体，身体不过是我们往前走的载体，我们把自己当作了牦牛，甚至我们关心牦牛的程度都超过了关心自己的身体。

就是这样，我们谁也不知道管理员是什么时候病倒的。

我们只知道管理员常咳嗽。我以为那是因为他太爱抽烟造成的。后来他断了烟，常常捡树叶来抽，我还帮他捡过。再后来树叶也很难捡到了，他就不抽了，可不抽了他还是咳嗽。我想大概是没烟抽嗓子不习惯吧。

我们都很喜欢他。他总是笑眯眯的，好像没一点儿脾气。行军的经验也特别丰富。最初的几天我们的脚还不习惯天天与山峦摩擦，常常打血泡，到了宿营地，他就像能看见我们穿在鞋里的脚似的，指着我们中的一个人说，把你的鞋脱下来吧，我帮你把水泡挑了。他一指就指准了，那个人肯定有血泡。然后他就地取材，用马尾为我们作穿刺。

后来，我们的脚不再打血泡了，那些瘪了的血泡变成了老茧。但我们仍喜欢和他在一起，我们一有事就喊他，管理员，怎么办呢？我们总是问他怎么办，好像他是万能的。

我们谁也不知道他是什么时候病倒的。

等我们知道的时候，他已经不行了。

那是在翻越一座大山的时候。时至今日，我已记不得那座山的名字了。只记得它是那么大，那么冷。我们用了一整天的时间来翻越，但刚刚爬上山顶天就擦黑了。领导催促着我们赶快下山，在山顶宿营是非常寒冷的，也是非常危险的。我们就哗啦哗啦往山下赶。可下山的路似乎比上山还要长，加上牦牛并不体会我们的心情，仍是慢吞吞地走，眼看天黑尽了，我们的队伍仍在山脊上蠕动。

天黑行军也是非常危险的，我们只好在山坡上安营扎寨。

那天的天气糟透了，气温恐怕在零下好几摄氏度，我们几个负责搭帐篷的手冻得发僵，怎么也拉不紧帐篷的绳子。我们又叫管理员，管理员没有像往常那样笑眯眯地说，瞧瞧你们的笨样儿，看我的。他只是默默地过来帮我们，费了好大的劲儿，才把几顶帐篷支起来。

刚刚搭好帐篷，天就变了，冰雹突然而至，还伴着呼啸的狂风。几顶帐篷立即被吹得如同惊涛骇浪中的小船一般。如果不是绳子拉得结实，恐怕早已吹走了。冰雹打在帐篷和铁锅上，发出劈里啪啦的响声，震动着我们冻僵的耳朵，天地之间仿佛正演奏着一曲大型的交响乐。我们只好坐在那儿聆听。除了聆听，还能有什么更好的选择？

等"交响乐"演出完毕，我们低头一看，灶火熄了，炊烟断了。锅里还没煮熟的饭已被冰雹打成了糊糊。疲劳使我们无心再重做，胡乱塞了几口冰凉的糊糊就躺下睡了。

也许是因为肚里没有东西，也许是因为冷，我睡不着。

我坐起来，拿出辛医生上次省给我的那半块月饼。这么多天了，我一直没舍得吃。有一回我看见辛医生把自己碗里的糊糊倒给赵月宁，就想把月饼拿出来给他，可月饼已经硬得像块石头了，根本没法吃。我一直想着，要在最需要的时候拿出它来。被窝冰凉冰凉的。说被窝，其实就是张被单。从甘孜出发时，为了轻装我们没有带上皮大衣，而我的棉衣在那次遇险时又掉进了河里，一时补发不了。我把薄薄的被子裹在身上，依然冻得哆嗦。我忽然想起了母亲给我的旗袍，无论怎么轻装，我都没舍得扔掉它，我就翻出来披在身上。但不顶用，风灌进帐篷里，像刀子割在脸上，手脚冻得生疼。

我怕自己会冻僵，就爬起来走出帐篷想活动活动。一出帐篷，我发现管理员竟坐在那儿烧火。原来他见我们都疲劳得不行冻得不行，就自己一个人重新生了火，熬那锅代食粉糊糊。他说大家肚里没东西，肯定睡不着。我一看，锅里清汤寡水的，连忙把那块像石头一样的月饼放进去煮，我想它终于派上用场了。

管理员熬好糊糊，让我叫大家起来吃。我大声地在每个帐篷前吆喝着，让大家吃点儿东西暖和暖和身子。好几个冻得睡不着的人赶紧爬了起来。辛医生也起来了。大家喝着热糊糊，在寒冷的夜里发出暖人的吞咽声。管理员坐在一边笑眯眯地看着我们。我说管理员你也吃呀。他说我吃过了，你们吃。说完他又咳起来。

那一夜好像特别长。我吃了点儿热糊糊，也不知是几点了，回到帐篷里，终于迷迷糊糊地睡着了。

我是被一阵叫喊声惊醒的。

是苏队长的声音，她反复喊着：管理员，你醒醒！管理员，你醒醒！

我一下坐起来，我想管理员怎么啦？昨天晚上他不是还好好的吗？我跑出帐篷，见好些人围在那儿，我挤上前去，原来管理员倒在了昨天烧火的地方。

辛医生把管理员的头扶起放在怀里，我看见他的脸色像土一样。我害怕极了。我说管理员怎么了？他昨天晚上还好好的呀！没有人回答我。我连忙去倒了一杯刚刚烧热的水，递给辛医生，无意中我碰到了管理员的额头，滚烫。显然他在发高烧。

辛医生给他服了 3 片阿司匹林，又喂了一些水。

过了一会儿，管理员睁开了眼睛，但马上就上气不接下气地喘起来。他一边喘一边说，我可能不行了。我可能走不到昌都了。

苏队长立即说，别瞎说，你能行。你不会有事的。

我轻声问辛医生，我说管理员生病了吗？辛医生不说话，表情很严肃。这时我们队的女兵全都围了过来，一张张的脸上全是害怕和焦虑。管理员喘着气大声说，我没事儿，你们该干什么就干什么去，今天还有好远的路呢。

见他说话的声音还这么大，大家都松了口气，忙着做出发的准备工作去了。

等吃过饭，上好驮子，准备出发时，管理员仍是站不起来，他的脸色更加难看了，他一边高烧着，一边因为冷而浑身哆嗦。辛医生的神色忧虑异常，他把自己的棉衣脱下来强行地给管理员穿上。

苏队长走过去说，管理员，我们抬你走。

管理员笑起来，像平时那样笑着。他摇摇头说，我一个大老爷们儿，怎么能让你们这些小姑娘抬？

苏队长说，那你就骑马。

我们七手八脚地把管理员扶到马上。他坐不起来，就趴在马背上。他仍是浑身颤抖着。我心里难过得直想哭。

但走出没一里地，他就叫苏队长，他说苏队长，我想下来，我有话对你说。我们把他扶下马，在路边一个避风的地方让他躺下。我看见辛医生朝苏队长摇摇头，我明白了他的意思，心里害怕得要命。

管理员靠在辛医生的怀里，不怎么喘息了，但声音也随之微弱起来。

他说，我真的不行了，我自己知道。你们就把我留在这儿吧，别再让我拖累你们了。

苏队长说，你瞎说，我不许你瞎说。我听见苏队长的声音里已经带了哭腔，这是我第一次听见苏队长说话带哭腔，我害怕极了。

他说，苏队长，有件事我想托付给你。苏队长点点头，她不敢再开口说话，一开口眼泪就会随之而下。他说我有个儿子，在江西老家乡下……等以后你们回内地的时候，把我的那支钢笔送给他……做个纪念。我啥也没给他留下……

苏队长点头，拼命地点头。

他又说，把我的棉衣脱下来给小白，还可以抵抵寒……搪瓷碗送给小赵……还有……

他闭上了眼睛，我想他一定是说累了，想歇息一会儿再说。

但他再也没有睁开。

还有……还有什么？

我们把他重新扶到马背上，苏队长亲自牵着马。我们这支队伍又继续向前走，默默地向前走，没有人说话，也没有人哭泣。管理员还在我们中间，和我们一起向前走着，我们没有道理哭泣。

一直到晚上，我们到达宿营地时，队伍中才爆发出哭声。

谁也没想到，最先爆发出哭声的竟是辛医生。

那是我从小到大第一次看见一个男人哭泣，毫无节制毫无掩饰地大声哭泣，泪水像雨季涨水的河漫出了河堤，哗哗地流淌，流得到处都是。我怔怔地看着他，因为意外反而忘记了自己的悲伤。我听见他哭喊着：为什么呀，为什么我一点儿办法都没有呀，为什么我要眼睁睁地看着他死呀，我真是无能啊！

他就那么站在那儿仰着脸哭，哭得无依无靠。我真想走过去，让他靠在我的怀里哭，我真想替他擦掉那一脸冰凉的泪水。但我自己也控制不住了，一头扑向身边的牦牛，号啕大哭起来。我用头抵着牦牛，因为悲伤而不停地捶着牦牛的背。那牦牛像明白似的，一动不动地站着，任我宣泄着心中的悲痛。

我们把管理员安葬在了一个向阳的山坡下。苏队长说，管理员是冻死的，要让他死后多晒晒太阳。我无论如何也不忍心要他身上那件棉衣，我说让他穿暖和些吧。但辛医生一定要我留下，他把自己的一件军衣给他穿上了。棉衣很大，散发着浓烈的烟味儿和汗味儿，令我窒息。我最后握了一下管理员的手，尽管那手是那么冰凉，但依然传达出对这个世界的眷恋。我在心里对他说，你在这儿等着我们。等路修通了，我们再回来看你。

就在安葬他的时候，我们才知道他说的"还有……"是什么，那是两包菜籽。我们在他棉衣的口袋里发现的，一包上写着"白菜"，一包上写着"萝卜"。

苏队长把两包菜籽揣进了自己的怀里，对着管理员的坟冢发誓似的说：管理员，你放心吧，我一定要把这两包菜籽带到拉萨去，我一定要把它们种进高原的土地里。

我们告别了管理员，继续向前。

8

我们往前走。

雪山一次次横亘在我们的面前。好不容易翻过一座山，出现在眼前又是一座山。好像那些山长了腿，不断地跑到我们前面去阻挡我们。

就这样没完没了，感觉永无出山之日。

但我们还是往前走，雪山冰峰都不能挡住我们的去路。

时间一长，生活越来越艰苦，即使是号称"高原之舟"的善于吃苦耐劳的牦牛，也被折磨得死去活来，有的蹄子被磨烂，有的背被磨破，有的走着走着忽然倒地，再也站不起来了。牦牛的膘情迅速下降，常常是走几步就不肯走了。我们队里已死了三头牦牛。每天晚上一到驻地，我们顾不上自己休息就先看牦牛。很多时候，我一边为它们擦洗伤口，一边在心里默默祈求着，坚持住呀，千万别死呀。

但许多牦牛还是坚持不住了。后来我们才知道，牦牛虽然吃苦耐劳，但毕竟不是骆驼。它只适合短途运输，时间一长，它的蹄子磨出了血，就不愿再走了。如果你赶它它就急，急了就往林子里钻。也许是我们待牦牛太好了，使牦牛们不忍心逃离我们，它们就一直坚持着，直到坚持不住时，才轰然倒下。

每当有牦牛死去时，我们都伤心异常，忍不住痛哭。那是我们患难与共的伙伴啊。但在哭过之后，我们还是硬起心肠，把其中的好肉砍下来，驮到其他牦牛的背上，留给前线的部队做给养。

传来的消息说，先遣支队为了作战的需要走得很快，牦牛骡马运输跟不上，已经断粮了。有的部队战士每天只能吃几个萝卜充饥了，但他们仍在昼夜行军，准备作战。我们焦急万分地往前赶，我们只有一个念头，尽快地把物资送到前线部队的手中。

　　黄昏，我们在一座山脚下宿营。

　　尽管十分疲惫，大家仍是一口气未歇就忙碌起来，搭帐篷的，做饭的，喂牦牛的，紧张有序。

　　因为已经没有柴火做饭了，所以捡柴小组的已经先一步走到我们前面了。等我们搭好帐篷时，她们陆陆续续回来了。我正在喂牦牛，看见吴菲背着柴火和牛粪从山上下来。她看见我说，简直找不到什么可烧的。我随口问，毓蓉呢？吴菲说，咦，她还没回来吗？我还以为她先回来了。

　　刘毓蓉是个挺内向的人，分配工作时，她坚决要求去了捡柴组。捡柴又累又危险，有时为了捡到一些枯树的枝干，得爬到悬崖上去。但她说她年龄大些，体力也好，应该多吃些苦。苏队长就依了她。

　　捡柴的同志一个个都回来了，还不见刘毓蓉。我心里顿时有一种不好的感觉。因为以前总是她先回来。等我们做好了饭，天擦黑了，还不见她的人影。苏队长有些急了，就和辛医生去找。我和吴菲也连忙跟着去找。

　　我们在山上大声地喊她的名字，但没人答应。吴菲把我们带到了她们分手的地方。为了多捡柴，她们总是分头行动。我们就顺着刘毓蓉去的那个方向往山上走，天彻底黑了，没有月光，路也看不清。苏队长怕我们出什么意外，不准我们再往上走了，我们只好退回来。

　　肚子很饿，却一口饭也咽不下。

　　我几乎彻夜未眠。不只是我，苏队长，辛医生，吴菲，还有好多好多的人，都在一分一秒地等着天亮。我们都这样想，天一亮，太阳一照，她就会出现。她一定是被黑夜藏起来了。

　　天终于亮了，我们全队人顾不上做早饭，一起上了山。我们分成几路去找。我想她大概是迷路了，在山上哪个地方睡着了，现在我们一喊，她就会听见的。于是我们一个个扯开嗓子喊：刘毓蓉！刘毓蓉！刘毓蓉！

　　除了回声，没人答应。

　　我们走到了昨天退回去的地方，意外发现路边有一小堆柴，还没有捆好。一看就是有人把它们搁在那儿的。再往前走，是悬崖。我不顾辛医生在后面制止，固执地走到悬崖边往下看，我一眼就看见了新的雪痕，好像有什么东西从上面碾过去了。我大声地叫苏队长，大概我的声音有些可怕，苏队长冲上来先把我拉住，接着她也看见了那痕迹。

我们无望地朝着悬崖下大声喊道：毓蓉、毓蓉！

回答我们的，是我们自己的声音。那声音里已经有了泪。

吴菲失声痛哭起来。我能理解她的心情。她一定为自己和她的失散感到后悔。我没哭。我不相信毓蓉死了，除非我亲眼看见。

辛医生二话没说，找了一根绳子捆在腰上，另一头捆在一块大石头上。他拽着绳头，冒着危险朝悬崖下滑去，但他滑了几十厘米后再也下不去了，下面是万丈深渊，什么也看不见。辛医生手上脸上被岩石和冰凌划得血淋淋地上来了。我不信，要自己下去，就算毓蓉死了我也要见到她的尸首。

辛医生一次次强行把我从悬崖边拉开，我又一次次地冲上去。后来苏队长火了，她朝着我大声吼道，白雪梅你不是个孩子，不要再使性子了！我愣了。苏队长又说，刘毓蓉同志如果真的牺牲了，难道我们就不继续前进了吗？

这样的话，终于让我停住了脚步。

我默默地挣脱开辛医生的手，打开背包，从里面取出母亲给我的那件旗袍。我返回到悬崖边上，将旗袍展开，让它轻轻地飘落下去。如果毓蓉真的在下面，我希望这件蓝色的旗袍能盖住她的身躯，为她挡挡寒……

我们一起从重庆出发的四个好朋友，就剩我和吴菲了。

我走过去，和吴菲紧紧拥抱在一起。我流着泪说，别哭，苏队长说得对，就是刘毓蓉牺牲了，我们也得往前走。

我们在清理刘毓蓉的遗物时，发现了那摞没有寄出去的信。看着那一封封的信，我的脑海里马上浮现出了那个中秋的夜晚，浮现出了刘毓蓉写信的样子。

我傻傻地问，信写了也寄不出去，你干吗还要写呢？

她羞涩地回答说，你不懂。

我在心里发誓，一定要把这些信带到拉萨，一定要把这些信寄回到内地去，一定要把这些信送到它们主人的手中。

我的确做到了。

但我不知道信的主人后来怎么样了，我不想知道，不敢知道。

前面有人喊，雀儿山到了！

其实我们早就看见它了，我们一直在走向它。用现在的话来说，雀儿山知名度很高，它以形如大鸟的羽翼而得名，山上的积雪终年不化，寸草不生，渺无人迹。关于雀儿山有不少歌谣，一首是：雀儿山，鸟不飞，马不翻。另一首是：登上雀儿山，伸手能摸天；一步三喘气，风雪弥漫漫；深沟峻岭多，断岩峭壁连；要想过山去，真是难、难、难！

不过像这样的歌谣，我们只是听听而已。它从来不会影响我们前进的脚步。甚至在很多时候，它反倒增添了我们的激情。那时我不知道该怎么形容这种激情，现在想来，大概就是人的征服欲吧。

苏队长高兴地对我们说，翻过雀儿山我们就进入昌都地区了，离目的地就不远了！

深秋的雀儿山已是冰封雪裹，地冻三尺。尽管我们一路上见的都是雪山，但这一座因为它的高和险而特别著名。雀儿山最高峰处的海拔是6000多米，就是山垭口也有4900米。已经积累的经验告诉我们，在高海拔的雪山上，每升高一米就多一米的寒冷，少一米的氧气。或者说，每升高一米就多一米的生命危险。

但对我们来说，无论多么高的山都只有一个字：上。牦牛们也跟着我们上。它们和我们一样，除了攀越，没有别的选择。路上都是积雪，前面的队伍走过后，已把它踩成了硬硬的冰道。我们害怕牦牛滑倒，上山之前，先在牦牛的蹄子上绑了草。但许多地段仍是太滑，我们只好领着它们往旁边积雪深的地方走，手脚并用着扒开一条通道。西藏有句俗语，叫"十冬腊，学狗爬"，走在那样的山上，你会觉得它太贴切了。

越往上走，风越大，雪越深，空气越稀薄。快到山口时，每个人都张开大嘴喘气，好像胸口塞满了东西，好像我们随时都可能被憋死。牦牛也一样，人和牛就像是在比赛似的，你喘我也喘，喘几口才能迈出一步，有时喘几口仍是一步都迈不出。队伍走走停停，没有人说话，只听见合奏一样的喘气声。出发一个月来，大家的体力已消耗得很厉害了，即使是原来身体好的同志，也比原来虚弱多了。更不要说原来就虚弱的同志。但没有人说话，只是沉默地往上攀登。

真正的勇敢是不动声色的。

苏队长就像个铁人一样，不时地赶上来关心走在前面的人，又不时地停下来，等落在后面的人。早上出发时，她要我上山时拉着马尾巴，那是给病号的待遇。我坚决不肯，我知道她身上有情况，我要她拉。她也不肯，最后让给了小赵。小赵真是不容易，小小年纪，每天和我们一样地走，一样地赶牦牛。

苏队长走到我身边时，忽然睁大了眼睛，大概是我的脸色让她吃惊。她伸手来抓我的背包，我坚决不给。如果不是体力不支，我还想帮她背呢。我们俩拉扯起来。这时我听见辛医生在身后说，不要争了，小心摔倒。说话之间，我的背包已经到了他的身上。

突然，身后传来"啊"的一声，我惊吓得一个趔趄，回头一看，在下面一处拐角，因为路太陡太窄，马没站稳，身子一歪滑了下去，紧接着，拽着马尾巴的赵月宁也滑了下去，积雪被她的身体带着呼啦啦地往下掉，腾起一片片雪雾。

我吓得呆住了，喊都喊不出来。

小赵！小赵！苏队长的声音颤抖着。自从刘毓蓉失踪后，她比过去更小心地照顾着我们每一个队员。可没想到又出事了。

仿佛是苏队长的叫喊声拦住了小赵似的，滑到一半的她幸运地被一丛树枝托住了。辛医生赶上来，把几根绑带连接起来，放下去，让小赵捆在腰上，一点点地把她拉了上来。

可惜的是，那匹马却没能再上来，它跌进了无底深渊。大家都默默地望着山下。通信员眼睛红红的，站在那儿不肯走。这匹马从甘孜出发后一直跟着他，每天喂，每天相伴，就像兄弟一样。他咬着嘴唇，不让自己哭出声来。

辛医生沉郁着脸说，走吧，抓紧时间赶路。

苏队长走过去揽住通信员的肩，默默地带着他往前走。

接下来的路，我感觉自己不是在山上攀登，而是在天上飘。我真想不再往前走了，就这样留下来，飘在雪山上，与白云白雪为伍。

但我终于飘到了山顶。

我大口大口地喘气，喘得轰轰烈烈。等稍微平息一些后，我直起腰来。我一下被眼前的景象惊住了。

连绵不绝的雪岭冰峰，从眼前一直延伸到天边，与蓝得刺目的天空镶接在一起，在阳光照耀下，整个世界晶莹剔透，如蓝色的玛瑙。这是怎样美丽的一个世界啊！你们可能见过一望无际的大海，一望无际的草原，可你们见过一望无际的雪山吗？你们见过一望无际的蓝天吗？你们见过一望无际的洁白和一望无际的纯蓝组成的世界吗？

我呆在那里。

我们都呆在那里。

我们的心里充满了自豪。说自豪都过于书面化了，准确地说，我们的心里充满了对自己的钦佩，这么多的雪山，这么高的雪山，怎么就上来了呢？我的心里默念着，雀儿山，雀儿山，你的确是"伸手能摸天"，的确是"断岩峭壁连"。但我们终于还是把你踩在脚下了。

辛医生的眉头此时也舒展开来，他站在那儿大声地说，人间有什么能美过天然的金字塔，这些傲然矗立的皑皑雪山！

我惊喜地说，辛医生，你还会做诗？

他一笑说，那不是我做的，那是俄国著名诗人莱蒙托夫的诗句。

我和吴菲也一齐大声念道：

> 人间有什么能美过天然的金字塔，
> 这些傲然矗立的皑皑雪山！

苏队长忽然大声说，好了，不要老盯着雪山看了，会得雪盲症的。我们这才收回目光，但那幅美丽的画面，已经被我留了下来。

在后来的日子里，我时常把它取出来看。真的，它就藏在我的记忆里，只要我一闭上眼，它就清晰地出现在我眼前了。

此刻，我看见画面上有人在动。是吴菲。她抽出一根支帐篷的竹竿走到雪壁前，挥舞着写下了一行大字：我们一定要把红旗插上喜马拉雅山！

还有苏队长。她走过来跟我说，你刚才的脸色好吓人哪，我真怕你的心脏出问题。

我说不会的，我还要用它几十年呢。

辛医生接过话说，你还是不要大意，一旦出了问题，说倒下就倒下。

我说，真倒下了，雪山埋忠骨，多好。

我说这话是由衷的。但苏队长瞪了我一眼，她说不许瞎说。我要你们每一个人都好好地走到拉萨。

这句话是她常说的。她总是说，你们都给我好好地走到拉萨去。或者说，我要把你们一个不少地带到拉萨去。

可是后来，我们都好好地去了，她却留在了路上。

9

我们乘胜直下，来到了金沙江边。

金沙江和大渡河不同。大渡河声势浩大，老远就能听见它的吼声。金沙江虽没有那么大声势，但流速却比大渡河还要快。我不确切它是每秒多少立方米，我只知道它快得一眨眼工夫就能把上面的漂浮物冲得无影无踪。你要是把一块头大的石头扔进江里，那石头会被汹涌的江水冲出几百米远，半天也沉不到江底。湍流不息的滔滔江水打着一个又一个的漩涡，像一张张大嘴，仿佛想吞掉所有落入它怀里的东西。

金沙江上没有铁索桥。铁索桥虽然让人胆战心惊，但真的没桥过河，也让大家心惊胆战。我们看见先期到达的部队正在等待着依次过江。听苏队长说，这次渡金沙江，我们将要乘坐牛皮船。

我是个生在江边的人，应该说什么船都见过了。但牛皮船却没见过，连听也是第一次听说。我想象不出牛皮船是什么样子。这时，江面上有三四个黑乎乎的东西划过来，有人叫道：看，那就是牛皮船。

我一看，忍不住说，这也叫船？

那牛皮船不像个船，倒像个大碗。圆形的模样，口大底尖，大的直径有3米的样子，小的也就是直径2米的样子。其实就是用木棍竹子撑起来的一张牛皮。看它漂在波涛汹涌的江上，真觉得悬，好像随时都会被漩涡吞没似的。它能载我们过江吗？

吴菲小声对我说，天哪，我可不会游泳，掉下去怎么办？

我说，会游也白搭啊，这么湍急的水流。

我们站在队伍里惶惶地等待着。这时苏队长走过来，要我们先卸下牦牛身上的驮子，说让牦牛先过去。我以为牦牛也和我们一样乘坐牛皮船呢，心想不知道这些家伙怕不怕坐牛皮船？

两个牧民赶着牦牛到了江边，一只船也没有来。我们正奇怪，忽听牧民一声吆喝，牦牛们呼啦啦地下了水。小赵惊呼起来：牦牛掉下水去了！

走在后面那头牦牛缓缓地转过它的大头，看了小赵一眼，从容地下了水。它们全都那么沉着从容，好像那湍急的金沙江只是一条小溪。它们顺着江水斜斜地浮向江对岸，从江面上看，好像一片黑色的木排。眨眼工夫，它们就在对岸了！原来牦牛的水性这样好！直看得我们目瞪口呆。

它们上岸后哞哞地叫着，好像在告诉我们，金沙江没什么大不了的，快过来吧。

我们又惊又喜，心里的紧张立即消除了不少。赵月宁还大声地冲着牦牛叫道：别急，我们马上就过来！

第一批人上船了，大点儿的船上了七八个，小点儿的上了五六个。勇敢的藏族船夫轻轻一点，船就离开了岸边，迅速地朝江对岸驶去。小小的牛皮船就好像在江面上飘飞，转眼之间飘飞而去，又飘飞而来。看得我们眼花缭乱。

前面一个等待过江的同志诗兴大发，顺手在江边写了句"牛皮船好像大黑碗"，后面一个同志看见了又接了一句"我们好比稀饭"。等轮到我们上船时，走在前面的辛医生又添了一句：船夫是厨师，把我们从这边舀到那边……

我们全都乐了。

很快，我们就被船夫"舀"到对岸去了。

我又想起一件很开心的事。

你们不是常问我，为什么一说起过去的日子，我和阿姨们总是那么开心吗？

那一次可是真的很开心，就是过了金沙江之后，正当我们重新往牦牛背上驮物资时，从前面传来消息说，有人发现了一个可以洗澡的温泉。从甘孜出发的一个多月来，我们的身上已脏得不能再脏了，如果不是气候寒冷，恐怕早就散发出难闻的味道了，而且手上脚上全是冻疮。我们是多么渴望洗一个热水澡啊。

一听说前面有温泉，一张张疲惫的脸庞都展现出了明朗的笑容。温泉在天寒地冻之中充满了魅力。大家也不知哪儿来的那股劲头，行进速度一下子快了许多，提前半个多小时就到达了目的地。

可以说那是我此生洗得最舒服的一次澡了。尽管因为人多时间少，又天寒地冻，我们不可能充分浸泡在温泉中洗浴，但我们仍是满足极了。我们一边洗一边大声说笑、打闹，苏队长不得不一遍遍地催促我们。

红色岁月 红色历程 红色史诗 红色经典

刚刚洗完回到队伍里，就看见一个小战士骑马朝我们奔来，他边奔驰边兴奋地喊道：喜讯！特大喜讯，昌都战役胜利了！昌都解放了！

噢！一时间我们全都欢呼起来！

天哪，我想，怎么好事全都降临了！

但正当我们兴高采烈的时候，通信兵马上又宣布了第二个消息：运输队必须加快速度，尽快将物资送到昌都。因为历时20天的昌都战役，已将前方部队的所有给养消耗殆尽，许多部队已是靠挖野菜度日了。指战员们正眼巴巴地等着我们的物资呢。

苏队长大声说：同志们，迅速整队，出发！

我说：苏队长，你们还没洗呢！

苏队长说：等到了昌都，有的是时间。

辛医生说：西藏的地热资源非常丰富，将来还可以修温泉游泳池呢！

我们说说笑笑地上路了。

我们走得更快了。

几个昼夜后，我们终于到达了昌都。我们终于把粮食送到了战士们的手中，我们终于完成了千里大运送的任务。

所经历的种种艰苦和危险都值了。

有时我想，人的生命真是不可思议。在那样的路上，在土生土长的牦牛都难以承受的雪域之路上，我们这些人，这些女人，这些年轻姑娘，却都坚持下来了。我，还有14岁的小赵，都坚持走到了昌都。我们没有倒下。

尤其是快要到达时，牦牛差不多已损失了百分之二十。许多物资是靠着我们的肩膀送到目的地的。

从甘孜到昌都，我们赶着牦牛走了50多天，中间翻越了海拔5000米左右的雪山6座，蹚过冰河无数。不要说你们听起来咋舌，就是我自己回想起来也觉得惊奇。我们是怎么走过来的？

我说过，许多不可思议的事，都发生在西藏，发生在进军西藏的路途上。

你们都进过西藏，你们差不多都是飞进去的。从成都起飞，到贡嘎机场降落，航程是 2 个小时，不过是打个盹儿的时间。如果你们不打盹儿，从飞机的舷窗上往下看，哪怕只看一眼，你们就会看到那些一座连着一座的高山。那些高山，它们无边无际，千万年地沉默着。它们自己都不知道它们有多高，有多壮观。它们大多终年积雪，亘古没有人烟。

前些年，当我第一次坐飞机飞进西藏时，我从舷窗上看见了它们，看见了那一座座蜿蜒起伏的山，它们看上去有些柔和，像大海的波涛在蓝天下起伏着，让我有一种陌生的感觉。

我问你们的父亲，那是它们吗？是那些我们经历过的雪山吗？

你们的父亲说，是它们。它们一直在那儿。现在随着气候的转暖，许多山顶的积雪都融化了，泛出了绿色。甚至珠峰上的雪，如果地球继续转暖的话，它们也可能化掉，而这些山，是永远不会化掉的。它们会永远在那儿。

我相信你们父亲的话，我感到一种沉甸甸的踏实和欣慰。因为我知道，在那些亘古屹立着的山脉里，有无数不朽的灵魂。

第十章

　　木槿独自一人，漫无目的地在街上走，或者说在街上游荡。她还从来没有在这个时间在街上游荡过——凌晨四五点。尽管她做过几年记者，从事过那种整天在熙熙攘攘的车流和人流中打发日子的工作，过过黑白颠倒的日子，但凌晨这个时间往往是她加了夜班后睡觉的时间。

　　但是此刻她不想睡觉，甚至不想回到那个空荡荡的小屋里待着。从父母家里走出来时，她并没想好去哪儿，她只是觉得需要离开那个家，需要逃离家人的目光，需要一个人静静地待着。像人们通常说的那样，需要理清自己。但走出来后她才发现，自己的大脑已不再工作，失去了清理能力。她只好听任自己的潜意识指挥，在街上慢慢地走。

　　从父亲的干休所所在地健康桥出发，她向着市区里走。往常她回父母那儿，总是打出租车的，有 10 多里路呢。可是今天她只希望路更长一些，否则她不知道走进市区后她该做什么。她的家，丈夫的家，还有她现在临时居住的小屋，都不是她想去的地方。

　　街上仍有行人，只是极少极少。木槿猜想不出他们都是因为一些什么原因在街上逗留。偶尔有匆匆过往的自行车，一掠而过，没有人回头看她一眼。木槿觉得整个世界都站在一旁冷眼观望，连她最初担心的城市痞子都没有出现。

　　用懊悔，用自责，用内疚，用不安，都不能表达木槿眼下的心情。她在痛哭过之后，忽然感到了一种失去知觉的麻木。是不是心在被泪水浸泡之后都会这样？即使是撕心裂肺，也没有了痛的感觉？

　　两个星期前，当木槿向丈夫提出离婚时，无论如何没想到今天的结局，否则她就是把自己憋屈死，也不会提出离婚的。在木槿已经过去的40多年的岁月里，父亲一直像太阳一样温暖着她，这种温暖已让她的兄弟姊妹们感到了不平，他们虽然没有明说，但木槿能看懂他们的眼神。偶尔家里聚会时，他们会流露出来。木槿对此怀着不安，也怀着快乐，她喜欢被父亲宠爱，喜欢在父亲面前撒娇。

　　父亲总是叫她三两丫头。据母亲说，这是因为她生下来的时候，体重只有三斤三两，像只瘦弱的小猫。父亲对别的孩子喜欢归喜欢，很少有亲昵的动作。对她却不同，常常刮她的鼻子，摇她的脑袋，把她当玩具一样地逗。

　　但自从结婚后，父亲的宠爱开始减弱。大概他觉得有丈夫宠她了，有丈夫爱她了，他这个做父亲的不能再像过去那样对女儿了。可是木槿多么希望父亲永远关心她呀。尤其是在她和丈夫之间出现了问题之后，她更渴望得到父亲的关心，哪怕父亲不过问她的精神生活，只停留在疼爱她、给她留下好吃的这个层面也行。但父亲反而和她生分起来，她打电话回家时，接电话的总是母亲，偶尔碰上父亲接电话，父亲也会马上把母亲叫来，好像他和她之间已经没有太多的话说。而且他开始一本正经地叫她木槿，很少叫三两丫头了。

　　但她依然爱父亲。

　　尽管她和丈夫之间出了问题，她也不怪父亲。

　　木槿和丈夫的婚姻，纯粹是父亲做的主，准确地说是两个父亲一起做的主。仅仅因为这两个父亲是生死之交的战友，仅仅因为这两个生死之交的战友的这两个孩子年龄相当，他们就在说说笑笑之中定下了两个孩子的终身大事。

　　起初木槿没在意。那时她还小，刚刚高中毕业。父亲不让她当兵，也不让她下乡，她就成了一个待业青年。她听见父亲跟郑伯伯在一起说她和郑义，说这俩孩子挺合适。她以为不过说说而已。她想等以后自己工作了，离开家了，这件事自然就会改变的。她很小就认识郑义了，郑家就兄妹两个，她和郑义的妹妹郑蕊是小学同学。她常去他们家，她对郑义没有特别好的印象，也没有特别不好的印象。后来郑义和二哥木凯一起进藏当兵去了，她在待业一年后赶上中国恢复高考制度，也考上大学走了。

　　但这件事——两个父亲商议的两家联姻的事，并没有因为他们的先后离家而搁浅。

木槿寒假回来，父亲也正好休假。父亲非常慈祥地问她有没有男朋友。她说她刚进大学，才不会谈这些事呢。父亲高兴地说，很好。不过在交男朋友这个问题上，爸还是想先给你提三点要求。木槿以为他已经忘了郑义的事，连忙问什么要求呀？父亲说：第一，他最好是我们的山东人；第二，他最好比你大两岁；第三，他最好在咱们队伍上。

木槿一听就明白过来了，这三点要求不是比着郑义提的吗？木槿就开玩笑说，是不是还有第四呀，他的父亲最好是你的老战友。父亲见木槿看穿了他的心思，也不隐瞒，就笑着说，对呀，你太了解你爸了，如果你能和郑义在一起，你爸这辈子就没什么不放心的事了。

为了不违背父亲的意愿，木槿答应先和郑义通通信再说。

通了大半年的信后，木槿还是没找到感觉，就好像在和兄弟通信，平平淡淡的。郑义似乎比她好一些，偶尔还会说一些想念她的话。就在这时候，木槿在学校里爱上了一个物理系的男生，虽然她一直不能确定对方心迹如何，但却使她忽然明白了一点：有爱和没有爱是不一样的。她的心里总是惦记着那个男生，总为见到他而高兴，总为见不到他而失眠。而对郑义呢，本来就觉得远，现在就觉得更远了。两个人中间如果隔了一个人，那比隔多少座山多少条河都要远。

暑假临近，郑义写信说他要回来探亲，约木槿一起去爬泰山。木槿想，她得跟他摊牌了，告诉他这样下去不行，她对他没有那种感情。她不能为了父亲而敷衍婚姻大事。

但那个暑假木槿没等到郑义。因为边境局势紧张，郑义的休假取消了。当木槿接到郑义的信，说他不能回来，并且有可能打仗，今后不再和她联系时，她心里忽然升起一种陌生的情感，有担忧，有挂念，还有敬重。这时候她才感觉到，郑义是个有血性的男儿，是个和父亲一样勇于为国家献身的军人。与此同时，木槿心里的那段初恋，也因对方心里早已有了人而告终，成为她心中永远的痛。

这两件事情的同时发生，令木槿开始挂念郑义。

一年后郑义平安回来了，木槿没有向他摊什么牌，而是跟他一起去了泰山。

但是，当他们比较多的在一起后，木槿一次又一次地意识到，她不爱郑义。

她和他在一起，仅仅是不忍心拒绝他，不忍心违背父亲。她就像人们现在唱的，心太软。她对他依然没有那种怦然心动的感觉，没有那种夜不能寐、茶饭不香的感觉。

可随着时间的推移，她的家人和郑义的家人，却把他们二人的关系看成是既定事实了。春节时，郑家团聚总会叫上木槿，郑义探亲时，也总会去看望欧伯伯和白阿姨。

两年后，大学毕业生欧木槿和在西藏某边团任参谋的郑义结婚了。

父亲没让木槿参军，却让她成了军人家属。

回想起来，她和丈夫之间有过恩爱吗？

也许在新婚的第一年里有过。

结婚后木槿就跟着郑义进藏了，去他所在的部队住了一个月。他们家几个子女除了最小的木鑫和她，都在西藏当过兵，因此她对那个地方一直很向往。尽管父亲很宠她，但当她初次到达拉萨时，在军区当首长的父亲并没有派车去接她。她是跟着郑义搭交通车到军区的。

有一点让木槿一直疑惑。他们到军区后，忙得一塌糊涂的父亲专门抽了半天的空儿，带她和郑义去为一个叫尼玛的人扫墓。她不明白这个尼玛怎么那么重要，让日理万机的父亲念念不忘？再说又不是清明节，为什么扫墓？父亲的解释是，尼玛曾在他们家当过保姆，小时候抚养过她，很喜欢她。

站在墓前，父亲说了一段话。他说尼玛，三两丫头已经长大了，结婚了，丈夫是个解放军，你就尽管放心吧。

郑义有些不解地看看木槿。他头一次听说木槿还有这么个小名，三两丫头。

木槿也觉得父亲的神情显得有些怪。她想，这个尼玛不就是带过她一段时间吗？何必那么郑重其事？

后来郑义在和她亲热的时候，也常常学着父亲，叫她三两丫头。

木槿跟着郑义，搭便车去了他所在的边防团。

一个月后，木槿明白父亲为什么不让她进藏当兵了，那实在是个苦地方。最初进去的半个月，她一直处于高原反应，天天头痛，天天吃不下饭。那还是夏天，冬天更不知会怎么样呢。后来总算适应一些了，假期也就差不多到了。

　　临走前发生了一件事，让木槿再也不愿去部队探亲了。

　　那是个星期天，团里作训股的股长兴致勃勃地带了两个人到郑义这儿来玩儿牌，股长和郑义平时关系就很好，爱在一起聊天。休息日爱在一起打牌。那天几个人玩儿得很起劲儿，把木槿丢在了一边。木槿有些不快，她想自己就要走了呀，郑义怎么不陪陪她？她待在一边闷着看书。傍晚 7 点了，木槿问，还吃不吃饭啊？郑义像没听见一样，耳朵上鼻子上贴满了纸条，嘴上还叼着烟。股长也一样，像个白胡子老头儿似的，快乐得完全忘了屋里还有别人。木槿正想问第二遍，郑义忽然抬起头来对她说，去，给我们弄点儿吃的来。

　　木槿简直不能相信郑义会这样使唤她。从来没人这样使唤过她。她刚到有高原反应那些天，他天天把饭给她端到床上，对她非常体贴。但当着股长的面，木槿不好发作，就冷冷地说，你知道的，我不会做饭。郑义说，那就下点儿面条，下面你总会吧？用高压锅压。

　　木槿再也不能容忍了，她觉得郑义是故意当着外人在她面前摆架子，她站起来就收拾东西。郑义愣了，想放下牌来哄她，毕竟他知道她就要走了。但股长却像没看见似的说，郑义，该你出牌了，快点儿。郑义只好坐下出牌。

　　木槿一看郑义不来哄她，股长和旁人也没有离开的意思，又气又尴尬，真的收拾了箱子就往门外走。郑义按捺不住站起来拉她，股长却一把拉住郑义，嘴里继续嚷嚷着出牌。木槿只好出门。出门后她听见股长对郑义说，你让她走，我保证她一会儿就会乖乖地回来。

　　木槿气得血直往脑门上冲，噔噔噔地就出了营区。营区外是一条下山的路，她虽然住了一个月，还从没往下走过。她只知道下山后有一条通往拉萨的公路。她当时想，走到公路上搭一辆便车到拉萨，然后马上坐飞机回家，告诉父亲郑义欺负她。

　　可是没想到下山的路那么长，没想到走了一半天就黑了，没想到天黑之后山里会那么可怕。木槿越走越后悔，所有的气都被恐惧替代了。好不容易走到了山下公路上，公路上静悄悄的，没有一点儿人声，更不要说她想象中的长途汽车了。只有路下方的江水哗哗地流淌着，她的眼泪也哗哗地流了下来。她终于明白股长为什么会说，她迟早会乖乖地回去。她真的没有办法离开这个地方。

　　可她不想回去。

　　天越来越黑了，恐惧终于取代了她的自尊。她擦了眼泪，回头往山上走去。

　　走到营区门口时，见郑义正站在那儿等她，一脸的惶恐。她没说任何话，默默地跟他一起回到了房间。当她看见灯光时，眼泪又一次落了下来。

　　事后郑义才告诉她，股长说的，这地方没法跑。他的家属来队探亲时，跟他吵了架后也跑过，可是跑不出一里地就吓回来了。荒凉野地的，一个女人能往哪儿跑？股长还笑说这经验是团长传授给他的，团长说，咱西藏军人的家属可不能养成动不动就跑的脾气。咱养不起那脾气。

　　尽管后来郑义一再地赔礼道歉，木槿的自尊心仍受到了极大的伤害，她发誓不再去他的部队探亲。那大概是她和郑义之间第一次出现的裂痕。

　　当然，需要她去部队探亲的日子很快就结束了。

　　郑义转业回到了成都。

　　一辆因限时白天不能进城的大货车轰轰隆隆地驶过，木槿往边上靠了靠，低头一看，发现卡车带起的脏水溅到了她的裤子上。她不明白自己为什么走在大路上，而不躲到人行道上去？这么一想，她意识到自己的反应有些迟钝了，这样的迟钝再游荡下去就有危险了。

　　可是上哪儿去呢？如果回到那个她这些日子为躲避家人的小房间里去，她准会发疯的。她现在不能一个人待着，凭她的一点儿心理学知识，她现在需要找人诉说。

　　可是找谁呢？

　　兄弟姊妹里没有一个可说的。唯一可谈心的木凯，却远在西藏。

　　朋友呢？她马上想到了文清。但这会儿文清一定在睡梦里，而且很有可能和她的男友在一起，不方便打搅。

　　说起来，正是因为文清，木槿才下了离婚的决心。

　　文清是木槿的大学同学，毕业后嫁给了一个同班男生。当时很多女同学都羡慕她，包括木槿，因为这个男生很出色，既有才华，又风度翩翩，而文清相比之下却比较一般。但还在读书时他们两个就好上了。

　　没想到10多年后，这对为大家所羡慕的最佳夫妻却离婚了，而且是文清提出来的。

　　在最近的一次大学同学的聚会上，木槿得知了这个消息。她和文清在大学里是同一个寝室的上下铺，关系一直不错。她发现年近40岁的文清竟然光彩照人，比刚毕业时漂亮多了。有同学说，文清呀，给我们介绍一下你青春永驻的经验吧。文清笑嘻嘻地说，很简单，那就是有人爱呀。难道你们不知道爱情是保持青春的最佳秘方吗？

木槿在一旁听见这话，很有些羡慕。她已经不太知道被人爱的滋味儿了，当然更不知道爱一个人的滋味儿。她私下里追问文清，你要离婚，是不是就因为爱上了别人？文清果然没有否认。木槿说，就算是爱上了别人，也不一定非要离婚哪，你丈夫不是干得很好吗？你放着厅长太太不当了？木槿听说文清的丈夫现在已经是省政府的一个副厅长了。

文清却充满向往地说，可是我太想和他生活在一起了。

木槿知道这个"他"一定不是指的她丈夫。她有几分羡慕地说，他有那么好吗？他是干什么的？文清说，也就是个普通职员。木槿就更不解了。文清一脸温情地说，只要两个人相爱，这些都不重要。和他在一起，我就是觉得幸福。而且我告诉你，自从和他在一起，我才知道女人原来也是可以有快感的。木槿问什么快感？文清说，看你这个老古板，当然是性生活的快感了。木槿一下红了脸。从小到大，她还是头一回听人谈这个话题。她的家庭，她的兄妹，都不会有人谈及这方面的事。她自己就更不知所云了。

她讪讪地说，这个……很重要吗？

文清说，当然重要！

木槿默然。

文清见她神情黯然，关切地说，哎，你和你丈夫怎么样？

木槿眼圈儿忽然红了。文清惊异地问，怎么啦？

怎么啦？这是一句两句能说清的吗？木槿默默地吞着眼泪。咸涩的泪水浸泡着许多年来她难以启齿的婚姻生活。

木槿永远记得当时的情形。

婚后的第四年，郑义回家探亲。那时他们已经有了儿子亚亚。不知为何，郑义回家后总是把每一天的事情都安排得很满，常常是晚上也有事要出去，不是看战友，就是陪父母看病，再不就是要求由他来带孩子睡觉，好像根本没时间和木槿待在一起。

起初木槿没有在乎。她想一个半月的假期，有的是时间，让他先处理别的事吧。虽然她和郑义谈不上有多么恩爱，在夫妻生活上她总是很被动，郑义要，她就满足郑义，郑义没表示，她也就没表示。但在郑义不在身边的日子里，她还是时常想到他，像一个正常妻子那样想她的丈夫。

但是一个星期过去了，郑义仍没有碰她，甚至平日里也没有任何亲热的举动。这让她感到了不快，感到了不对劲儿。与此同时，感到了内心的渴望。

她想，是不是自己对他太淡漠了，他故意气她的？

这天晚上，郑义终于没有理由再出去了，他们俩一起出去看了场电影，还是爱情片。回来后郑义一直默默地不说话，洗了澡就上床休息了。木槿去洗澡，之后有意换上了一件托人从杭州买回来的真丝睡衣，那睡衣很新潮，两根细细的吊带将她白皙润洁的肩膀全都裸露了出来。她从没穿过这样的睡衣。她从镜子里看了看，自己都觉得有些不好意思。她想，郑义一定会明白她的心思的。

她走进卧室，不好意思看郑义，就背对着他去理衣橱，好像在找什么。她感觉到正在看书的郑义抬起了头。她因为害羞面色潮红呼吸急促起来。但好一会儿过去了，她期待中的胳膊没有拥上来，期待中的怀抱没有张开。当她不得已转身时，她看见郑义已经钻进了被窝，并且灭掉了自己的床头灯。

为什么？这是为什么？

深夜，当郑义听见她的低声哭泣，终于打开灯坐起来时，木槿哭着压低了声音喊道：为什么？这是为什么？

郑义默默地坐了一会儿，说：木槿，我……我们离婚吧。

木槿惊异地睁大了眼睛，又是一句：为什么？

郑义低下头说：我不想拖累你，我……不行了。

木槿在短暂的惊异之后明白过来。看着郑义沮丧的样子，她有些怜悯有些难过，同时她似乎也不太相信，一个男人怎么会说不行就不行了呢？她体贴地扶住郑义的肩问，怎么回事？是不是太累了？

郑义摇摇头，说，可能不是。

木槿说，那是为什么？

郑义沉默了一会儿，说，算了，说了你也不会明白。

木槿犹豫了一下，鼓足勇气说，你说嘛，也许我能帮你。

郑义看了她一眼，说，不，你帮不了我。谁也帮不了我。

他把她的手拿开，神色决绝，重新躺下去了。

木槿呆坐在那儿，望着郑义冷冷的后背，难过委屈地流出了眼泪。为什么他会这样冷淡地待她？为什么偏偏在她感到需要的时候他就不行了？为什么每两年才有一次的夫妻生活她都过不上？为什么偏偏是她遇上了这样的事？

她一直流着眼泪坐到天明。

那时郑义很硬气，坚持要离婚。木槿同意了，她想反正他们之间本来也没有太多的感情。他们的婚姻说不上是父母包办，也是父母督办的。离了婚，对彼此的伤害都不算大。

为了不让两家大人吃惊和反对，他们想先分居，再办手续。反正郑义在西藏，他们本来就不在一起。分居的事，只须心理上明白就行。

可是，又一个意外的发生打破了木槿的计划。

木槿觉得命运总是跟自己作对，每当她想好怎么走时，命运之手就把她拉了回来。

郑义的妹妹郑蕊，那年和木槿一起考上了大学。但读到大学二年级时，因患心脏病休学了。他们的母亲本来身体就不好，怀他们兄妹二人时又在西藏，氧气不足营养不良，致使两个孩子体质都很弱。相比之下郑蕊更差些，患有先天性心脏病。在西藏出生的孩子，心脏有毛病的极为普遍，只是程度不同而已。在木槿家里，木军和木兰也有。

郑蕊休学后再也没能复读，就在家中自学，后来木槿工作时，她也工作了。在一家机关干比较轻松的文秘工作。但半年后，郑蕊心脏病发作，突然病故。

木槿得知消息后急忙赶到郑家，去悼念郑蕊。郑蕊的母亲哭得昏了过去，让木槿也心生悲伤，陪着一起落泪。后来郑蕊的母亲醒过来，一眼看见了坐在床边的木槿，就拉着木槿的手声泪俱下地说，木槿啊，我就剩你和郑义两个孩子了，你要好好的呀……

这句撕心裂肺的话，毁掉了木槿离婚的勇气。

后来郑义从西藏转业回来了。

妹妹的去世，使他成了父母唯一的孩子。

郑义回来后向木槿表示说，只要她还爱他，他就一定尽最大的努力克服自己的问题，开始新生活。木槿没说什么。她也知道他们在眼下分开是很不现实的，她也没那个勇气。为了配合他的决心，她和他一起住在他们家里。

应该说，郑义也的确是尽了全力。他每天早起锻炼，看中医，甚至还看了心理医生。整个生活除了工作，就是对付身体了。而且在这个期间，他对木槿非常好，时常主动陪她看电影，陪她逛街，管孩子，让木槿尽心尽力地搞她喜欢的编辑工作。

但是几年过去了，郑义在工作上的成就显而易见，职务明显上升。但身体的问题依然没有解决。他曾努力过两回，结果令他非常沮丧。渐渐地，夫妻生活成了他们之间的雷区，没人碰，甚至没人提。郑义似乎有些失去信心了。虽然还是吃药，态度却一日日消极。

这个期间木槿一直保持着沉默。她一方面同情郑义，一方面又为自己的命运落泪。但她无处可说。每次回到父母家，她总是强装高兴。一方面她是不想让父母为她担心，另一方面这样的事情她也说不出口。她明白在他们家里，这样的事情永远不可能成为离婚的理由。

木槿期望着郑义再次提出离婚，但郑义却再也不提了。

日子就这样过着。直到文清出现。

文清听了木槿的诉说，简直不能相信现在竟还有这样的女人，能忍受这样的生活。对她来说，和丈夫的性生活没有激情她都不能忍受，更不要说根本没有了。

她一遍遍地说，木槿，你这是对自己不人道！木槿，你才四十出头，你还来得及。你不能把自己的一生都毁了。没有人能阻止你，这是你的权利。

在文清的鼓励支持下，木槿再次鼓起了离婚的勇气。

但郑义已不是当年的郑义了。几年来身体的不争气让他失去了对生活的勇气，也失去了自信心。他害怕木槿离他而去。这种害怕使他变得胆小而又狭隘。那天晚上，当木槿和他再次谈到离婚时，他竟火冒三丈地说，你怎么忍心撇下我？你太自私了！

木槿冷冷地说，我自私？如果我自私，我们就不会走到今天。我陪了你十几年了，我想我已经表现出最大的善良了，你就让我离开吧。

郑义忽然拍着桌子说，你是不是在外面有人了？你是不是有第三者了？我要是查出来，绝对饶不了你！

　　这句话，就是这句话，把木槿心里的最后一点儿恻隐之心扫荡掉了。她怔怔地看了一会儿郑义，然后一字一顿地说，对，我就有一个第三者！我爱他！我就是要离开你！

　　郑义怒火中烧，他冲过去拔出拳头对准木槿打过去，但在打出去的一刹那他转了身，将那个怒火中烧的拳头狠狠地砸在了墙上，只听"嘭"的一声，血肉迸裂，墙上出现了斑斑鲜血的痕迹。

　　木槿呆怔片刻，迅速收拾了东西离去。

　　可是木槿无论如何没想到，这件事会让父亲生那么大的气。她知道父亲会反对，但她没想到父亲会大发雷霆，并为此召开家庭会议。是不是婚外恋这一点让父亲不能容忍？正像母亲说的，不是不能离婚，而是不该以这种原因离婚。当初木凯离婚，可是没有出现什么第三者，父亲尽管非常难过，还是同意了。

　　其实木槿并不想用这么个无中生有的"第三者"来解除和郑义的婚姻，那不过是一时的气话。后来她的婆婆，郑义的母亲找她谈时，她也否认了这一点。她说她离婚只是不想再这样下去了，和别人无关。郑义的母亲听了长叹一声，并没有像木槿的父亲那么生气。木槿发觉婆婆对他们夫妻之间的情况，似乎隐约知道。有一回她和郑义发生冲突，她哭着从房间里跑出来时，婆婆就在他们卧室门口，神色十分不安。从那以后，她对木槿分外客气。

　　但郑义不相信木槿后来的解释，他固执地认为木槿就是在外面有了。如果没有人，木槿不至于那么狠心离婚。他们之间的不正常情况也不是一天两天了，而是六七年了。一个六七年过来了，再多两个六七年有什么不能过下去的？

　　木槿想，或许从郑义的角度说，有这么个第三者，反而好下台一些。

　　她搬出去后，日子并不轻松。虽然她极力地在外人面前、同事面前保持平常的样子，但大家还是有感觉。她的憔悴，她的沉默寡言，她的心不在焉的样子，都分明在向人们昭示着一个事实：她的生活遇到了重大挫折。主编甚至把她叫去，问她需不需要休假？她像躲避瘟神似的连连摆手，说，不，不，我不休假。我能上班。我没事儿。

　　她害怕独自一人相处。

　　就在她搬出去的第三天，婆婆打电话到办公室找到了她，说想和她谈谈。她无法拒绝这个请求。她的婆婆和一般人家的婆婆不一样，那是从小看着她长大的阿姨。

在一个安静的茶馆，她们见面了。

婆婆表现得非常通情达理，也非常坦率。她上来就说，我知道是郑义有问题，我也知道这么多年来你不容易。这两句话就把木槿的眼泪说得直往外涌，她叫了一声妈，再也说不出别的话来。

婆婆依然很平静，说，我这一辈子，就生了两个孩子，可两个孩子身体都不好。郑蕊去世时我就想，我生养了他们，却不能让他们过上幸福的生活，我对不起他们，欠他们。如果能用我的生命来换取他们的健康，也许我早就换过不知多少次了。

木槿听着婆婆的话心里有些紧张。她心软，最经不起这样动情的话。她决心已下，不想再因为心软而放弃。

但婆婆接下来的话却让木槿更难过了。婆婆说，木槿，请你原谅我，其实我早就知道你生活得不幸福，我也知道是郑义的原因。但我却装作不知道。因为我怕你离开我们家，怕郑义孤单，怕亚亚不幸福，怕老郑难过，我总是想尽力留住你。可我从没站在你的角度上考虑问题，我很自私……

木槿哽咽道，妈，别这么说。

婆婆还是说：我只是心疼郑义，我是他的母亲啊。你如果离婚了，肯定还可以重建家庭，但郑义永远也不可能了……不过现在既然你已经下定决心，也好，你就下决心走吧。郑义那儿，我会慢慢做他工作的，今后的日子，还有我们老两口呢，我们陪着他过好了……

木槿再也听不下去了，说了声"对不起，妈"，就站起来冲出了茶馆。她知道她如果再听下去的话，只有一个可能，就是流着泪跟婆婆回到郑义身边去。

她不想那样。

但如果她知道她的离婚能置父亲于死地，那不用婆婆说任何话，她也不会离婚的。

木槿忽然觉得一阵眩晕，眼前发黑。她踉跄着，扶住了路边的一棵树。

好像是棵法国梧桐。

木槿在这个城市住了那么多年，从来没注意过这些树。还是那天和文清在一起时，文清抬起头来看树，并由衷地赞美说，这些树多么好看啊！那么绿的叶子，那么茂盛的树冠。文清这么一说，木槿再去看树时，才觉得这些树是挺好看的，至少比原来好看。

木槿想，只有像文清这样心中有爱的人，才会注意到树的美。

木槿扶着树，眼前依然发黑，额头上似乎在冒冷汗。一种难以控制的力量正用力地把她放倒在地，她身不由己，靠着树干一点点地滑了下去……

她听见有人问：同志你怎么啦？

她说不出话来，一下子沉入了黑暗。

第十一章

木兰，你曾问我，为什么会嫁给你父亲？你还问我，既然当时并不情愿，为什么没有拒绝？为什么在此之后的几十年岁月里，从没听我抱怨？

对这些问题，我总是笑而不答。不是我有意不答，是我不知从何答起。要知道，很多问题的答案是藏在长长的岁月里的，你不走到那一天，答案不会显现出来。

如今我老了，彻底老了。内心比面容还要苍老，一双年迈的脚已经走过了许多的答案。这些答案有些在我的预料之中，有些让我意外。但无论怎样，它们一一让我明白，我这一生不是苍白的一生，它所经历的幸福那么多，多得就像它所承受的苦难。作为一个女人，能拥有如此多的幸福和苦难，是多么幸运的事。

我为什么会嫁给你们的父亲？

为什么不情愿，却没有拒绝？

这是我一生中看到的最后一个答案。我愿意就此作一次回答。

我说过，我的这一生，自己只安排过自己一次，唯一的一次，那就是参军。我不顾一切地从家里跑出来，离开了孤身一人的母亲，参加了解放军。从此之后，我是说到了部队之后，我就再没安排过自己了。我把自己交给了组织，彻底地交。组织上又把我交给了你们的父亲，也是彻底地交。

直到今天。

今天你们父亲他突然离开了我，自己先走了。结婚时他说好要陪我一辈子的，可是现在他连招呼也不打一个，就先走了。是，你说他是脑溢血，你说脑溢血都是这样突然。可我还是不能接受，不管怎么说，他没有信守诺言。

他说陪我一辈子的，但他只陪了我 48 年。

48 年前，我们共同的日子开始的时候，我 20 岁。在昌都。

1

1950 年底，我们历经千辛万苦终于走到了昌都。尽管牺牲了那么多同志，尽管倒下了那么多牦牛，可我们终于还是把所有的物资，都送到了前线部队的手中，完成了艰巨的运输任务，并且终于和大部队一起，走到了昌都。

昌都是西藏的大门。尽管这只是进藏路程的三分之一，并且不是最艰难的三分之一，我们仍十分喜悦。特别是我们因为圆满完成运输任务而受到表扬时，心里的那份儿自豪和开心更是无以形容的。这是我参军后第一次完成上级交给的任务啊！

在我们到达昌都之前，我军已取得了昌都战役的决定性胜利。之后，西藏地方政府终于在北京坐下来，与中央政府举行和谈了。

为了表示和谈的诚意，我们进藏大军在昌都驻扎下来。一待就是大半年。

部队作了短暂的休整后，就投入到了康藏公路的修建中。我们女兵运输队因为完成了从甘孜到昌都的运输任务，就解散了。女兵们有的分到医院，有的分到文工队，有的分到宣传科。我和苏队长、吴菲和赵月宁分到了一起，我们有 7 个人分到了师文工队。

我的命运就是从那时起，有了新的转折。那时的我比起刚从川西出发时，已有了很大的变化，管理员和刘毓蓉的死，成为我心中一团挥不去的阴影。

好在年轻，生命中依然有阳光和快乐。

我在师文工队宣传组当收音员，每天夜里守着一部老式收音机，收录国内外重大新闻，然后整理刊登在我们师办的《战地报》上。我很喜欢这个工作，因为每当我收听到国内外新闻时，就感觉和内地离得很近了。

除了夜里收录新闻，白天我也和其他同志一起上山割马草，打柴火，为下一步的行动做准备。那时候年轻，夜里睡得再晚，白天也照样有劲儿工作。上级对这一任务为我们作了硬性规定，每人必须在一周之内储备 300 斤马草，500 斤柴火。现在想来，即使是在川西平原，这个任务完成起来也不是那么容易的，何况是在西藏？但那时候，好像什么困难也不算困难，接到任务只知道努力去完成，从来不会叫苦，更不会讨价还价。

每天一大早我们就上山去打柴。等打好柴下山的时候，总是饿得前胸贴着后背，怎么也背不动那捆柴火，只好拖着走。有时实在饿得走不动了，就抓一把雪，吃一把炒青稞。但青稞吃多了解不出大便，也很难受。

即使如此，我也觉得日子好过多了，毕竟不用天天爬雪山过冰河了，也不用天天搭帐篷赶牦牛了。

那天我完全忘了自己的生日。在艰苦的日子里，人是很难想到自己的。

早上起来，我们仍是喝的四眼儿糊糊。所谓四眼儿糊糊，是我们给代食粉糊糊取的绰号。到昌都后，部队仍面临粮荒，我们每人每天的定量就是 4 两代食粉。一顿只有 1 两多一点儿，每次熬出来的糊糊都清亮如水，往锅里一看，上面两只眼，锅里两只眼。于是大家就把它叫作四眼儿糊糊。有的男兵说得更风趣，他们管那叫"对象"。

喝完糊糊苏队长说，今天我们的任务是刷标语。我们一听高兴极了。刷标语是我们最喜欢的工作。为什么喜欢？这个等会儿再说。

刚要出门，师里的通信员跑来通知苏队长，说王政委今天要来开会，叫她等着。苏队长一听脸就红了。自从我们到达昌都后，她还一直没见到王政委呢。或者说，自从我们离开甘孜后，她就没见过王政委。她嘴上从来不说，但我们知道她心里很惦记。

苏队长脸红红地说，雪梅那你就负责一下吧。

我说没问题，你放心吧。我们冲她做了鬼脸，拿上东西就跑了。

那天天气很好，天空湛湛蓝蓝的，如水洗一般。我觉得自己的一颗心鲜活地裸露在阳光下。吴菲，赵月宁，还有年轻的小毛，也都非常开心。自从进入藏区后，大部分日子天空都是这样湛蓝无比，但那天我还是特别感觉到了这一点，我抬起头来望着天，忍不住唱了一句：冰河在春天里解冻，万物在春天里复生……

刚唱两句，就有几个过路的男兵喊了一嗓子，唱得好！再唱一个！这一喊，我反而不好意思唱了。我不唱，那几个男兵反而唱起来，他们冲着我们几个女兵唱道：革命军人个个要老婆，希望上级一人发一个……

这歌我们不是第一次听见了，但我还是觉得又气又恼。我决定用自己的歌声把他们压下去，我就大声唱：革命军人个个要牢记，三大纪律八项注意……

吴菲和赵月宁也跟着我唱。我们唱得理直气壮，那几个男兵见状，不好意思再唱了，笑了一阵跑掉。

我们根据上级的布置去张贴宣传标语，我们轻车熟路，干得很快。但不知是早上的代食粉糊糊太清，还是天气太冷，总之刚 10 点来钟我就饿了。

肚子叽叽咕咕在响，我不好意思吭声。结果小毛先说了。小毛是我们文工队年龄最小的之一，跟小赵差不多大，像个孩子。他大声说，我肚子好饿啊，谁有钱买个饼吃？他说这话时看着我们几个女同志，因为他知道只有我们女同志身上有钱，那是上级发给我们的卫生费，每月 3 个银圆。他曾为这个向苏队长提意见，他说为什么女同志有卫生费我们男同志没有？难道我们男同志就不需要讲卫生了吗？苏队长当时不知该怎么向他解释，就只好拿卫生费买饼请他吃。昌都城里没什么可买的，只有饼，一个银圆 5 个。平时我们宁可用些乱七八糟的替代物来解决每月的妇女问题，也要把钱省下来填肚子。

可是那天，我是说我生日那天，我们身上已经不名一文了，所以小毛说了以后我们都没吭声。小毛索性冲着我说，雪梅姐，买个饼吃吧。小毛管我们女兵都叫姐。我不好意思地摇头，然后安慰小毛说，别急，今天调糨糊我剩了一把面粉，咱们晚上熬糊糊喝。

我刚才说我们喜欢刷标语，这就是原因。我们刷标语时，能从后勤部门领到一小盆面粉，我们总是尽可能地把糨糊调得稀稀的，从中省下一些面粉来熬糊糊吃。小毛嘟囔说，我现在就饿了，咱们现在就回去熬吧。

正在我们饥饿得有些难堪时，小赵忽然一惊一乍地叫了起来：快来看快来看！

我们不知发生了什么，赶紧跑过去看。在墙壁的一个角落下，我们看到一行用黑炭写的字：白雪梅我爱你。

我的脸霎时通红，不顾一切地拿手去擦。可哪里擦得掉？在我们那时看来，这样的字眼儿不是美好，而是丢人，是不光彩，是被人捉弄。

吴菲见我急成那样，就在上面刷了一层糨糊，然后泼上些土，这才盖住。大家都在那儿笑，说不知是哪个冒失鬼干的。赵月宁说，瞧瞧那臭字儿，我们雪梅怎么看得上？

这突如其来的事情一下搅乱了我的心思，肚子也不叫了。我想这是谁干的，多丢人哪！

当然，对这样的事，我们并不意外。那时候在进藏大军中，不要说战士，就是营以上领导，也百分之九十是光棍，所以我们这些少数女兵就成了大家注目的焦点。虽然唱"革命军人个个要老婆"这种歌是开玩笑，但传出的信息却是明白无误的。可是我们女兵大多是女学生，对婚姻大事仍抱着浪漫的想法，因此对这样的事一律采取回避的态度。

其实到昌都后，上级就提出了"支援边疆，长期建藏"的口号。开始我并没有理解这个口号对我有什么实质意义，我只是想，好啊，长期就长期吧。反正在哪儿都是闹革命。

最初进藏时，我以为（不光是我，恐怕所有的人都这么以为）等解放了西藏，我们就会回内地去。但现在上级提出不光要进军西藏，还要建设西藏，保卫西藏，就是说，我们得留下来，留在西藏。我们也很快接受了。对我们来说，凡是党的号召革命的需要，我们都会痛快地接受，不用转什么弯。

但自从提出这个号召后，组织上就开始着手为一些老干部的成家作打算了。而当时能和他们成家的，仅有我们女兵。于是我们女兵中有不少人被找去谈话。除了像赵月宁这样年龄特别小的，几乎每个女同志都没有落下。我们终于明白，长期建藏之于我们，就意味着在西藏成家，或者更直接地说，嫁给一个西藏军人。

这让我心里害怕。我不是怕在西藏安家，而是害怕和一个自己不喜欢的人安家。那时我对辛医生已经有了一种朦朦胧胧的感情。从甘孜到昌都，辛医生一直与我们朝夕相处，虽然我很注意和他之间的距离。但这种距离却没能影响我在心里对他越来越亲近。我不能确定那是一种什么样的感情，但我总觉得，在我和他之间，应该有点儿什么。

可我同时又很现实地知道，要和辛医生谈恋爱，那是绝对不可能的。因为跟随部队进军西藏的女同志太少，组织上已做出明确规定，在进藏公路修通之前，凡是未满30岁的，团以下的，参加革命不到10年的男同志一律不能在部队找对象。也就是说，要优先解决年龄较大的、资历较长的老同志的婚姻问题。

我知道我不能和他谈恋爱，可我想等他。等到他可以的时候。

而且我答应过等他。

辛医生来向我告别时，我正在河边洗衣服。他叫我，我抬头一眼看见他，脸就红了。那是一种克制不住的羞涩所泛起的潮红。

我站起来说，你怎么来啦？你上哪儿去了？我怎么好几天都没看见你？我发出了一连串的问，这一连串的问带出了我的心思。

他微笑地看着我，像看着孩子那样说，你看看你的脸。

我不知道我的脸怎么了，我没镜子。我趴在河面上照了照，还是没看清。他就从腰间扯下毛巾给我擦了一下，是下巴。大概是早上烧饭的时候我趴在地下吹火，下巴蹭上灰了。

他替我擦了下巴，把毛巾塞回到腰间——他总是那么利利索索精精干干的，好像从来没有翻过雪山蹚过冰河——然后对我说，我是来和你告别的。

我心里一下子难过起来。

在此之前我已经听说他要调走了。当时像他那样一个从正规医学院出来的医生，是军队里的财富，是哪儿都想要的。我们运输队一完成使命，他也就完成了使命，因此组织上已决定调他到一个远离师部的野战团去。尽管我知道他要走，要离开我们，可他亲口这么一说，心里依然很难过，我不想他走。我想天天能看见他。

但我没有表现出来。那时的我们，是不习惯表现个人感情的。真的，不需要克制我就能做到。我拧着手上的衣服平静地说，我知道了。你马上就走吗？

他说是，现在就走。所以来和你告别。

我没有说话，又去拧衣服。我想他是专门来和我告别的，说明他心里有我。这让我得到一些安慰。可我还是说不出话。许多心情是无法化作语言的。

他说，你的身体我不太放心，从昌都到拉萨还有一段非常艰苦的路，你能行吗？

我点点头。我说还能苦到哪儿去？我肯定能行。

他又说，你如果觉得不对劲儿，就注意休息，不要硬撑。我发现你这个人挺好强，小小年纪，就喜欢硬撑。

我笑了。我喜欢他这么说我。我说我会照顾好自己的，你放心。

他说那我走了。但说完后他并没有走，还是站在那儿。

我突然说，你不是想听我唱歌吗？我给你唱个歌吧？话一出口我的脸就红了，我没想到自己会这么说，可那时候，我只想让他和我多待一会儿。他说过好多次，想听我唱歌，我一直不好意思给他唱。

他高兴地说好啊，但马上又为难地说，不行，没时间了，他们在等我。我遗憾地点点头。也就是在这时候，我说出了那句话。

我说，好吧，再见了。我会在拉萨等你。

他的眼睛一亮，说，真的，你在拉萨等我？

我从他那期盼的眼神里，明白了自己说出去那句话的分量。我看着他，慎重地点了点头。我为什么不等他呢？我愿意等他呀。

我把衣服丢进盆里，甩了甩手上的水，想和他握手告别。他却一下把手背到身后，孩子气地微微一笑，说，现在不握，等咱们到了拉萨，胜利会师的时候再握。

我有些意外。

要知道，在那一刻，我是多么想握住他的手啊。

他走了，背着背包，消失在山谷里。我突然想，像他这样一个青年，有着那样的家庭出身，有着那样的才华和抱负，还有着许多别人脑子里没有的念头和想法，他走进西藏，不光是凭着简单的热情和理想，他还怀着更大的抱负和更坚定的信念，他是一个多么与众不同的年轻人啊。

我在那一刻突然有了一种牵挂，对一个刚刚离去的人的深深牵挂。

在后来的日子里，我曾无数次地回忆这一情形，无数次地确定，自己是否向他许下了诺言？回答是肯定的。

可我却没能遵守诺言。

2

我们刷完标语回到驻地，王政委已经走了，苏队长一边洗衣服一边哼着歌儿，脸上现出了难得的红晕。我们就围上去问，怎么样，王政委好吗？苏队长笑眯眯地说，还那样儿。我们说还那样儿是什么样啊？她说就是完好无损呗！

看她那么高兴，我正想再说句什么，她却忽然转头说，哎，雪梅，欧参谋长也来了。

我奇怪地看她一眼，说，谁是欧参谋长？

她说你忘了，在甘孜的时候，他和我们老王一起来拉姆家看我们？

我隐约想起，是有这么个人。我说他来了和我有什么关系呢？

苏队长意味深长地说，欧参谋长问起你呢。他对你印象挺深的。

我没有说话。我不知道说什么好。

这时通信员跑来叫我，说组织科长要找我谈话。

吴菲马上冲我做了个怪相。组织科长找女同志谈话意味着什么，我们都明白。我脑子里想着刚才在墙上看到的那句话，想着苏队长说的事，想着辛医生，心里一时烦乱起来。

我磨磨蹭蹭地去了。

组织科长并不知道我的心思，一上来就说，白雪梅同志，你 20 岁了吧？

我说，还没有。

他说，已经满了吧？我记得你就是这个月满 20 岁嘛。

他这么一说我才想起，今天恰是我的生日。看来组织上比我还记得清楚。

组织科长和蔼地说，考虑过个人问题没有？

我脸一下红了，我脸红不是不好意思，而是被触到了心事。

科长以为我是不好意思，连忙解释说，我说的这个个人问题不是马上结婚，而是先找上个对象，处一段时间再说。上级已经提出长期建藏了，咱们不但在思想上要接受，行动上也要有表现。你对这个问题是怎么考虑的？

我有些心虚，我想他是不是知道了我的想法？但又一想，我只是个朦胧的想法而已，我自己都不清楚自己的心思。

看我不吭声，科长以为我接受了，就进一步说，你们苏队长的爱人你知道吧？

我说知道。不就是先遣支队的王政委吗？

他说对。他的搭档我们师的欧参谋长你见过没有？

我愣了一下，怎么又是他？但我还是摇摇头。我想表现得疏远一些。

组织科长说，欧参谋长见过你，对你的印象很好。

我不吭声，我想就见过一面，他怎么会对我印象很好呢？肯定是科长瞎说的。

很久以后我才听你们的父亲说，他是说过这个话，不是组织科长瞎说。在甘孜时，他曾见过我两次，一次是在河滩上，我们去参观他们的营区，忍不住唱歌嬉闹，被他吼了一嗓子。一次是他和王政委到我们住处来看苏队长母子，是我把他们带到我们拉姆家楼上去的。可我当时的注意力都在王政委身上，我想看看我们苏队长的爱人到底长什么样。

当时我很开心很活泼的样子，给你们的父亲留下了深刻印象。在那个清贫艰苦的环境里，每个年轻姑娘的笑容都会像阳光一样明亮。

你们的父亲说，我是唱着歌儿离开的。这句话让我相信他说的是真的，因为那时候我的确很爱唱歌。

但他却不知道，在经历了从甘孜到昌都的路程后，我已经改变了许多。我的笑声越来越少了，歌声也越来越少了。

组织科长开始向我介绍你们的父亲。我听得心不在焉，只一个劲儿摇头。组织科长见我老摇头，不满地说，你还没见过人呢，怎么就摇头？我说科长，我才20岁，太早了吧？科长说20岁还早？20岁在农村早就是老姑娘了。我还是摇头。科长说，你们可以先认识认识，互相有个了解再说。实话告诉你，欧参谋长可是个非常优秀的军官，不但会打仗，还喜欢看书，能文能武，在我们军是出了名的。

我还是摇头。

科长有些急了，说我这可不是代表个人和你谈话，我是代表一级组织。你相不相信组织？我赌气说我怎么能不相信组织呢？我已经把一切都交给组织了，把命运前途理想，一切的一切都交给了组织。不相信我能交吗？科长说这就对了，组织上绝对不会随便给你介绍对象的。那都是经过慎重考虑的。

他突然加了一句：除非你心里已经有人了。

这下我的头摇得更厉害了。可能脸也红得更厉害了。我马上想到了辛医生。他算是我心里的人吗？那么我呢，我是他心里的人吗？我们连手都没有握过，

223

一切都只是一种朦胧的感觉。我在心里摇了头，我不想牵连他。

于是我说，科长你想到哪儿去了，怎么会呢？

我决定暂时抛开辛医生的因素，自己独立来思考这件事。

说实话，我对这事的确有自己的看法。

我对科长说，科长，既然你是代表组织来和我谈话，我就想说说我内心的真实想法。当初我主动报名参加进藏部队时，一心一意想的是解放西藏，解放祖国大陆的最后一块土地，完成祖国的统一大业。所以当时虽然听到了一些难听的议论，我也没有在乎。

科长说，什么难听的议论？

我说，你不知道？有人议论说，我们这些女兵是专门为领导干部招收的，是为了解决领导干部的婚姻问题才进藏的。我觉得这是对我们女同志的污蔑。我们虽然是女同志，可我们也有远大的理想，我们决不是为了嫁人才到部队上来的。可是现在这样做，不正是应了这些难听的议论吗？这不是对我们的不尊重吗？

科长吃惊地看着我，他没想到我会这样说。他微微张着嘴，眼睛睁大了。

说实话，我自己也没想到，如此尖锐的问题会从我的嘴里说出来。

但科长到底是科长，他马上镇静下来。他说，我相信你是为了革命才到部队上来的。我也是为了革命到部队上来的，我想我们所有人都不是为了个人利益来参加革命、进军西藏的，对不对？可是，一个人要学会全面地看问题。你是为了革命，领导干部就不是吗？他们吃的苦更多，付出的牺牲更多。他们是为了什么没有成家？就是为了革命嘛。你希望得到尊重得到幸福，领导干部不希望吗？他们也是人，也希望过上正常生活。他们出生入死地干革命，组织上难道不该替他们着想吗？不该帮他们解决困难吗？

科长一番话说得我哑口无言。是啊，我真没这么想过。我以为领导干部就是领导干部，我没说他们不是人，但我没把他们当一般的人看，准确地说，没把他们当普通男人看。

但我心里还是存着别扭。我不说话。

组织科长缓和了口气说，再说，我们军的领导干部都是非常出色的同志，他们勇敢、正直，吃苦耐劳，有能力，不然他们也不会走到领导岗位上。你们

不应该对领导干部抱有成见。听说你们女同志中流传着一句话，说领导干部
"可敬可佩不可爱"？

我扑哧一下笑了。

科长说，这是片面的，谁说领导干部不可爱？你见了欧参谋长就明白
了……其实他们也没多老嘛，最多也就 30 多岁。欧参谋长刚 30 岁。小白我想
告诉你，你可以不同意组织上的介绍，但你也不要觉得嫁给领导干部就是受了
多大委屈。要我看，你还得加强学习。

我没话说了。

组织科长最后说，当然，这是人生大事，组织上不勉强你，最后的主意你
自己拿。

我一听这话，心里踏实了。

3

没过多久，我见到了你们的父亲。

既然组织上已经作了介绍，他认为他来看我是理所应当的。他就来了。我
不心甘不情愿的，脸上没有阳光，多云，还有雾。这让你们的父亲意外，他说
我好像忽然之间老成了，没有了第一次见面时的快乐，也没有了歌声。

我想我的确老成了，比起出发的时候，好像长了许多岁。

他到师里来开会，说是王政委有东西带给我们苏队长，就上我们文工队来
了。我正要出门，他就走了进来。给我的第一印象是非常高，挡在门口屋里一
下就黑了——当然我们那间屋子本来就黑，几个平米的小屋挤了 4 个人。

他走进来，身后还跟着一个小战士，大概是他的通信员。小战士探头看了
我一眼，就站到门外去了。苏队长笑眯眯地打了个招呼，也拉着吴菲和赵月宁
走了。

不管我心里怎么有情绪，我也知道起码的礼貌，在部队上他是首长我是兵。
所以我还是恭敬地叫了他一声首长，之后就低着头看地，不说话。我低头不看
他，还有个原因是我不太好意思，毕竟我是头一次以这样的缘故见一个男人。

他倒是一点儿不慌乱，坐下来，像上级对下级那样问了我一些问题。现在
回想起来，一定是我太不像个女孩子了，没法让他慌乱。这样说吧，当时若把
我混在男兵里，除了个子瘦小之外，其他都差不多。我的头发短得和男兵一样，

还成天扣着一顶帽子，我的身上总是穿着军棉衣并且扎着腰带。只要不开口，我和他那个小通信员没有两样。

我们就那么拘谨地坐着谈话。他问什么，我就回答什么。

可是当他说，看上去你的身体比较弱时，我就生气了，那时候我最不愿意人家说我身体弱，身体弱就相当于娇气。我赌气说，就是，我弱不经风，三天两头生病。他却没听出来我是在赌气，很严肃地说，那你一定要注意锻炼。下一步我们还要进军拉萨，路途会非常艰苦，身体不好根本不可能走到。

我心里笑，觉得这个人太直率。他又说，你对我有意见吗？我说我又不了解你，会有什么意见？他说那你的脸上为什么尽是不满意的表情？我忍不住笑出来了。他没笑，依然很严肃地说，我希望我们之间能坦诚相处，有什么意见就提出来。我说没意见，真的没意见。心里却说，我还没答应和你相处呢，哪里谈得上坦诚？

坐了不到 10 分钟，他就走了，说以后有机会再来看我。我松了口气。临走时，他从挎包里拿出一小块牛肉干和一小块酥油，说你要多吃藏民的食品，这样才能适应高原生活。看见这两样东西，我心里一下高兴起来，这可是当时的宝贝。但我努力不去看，把他送出了门。在屋外的光亮处，我抬起头看了他一眼，发现他长得非常端正，而且……的确不算老。

小通信员因为冷，正站在那儿跺脚。见我们出来，赶紧跑去牵马。你们父亲介绍说，这是小冯，支队的通信员。又对小冯说，这是白雪梅同志。小冯看看我，又看看你们父亲，咧嘴笑起来。他的笑容让我觉得很亲切。你们父亲拍拍他的肩，温和地说，走，咱们回去。

晚上吴菲和苏队长问我感觉如何，我马上撇撇嘴说，组织科长说他文武双全，可是我既没看出他的文，也没看出他的武。苏队长说，才那么一会儿工夫，你能看出什么？

说这话时，我们同屋的 4 个人正分享着他拿来的酥油和牛肉干。吴菲说，你可别没良心，吃着人家东西说人家不好。我说又不是我要的，是他自己拿来的。小小的赵月宁边吃边说，雪梅姐，以后你让他经常来看你嘛，这样我们就能经常吃上牛肉干了。我说亏你想得出来，用我的婚姻大事填你的肚子，我才不干呢。大家全都乐了。赵月宁不明白地看着我们。她刚刚才满 15 岁。她是组织科长唯一没找谈话的女同志。

苏队长笑过后说，雪梅，我倒觉得欧参谋长真是不错。人也长得比我们老王精神呢。我说苏队长你干吗？也成组织科长了？苏队长说好好，我不说。但她又说起来，她说别看欧参谋长是个军事干部，可是很喜欢读书。听我们老王说，只要一有空他就抱起书来看。你知道他的理想是什么吗？读万卷书，行万里路。

这话让我的心里动了一下。我喜欢爱读书的人。我没想到一个参谋长会有这样的理想。但我马上想到了辛医生，我相信他也一定很爱读书。我又想起了临别时他的眼神，充满了关切和温情。他到底调到哪儿去了？怎么一点儿消息都没有呢？

我真想问问苏队长，可是我不敢问。苏队长知道了，一定会批评我的。

吴菲拿手在我的眼前晃，她说哎哎哎，想什么呢？心不在焉的。我们正讨论你的婚姻大事呢。我不好意思地打岔说，苏队长，说说你吧，你怎么会嫁给王政委的？也是组织上介绍的吗？你觉得你们幸福吗？苏队长说，是组织上介绍的。我觉得我们挺好。说这话时，她的脸上真的有一种十分满足的表情。吴菲好奇地说，你当时怎么想通的？怎么愿意的？苏队长说，我没什么需要想通的，能嫁给他是我的福分。

这话我不是第一次听她说了。但我仍有些不信，真的吗？我问。

苏队长点点头，她说你们知道，我是为了逃婚才参军的。为了逃婚，我砍断了自己的手指。我这样一个爹不疼娘不爱的苦命丫头，能到部队上工作，能嫁给老王这样的好人，怎么不是福分？我真的很知足。

苏队长一边说，一边给赵月宁盖上被子，小小的赵月宁已经睡着了。

那天夜里我一直睡不着。我一会儿想苏队长，一会儿想你们的父亲。我觉得他们身上有某种地方非常相像。我说不出是什么。

4

没想到我们第二次见面时，就发生了冲突。

那天我上夜班收录国内新闻时，偶然听到了家乡发大水的消息，消息报道说嘉陵江已到达历史最高水位。尽管我们家住的位置比较高，在一个小山坡上，但这条消息却勾起了我的思乡之情，我的心情顿时有些暗淡，我想母亲了。离开母亲后，我一直没有她的消息。到达昌都后我曾写信给她，也不知她收到没有。因为心情不好，值了夜班回来后我怎么也睡不着，我就把母亲给我的那本《圣经》拿出来，捧在手上抚摸着，忍不住想落泪。

正在这个时候，你们父亲来了。他一眼就看见了我手上的书，他对书很敏感。他马上问，你看什么书呢？

我知道这样的书拿到部队上来是很不合适的，一路上我从没拿出来过。我连忙掩饰着想把它藏起来。可他手很快，已经拿了过去。一看书名，他的脸色就变了，不容我解释他就厉声地说，你怎么看这种书？

我说我没看，我只是拿出来看看。我一着急，就说不清楚了。

你们父亲生气地说，你是个军人，怎么能读这种书？

我说这是我妈妈给我的。

他说，不管是谁给你的，你也不该读。

他的表情很严肃，声音也很严厉。本来我的心情就不好，听他这么不分青红皂白地批评，我也生气了。我一把抢过书说，这种书怎么了？它又不是反革命。而且它写得很美。

他愣了，大概没想到我会顶嘴。他气呼呼地站起来说，我不管它写的美不美，我只知道它是一本宗教书，它关系到信仰。你的信仰是什么？难道不是共产主义吗？如果你信仰共产主义，为什么要读这样的书呢？

我没话说了。我肯定不是为了信仰读它的，可是……我怎么才能说清楚呢？

你们父亲见我不吭声，语重心长地说，白雪梅同志，你已经不是女学生了，你是一个军人，是一个革命者，我希望你好好想想这个问题。那书上说的是什么？它说这个世界是上帝创造的，它还说上帝主宰着人类历史的发展。这些观点你能相信吗？你不去分析它的错误观念，反倒说它写得美。它写得美就是为了迷惑你这样的人。我看，你还得努力克服头脑中的小资产阶级情绪才行。

本来他讲的那些道理我已经听进去了，可这最后一句话让我急了，我朝他嚷嚷说，没有调查就没有发言权，你凭什么说我有小资产阶级情绪？你又不了解情况，我看你才是官僚主义！

你们父亲被我这么一嚷嚷，脸都气红了。他说，什么，我官僚主义？我们团上上下下从没人这么说我，你倒说起我来了。白雪梅同志，这件事明明是你错了，你还不虚心接受批评。不行，我得去找你们苏队长谈。

我大声说，找就找，你去找吧，我不怕！

他扭头摔上门就走了。

他一走，我扑到床上就哭起来。我想这个人太讨厌了，我们还没怎么样呢，他就那么凶。以后要是跟他过日子，还不被他气死？我马上就想到了辛医生。还在往昌都走的路上，有一天辛医生偶然看见了我这本书，很吃惊，他悄悄问我怎么会有这样的书。我就告诉他是母亲临行前送的，母亲是个基督徒。辛医生表示了理解，他说，如果你要看的话，就把它当作一本文学书籍来看，它写得挺美。他还说他的父亲也信基督，所以小时候他也看过。

相比之下，辛医生显然通情达理多了。

我心里对你们的父亲更有了一种拒绝。

我不知道那天你们父亲是怎么和苏队长谈的。因为他再也没有回来找我，就直接回支队去了。但他显然是找了苏队长的，因为苏队长一见到我就说，怎么，和欧参谋长吵架了？

我一下觉得很委屈。我说他太武断了，不了解情况就训人。本来我就想家……

苏队长说，他是为你好。

我说，难道我还不知道该怎么对待那本书吗？我又不是孩子。

苏队长说，欧参谋长是个直性子，快人快语，你就别和他计较了。

我还是生气，不说话。

不久后，你们父亲给我写了一封信，让小冯送文件时捎给了我。同时捎来的还有一大摞书，什么《共产党宣言》《中国社会各阶级分析》《苏联共产党（布）历史简明教程》《西藏社会发展简史》等等。另外还有一小块砖茶。

小冯在交给我时说，我们1号说你晚上要工作学习，这块茶给你提神。

我心想，他是要我喝着茶读他带来的那些大部头书吗？但我没说。我说的是，你怎么叫他1号？据我所知，参谋长应该叫5号。

小冯说，他当团长时，我就跟他，叫惯了。

原来是这样，我笑了笑。

我很想知道他信上写些什么，最主要的是想看看他会不会为上次那件事向我表示歉意。可当着那么多的人我不好意思看。这时吴菲悄悄走过来，一把抢走了那封信，嬉笑着要打开看。我无所谓地说，你看吧，你还可以大声念。

吴菲将信将疑地打开信，草草看了一遍就叫起来：他怎么尽写这些呀？这完全可以当文件在全师传阅嘛。

我笑笑，心里有些失望。我猜想吴菲说的"这些"，肯定是希望我加强学习，加强锻炼，和同志们搞好团结，要求进步之类。我拿过来匆忙扫了一眼，果然如此。他只字没提上次和我吵架的事，只说希望我多读读他带来的那些书。

小冯看出我有些失望，就说，我们1号太忙了。下次我让他写长一点儿好不好？

小冯仍叫他1号，我也就跟着叫。我说，叫你们1号下次不要带东西给我了，我们这儿都有。我说这话不完全是拒绝他，我想他负责整个先遣支队，肩上的担子很重，口粮并不比别人富裕，我不忍心享用他的东西。

小冯说，你自己跟他说嘛，你给他写封信，我给你带回去。现在想来，小冯似乎已经明白我和你们的父亲是怎么回事了，并且很想促成这回事。

我说我现在不想写，你先回去吧。

小冯不想走。

我说，你很喜欢你们1号？

小冯说当然，没有人不喜欢。

我说是吗？不知怎么，我倒很想听他说说你们父亲。但小冯只是反复说，我最佩服他了。我们支队的人都佩服他。他有好多传奇故事呢。

小冯走后，我自己把信看了一遍，毕竟这是第一个给我写信的男人。果然就是那些话。唯一一句有些意味的话是：我们之间还需要多加了解。从这句话我判断，他大概从苏队长那里知道了什么。但我仍觉得索然无味，把它丢在了一边。

丢开信我走出门外，望着远处的雪山。我想，辛医生到底上哪儿去了呢？他怎么不给我来封信呢？难道真的要到了拉萨才见？

奇怪的是，那天夜里我竟梦见了他，我说的不是辛医生，而是你们父亲。这让我非常不好意思，虽然梦很短，只是一个画面，但却非常清晰，我们一起爬山，爬到一半他忽然不见了，我怎么找也没找到他，因为着急我就醒了。

我想我怎么会梦见他呢？

真是奇怪。

不久之后，你们的父亲又给我写来一封信，内容差不多。我还是没有回。我在心里拒绝他，等着另外一个人。

我喜欢等。

但我不知道，有些事情是永远也等不来的。

有一天组织科长来找我，直截了当地问，你为什么不给欧参谋长回信？我不吭声，心里有些不满。我想说好了组织上只是建议，不干涉的，我又没有答应这个建议，我和他没有任何关系，回不回信是我个人的事，难道这种事情也要向组织反映吗？但组织科长接下来说的一句话让我心动了，他说，欧参谋长以为你病了，很担心，要我专门过来看看你。

我正想解释一下，组织科长又说：今天师里有人去他们团，你赶紧给欧参谋长写封信，就算是组织上交给你的任务吧。

我只好坐下来。我想即便是出于对关心的回报，我也该给他回一封信。

我把信纸垫在腿上，心里别扭着，折腾了半天，总算划拉出半页纸。当然，和他一样，写的全是些可以让大家传阅的话，努力学习，要求进步，锻炼身体，靠拢组织，就是这些。当然，我在这儿全是说的自己，他是首长，是老革命，要说得留给组织上去说，轮不到我。

事隔一个多月，你们的父亲又来了。仍是到师里开会。

这次他没再到我们小屋子里来，大概他觉得坐在那里面很憋闷。他让小冯来叫我，说出去走走。小冯去遛马，我们两个就往山上走。很久以后我才知道，每次你们的父亲来或者小冯来，都不是件容易的事。从他们支队的驻地嘎玛到我们师部所在地，要走 5 天，中间还要翻越一架大雪山。他来看我一次，来回得艰难地走上 10 天。可当时我对此一无所知。我以为他们想来就来了。

我们一前一后地上了山。他走得很快，我小跑着才能跟上他。我一边走一边在心里拿定主意，如果他要问我想好没有，我就说没想好。他要再逼我，我就豁出来了，告诉他我不愿意。反正组织科长说了，不能勉强。

可是他没问。他什么也不问，好像我们之间的事已成定局，不需要再征求我意见了。这让我气恼。更生气的是，他上来就批评我，他说我那封信字写的不好，还有错。我想我连张桌子都找不到，我用膝盖当桌子，心情也不好，怎么可能写好字嘛。我挺生气，我把生气写在脸上，他就像没看见似的，也不哄哄我。我决定不理他，一句话也不说，看他怎么办。

他不知道是真的没察觉，还是故意不察觉，自顾自地往前走，看到部队在训练，就开始给我讲他打仗的事。我跟在身后不吭声，但我也不敢离开。

他上来就说，我的兵太好了。以前从来没有进行过高原作战，也从来没有在高原上负重行军过，可是一旦拉上去，全都坚持下来了。真是了不起。

他说打昌都的时候，为了追击逃敌，全体官兵背着枪支弹药和背包不分昼夜地翻山越岭，每天除了吃饭前后能作短暂的休息外，全都在路上奔跑，十几天内从没脱过鞋袜，等战斗结束时，很多人的鞋袜都脱不下来了，脚肿得像发面馒头。战士们开玩笑说，嗨，这回咱们都长胖了！

他说他的部队翻越一座5000多米的雪山时，突然遇上了暴风雪，天色一片昏暗，几步之外什么也看不见了，风雪又急，抽得人站不稳，稍有不慎就会滑下无底深渊。但为了及时切断敌军退路，我们继续前进，终于在凌晨5点突然出现在了敌军营地前。敌军做梦也没想到解放军能通过那样险恶的地形，都在呼呼大睡，我们仅仅用了10分钟就解决了战斗。战斗结束后有的兵都还在摇晃，手扶着石头，说是翻山时的那股子劲儿还没过去，有种随时要掉下深渊的感觉。

他说，那场仗打完后，敌军为首的那个代本[1]浑身哆嗦地直喊饶命。我叫他坐下，给他讲了我军优待俘虏的政策。他还是惊魂不定，说你们离得那么远，怎么来得那么快？我说我们是飞来的，我们是神兵天将。那个代本真的信了。后来我把骡马行李还给他，叫他回家去。他一步三回头，生怕我反悔。我就拿出烟抽上，他这才放心地走了。我没骗他，我们确实是飞来的。你想想，那么大的风雪，衣襟若没扎好，风都能撕碎它。我们还一溜小跑着，那不是飞是什么？

他说。

他不停地说。

我发现只要一说到打仗他就特别会说，眸子闪闪发光，神采飞扬，表达很流畅。也许那是他生命的自然流淌吧。我还发现他一说起他的兵就像换了一个人，语气充满温情。好像那些兵，他们不是他的部下，而是他的孩子，他的兄

---

[1] 藏军的建制单位，相当于一个团。

弟。我想这个人还是很重情的，只是不善于表达。

那天我们在山上走了很久，大部分时间是他在说打仗的事。应该说，我们在一起也是愉快的，而且他的经历让我感到新奇和尊敬，有着很浓的传奇色彩。就像看《三国演义》《水浒传》那样的小人书。但没有那种让人心跳的感觉。他像个兄长，像个大哥，唯独不像他想要成为的那种人。

不过，分手的时候，却出现了一点儿意外。

到现在我也搞不清楚自己，为什么会那样说。也许人的感情在很多时候是游离在自己身体之外的，不受控制的。我怎么会告诉他那句话呢？

当时他有些含混地说，那个⋯⋯上次那件事，你还在生我气吗？

我明知故问地说，哪件事？

他说，就是书的事？后来我听你们苏队长说了一下你家里的情况⋯⋯你母亲她，现在有消息吗？

我摇摇头。我的心里已经原谅他了，我想看来他还不是个蛮不讲理的人。

我说，我也不对，我不该和你吵。

他说，我当时可能太急了，有些话没说明白。你太年轻，我怕你受一些不好的影响，去相信那些虚无缥缈的东西。天堂？有天堂吗？如果有，那就是我们为之奋斗的事业，共产主义就是我们的天堂。不说大道理，有一点起码可以肯定，一切美好的生活都要靠我们自己去创造。若不是自己奋斗得来的，再好也靠不住。

他的这番话打动了我。我不由得深深点头。我想，看来他的确是个脚踏实地的人。

我们说着这些话时，正在一起爬山，我忽然有一种似曾相识的感觉，好像此情此景在哪里见过，也是这样的大山，也是这样的氛围，也是我们两个人。我仔细一想，哦，是那个梦。我做过的那个梦。我就脱口说，我梦见过和你一起爬山呢。他很意外，说真的吗？我说是，但爬到一半你就不在了，不知跑哪儿去了。他咧嘴笑笑，好像这件事很有意思。他笑起来表情丰富，是那种满脸开花的笑，那种笑让人想起不谙人世的孩子。

他笑过之后没再说什么，我也转眼就把它忘了。分手的时候，他在嘱咐了我这个那个之后，突然盯牢了我，脸上飞速掠过一丝温柔，说，下次做梦别再把我弄丢了。

他说得很随意，我却愣住了，愣在那里一直看他走远。

就是这样。正是这句话，让我终于不再把他看成个首长，而是个男人。

其实在后来漫长的婚姻生活中，你们的父亲再也没说过这样温情的话了。而且后来我再提起这事时，他完全忘了。那句话对他来说是突如其来的，好像某个精灵钻进了他的体内。他毕竟是个不善于表达儿女情长的人，骨子里那一点点柔情，也被戎马生涯所需要的坚定、刚强、决绝、毅力压在了感情世界的最底层，若没有生命中的火山和地震，是不可能为外人所知晓的。

但对我来说，却永远无法忘记。就像一块干裂的土地，它会把落在上面的点点滴滴的水分都深深地吸进去。一旦水分充沛，它便成了一块活过来的大地，即便没有种子，也能长出新芽来。

而且，我有理由知足地对自己说，我遭遇了他情感深处唯一的那一次地震。

5

即使如此，我们的交往依然是淡淡的，或者说形式大于内容。有时候我在工作之余也会想起他，但我想起他的时候，多半是想起他的那些英勇士兵，还有他的那些传奇经历。它们是我经历中所没有的。

我们一起工作的几个女兵，包括我们师机关的其他人，都知道我和你们的父亲已经有了那样一层不是我自觉自愿的关系。他们甚至拿它来开玩笑了。但我自己，却远不如人们想的那样。我的心里完全没有进入恋爱的感觉，一点儿也没有。有的只是一种无奈，一种不知所措。

我和他的心还离得很远。

再说从地理位置上讲，我们也相距很远。在我们驻地和他们驻地中间，也就是说，在昌都和嘎玛之间，隔着一架大雪山。我只有一点儿感觉，就是在雪山的那一边，有个人与我有某种联系。那是一种你不得不去承担但却恼人的联系。

直到几个月后，那个雪夜的出现。

那个雪夜让我走向了你们的父亲，那个雪夜让我放弃了所有的犹豫和彷徨。

我终于要讲到那座雪山了。

我知道翻越它对我来说是一件很困难的事，但我必须翻越。如果说 40 多年前我翻越它时经历了巨大的痛苦，现在翻越它所要承受的，仍是痛苦。

它的名字叫恰巴山。恰巴山不仅有着极高的海拔，还有着庞大的身躯，整架大山绵延 120 公里，其间有 7 座峰。

这座大山将我们阻隔。

直到我翻越了那架大山，并在山上经历了那样一个雪夜之后，这种阻隔，我是说心的阻隔，才被夷为平地。

转眼到了 3 月。即使是在昌都这样的地方，春天的气息也日渐浓了起来。

有一天我学了藏语回来，见小冯正在房间里等我。他说 1 号有东西给我。我吃惊地发现，那东西不再是牛肉干茶砖之类，而是一束野花。这太出乎我的意料了，可以说那束新鲜水淋的野花击中了我。毕竟对一个女孩子来说，花比食物更可爱。尤其在那个时候，我们的生活非常清苦，没有一丝色彩。所以一看到花，我不禁怦然心动。

我甚至一下子觉得你们父亲有些可爱了。

小冯见我那么高兴，很兴奋，马上跑出去找了个空罐头盒，装上水。我把野花小心地插进去，放在床头，没事儿的时候我就盯着它看。

其实那花一点儿也不漂亮。花朵非常小，颜色也不鲜艳。但却很生动。阳光从窗外涌进，簇拥着野花，有种如梦如幻的感觉，就像不愿面对现实的我。

苏队长见了啧啧地说，怎么样，我说欧参谋长不错吧？我们老王就从来没干过这种事。吴菲则又是羡慕又是惊讶地说，他在哪儿采的？我们那位说想给我采一束花，找了半天都没找到，一点儿花的影子都没有。我说，那当然，这是从雪山那边采过来的。吴菲说，是吗，这花还翻过了大雪山？

吴菲说这话时我脑子里闪过一念，是啊，这花在路上这么多天，居然还这么鲜活。但我没来得及往下细想，人就被吴菲拉出去了，她说要和我聊天。那时候她正处于兴奋状态，组织科长给她介绍的对象是政治部副主任，我们师出了名的大才子。她心里早就对他有好感了，组织上一介绍她就欣然同意了。两个人一拍即合，非常恩爱，让我很羡慕。她常常给我讲他们在一起的事。我想人家那才叫浪漫呢。吴菲告诉我，他们已经准备结婚了。吴菲说你呢，你到底怎么想？我摇摇头，说，我能怎么想？一点儿念头也没有。反正我不想结婚。

尽管如此，为了那束花，我还是主动给你们的父亲写了封信。我用刚刚学来的一点藏语写道：你带给我的"梅朵"（花）收到了，吐其其（谢谢）！祝你扎西德勒（吉祥如意）！

他没有回信。

野花一天天枯萎了，我心里的感情却依然鲜活。很多事情就是这样，一件东西不在世上了，却在你的心里存活下来。

到了4月初，事情终于被向前推进了一步。对我来说，似乎来得早了些，但对你们的父亲来说，也许已经等得太久。这个时候距我们的认识，或者说距组织的介绍，已过去3个月了。

4月初组织科长找我谈话，说打算把我调到支队里去工作，就是你们的父亲那儿，组织科长说那边开展群众工作，需要一个女同志，问我是否愿意。

我当然明白组织上这样调动的意思。本来我用不着考虑，服从组织安排就是了。可是因为有你们的父亲的事，我对这个做法就产生了抵触情绪。我觉得他们有些勉强我。我对科长说，为什么不把苏队长调过去？她可以和王政委团聚。科长说这个你放心，组织上会考虑的。我说我也要考虑一下。

组织科长居然没生气，他说那你就考虑考虑吧。

我怎么考虑？我没法考虑，我只能服从组织安排，可是我心里别扭。

应该说到了这个时候，阻止我向你们父亲走近的已不是远去的辛医生了，而是一种情绪。我知道即使没有辛医生的存在，没有我心里对他那种说不清道不明的感情，我也不愿意自己这样被迫地和谁结婚。

我推说自己的收音工作还没交接，打马草的任务还没完成，一天天地把调动的事情拖着。组织科长说，你交接完工作后马上告诉我，我好让支队派人来接你。

一星期后，小冯又来了。这回他送了文件后没有马上走，他说如果我办好调动了，他就和我一起走。我催他先走，我说我的工作还没安排好呢。可是他就是不走，他说他等我。也不知是你们的父亲有过交代，还是他自己鬼心眼多，总之他就在我们文工队住下来了。

那时候我们的粮食极度匮乏，每个人的口粮都限得死死的，每人每天4两，多一两都没有。现在突然多了一个吃饭的小伙子，大家都感觉到压力很大。小毛忍不住问我，雪梅姐你什么时候到嘎玛去呀？我感到抱歉。我不能为了个人的事，让大家为难。

我终于说，马上走，明天就走。

说出这话的一瞬间，一种从未有过的委屈和难过在我心间弥漫开来。

<h2 style="text-align:center">6</h2>

走的头天夜里，苏队长，吴菲，还有小小的赵月宁，聚在一起为我送行。我把省下来的牛肉干和酥油全都拿了出来。说全部，也只有很少一点点。我们用那一小块酥油烧了一点酥油茶，以茶代酒，一起碰了杯。

苏队长说，雪梅，我知道你心里不太痛快。但有一点我可以肯定，欧参谋长会对你很好的，他是个好人。

我想，难道找个丈夫只要是好人就行了吗？但我没有说。我不想让苏队长为我操心。她够难的了，留在甘孜的孩子下落不明，丈夫又不在身边，还要为我们这些姐妹操心。

吴菲说，你过去以后先工作一段时间，一边工作一边了解他，如果确实合不来，再跟组织上说，我相信组织上不会勉强你的。

这话说到我心上了。我正是这样想的。

小小的赵月宁天真地说，我觉得欧参谋长特别好，把酥油和牛肉省下来给我们吃。我笑道，你就知道吃，现在谁要是拿一袋米来娶你，保证娶走。赵月宁孩子气地说，才不会有这种事呢。现在谁会有一袋米呀，有银圆都买不到。苏队长说，雪梅，没准儿你到了支队，比在我们这儿要吃得饱些。吴菲笑说，我们那位如果能让我每天都吃得饱饱的，我今晚就嫁他。

大家笑，我也笑，心里却酸酸的。

我不能不承认，苏队长的话对我是有效的。我自私地想，说不定他真的会让我吃得饱饱的。他是1号呀。我一想到这儿，心里竟然好受一些了。

我心里好受一些还因为我想到了那束花。我想说不定在雪山那边，真的有许多的花开放着，等着我去看它们。

回想起来，我下决心出发，竟是为了一口粮食——为了在多出一张嘴的时候大家不匀出少得可怜的粮食，为了可能在未知的将来多吃到一点儿粮食，这事拿到今天来说，真是不可思议。同时，在那样饥饿、艰苦、严峻的日子里，我还在渴望浪漫，真的很奢侈，很不实际。我把自己弄得像个假小子，可是在那套宽大的军装里，在皮带紧紧扎着的怀里，在空得只剩下两层皮，常常因为缺食而疼得发慌的年轻的胃之上，依然有一颗少女的心。

这颗心怀着委屈，怀着戒备，也怀着期待，踏上了路程。

第二天一大早，我和小冯，还有师部通信员小周一起上路了。

分手的时候，吴菲忽然哭起来，一头扑在我的肩上，咸咸的泪水蹭得我一脸都是。我明白她的心情，她一定又想起毓蓉了。我也想她，我的身上一直带着她那5封没有寄出去的信。我要把它们带到拉萨，找到邮局，寄出去。一想到我们从重庆一起出来的4个好朋友，如今一一地分开了，我的眼泪也流了出来。我不愿意离开她们，舍不得离开她们，她们是我患难与共的姐妹。自从踏上高原，踏上这通往天堂的漫漫旅程，我们一起走过了那么多的险山恶水，走过了那么多个日日夜夜，我们已经有了共同的生命经历，有了共同的担忧和牵挂。

苏队长安慰吴菲说，现在分手是暂时的，等以后进军到了拉萨，我们还会在一起的。吴菲孩子似的问，真的吗？你说的是真的吗？苏队长点点头，她微笑着，有些神往地说，我们要在拉萨长期住下来，用我们的双手建设一个新西藏。那时我一定要找到虎子，把他接进来，让他在拉萨上学念书。你们也成了家，我们就是邻居。

吴菲终于破涕为笑。

我上了马，挥手向苏队长告别，向吴菲满脸是泪的笑容告别。

我们一行3人，我和通信员小冯，还有师部的通信员小周，一起上了路。小周是去送文件。本来那些文件是可以叫小冯带过去的，但组织科长不放心，特意叫小周和我们一起走。

我们骑着马，马上驮着我们的口粮，还有睡觉用的雨布和被子。在甘孜时我学会了骑马，为了学骑马，我把两个大腿根儿都磨破了，现在总算是派上了用场。虽然骑得不算好，但行走没有问题。我身上背着挎包，里面除了一个本子，还有一双我用自己捻的羊毛织的袜子。自从到了藏区，组织上就要求我们每个人都学会捻毛线织袜子。我想他送了我牛肉干和砖茶，特别是那束野花，我也没有什么好送他的，我就送他一双袜子吧。

最初的路还比较轻松。我们不紧不慢地走了3天后，到达了中途站拉达。

这3天的路程平平淡淡。我是说比起后面所经历的，这3天几乎不值一提。我们日出上路，日落宿营。两个战士很单纯，总是心无禁忌地守护着我。我也尽可能像个大人似的照顾他们。我比他们大。虽然大不了多少。

他们叫我白同志。

从拉达出发，我们就要翻越恰巴山了。

拉达兵站的同志告诉我，翻越恰巴山可得有思想准备，它比一般的雪山都难走，就是爬上了山也得在山上跋涉很久，而且山上气候变化无常。据说连当地的藏族人都怕它几分。

恰巴在藏语里的意思，就是冰。这是座冰山。

我听了仍没往心里去。因为在进军西藏的途中，也就是从川西到昌都的千里路途上，我们已经翻越了无数的雪山，我觉得自己能行。我从小就喜欢爬山，我在山里有回家的感觉。那一路上我不仅自己翻过了一座座雪山，还经常帮助别的体弱的同志。所以无论拉达兵站的同志怎么讲恰巴山的艰难，我都没当回事。我只是笑笑。我在心里想，能有什么大不了的呢？

直到后来，直到那个雪夜之后，我才知道，我真不该轻视那座山。

不该轻视任何一座山。

7

第二天一早，我们出发了，向恰巴山进发。

上路的时候天气很晴朗，这使我们的心情为之一振。只要一翻过山，我们就到达目的地了。从直线距离说，剩下的只是小部分路程。

很快我们就上了山。山不是突然出现的，它缓缓地，将它的手臂伸到我们面前，让我们在不知不觉中攀缘而上。起初树木不少，而且树上还有猴子，活泼调皮的猴子见我们走近，一个个龇牙咧嘴地冲我们乱叫，还蹦来蹦去地打闹，好像排练了许久，终于等来了看客。小冯和小周立即暴露出他们男孩子的天性，跳下马去逗猴子。小冯撵着一只猴子跑得没了影，我叫了半天才把他叫回来。小冯兴奋地说，他要是能抓到一只猴子就好了，可以养来做伴。小周说他才不呢，他要是抓到猴子就烧来吃。他好久没吃到肉了。我说那样的话猴王准会来找你算账的。

我们3个人说说笑笑，继续往山上行进。

那天是4月19日。我记得很清楚，我们是16日从昌都出发的。

如果在内地，4月已是花红柳绿的季节，已是南风徐徐的季节，已是踏春的季节。但在西藏，在恰巴山，4月却是一个危险的季节。气候欲暖未暖，雪山欲化未化。一切都处在动静之间，隐含着巨大的危机。

不过当时我对它还一无所知，由于无知而轻松。我一边走一边想，恰巴山并不像人们说的那么可怕嘛，和我们进藏途中遇到的那些雪山差不多嘛。

我毫无防备地朝山上走，我已经看见山口了。其实那山口只是众多山口中的一个，我却以为它是最高处。一路上没见到一个行人，也没再见到动物，很静。除了马蹄踩在雪地里的声音，就是雪团偶尔从树上跌落下来的噗噗声。路面的雪不算深，马走得比较轻快。我坐在马上开始走神，想自己的心事。我想我到先遣支队后该怎么开展工作呢？就我一个女同志会不会有不方便？还有，该怎么和你们的父亲相处？如果他提出马上结婚我该怎么办？

我想我要告诉他，我来是为了工作而不是结婚。

当然，后来我才知道我的这些考虑完全是多余的。

好不容易走近那个山口时，我看到前面闪出一个更高的山口。小冯说，那是这条路上最高的一个山峰，过了那个山峰就好办了。我一眼望去，看见那个山口的上空发黑，聚集着乌云，心里略略有些担心。但我想，照现在这个速度，应该能在天黑之前走过去。山上的树木已经没有了，只有一些低矮的灌木丛。再往上走，灌木丛也没有了。我估计海拔已经到了5000多米。四周耸立的小山全是冰山，白皑皑冷森森的一片。

我们在路边停下来，就着雪吃了一点儿代食粉，接着赶路。

没料到，就在快要接近那个最高的山口时，气候忽然变了，变化之快让我来不及反应。我连一句"糟糕"都来不及说，就被漫天搅起的风雪堵住了嘴。四周雾气弥漫，几步之外就看不清路了。大雪如同神兵天降，一瞬间包围了我们。

我张不开嘴，也睁不开眼，只好伏在马背上。

更糟糕的是，马被这突如其来的风雪惊呆了，原地转着不肯往前走，怎么打也不走。我只好跳下来稳住它。小冯急了，他在风雪中大声叫道，白同志，我看咱们不能再往前了！先回去吧，退回到拉达兵站等一等，天气好了再走！小周也说，我上过两次恰巴山，从没遇见过这么糟的天气。恐怕会有危险！

我知道他们是担心我。如果没有我，他们肯定不会倒回去的。可是我也不愿意倒回去。且不说倒回去还要走大半天，关键是倒回去这样的字眼儿让我不能接受。我不想成为拖累。我的倔脾气上来了，我想和恰巴山叫劲儿。

我大声喊，不！不倒回去！我能行。说完我把马交给小周，自己顶着风走到前面去开路。我想我是大姐，尽管他们没这么叫我，可我是，我要做他们的主心骨。只要我往前走，他们就会跟上来。

雪已经很深很深了，一直埋到膝盖。我甚至不知道它是怎么一下就变得那么深的。好像它们不是从天上落下来的，是从地底下冒出来的，眨眼之间路面增高了好几尺。我的脚一踏进去就拔不出来了，被雪死死地焊在里面。我只好借助双手，扒开雪，把脚拔出来，然后再插进下一个雪窝。

小冯见拦不住我，也赶上来和我一起开路。小周牵着马跟在后面。

就这样，我们一步步地往前走，准确地说，是往前爬。我们爬出一条路来，马就踏着我们的路往前走。马在这个时候显得很娇气。马的娇气让我感到骄傲，说明它已经承认它不如我了。我们一点点地爬着，也不知爬了多久。我们没有表。

我往前爬，山本来就应该是爬的。

我把目标定在近处的某块石头或是某丛灌木上，等到了这个目标，再找下一个近距离的目标。就这样一点点地向前移动。寂静中，只听见我们3个人响亮的喘气声。

我感觉自己的腰痛得像断了似的，而后背却被汗水湿透了。在那样一个寒冷无比的天气里，我们却大汗淋漓。我听见小冯在旁边不停地喊：白同志你没事吧？白同志你能行吗？你歇一会儿吧！我真想对他说你别喊了。可是我张不开嘴，我没有这份力气。我只是朝他点头，用眼神告诉他我能行。我希望我的眼神能够穿透风雪。

狂风卷着雪片，在天空中乱舞，好像要吞噬掉我们。雪花落在我们的帽檐上、眉毛上乃至睫毛上，因为体温而变成了冰凌子。鼻子和面颊都冻得发麻。被汗水湿透的衣服很快结成了冰，像牛皮一样发硬，一挪动就咯嚓作响。雪越下越大，风越吹越猛，我听见自己的牙齿在咯咯咯地响。天哪，我在心里想，原来恰巴山是这个德行，喜欢搞突然袭击，喜欢表现它的冷酷。

但即使如此，我也无法仇恨它。我知道雪山不是故意要跟我们作对的。实在是在这个世界上，没有人需要它的温情，它只好以冷酷来保持它的威严。

我想每个人对山的认识都是不同的。每座山和每座山又是不同的。你认识了一座山，并不等于你认识了所有的山。在我看来，有的山是崛起的平原，平原有多辽阔它就有多辽阔。有的山是站起来的大海，大海有多深邃它就有多深邃。有的山是千年生成的冰雪，冰雪有多坚硬它就有多坚硬。

我想恰巴山，它是兼而有之。

我对山的真正认识，是从恰巴山开始的。

我还想说，一个人对一座山的认识，如同一个人对一个人的认识一样，不是靠时间的堆积来加深的，而是靠交手，靠遭遇。而这样的交手和遭遇，是不可以选择的。

8

我们遭遇了恰巴山。我们并不想和它交手，但别无选择。

我们继续前行，试图想加快速度。但由于手脚并用，快不了，大半天也没走出多远。眼看着天黑了，下山的路还没影儿。我这才领教了什么叫"绵亘"。恰巴山不仅绵亘120公里，还起伏着汹涌的波浪。我已经判断不出我们此刻被它涌起在第几个浪头上了，或者被它掀进第几个浪谷里了。我只知道我们还没有走出它的怀抱，我们还得在它怀里继续挣扎。

风雪终于停了，可是天也黑了。没有月亮，完全看不清前方的路。经验告诉我们，走这样的夜路是很危险的。迷路还在其次，最怕的是滑入悬崖。我们商量了一下，决定在山上过夜，等天亮再走。

我们找了一个稍稍能挡风雪的沟壑，铺上雨布，作为宿营地。然后捡了几块石头垒了一个简易的炉灶，用带来的固体燃料煮代食粉糊糊。糊糊还没煮好，我已经饿得胃一阵阵疼痛了。三匹马似乎比我还要饿，用蹄子暴躁地刨着雪地找草吃，可这积雪成冰的山上，哪里会有草呢？我们赶紧把饲料拿出来喂它们。

小冯担忧地说，饲料带得不多，如果不能按时到达支队的话，马也会饿死的。

为了节省粮食，我们只吃了个半饱。然后穿上所有的衣服，再用被子盖在腿上和脚上，打算就这么熬过一夜。我感到浑身酸疼不已，腰好像要断了似的。我想怎么搞的，难道几个月不爬山，我真的不行了吗?

忽然小周叫了一声，你们看，那是什么?

我顺着他手指的方向看过去，发现不远处有两个亮点，好像是一双眼睛。

我紧张地说，会不会是狼? 也许是我们煮糊糊的香味儿把它引过来的。

小冯说，我们点上一堆火，如果是狼，它就不敢靠近了。

可哪里有柴呢? 除了随身带的一点点固体燃料，什么烧的也没有。好在那双眼睛十分警惕，没有往前靠近。过了一会儿，它消失了。

我们三个人背靠背地坐着，虽然很累，却不敢睡着。

望着漆黑的夜空，我开始想他。我是说，我开始想你们的父亲。我想你们的父亲要是知道我们现在的情景，一定会着急的。一想到有个人在为自己着急，我心里暖和了一些。

其实以前我也想过你们的父亲。但以前想是一种考虑问题式的想，并且带着抵触情绪，现在想，坐在方圆几百里杳无人烟的雪地上想，已带了一些想念的成分。

我这么想念的时候，对自己一直抗拒的婚姻忽然有了一些向往。是不是恰巴山的雪夜让我感到了一种前所未有的孤独?

我们3个年轻人背靠背地坐在雪地上，坐在恰巴山的怀里。

忽然小冯叫我。他说白同志，我想跟你说件事。

我说你说吧。

可是他又不说了。我感觉到我背后的一侧沉了起来，小周睡着了。小冯调整了一下姿势，让小周倒到他那边。我说我没事，挤着才暖和呢。你有什么就说吧，反正也睡不着。小冯犹豫了一下说，我说了你可别告诉1号。

我说好，我不告诉。

小冯说是这样的，上次我到师里送信，1号叫我给你带一块牛肉干给你。我知道那块牛肉干是支队分给他的，他一直没舍得吃。第一次我去时他就切了一块给你。我第二次去他又切了一块给你。我说首长你自己也吃点儿吧，他说他身体壮，没事儿。还是让我带给你。我当然没话说了，我知道1号对你特好，真的。

我想象着他，他那么大的个子，肩上的担子千钧重，那块牛肉，他能一口气干掉它。但他不，他把它小心翼翼地收藏起来，然后全部带给几百里地之外的我。也许他在切过那块牛肉之后，用手沾着散落的星星肉屑，美滋滋地倒进嘴里，声音响亮地吧嗒几下，然后束紧腰带，大步走出去，高声喊道：吹号！全体集合！

我一想到这里，心里就酸酸的。我说，你们的粮食也很紧张吧？

小冯说当然。我们每天的定量也是4两。现在有野菜挖了，稍微好一些。我每次出发到师里，就是领上我自己的5天口粮。可是那次翻恰巴山时，我也遇上大雪了，就在山上多停了一天。口粮没带够，到最后我饿得实在受不了了，一步也走不动了，浑身发软，我就……

我已经明白他要说什么了，我说，那你为什么不把那块牛肉干吃了呢？

他惭愧地说，是，我就是……把那块牛肉干……给偷吃了。

我说别说偷吃，正该吃。牛肉干算什么，就是100头牛也没你的性命重要。你要是不吃，万一过不了雪山怎么办？

小冯的声音是难过的，他已经不是惭愧了，他差不多快哭出来了。他说，可是我一想到那是1号从嘴里省下来给你的，心里就特别后悔。我……我当时该再忍一忍。

我连忙安慰他说，别说了小冯，这事你一点儿没错。就是告诉了1号，他也不会说你的。相反，你要是不吃，饿出了毛病，1号才会批评你呢。

小冯说，真的吗？我说真的。你们1号特别爱兵。他恨不能把自己身上的肉剐下来给他的兵吃呢。我一说完这话，自己被自己逗得扑哧一乐。

他松了口气，恢复了往日的语气说，有些得意地说，不过你不知道，我还是完成了任务的。我采了一把野花给你……

这回我吃惊地叫出声来：怎么，野花是你采的？

小冯说是啊。我当时想，我每次到师里首长都要给你带东西，这次也不能空手啊。我脑子一转就想出这个主意了。我知道你们女孩子都喜欢花，我就漫山遍野地去找，好不容易采到那么一小把。说真的，你当时一看见花，眼睛都亮了，比看见牛肉干还高兴呢。

我的心里涌起一股暖流，真的，是一股暖流。它是那个雪夜里的奇迹。

我说，小冯，谢谢你。

在以后无数次的回忆中，唯有我们之间的这段对话，能让我感到些许的安慰。我想小冯他一定是坦然地去的，没有懊悔，没有歉疚，没有忐忑不安。

9

雪夜尚未过去。

我问小冯，你们1号脾气好吗？

小冯说，怎么说呢，一般来说挺好，但有时候发起脾气来也吓人。

我说是吗？说给我听听。我忽然想多一些地了解你们的父亲，小冯跟了他一年多，一定会了解的。

小冯说，我们1号当营长的时候，有一回遭遇了敌人一个加强团，对方清一色的美式装备，气焰很嚣张。我们不占优势，本来想要撤的，可对方不让，想包我们的饺子。我们1号被激怒了，端起一挺机枪，亲自率领一个连冲到了最前面，一边射击一边吼叫，那气势简直把敌人给吓傻了，一瞬间就倒下去了许多。1号哈哈大笑着，继续指挥着大家往前冲。这时，一颗子弹飞来射中了他的腹部，他猛地晃了一下，又稳稳地站住了，没有倒下。卫生员上去要给他包扎，他一把推开卫生员，继续奔跑着在那儿指挥战斗，一直到完全打退了敌人的进攻，他才倒下，倒下时肠子已经流出来了，卫生员一边包扎一边号啕大哭。

小冯又说，刚到昌都的时候，部队带来的粮食吃完了，空投又一直不成功，补给中断，战士们常常饿着肚子修路。1号急得不行，就想各种办法找能替代粮食的东西，挖野菜，捕鱼，打老鼠。后来不知是野菜中毒还是鱼中毒，总之他病倒了，又吐又拉，一整天吃不下东西。我看着着急，好不容易找到点面粉，让伙房给他摊了两张饼，烧了一碗野菜汤。我把东西端进屋去，还来不及说什么，他一见那些东西突然就发起脾气来，一把打掉了我手里的东西，冲着我大吼大叫，他说你给我吃白面饼，你给我的兵吃什么？我的兵都要饿死了，你想让我当光杆司令吗？你有本事给咱们全体官兵都弄大饼吃！当时把我给吓的，人都蒙了，我跟了他那么久，从没见他发过这么大的火。小冯一边说，一边仍心有余悸似的。

我的心里有种说不出的滋味儿。后来呢？我问小冯。

小冯说，后来？后来嘛，我还是想着法子让他把饼给吃了。我有办法。我把王政委叫进来了。王政委对他说，吃饼不是你一个人的事，是整个先遣支队的事，全体官兵都惦记着你的身体，你身体不好，全支队的士气都受影响。要是工作搞不好，那谁负责？1号没了脾气，乖乖地把饼吃了。

小冯笑起来，很得意的样子。

小冯说，白同志，你不知道，我们1号是个一点儿不顾及自己身体的人，整天不睡觉不吃饭的，只知道工作。我说他他根本不听，他朝我吹胡子瞪眼地说，是你管我还是我管你？要不我叫你首长得了。这回你去了就好了，你就可以管管他了。你管他正合适。

小冯的讲述让我感动。但听到这样的话我还是有些不好意思，我说我怎么管他？我又不是他的领导。

小冯说等结了婚你们就是一家人了呀。我敢肯定他听你的。每次我从你那儿回去他都要问我，她说了什么没有？她还说了什么没有？你看他多重视你呀。

我的脸一下红了。幸好是夜里。

我和小冯说了半宿的话，也不知几点了。忽然，我发现一轮明晃晃的月亮从云层里钻出来了，把白雪皑皑的路照得清清楚楚的。

天晴了！我叫了一声。我在叫的同时，又看到了刚才那两个亮点，我确定它是一双眼睛了，紧接着，又是一双。月光穿过云层移过来，我们终于看清楚了，那是两头豹子！它们竟然一直蹲伏在离我们不远的地方。与别的豹子不同的是，它们的身体是乳白色的，间杂一些青灰色，蹲伏在那里和雪堆没什么区别。难怪我们没看到它们。它们的身上有着不规则的圈纹，正是这些圈纹让我断定它们是豹子。

后来我才知道，它们是西藏特有的雪豹，非常耐寒，喜欢生活在高海拔的雪山上。

两头豹子盯着我们，大概在判断我们是否属于它们的猎食范围，是否容易猎食。我们3个人一动不动，瞪大眼睛与它们对峙。小冯甚至拿出了枪，做好准备万不得已时开枪。我们彼此恐惧着，彼此都害怕被对方伤害。

月光下，两头雪豹显得非常漂亮，又长又粗的尾巴拖在雪地上。它们一动不动地并肩站着。我猜想它们是一对夫妻或者是一对兄妹。我心里暗暗地祈求它们：赶快离开吧，不要靠近，否则你们会受到伤害的。

终于，小一些的那头甩了甩尾巴，先转身了。似乎对我们失去了兴趣。接着大一点儿的那头也转身了，它们不紧不慢地走着，渐渐消失在了雪夜里。

我不知道是它们接收到了我祈求它们离开的信息，还是看到眼前的三双眼睛比它们的更明亮？

雪豹离去了，我们决定抓紧时间赶路。以防天气再变化。

突然，我听见小冯又叫起来，声音有些变调，我还以为又出现了什么野兽。但是我听清他叫的是：白同志你受伤了！

我回头一看，在我坐过的雪地上，被月光照出丝丝缕缕的血痕。我吓了一跳，我想我怎么一点儿感觉也没有呢？再细细一看那血痕的颜色，我明白了，不是什么受伤，是我来例假了。怪不得我腰痛得那么厉害，肚子也痛得往下坠。一算日子，整整提前了一星期。

我沉住气对他们说，没事儿。我没受伤。你们先到前面去一下，我自己会处理好的。

两个小伙子不明不白的，但还是听话地到前面去了。

我一个人背靠着马，脱下棉衣，从棉衣的袖子里扯出棉花。在进藏路上，我们女同志每次来了例假，从来就没用过像样的卫生品，如果遇到急用，只能扯被子里的棉花用。被子扯空了就扯棉衣棉裤。我的棉衣的两只袖子和棉裤的两条腿，都已经空空荡荡了。

费了很大的劲儿，我才从胳膊上扯出很少一点棉花。那里面实在已经没有棉花可扯了。我又撕了一截裤腿，胡乱地做了个垫子。草草处理之后，就站起来找他们。我想我们得赶紧上路，趁着雪还没下往前赶。今天晚上无论如何也不能再在雪山上过夜了。

但我不知道，就在我去处理自己的时候，两个小伙子做出一个决定。

等我回到他们身边时，小冯告诉我说，他们决定放弃两匹马，以便节省饲料。留下小冯那匹较为强壮的马让我骑。他们坚持认为我受了伤，说什么也不肯让我再走路了。

我和他们争执起来。

在那样的情况下，我怎么能骑马呢？就是我想骑，马也不肯啊。就是马肯，我也不肯啊。藏民有句俗语：上山人不骑马不是好马，下山人若骑马不是好人。但两个小伙子固执地要我坐到马上。他们说马不走他们就拉着马走。如果我坚持不骑马的话，他们就背着我走。

我火了。我说小冯，现在3个人中我年龄最大，你们必须听我的。他说不行，你得听我们的。我们是多数。我说你是不是怕1号批评你？你不要怕，我会告诉他怎么回事的。他说不是，我不是怕1号批评我。我问那是为什么？他看着我，突然大声说：因为你是女的，我们要保护你！

我软下来，我甚至为自己刚才的大声武气感到不好意思。我是女的呀，我怎么忘了？我该斯斯文文地说话才对。我马上换了一种非常柔和的语气说，谢谢你们的一片好意。但我真的不能骑马。我……

我决定撒谎。

我说我的伤就在腿里面，没法骑马。

他们终于信了。

最后我们双方"妥协"达成一项协议：他们两个人在前面开路，牵着马，我拉着马尾巴跟在后面。这样我可以省很多力气。

我们准备走了。可那两匹马，那两匹我们打算放弃的马，却站在雪地上看着我们。它们的眼神是那么忧伤，那么无助。它们知道这就是生离死别。我难过得真想大声喊，别丢下它们！把它们带上一起走吧！要死就死在一块儿！

可是我想我没有权力这么喊，我已经给他们带来太多麻烦了。

但没想到小周叫了起来，他突然叫道：不，我要带它们走，我不能把它们留在这儿。它们留在这儿我会难过死的！

小冯像个兄长一样，想了想说：好吧，我们不留下它们，我们一起走。

10

下山的路全是冰，我不知道摔了多少跤，拉着马尾巴也照样摔跤。小冯和小周焦急万分，我只有不停地安慰他们，没事儿，没事儿。

但我感觉到，3匹马渐渐地不行了，一点儿精神也没有。我知道它们不仅仅是饿，还有疲劳，还有寒冷，还有忧伤。它们常常站下来不走。我得反过来拉它们了。

当我们越过一个全是冰的沟壑时，小周那匹枣红马再也不肯挪动了，任小周怎么拉也不动。小周连忙把最后一点饲料拿出来喂它，它还是不动，好像它的嘴已无法张开。它只是站在那儿，看着小周。

我拿出身上最后一根腊肠，送到它的嘴边，它还是不动。

小周一遍遍抚摸着它的两个耳朵，像问兄弟那样问它：你怎么啦？你吃呀？你别这样看着我好不好？

枣红马仍那样站着，固执地看着小周。我想它一定是有话要对他说，它的眼角湿润了。小周很害怕，孩子似的紧紧抱着马头。片刻之后，枣红马轰然倒下。小周没了知觉一样，也随之倒下，趴在了马的身上。

我把他扶起来，感到一阵揪心的痛。原来生离死别，不仅仅在人与人之间。

小冯和小周牵着马走在前面，我跟在他们身后。虽然没有再下雪了，但路上的积雪依然很深，我们的跋涉依然很艰难。幸好有月亮，我抬头看了一下天，月亮跟着我们。我说明天可能会出大太阳。我抬头的时候身子晃了一下，小冯想搀扶住我，他太急，突然身子一晃，倒在了马身上，没想到马也倒了，小冯一下子失去依傍，滑出了路面，他是走在靠悬崖一边的。

小周扑过去抓他，但也摔倒了。

小冯继续下滑着，他大喊：快拉我一下！我跟跄着扑过去，一把抓住了他的胳膊。可是我怎么也抓不紧那只胳膊。我的手冻僵了，手指头好像不是我的。更要命的是，我的身子也开始下滑。小周爬起来，向前一扑，从后面一把拽住我的腿，死死地拽住。

我的人稳住了，但我的心却开始渐渐绝望，因为我手里的衣服正一点点地掉出去，尽管我身体的每一寸都匍匐在雪地上，包括我的脸颊。它被坚硬的冰凌擦得生痛。我毫无道理地叫道，小冯你要坚持住呀！我明明知道应该坚持住的是我，可是我的手已经不是我的手了。我指挥不了它，命令不了它。

小冯悬挂在崖边，他扬着脸，忽然露出一点儿笑容，他说白同志你松手吧，不然你也会掉下去的。我说不，我不松手！但是我的手正做着和我相反的事，它在一点点地放弃小冯。我说不，小冯，你不能下去！小冯说，白同志，替我照顾好1号首长……本来我想……你们结婚的时候，再采一把花……

他的手突然挣脱了我的手，就像我们断裂开了似的，他仍保持着那个姿势，扬着脸，手长长地伸向我，朝悬崖下坠去，一眨眼工夫就消失了。他最后的那句话还粘在崖壁上，被风一吹，颤了颤，才坠落下去。

……花……

这就是那个雪夜。

这就是我不愿触动的那段记忆。

这就是我刻骨铭心、没齿难忘的生命历程。

我不知道如果没有这个雪夜，我会怎样面对你们的父亲？怎样面对嘎玛的生活？

我恨自己，恨自己没有拉住小冯，恨自己没有退回到拉达兵站，恨自己拖延了几天才上路。我把一切都归结到自己身上，我让自己的心受尽煎熬。

我想我唯一能做的，就是替小冯照顾你们的父亲。我相信那是小冯的愿望。

在你们的父亲留下的影集中，有几张照片是非常珍贵的。甚至用珍贵这个词都不足以形容。它们是我生命的一部分。

我想说说其中一张。

这张照片只有半寸大，已经发黄了。照片上，我和你们的父亲并排站立着，他整整高出我一个头。我们都穿着军装，我们都面容严肃。在我们身后，是你们的父亲当时在嘎玛住的房子，也是我结婚后住的房子，那是一间向藏民借用的放马料的房子。

在我们前面，是一座只能看到一点儿轮廓的雪山，那就是恰巴山。

在我们右边，有一条小河，一到春天，你就能听见流水的声音。

在我们左侧，有一小片树林。也许它不能叫作树林，只有非常稀疏的几株红柳。在红柳中间，在你们看不到的地方，有一座坟冢。那是小冯的衣冠冢。小冯自己，永远住在了恰巴山上。

这就是我们的结婚照。

第十二章

夜深人静，欧木军一个人坐在父亲的办公室里，点燃一支烟。

本来在妻子的再三要求下，他已经把烟戒了，戒了一年多了。但从昨晚开始，他又吸上了。他找弟弟木鑫要烟的时候，妻子晓西看见了，但没有阻止。她知道此刻他的内心正经受着巨大的痛苦和悲伤，承受着从未有过的心理重负。如果烟能够帮助他减轻这重负，为什么不抽呢？后来晓西索性跑出去，给他买了一条中华回来。

眼前的烟灰缸里，已经横七竖八地堆了好些烟头。

但木军的思绪仍纷乱不已。

父亲的突然去世，令全家万分悲痛。更让他不安的是，母亲的精神有些反常，母亲不但一滴眼泪没掉，反而从昨天晚上开始不停地说话，说往事，说父亲，说自己，话语滔滔不绝，好像山中突然冒出一处泉眼，不停地往外涌着汩汩的泉水。而且她说出来的那些话，使他们做子女的感到害怕，那都是些他们陌生的、从来没听说过的、不明白就里的事。后来到了凌晨两点，木兰害怕母亲的身体受不了，给她服了两粒安定，母亲这才睡下。

母亲睡下后，欧木军却睡不着。他一个人躲在父亲的书房里，想理一理纷乱的思绪。照说自己已是快50岁的人了，也经历过不少事情了，但母亲说的那些话仍让他感到震惊，母亲说她生了6个孩子却只养活了3个，母亲说她的老大和老二都死在了西藏。这是怎么回事？究竟是母亲精神失常之后的谵语还是确有其事？如果确有其事，老大死了，他是谁？他这个老大是谁？老二也死了，那木兰这个老二又是谁？他们家现在怎么会有 6 个孩子？

　　木军想，如果这个家中孩子有非亲生的，那么可能性最大的就是自己了。因为他和母亲只相差 19 岁，这一点是他早就意识到并有些疑惑的。母亲和父亲有时说起他们的婚姻，提到的时间是 1951 年，那时的母亲应该是 20 岁，怎么会在 19 岁时有了他？可他从来没去考证过，甚至连问都没问过。他觉得他不该怀疑，他从心底觉得父母就是父母。不可能是其他。

　　但此刻，木军觉得有些受刺激，眼看就年过半百了，竟突然发现自己并不清楚自己的身世。父亲在世时他们父子也时常聊天，几乎是无话不谈，可父亲从来没有流露过一丝半点啊！他一直以为他是他们最满意的长子，他一直以为他是弟妹们最信赖的大哥。

　　怎么突然之间……一切都变了？

　　木军往记忆最深处想。

　　他是 5 岁时开始有记忆的。那时他在十八军保育院。老师经常对他说，也是经常对全班小朋友说，你们的爸爸妈妈在西藏，等路修通了，工作忙完了，他们就会来看你们。于是就时常有穿军装的叔叔或者阿姨风尘仆仆地来保育院，他们一来，老师就会叫出一个小朋友的名字，说你的爸爸来看你了，或者你的妈妈来看你了。那些叔叔和阿姨一见到自己的孩子就冲过去把他们抱起来，搂进怀里，一阵拼命地亲吻。有不少孩子被他们的父母亲热得大哭起来。有一次，一个小朋友被他爸爸紧紧地搂进怀里，又高高地举起来抛向空中，弄得一阵哭一阵笑的。可等他爸爸把他放下地后，他的老师却跑过来抱歉地对他"爸爸"说，弄错了，那个不是你儿子。

　　即使如此，木军仍然非常羡慕那些被叫到的孩子，期待着有一天老师也会叫到自己。哪怕他被一个穿军装的男人或女人弄得碎了骨头，他也愿意。可不知为什么，总也没有老师叫到自己。

　　其实保育院的老师对他非常好，尤其是徐老师。在他没见到母亲之前，徐老师待他就像亲儿子一样。徐老师甚至为了对他好，受过院长的严厉批评。那时候他的体质很弱，常常生病。除了有个大脑袋之外，四肢都瘦得像柴火棍。徐老师很心疼他，总想给他补充些营养。那年中秋，保育院给孩子们发月饼。因为月饼少，每两个孩子分一个。老师们没有。徐老师在分切月饼时，就在中间多切了一刀，让每个月饼都留下一个小细条。很细很细的一条。她把这些小月饼条藏起来，每天晚上悄悄地给木军加餐。但不知怎么被人发现了。徐老师自然受到了院长严厉的批评，还差点儿背了处分。

木军那天看见徐老师眼睛红红的，孩子们也议论纷纷地看他，才知道徐老师每天晚上把自己叫出去悄悄吃的那些小条月饼是从哪儿来的。他一下觉得自己受了侮辱，他站起来大声地对徐老师说，我才不稀罕吃别人的东西呢！你讨厌！

徐老师呆住了，很快捂着脸跑了出去。

一直到长大以后，木军才知道他当时说的话对徐老师是多么大的伤害。但他仍有疑惑，徐老师为什么那么偏爱他？难道就因为她是母亲的战友？有一次他去看徐老师，内疚地说起这件往事。头发已经花白的徐老师坦然地笑道，是我不好，再怎么也不能把别的孩子的东西省给你啊。木军追问，是不是因为你和我母亲是战友？徐老师说，不是，我当时是觉得你可怜，别的孩子父母来看他们的时候，多少都会带点儿糖果点心给他们，可你没有，孤孤单单的。他有些不解地说，我孤单？徐老师马上掩饰说，我当时以为你父母牺牲了。

木军将信将疑。

的确，在 5 岁之前，没有人来看过他。尽管他一直在等。有一天保育院又来了一个穿军装的阿姨，这回徐老师没有叫谁，没有说是谁的妈妈来了，而是自己和那个阿姨拥抱在了一起，她们高兴得直抹眼泪，她们在那儿不停地说着话。

他想这会不会是我的妈妈？他就跑到那个阿姨跟前站着，眼巴巴地看着她。他听见徐老师很激动地对阿姨说了些什么，那个阿姨就把他拉过去，撩开他额头上的头发仔细地看，他额头上有个很显眼的疤。阿姨摸着伤疤喃喃地说，是他，是他……

她一把将他拉进怀里，流着眼泪哽咽地说，我是你的妈妈呀！

他真没想到，她就是他的妈妈，他的妈妈就这样出现了。他高兴得心咚咚直跳，他在妈妈的怀里傻笑着。老师说，木军，快叫妈妈呀。他就叫了妈妈。他从此有了妈妈。

后来母亲带着他离开了保育院，把他带到了西藏。

在西藏，他见到了父亲，父亲和那些到保育院来看孩子的解放军叔叔们一样，高大威武。他觉得很开心，他忽然就有了爸爸和妈妈，还有了一个小妹妹，有了一个完整的家。后来他才知道，妈妈为了带走他，把半岁大的妹妹木兰留在了成都保育院。妈妈要工作，要照顾爸爸，一个人带三个孩子吃不消。

他在父母身边待了3年，给妈妈惹了不少麻烦。后来到了上学的年龄，母亲还是舍不得送他到内地读书，父亲说你这样会害了他的，你得送他去读书。母亲仍是舍不得。后来他8岁了，母亲又有了身孕。当时小妹木槿只有3岁。母亲实在没法了，只好同意送他到成都去读书。他在成都一直读到初三，然后又进藏当兵。熟悉他的叔叔伯伯常开玩笑说他是个老西藏，15岁时已经三进西藏了。第一次进藏时还在妈妈怀里呢。

这段往事，他知道得很清楚。有时候回忆起来，也曾有些疑虑。为什么母亲一直到他5岁时才来看他，在此之前是怎么回事？问母亲，母亲说，当时他太小了，不能带进西藏，就把他留了保育院。这个说法是最有说服力的说法，因为他的许多同学都是在保育院长大的，他的许多同学都是好几岁之后才见到父母的。就是他的妹妹木兰，也是10岁以后才和母亲生活在一起的。慢慢地，他就释然了。父母是那么爱他，他有什么理由怀疑呢？

可是现在，不是他怀疑不怀疑的问题，而是母亲要改变原来的事实。

但他马上提醒自己，不能这样，得把自己的情绪调整过来，得把自己的心事放下。现在这个家的担子已经全部落在他的肩上了。不管他的身世如何，不管他是谁的儿子，眼下他都必须挺起来，做弟妹们的主心骨。还有母亲。他一定要照顾好母亲。

在木军的感情世界里，对父亲更多的是敬重，对母亲更多的是亲情般的爱。他是从小跟母亲长大的，母亲在他眼里就是家的化身。他甚至觉得他是被母亲那慈爱的忧郁的心疼的目光看大的。

记得小时候在西藏，他因为淘气从山坡上滚下来，半个小脸都被擦破了皮，虽然没有流血，却直往外渗水珠。母亲当时紧张得要命，带他去看医生，医生说问题不大，只是别再碰那个破了皮的地方，免得留下疤痕。母亲反复说，我知道，我不会再让他留疤的，他已经有一个了，我不会再让他多一个的。

晚上睡觉时，母亲让他侧着脸睡，把受伤的半个脸露在上面。她坐在他的身边，一边哄他睡觉，一边用手轻轻地抚摸那个旧疤痕。这差不多已是母亲的习惯动作了。每次她看着他睡觉时，都会去抚摸一下那个旧疤痕。他在母亲的抚摸中渐渐进入了梦乡，一睡着，身子就转了过去。母亲连忙把他翻过来。为了守他，那一夜母亲一直没敢睡。第二天早上醒来时，他看见母亲一双熬红的眼睛。他天真地问，妈妈你为什么不睡觉？

想到这儿，木军忽然在一瞬间明白了一个事实：不管母亲是他的生母还是养母，他都爱她，永远爱。

木军为自己明白了这一点而红了眼圈儿。

有人轻轻敲门，接着推开了门。是晓西。

晓西一进来就感觉到了满屋子的烟味儿，她看见自己的丈夫坐在烟雾中，就明白他是一夜未合眼。她走过去打开窗户说，你去睡会儿吧。你这样会把自己搞垮的。

木军摇摇头说，我睡不着。

晓西走过来，双手扶在丈夫的肩上，轻轻替他按摩着。犹豫了一会儿她说，木军，我们把小峰叫回来吧。

木军说，把他叫回来？你的意思是让他回来和爷爷告别，还是……

晓西说，先和爷爷告别，再想办法……把他留下。

木军皱了一下眉，说：这恐怕不合适吧？爸刚走，妈的情绪还没有平复，我们就开始做这件事了。

晓西说，这件事怎么了？

木军说，不怎么。可这毕竟是违背爸爸意愿的事。

晓西说，爸爸的意愿，你总是说爸爸的意愿。那我的意愿呢？你的意愿呢？小峰自己的意愿呢？就一点儿都不重要？

木军说，晓西，我知道你对这事一直不高兴。但是能不能缓一下再说？

晓西不说话，但显然很不高兴。

木军沉吟了一下，又说，说到我的意愿，晓西，我不想瞒你了，其实我心里也是一直愿意小峰去西藏当兵的。只是怕你生气，推到了爸的身上。

晓西很意外地问，为什么？

木军说，不为什么，那毕竟是我生活了半辈子的地方。

晓西沉默了一会儿，说：有时候我真不理解你们欧家的男人。

木军深吸了一口烟说，我自己也不理解。

晓西不再说话，拉开门要走。木军又叫住她，晓西，不管你心里怎么想，我希望你在弟妹面前别表露出来，你是大嫂。生前我们没能让父亲满意，死后我们就别再伤他的心了。

晓西说，你这是什么意思？难道我伤他心了吗？昨天我一句话也没说呀。

木军说，我知道你没说，但你心里对他是不满的。

晓西说，我不否认，我是对他有意见。我不是不尊重他，我尊重所有的西藏军人，你知道，我自己也是他们的后代。可是我一直觉得，这种尊重没必要非得用世世代代子承父业的方式来体现吧？难道就因为有个西藏军人的爷爷，小峰就摆脱不了进藏当兵的命运？

晓西话一说完，不等木军做出反应，拉开门就走了。

木军想，晓西怎么啦？她一直都很通情达理的。是不是自己的话伤了她？还是父亲去世勾起了她的伤心？看来还得召开一个家庭会议，用父亲的话说，得统一一下思想。不过，木军知道，现在要开家庭会议，得由自己来唱主角了。并且从今往后，都要由自己来扮演父亲的角色了。自己能担当起来吗？

木军从没想到过自己会离开部队。他以为自己天生是个军人，更具体地说，天生就是个西藏军人。从 15 岁当兵起，他在西藏一口气干了 25 年，一生中能有几个 25 年呢？他原打算一直干下去，像父亲那样，干到退休为止。可有一天他忽然发现，自己已经不适应部队了，部队不要自己了。他的那种失落难以形容。

那是 90 年代初，他 40 岁，任某边防营的营长。领导找他谈话，婉转地提出让他转业。他毫无思想准备。他原以为只要自己能吃苦，愿意吃苦，就可以在部队待下去。没想到部队嫌他文化低了年龄大了，竟要他转业。领导说，以他的军龄和年龄，当一个营长实在是委屈了。起初他不明白，他说我不嫌职务低，我这个水平当营长正合适。领导上只好直说了，部队要搞高科技，需要年轻的文化高的军官。他一时有些发呆。当时父亲刚刚离休离开西藏。木军想，会不会是因为这个？一急之下他给父亲打了电话，他实在不想离开部队，他想让父亲帮他说说情。

父亲也和他一样感到意外，父亲也和他一样难以接受。父亲说你等着，我打电话找他们。从来不过问他事情的父亲，为这件事出面找了人。但结果却令人沮丧。一些日子后，父亲打电话给他，语气沉重但十分冷静地说，你就服从组织安排，转业吧。

就这样，木军离开了部队，离开了西藏。

回到成都很长一段时间他都无法适应，好像一只鸟突然被捆上了翅膀，改用双脚走路了。他找不到平衡点，要么歪歪扭扭地摔跤，要么就一动不动地缩着头。在家里他可以一整天不说一句话，一整天不展现一丝笑容。妻子说他，他就说，这成天没个太阳的，我不习惯。头几天早上，他还一骨碌爬起来，摸黑穿上军装出门。等出门之后发现外面是高楼，是压低的云，而不是晴朗的天空和大山时，他就会突然清醒过来，沮丧地返回家中。

妻子怕他老这么压抑着身体出毛病，就强行带他上街去转悠，要他熟悉这个城市，热爱这个城市。有一回转到百货公司，妻子在那儿试衣服，他等得无聊，就一个人转到了玩具柜台。在那儿，他突然发现了一把与他曾经拥有过的54式手枪非常相近的玩具仿真枪，立即兴奋地买了下来。妻子还以为他是给儿子小峰买的，挺高兴，想他总算有了点儿做父亲的感觉。可回家后才发现，他自己迫不及待地玩儿起那枪来，还自制了个靶子挂在门后，打得啪啪作响。等小峰放学回来时，他竟把枪藏了起来。

打那以后，木军就迷上了这件事，四处购买搜罗仿真手枪。只要买到一把好的仿真手枪，他就能开心上一天半晌的。半年时间里他就拥有了几十支仿真手枪，全是世界名牌。这让他的生活里稍微有了些亮色。

后来他被安排到轻工局任党委副书记，一个可有可无的位置。他也每天去上班，但人坐在那儿，心却不知飘在哪儿。晚上回到家，看完新闻联播，他就把他那摞枪抱出来。一支支地抚摸着欣赏着。只有在这个时候，他的心是宁静的。

他最喜欢的是那支意大利造的贝雷塔92式自动手枪。意大利是手枪王国，贝雷塔又是手枪王国中的得意之作。这种枪口径9毫米，可装15发子弹，拿在手上，真有一种主宰感。难怪美军要把它选为作战部队军官用的制式用枪。

那支小巧的黑科PM270，因采用了两次击发的保险装置，反应快速又安全又可靠；而那支沃尔特P5式自动手枪，最大的优点是保险装置先进可靠，而且威力巨大；这两支手枪都是德国造的。德国的枪和他的民族一样，显得十分理性和冷静。

美国造的手枪他也有两支，一支是史密斯韦森M29，一支是贝雷塔M84都很漂亮。另外还有一支瑞士的西格，如同瑞士表一样精确。

他一支支看着，还用一块丝绸细细地擦着，跟对待真枪似的，只差没上油了。当他做这些事时，不允许妻子和孩子任何人打搅，就像在进行重要的工作。

有一天他正沉迷在那些仿真手枪里时，突然有人敲门。他不高兴地说，干什么，不知道我有事吗？

结果推门进来的竟是父亲。

父亲站在门口盯着他，好一会儿没说话，这令他这个也做了父亲的人感到有些紧张。他讪讪地说，爸您怎么来了？

父亲说，你不请我，我就不能来吗？

他心想，是不是妻子告了状？

父亲指着摊了一桌子的枪说，这些就是你天天摆弄的宝贝？木军连忙拿起那支他最喜欢的贝雷塔递给父亲，说，你看这枪……木军把枪握在手上，指头一转，作了个漂亮的抢枪动作，由衷地感叹道：多漂亮！然后他又拿起一支：你再看这支，精致无比！还有这支……

木军把枪一支支递到父亲面前，他看出父亲脸色不好，想通过这些枪来调节气氛。他相信父亲也会和他一样喜欢这些枪的。一个真正的军人，怎么能不喜欢这些尤物呢？

但父亲一眼也不看他的枪，坐下来，摸出烟点上，说，怎么没去上班？

木军抢着枪不以为然地说，反正去了也是坐在办公室喝茶看报。

父亲说，你好像长胖了。

木军说，是吗？可能是日子太清闲了，我不习惯。

父亲说，你准备这么一直胖下去吗？

木军说，那有什么办法？我想受累也没机会。

父亲说，你实在不像你父亲。

木军愣了一下，没再说话。他有点儿沮丧，他想父亲和他生疏了。他不说你实在不像我，而说你实在不像你父亲。

父亲也不再说话了，一口一口地抽着烟，抽得极为认真，好像是在细品。木军把玩着手上的枪，等着。他想父亲无非是对他转业回来后的表现不满。不满就不满吧，他也没办法。他就是打不起精神来。他等着父亲批评，等着父亲教育。好久没人批评教育他了，这也让他不习惯。

但父亲仍是一句话不说。直到把那支烟抽完，木军也没再听到他一个字。

木军心里有些不安了，这不像父亲。父亲终于站起来，走到桌前，拿起那把瑞士造的西格，在手掌中掂了掂，抬起手臂眯缝起左眼，作了一个很标准的瞄准动作，之后扔下枪说：枪是好枪，可惜打不响。

他扔下这句话，拉开门走了。木军怔在那儿，听见妻子在门外说，爸您再坐会儿吧？但传来的是关门声。

夜里木军翻来覆去地想了一晚上。第二天早上起来他做的第一件事，就是把那些仿真枪一古脑儿地全部装进了箱子，踢进床下。第二件事就是恢复了出操。当然是自己一个人出。他从家里跑出去，绕着高楼群跑了半小时，然后在阳台上拿起儿子的哑铃练了一阵。做的第三件事，就是上班后找到局党委书记，要求调离机关，随便去一个企业。党委书记问他为什么要提这个要求？他说不为什么，他不想再继续长胖了。

后来他就到了现在的星光电子厂，先是当党委副书记，3年后终于成为党委书记。他并不在乎升这一职半衔，他在乎的是自己终于被企业的行家们接受和认可了。他从一个完全不懂经济的人，终于成为一个能够参与意见，能够分忧解难的当家人了。他对自己说，我是一支好枪，我又打响了。

但他始终没有再问父亲那句话是什么意思。父亲说，你实在不像你父亲。他为什么不说你真不像我儿子？

也许它们是一个意思？

但此刻，木军忽然明白，这两句话不是一个意思。

木军的心里像一团乱麻。过去无论是在部队上，还是后来转业到了企业，再难的事再累的事再委屈的事，他的心里都没这么烦乱过。一个从小在西藏长大的孩子，能有什么吃不了的苦受不了的委屈呢？可是这一次却不同了，一种从未有过的伤感漫过心头。

他往自己发苦的嘴里又塞了一支烟。

木兰突然醒来，发现自己不知什么时候靠在沙发上睡着了。

昨天夜里她把母亲弄上床后没敢离开，就坐在客厅里，也不知什么时候睡着了。她看看四周，静悄悄的，一时有些不知身在何处。她想起来了，是自己做了个梦，在梦中她回到了西藏，回到了她生活过8年的那个高山上的医院里。医院里静悄悄的，仿佛所有的声音都被四周的大山吸走了……

她已经很久没有做这样的梦了，刚离开的时候，她时常梦见那个医院，梦见病房，梦见山下那个镇子。但这些年，她已经越来越少地做这样的梦了。

身上盖了床毛毯，不知是谁给她盖的。她忽然意识到，自己坐的位置，正是父亲去世前最后坐的那个位置。父亲就是坐在这里进入昏迷状态的。

木兰的心里又开始隐隐作痛。父亲走了，这件可怕的事不是梦，它切切实实地发生了。它让木兰第一次感觉到了生命的无常。虽然身为医生，她早就明白这一点，但只有发生在亲人身上，这种感受才是真切的。

木兰和大哥一样，很早就进藏当兵了。和大哥不同的是，她在当兵之前也几乎没有和父母在一起生活过。她差不多是在保育院和八一校长大的。由于从小不在母亲身边，木兰的性格一直比较内向，也很独立，凡事自己做主，极少依赖父母亲。但此刻，木兰却感觉到了一种无助的孤独，渴望有人帮她分担这种孤独。

丈夫已经走了。

木兰想，他昨晚能陪她过来，已经相当不容易了。她对他没有更多的要求。他们这半年多来差不多已形同路人。木兰是那年到内地医院进修时，认识丈夫陈郡和的。当时她还在西藏林芝的陆军医院当护士，陈郡和已是医院里年轻有为的主治医生了。从来都话少的木兰，跟年轻的陈医生却很谈得来。而在大都市生活了多年的陈医生，也一下被眼前出现的这个样子清纯、气质淡雅的女兵吸引了。于是两人恋爱了，之后就结婚。她的这桩婚事母亲很满意。母亲说她喜欢医生。小时候她的母亲就希望她成为一名医生的，现在木兰总算替她了了愿。夫妻俩都是医生，多好，用母亲的话说，从事的是一个圣洁的职业。

但从事圣洁职业的人也是凡人。结婚后木兰仍在西藏工作，夫妻俩长期分居，有了孩子之后，一直是陈郡和抚养的。那时西藏军人一年半才有一次假期，木兰探亲一次伤心一次，孩子不认她，丈夫有怨言。木兰也知道让丈夫在家养孩子是不现实的，丈夫的业务很好，是他们医院有名的一把刀。于是他们请了一个保姆。有了保姆之后，丈夫的怨言渐渐少了。木兰到现在也不清楚，他们夫妻之间的问题，是在有了保姆之后越来越糟了，还是得到缓解了？或者说，丈夫对她的冷淡，究竟与那个有几分漂亮的保姆有没有关系？

后来，父亲似乎察觉了什么，终于把她调回了内地。但已经晚了。两人之间的感情已经越来越淡漠了。尽管木兰一调回来就辞掉了保姆，自己亲自打理这个家，亲自抚养孩子。但这一年多来，丈夫和她之间几乎没有话说了，他们已处于分居状态。

木兰没有勇气提出离婚。没有勇气提出离婚的一个重要原因，是怕父亲生气母亲伤心。大弟木凯的离婚就对父亲是一个重大的打击，木兰不忍心再让父亲受到这样的打击。

可是没想到她忍住了木槿却没有忍住。

鼻子有点儿塞。受了凉。

木兰上楼去看母亲。

母亲还在睡。脸朝里，一动不动。木兰还记得，她5岁那年，母亲到保育院来看她。那时她对母亲没有记忆，她觉得最亲的人是徐老师。母亲来之前，徐老师交给她一张父母的照片，告诉她，你妈妈要来看你了，你要先认识她，等见了面你就要喊妈妈。她就每天拿着照片看，晚上睡觉时就把照片放在枕头下面。照片上，爸爸和妈妈都穿着军装带着军帽，妈妈的头发从军帽里流出来，一直流在肩上。

终于有一天，徐老师把她叫到了办公室，她看见一个女人坐在那儿。女人看见她就惊讶地说，这就是木兰吗？徐老师点点头。女人就想过来抱她。她往后躲，躲到了徐老师身后，然后从口袋里悄悄拿出照片看。她觉得这个女人不像照片上的人，这个女人头发很短很乱，像男人一样。并且脸色憔悴。没有照片上的妈妈好看。徐老师着急地说，木兰，快叫妈妈呀！她指着照片说，她不是我妈妈，我的妈妈是长头发。

女人愣了，她勉强笑了笑，笑得很难看。她跟徐老师说，你看这孩子，认死理。我这头发是出来之前刚刚剪掉的。路上不方便。早知这样，我就不剪了……

女人说着就背过脸去了。

后来徐老师哄了她半天，她总算勉强叫了一声妈。女人就把她抱在腿上，给她剥糖吃。正在这时，保育院开饭的钟声敲响了，她马上抬起头来对女人说，阿姨，开饭了。

女人的眼圈儿一下又红了。

现在，这个女人已经如此苍老了，木兰仍没能和她亲近起来。

　　木兰看着母亲花白的头发散落在枕头上，心里异常伤感。不知此刻出现在母亲睡梦中的是什么。

　　在木兰眼里，母亲总是把自己的内心藏得很深，在这一点上她们母女有些相像。有时母亲那些战友，那些老阿姨来她们家，滔滔不绝地说着往事，母亲也只是眼里露出喜悦，默默地陪她们坐着。

　　母亲总是用坚硬的冷漠的外壳，包裹着她的内心。但木兰知道，越是包裹得紧的心，其实越柔软。

　　可是昨天，母亲突然说了那么多话，并且是那么出人意料的话，让大哥和弟妹们都吃惊不已。木兰突然想，母亲那瘦弱的身体里，究竟装了多少秘密？

　　不过，母亲的那些话倒没有让她有太大的意外，至少没有像大哥和弟妹们那么意外。因为她心里早有疑虑。当母亲说，她的老大和老二都死在了西藏时，她只是稍稍有些震动，她想，看来身世不明的不仅仅是自己一个。她有些兴奋，期待着母亲说下去，揭开她渴望知道的谜底。但母亲却开始絮絮叨叨地说起了往事。

　　作为医生，她知道这是母亲受了刺激后的另一种反应。她想，母亲的确是不同于其他女人的。任何女人处在这种时候都会大哭一场，但她却没有眼泪。她是从来就没有眼泪呢还是眼泪早已流光？

　　木兰忽然发现，母亲的桌子上，放着父亲留给她的那个红皮笔记本，本子敞开着，里面竟贴着照片。她好奇地拿起来翻，或许这就是父亲所说的那个母亲想要的影集？照片已经发黄了，最大的3寸，最小的只有半寸，被父亲很有条理地一张张贴在本子上，每张下面都有注释。因为小，照片上的人影像模糊。木兰想，这些照片比起现在的大彩照来，其珍贵程度真是不可同日而语。

　　在本子的第一页，木兰看到一张母亲与另几个女军人的合影。照片上写着"进藏留念"4个字。下面是父亲用钢笔写的小字这是她送我的第一张照片，她和她的战友在进藏之前的合影。（前排从左至右：她、吴菲、刘毓蓉；后排从左至右：徐雅兰、苏玉英、赵月宁、宋红莲。这中间有两位同志牺牲在进藏途中，有一位同志因病留在甘孜，其余4位一直走进西藏。）

　　父亲称母亲为"她"，这让木兰感到有些意外。

　　木兰的目光在这张照片上停了许久。除了两个牺牲了的阿姨，其他的她都认识，她们剪着一式的短发，穿着一式的军装。让她吃惊的是，她们的军装竟像连衣裙一样漂亮，是那种翻领长排扣，中间扎腰带的样式。她们非常年轻，年轻得有些拘谨，好像对自己的军人身份还不适应。

再往后翻，她看见一张照片上，一个女人穿着臃肿的棉衣抱着孩子站在那里，身后是一排西藏常见的干打垒土房子。

父亲用钢笔在下面写道："这是我们的第三个孩子，无论如何也要把她养大成人。希维5个月，摄于1954年9月。"

这张照片木兰从没见过。她睁大了眼睛细看，认出那个女人是母亲。至于怀里那个孩子，小得无法看清楚脸庞。她仿佛听母亲说过，她小时候曾叫过希维这个名字。但如果是她，为什么说是第三个孩子？

再往后翻，大多是父亲母亲分别与他们的战友的合影。每一张照片都有解释。木兰不断地发现有许多照片让她迷惑。她决定拿下去给大哥看看。

木兰为母亲盖好被子，关上门，拿着本子走下楼去。

木军已经坐在客厅里了，并且在抽烟。

木兰突然发现，大哥在一夜之间苍老了。鬓角生出一丛十分刺目的白发。她一时忘了手上的照片，走上前关切地说，大哥，你不要紧吧？

木军按灭烟头，说，我没事。

木兰看着大哥，忽然想起他第一次从西藏回家探亲的情景。

当时大哥写信给母亲说，我要回家了，但找不到家。你能不能来接我一下？

大哥是从八一校直接去当兵的，15岁。那时候他的下面已经有了一串丁零当啷的弟妹，母亲一个人带着这串孩子实在有些支持不住了。大哥那时并不懂事，常常惹祸。父亲就说，把他交给我吧。父亲就把才从西藏出去几年的大哥又带到了西藏。一带到西藏，父亲就让大哥当兵了。他哪有时间管他？父亲怕母亲说他，就一直瞒着。直到大哥写信来母亲才知道。母亲看着照片上的大哥穿着松松垮垮的军装，一脸孩子气，就写信去说父亲，你就不心疼孩子吗？父亲回信说，我心疼孩子，那你怎么办？你看看你都累成什么样了？母亲不再说什么，她知道说了也没用。她想起自己当初进藏时，队里有个女兵也只有14岁。

大哥当了3年兵，懂事多了。头一次探亲，本来是说好和父亲一起的。父亲也有3年没回家了。可临到头，父亲又说部队有情况走不开，让他自己一个人搭便车出来。

母亲接到大哥的电报，说他某月某日坐汽车到西藏军区办事处，就让木兰去接。母亲拿了一张大哥穿军装的照片给木兰，说，你拿这个去接你哥。木兰看着照片，照片上的大哥和自己印象中的已经很不一样了。照片上的大哥穿着军装，有些像个大人了。而木兰记忆中的大哥却完全是个调皮少年。

木兰一直到 10 岁才得以和母亲生活在一起，在此之前她一直过着集体生活，先是保育院，然后是八一校。她因此变得非常内向，一双大眼睛总是警惕地看着周围的人。在保育院她最亲近的人就是徐老师了。后来到了上学年龄，木兰听说要离开徐老师去上学，死活不肯，躲在床底下不出来。徐老师就告诉她说，八一校有她的大哥。她这才答应去上学。

当时保育院有许多到了上学年龄的孩子，父母都在西藏。老师们就把他们一起送到八一校。上第一节课的时候，全班哭成了一片。木兰没有哭，但抱着徐老师的腿不松手。徐老师只好带着她去找木军。

木军当时 12 岁，已经上六年级了。个子挺高挺大，但一点儿不懂事。他正和几个男孩子在操场上冲杀，满头是汗。见有人叫住他，他一脸的不耐烦。

徐老师说，欧木军，快过来，告诉你一个好消息。

木军一边用手抹汗一边问，什么好消息？是不是我妈妈要来看我了？

徐老师说，我给你带来了一个妹妹，她叫木兰。

木军一听很失望，他看了一眼这个怯生生的小姑娘说，我不要妹妹。

木兰把所有的希望都寄托在这个男孩子身上了，一听说他不要自己，就哭了起来。徐老师说，木军，是你妈妈叫你照顾她的，她是你的亲妹妹。

木军这才勉强答应说，好吧好吧，我要就是了。他拍拍木兰的头，说，叫我哥。木兰就轻轻地叫了一声哥。木兰觉得心里好高兴。这么大一个男孩子是她的哥。

可这个哥并不像个哥的样子，仍是调皮捣蛋，很少关照他的妹妹。一年后，他就离开木兰到另一所中学读书去了。再接下来就进藏当兵了。

所以木兰对这个哥哥，实在是陌生得很。

那天木兰揣着照片，步行到了西藏军区办事处。一进大门，刚好看见两辆带帆布篷的军用卡车开来，车上下来好些人。有军人，也有家属，拿着行李，一个个都灰头土脸的。

木兰连忙挤上去看，一张脸一张脸地看，可就是看不出哪个像照片里的人。她在人群里钻来钻去，她想她认不出大哥，大哥也许会认出她。但挤了半天，也没有一个人多看她一眼。木兰急了，一急倒急出个办法来。她站在院子里高喊：木军！木军！

终于，走到大门口的一个当兵的回过头来，不高兴地说：你喊谁呢？

木兰说，我喊我哥。

他打量了她一番说，你是哪个，是木兰？

木兰点点头。

他这才露出点笑容，说，我就是木军。但你得喊我哥，木军也是你喊的吗？

木兰不好意思地笑笑，说，那么多人，我也不知道哪个是你。

木军仍不依不饶地说，叫哥，现在叫一声。木兰不肯叫，她已经很久没叫过了。记忆中的哥和眼前的不大一样，现在这个人让她感到陌生。突然出现这么个陌生人，就要让她喊哥，她接受不了。木军没有勉强，就跟着她往家走。但很快，就是木兰跟着木军走了。木军走得太快，木兰只能小跑着。

在街边拐弯处，遇上一个卖烤红薯的，香味儿飘了一街。木兰老远就闻着了。但木军像没鼻子似的，目不斜视地走了过去。走过去后他才问木兰，想吃烤红薯吗？木兰不吭声，她觉得木军是故意的。木军看看她，掉头倒了回去。他挑了个最大的买下，递给木兰。木兰有些不好意思接。木军说拿着，就在这儿吃了它，不然一回家哪还有你的？

木兰接过红薯，第一次觉得有个哥真好。当妹妹真好。

一进家门，母亲就迎了上来，看见大哥她愣了一下，有些迟疑地说，是木军？

大哥倒是马上叫了一声，妈，是我。

母亲说，天哪，你怎么这么瘦？还长胡子了？

木军说，那是因为我长高了。我都和我爸一样高了。母亲抬起手来，撩开大哥额上的头发，轻轻抚摸着那个疤痕，露出了微笑。弟妹们围了上来，大哥就像个大人似的，从旅行包里拿出一些苹果干，还有牛肉干什么的，分给他们。家里充满了热闹和快乐的气氛。母亲眼里往日的忧愁也终于被笑容取代了。

木兰又一次想，有个哥真好。

晚上大哥洗干净了，和母亲坐在一起聊天。木兰和弟妹们已经上床躺下了。但木兰睡不着，大哥的出现让她兴奋不已。她躺在被窝里听着母亲和大哥说话，有一种从来没有过的安全感和温暖。她想她明天一上学就要告诉同学们，她的大哥回来了，她的大哥可高了，她只能到她大哥的第二颗扣子。

大哥滔滔不绝地跟母亲说他在部队上的事，也说父亲的事。母亲直直地看着他。木兰从被窝里的角度看过去，正好能看见母亲的脸。她觉得母亲的眼里有一种说不出来的味道。后来大哥为什么事笑起来，母亲就喃喃地说，越长越像了。

木兰不知道母亲这话的意思。

一直也不知道。

但从那以后，木兰就和大哥亲近起来，大哥成为她精神上的一种依靠，虽然她从没对大哥说过这话。无论什么事，只要对大哥说了，她心里就很踏实。她敬重大哥，信赖大哥，虽然她从不在大哥面前撒娇。

话又说回来了，她在谁面前撒过娇呢？父母面前没有，丈夫面前也没有，兄长面前就更没有了，她似乎从懂事起，就长成了现在这副模样，沉稳，内向，理性。她不知道撒娇是怎么回事。

木兰把那个本子拿给木军，说，你看看这些照片，这是爸留给妈的。我发现里面有好几张照片……有些奇怪。

木军接过来，随手一翻，就翻到了一张男女军人的合影。底下是发灰的钢笔字，看得出是父亲的字迹：王新田同志和苏玉英同志。

他觉得照片有些异样，细细琢磨，才发觉照片的四周画了一个黑框。照片上，两个军人并排站着，一个很魁梧，一个很瘦小，不像是夫妻，倒像是兄妹。

照片下面，有一朵褐色的干花。下面仍是父亲写的字：老王墓前的格桑花。

木军心里一动，他想不到父亲还会有这样细腻的感情。再翻过一页，他忽然看见了自己的照片。那是他5岁那年在成都的照相馆照的。他穿着一件新棉袄，傻傻地站在一盆塑料花旁边。让他吃惊的是父亲写在下面的文字：虎子——木军，5岁半离开成都进藏。

虎子是谁？为什么和他的名字连在一起？

他惊诧不已地看着木兰，木兰也非常惊异。

木军点上一支烟，烟雾缭绕中，兄妹俩继续往下看着。

第十三章

有一天，白发苍苍的我走在路上，听见身后传来号啕大哭的声音。我的心一阵悸动，我想出什么事啦？我回头去看，却看到一个让我非常意外的场面：一个少年，大概十一二岁吧，骑了辆自行车，后座上坐了个更小的男孩儿。少年一边扭动着腰身飞快地骑车，一边张大了嘴啊啊啊地装哭。因为我看见他脸上挂的是笑容而不是泪水，还听见后座上那个小男孩儿咯咯咯地笑出了声。少年的哭声装得像极了，引得许多路人侧目。他得意地一路"哭"着远去。

那一刻，我的心里盈满了泪水。我知道那孩子是因为快乐而哭。世上有这样的快乐，要用哭来表达，它不能不令我感动。

我知道，在你们心目中，我是一个不懂感情的人，甚至是一个缺乏感情的人。你们很少看见我开怀地笑，也很少看见我哭泣落泪，你们一定心存疑虑，觉得我有些不像女人。其实很多时候，泪水已经盈满了我的心，但它们不愿流出来。它们像血水一样浓稠。

如果你们也像我一样，一个个地失去亲人，一次次地经受这样的痛苦，我相信你们的心也会被锻造得坚硬起来。

1

那天黄昏，当我和小周互相搀扶着，终于到达支队时，我一头就昏倒在了你们父亲的床上，什么也不知道了。几天来的劳累、疲惫、身体不适，加上小冯出事的精神打击，已令我的身心承受能力达到了极限，我不知道如果那个黄昏我们还到不了目的地的话，我能不能活下来。据你们父亲说，我从那个黄昏倒下后，一直睡到第二天的黄昏才醒过来。我在发高烧，并且说着胡话，反反复复就那么几句：快去找小冯……他掉下去了……快拉住他呀……

后来，我在朦朦胧胧中，听见有人在耳边说，你放心吧，欧参谋长已经带人上山去了。

声音怎么这么熟悉？我渐渐清醒过来，感觉到额头冰凉，好像谁在给我敷冰块儿。那个声音又说，她好像退烧了。

我努力地睁开眼睛，吃惊地看到，说话的竟是辛医生。我无论如何也没想到，我醒来后第一个见到的竟会是他，辛明。显然他一直守在我的身边，当然是作为医生守在病人的床边。见我睁开眼睛他高兴地喊起来：她醒了！她醒了！

我看着他，一时有些回不过神来。

他说，祝贺你，白雪梅同志。

我不知道他是祝贺我醒过来，还是祝贺我将要结婚？

我终于说，你怎么会在这儿？

他说，你不知道吗？我调到支队卫生队了。我和欧参谋长在一起工作。我很敬重他。他说，你已经睡了一整天了，一直在发烧。他说，欧参谋长昨天晚上就带人上山去了。你放心吧。他说，看你昏迷的那个样子，真把我吓坏了。

他一下子显得话那么多，我记得他原来不爱说话。

我失语一般沉默着。

后来，你们的父亲回来了。他的头上身上全是雪，他就跟个雪人似的。

没能找到小冯。

这个结局虽然在我的意料之中，我依然很难过。我觉得心里发疼，默默地淌着泪。我想，小冯留在雪山了，又一个人留在雪山了。他能和刘毓蓉、管理员他们做伴儿吗？究竟要留下多少个战友，我们才能走过这雪山？究竟要牺牲多少生命，我们才能到达拉萨？

你们的父亲坐在床边闷头抽烟，没有一张椅子，他只能坐在床边。所谓的床，也不过是地铺。他那么大个头儿，坐在那儿卷曲着，看着都难受。我打量了一下房间，一看就知道这是藏民的牲口房，屋子里还有牲口的气息。这没什么，只要能避风雨，什么地方我都能住。

沉默了一会儿你们的父亲说，我知道你现在心里很难过，我也一样。小冯他就像我的孩子。可是，我要告诉你的是，今天晚上我们必须结婚。

我吃惊地问，为什么？

你们的父亲说，因为……因为你没有住处。

我说我就住这儿不行吗？

你们的父亲说，你当然可以住这儿，你也只能住这儿，这是我的住处。

我无话可说了。我想起了小冯。想起他伸出来的那双手，扬起来的那张脸，还有粘在崖壁上的那句话。面对小冯，我还有挑剔生活的权利吗？

晚上，支队的一些同志先后来到那间小屋，向我们表示祝贺。其中也有辛医生。他的神色很平静。他再一次说，祝贺你，白雪梅同志。

你们父亲对我说，多亏了辛医生，不然的话你恐怕这会儿还苏醒不了。他守了你整整一夜，不停地用冰块给你降温。你烧得跟火炭一样。

他又一次救了我的命。我想，为什么总是他？为什么我总是欠他的？

我说，谢谢你，辛医生。我只能这么说。

他说，不用谢。就是药太少了，全靠你自身的抵抗力。然后他转向你们的父亲，说，首长，这些天请你多关照白雪梅同志休息。她的身体很虚弱，带着病，休息不好，会引起肺炎发作的。

他说完就走了。

我坐在那儿，继续以新娘的身份一一地迎送来看我的同志。我的身体依然很虚弱，只能坐着。我微笑着接受大家的祝贺。

所有的人走尽后，我再也克制不住了，一头扑倒在床上，呜呜地哭出了声。眼泪湿透了被褥，冰凉冰凉的。

你们的父亲送了客人回来，见我哭成那个样子，有些不知所措。他在我面前走了两个来回，皱着眉头说，别哭了。我知道这样结婚委屈了你，可现在只有这个条件嘛。

我一听哭得更厉害了，我想他根本不懂我，根本不知道我是为什么哭。

我的哭声终于让他心烦了，他有些严厉地说，你是个革命战士，怎么能这么脆弱？

　　这句话让我收住了眼泪。但我还是倔强地坐在那儿，不和他说话。

　　你们的父亲去铺床，吃惊地发现我的被子只是一个空被单。他说你的棉絮呢？这么薄怎么能盖？我不吭声。他又问了一遍，我没好气地大声说，棉絮早被我扯出来用了。见他不明白我又加了句，我说我们女同志都这样。

　　他愣了一会儿，终于明白过来是怎么回事了。他说你就是这么过的冬天？你就是这么过的雪山？他丢下被子走过来，定定地看了我一会儿，突然一把将我抱进怀里，抱得紧紧的，让我有些喘不过气来。

　　他说，别伤心了，我保证以后对你好，保证不欺负你。

　　我心里的那堵墙轰地倒了，一直僵硬的身体终于松软下来。

　　我突然想起了苏队长的那句话，他是个好人。

2

　　坦率地说，我和你们的父亲没有什么新婚之夜，因为那一夜我们即使住到了一起，我的身体却处于极度虚弱的状态。不只是那一夜，接连几天我都起不了床，像个病人。你们的父亲尽管睡在我身边，却从来没有碰过我，他只是在夜里不断地起来为我掖被子，为我倒水，直到我的身体彻底恢复了为止。

　　我的心里对他多了一分敬重。

　　那天晚上，当我们终于有了夫妻生活之后，彼此都觉得有些难为情。尽管在此之前他显得很勇猛。我坐起来，赶紧披上衣服，并用被子裹住自己。我还不好意思在他面前裸露自己。他则有些慌乱地摸出了烟点上。我用手摸了摸自己的脸颊，那儿有些疼。他说怎么啦？我说你的胡子真扎。他摸了一把自己的胡子，笑笑说，好，我保证从今以后，每天为你刮一次胡子。

　　他坐在对面，抽着烟看我。没有灯光，但月色很好，如水的月光从那个不能叫窗户的小洞里照了进来。我说，小冯告诉我你的肚子上有枪伤，好了吗？他说早就好了。我说我看看行吗？他就扭过腰身，往月光那儿凑了凑。

　　我还从来没有见过枪伤，在我们那个时代的女孩子眼里，有枪伤的男人才英勇。我是想在他身上找到英雄的感觉，好让自己能够接受他。

　　月光下，我看见他的腰际有一朵黑色的花。我想抚摸一下，但没好意思。我说怎么会打到这儿？他说打到这儿是幸运，再往上就完了。我说我以后一定好好照顾你。他笑了一下，说，你还是替我好好照顾好你自己吧。你那天那个样子，真把我吓得够呛。我想你要是有个三长两短的，我这辈子再也不娶媳妇了。

我的眼圈儿红了。我别过脸去，说，以后我叫你什么？也像他们那样叫1号吗？

他说那怎么行？按我们老家的习惯，你应该叫我哥。他又说，不过，有同志在场的时候你别叫，叫老欧。

我觉得很不好意思，但我还是答应了。

但几十年了，在漫长的婚姻生活中，我从来没叫过他哥，一次也没有。我叫不出口。只是叫他老欧。不管是人前还是人后。新婚之夜的那次对话，只成为一次情感表达。

第二天早上，当我几天来第一次走出那间屋子时，我看见了久违的太阳，我有一种新生的感觉。在我看见太阳的同时，我看见了辛医生。他背着医药箱走过来。他说，你好，白雪梅同志。你的身体完全恢复了吗？

他一边说一边把手伸给我。

我毫无思想准备，尽管我知道我还会碰到他，甚至是经常碰到他，但我还是对他的出现感到突然，特别是在和你们的父亲真正成为夫妻之后。我镇静了一下说，你好。辛医生。

但我没有去接他伸过来的手。我没有勇气。我把手揣进口袋里，好像很怕冷似的。

他的手没了支撑，垂落下去。

我想我们之间终于了结了。第一次是他不和我握手，第二次是我不和他握手。我们这辈子大概再也不会握手了。

我们站在那儿说话，眼神却互相逃避着。他问我其他同志的情况，我一一告诉他。但我什么也没问他。原来没见面时，我一直想问他为什么调走之后不给我写信。但当他站在我面前时，我没有问。

已经没有必要了。

他背着药箱走了，他总是有忙不完的工作。他不仅是部队官兵的医生，他还是驻地藏民们的好门巴。他那塞满了每一天每一分钟的忙碌，使他无暇多愁善感，即使有，他也让工作把它化解了——这是我揣测的。我回到房间关上门，心里涌上极为复杂的滋味儿。但我告诫自己不能这样，我已经结婚了，我已经有丈夫了。

你们的父亲自我们结婚后，心情一直很好，脸上总是晴朗着。王政委开玩笑说他年轻了 10 岁，像个毛头小伙子一样。他也只是乐。那个时候他对所有的玩笑都不恼，只是乐。

没过几天，他接到通知，和王政委一起到师里开会。

我一听说他要离开几天，心里有一种自己都没察觉的高兴。我想一个人静静地待几天，好好地清理一下自己。你们的父亲很不放心，一再嘱咐我这个那个。比如要逐渐开始锻炼了，不然下一步进军，身体会吃不消的；还比如要多读书，加强学习。他给我规定了一些书目，就像你们小时候我给你们布置作业那样。还要我写心得笔记。

其实你们的父亲并不是个细心的人，他对我就像对下属一样严格要求。当然也关心，但那是同志式的关心。他不太关注我的内心，不知道我在想什么，他以为我还是那个在甘孜时见到的年轻女兵，无忧无虑。

回想起来，从一开始，你们的父亲就把我当成了孩子。而我，对他的照顾和顺从多于爱和理解。

他走了。头两天我真的很轻松。我自己看书，想心事。有时候一个人走出去，走到树林那儿，在小冯的衣冠冢前站一会儿。心境慢慢地平静下来。

5 月的高原，虽然没有绿树成荫，没有鲜花满地，却也是春意浓浓。在嘎玛那个地方，山坡上，河沟旁到处长满了绿绿的野草，开着星星点点的野花。远处的田野上，青稞碧绿。天空中还有许多小鸟在飞翔。

我常常喜欢一个人跑到那片树林里去，看看小冯，看看树，看看鸟。每每听见小鸟欢快的叫声，我就感觉到了生命的活力。我不知道大雪铺天盖地的时候，这些小鸟去了哪儿？它们还会欢快地叫吗？

在那个树林里，我认识了好几种高原上特有的鸟，雪鸽、雀鹰、藏雪鸡、灰背隼，还有红头灰雀。它们生机勃勃，婉转啼鸣，嗓音比我还要亮。它们对人毫无警惕，有时我站在那儿，它们就会飞到我的肩膀上、头上，在那儿搔搔痒挠挠头，作短暂的小憩。我最喜欢的是一种叫黑鹂的小鸟，它的羽毛有着黑色的金属般的光泽，拖着长长的尾巴。有一只黑鹂几乎成了我的朋友，它每天都出现在树林里，我之所以能够认识它，是因为它的长长的尾巴的末梢突然出现一抹红，好像小姑娘在发辫上结了个红绸。

这只黑鹇让我想起了在甘孜到昌都的路上，遇见的那群叩长头的姑娘，那个发髻上插着小红花的女孩子。不知道她们此刻到了哪里，她们都还好吗？

有一个黄昏我站在那儿时，辛医生走了过来。大概他刚刚从外面出诊回来，他的肩上还背着药箱。他陪我默默地站了一会儿。后来他说了一番话，一番让我得到解脱的话，这种解脱应该是双重的解脱。为此我深深地感激他。

他说，我知道你对自己的命运并没有真正接受。但是，世界不是靠拒绝形成的，正如命运不能靠拒绝摆脱。有些人的生命是以应该的方式存在，有些人的生命却是以必须的方式存在。无论是何种方式，每个人都必须承受自己的命运，尤其是命运中的苦难，并且努力战胜它。一个人可以拒绝许多东西，荣誉、地位、金钱、享受，甚至爱情，但他不能拒绝苦难。苦难是无法选择的。既然无可选择，就让我们心平气和地面对吧。

他的话让我惊诧，让我感动，让我刻骨铭心。我忽然明白，这世上有许多事情比个人的感情更为重要，更为神圣。我一下子觉得心里好受了许多，甚至有一种解脱的感觉。我望着他，第一次那么坦诚地望着他，我说谢谢你，辛医生。

我走回到那间破旧的小屋里，开始心平气和地等你的父亲。像一个妻子那样。

许多天过去了，你们的父亲还没回来。我开始担忧起来。我想起了那可怕的恰巴山，那夺走小冯性命的恰巴山。每天早上起床后，我马上就打开门看天，我害怕暴风雪骤然降临，害怕远处那个山顶上积起黑色的云团。还好，每一天都是晴朗的。

但你们的父亲仍没有回来，已远远超过原来所说的日期。

我的心在焦急等待中，渐渐靠近了你们的父亲。

我又一次梦见了你们的父亲。但这一次，除了一种难受的、压抑的、焦虑的感觉外，我回想不起任何情节和细节了。我只能确定那不是一个好梦，否则我不会在梦中，在那样寒冷的小屋子里出一身大汗。

　　当我从那个梦中醒来时，心里感到担忧和害怕。我躺在床上，也不知道是几点了，四周一片漆黑。我努力回忆梦中的场景，但怎么也回想不起来。只是觉得难过。我心里很害怕，怕自己的梦有什么预兆。如果灾难——生离死别的灾难再次落到我的头上，我还能承受吗？管理员、刘毓蓉、小冯，一张张亲切得让我心碎的面庞出现在漆黑的夜里，我被恐惧和难过淹没了，以至有些喘不过气来。

　　正在这时我听见了敲门声。起初我以为自己听错了，没有应答。后来敲门的声音大了些，我听清楚了。我问，是谁？门外的声音说，是我。欧战军。我连忙爬起来，搬开那个顶门的杠子。

　　一股寒风裹着你们的父亲卷入屋内。

　　我傻在那儿。

　　你们的父亲说，怎么，连我的声音都听不出来了？

　　我没有回答。我点起马灯，在确定了眼前这个人正是我等的人时，浑身松软下来，一种喜悦和幸福顿时漫过心间。我想太好了，原来那一切可怕的都是梦，厄运并没有落到我的头上，他又回到我身边了。我是多么幸运呀。

　　你们的父亲说，你怎么发呆？我掩饰说，没什么，我不知道你会夜里回来。尽管我是如此地惦记他，但我不习惯表达这样的感情。你们的父亲说，本来是该明天回来的，但我不想再耽搁，就连夜回来了。

　　我想他一定是因为我连夜回来的。

　　你们的父亲一边说，一边脱掉皮大衣，走过来把我拥进怀里。我的身体像一个水雾饱满的云团，在他碰到的一瞬间全部融化了。我突然意识到，我已经离不开他了，和他在一起，我的心才会踏实，像拥有整个世界一样的踏实。

　　你们的父亲察觉了，他说你怎么哭了？

　　我没说话。我只希望他紧紧地抱着我。

　　他说别哭了，告诉你一个好消息。苏队长调到我们支队了。

　　我马上笑了起来，说，是真的吗？

　　你们的父亲说是真的，她和我们一起过来了。

　　我和苏队长紧紧拥抱在一起，我们就像是许多年没见了似的。其实我们分开还不到一个月。我叫了一声苏队长，什么话也说不出来了。

　　苏队长毕竟比我坚强，她拍拍我的背说，以后咱们就在一起了。我会好好照顾你的。

等我们坐下来说话时，我发现苏队长的面容更加憔悴了，一种深深的忧伤弥漫在她的两只深陷的眼窝中。

我说苏队长，有虎子的消息吗？

一直面带笑容的苏队长，突然之间笑容就消失了。她忧愁地说，没有。去甘孜的同志带回来消息说，我们走后，张妈病故了。拉姆带着孩子走了，不知去哪儿了。

我愣了，没想到会是这样一种情况。我安慰她说，拉姆是个好人，她带走虎子一定是有原因的。苏队长说，我也这么想。走的时候我交代过她，万一有什么情况，就带孩子到成都找十八军留守处去，也许她是去成都了。

许多年后我才知道，张妈病故后，拉姆很怕虎子有什么意外，决定把他送到成都的十八军留守处去。她抱着虎子搭上一辆车，辗转颠簸到了成都。

到成都后由于人生地不熟，他们困在了一家旅社里。眼看盘缠就用完了，她白天给旅社挑水、劈柴，晚上就住在厨房里，有一点吃的就给虎子，自己常常捞潲水吃。幸好旅社的老板娘心地善良，问她为何在成都漂泊，她就指着虎子比比画画地说了一大堆，老板娘只听懂了3个字：十八军。在老板娘的帮助打听下，拉姆终于找到了十八军留守处，将孩子托付给了那里的同志，然后就离开了。

我始终不知道拉姆回到甘孜没有，始终不知道她后来的生活好不好。但我想，如果佛主真的能够保佑人们平安幸福的话，最愿意保佑的，就是像拉姆这样善良的人了。我常常在心底祝愿她：好人一生平安。

3

我们一边修路，一边生产，一边等待。等待中央政府和西藏地方政府在北京举行的和谈，等待和平解放西藏协议的签署。

我说过我喜欢等，喜欢等的时候那份心境，尤其是等待心里期盼的事。可等待的过程也的确是漫长的，令人焦虑的。尤其在昌都那样一个艰苦的地方，我们一住就是10个月。可为了表示我们和平的诚意，我们只能等下去。

当然，对我来说，这段日子不仅仅是个单纯等待的日子。就在这段日子里，我经历了人生的重大转折。我从一个单纯的女兵，成为一个军人的妻子，走进了漫长的婚姻生涯。不过，这一转折对我来说虽然重要，比起我们进军西藏这一伟大乐章来说，只是一个小小的插曲。或许连插曲都算不上，只是一个简单的音符。

我在平静中等待着。

我们都在等待着。

终于，5月28日那天，我们等到了从北京传来的好消息，中央政府和西藏地方政府的和平谈判终于成功了，和平解放西藏的17条协议终于签署了。协议正式签署的日子是5月17日，我们得到消息是10天后。毕竟北京到昌都，在通信落后的年代，隔着万水千山。

听到这个消息时我正在睡午觉。

我是被你们的父亲叫醒的。我一下坐起来，有些紧张。为我睡觉的事，你们的父亲已经发过一次火了。他说有时间干什么不好？看书，锻炼，学学藏语，去老乡家走访，可你偏偏喜欢睡觉！你这个样子怎么进步？！他那么凶，让我觉得很委屈。可我也不知怎么了，那段时间总是困倦不已，总想睡。那天我本来是在看书的，不知什么时候就睡着了。我很怕你们父亲生气，平时他待我非常好，像对孩子。可一旦碰上他认为是原则性的问题，我就成了他的下级和同志了，他会毫不留情地批评我。

但我坐起来后，发现他的眼里闪烁着愉快和兴奋的光芒，一张脸笑得像个孩子。他说告诉你一个好消息，和平解放西藏的协议签署了！

真的吗？我也一下子兴奋起来，倦意消失得无影无踪。

我们一直在等待这一天啊！

我知道协议的签署，意味着我们和平解放西藏的伟大战略进军将正式开始，意味着我们已经越过的万水千山没有白走，意味着那些倒在雪山冰河之中同志的血没有白流。最具体的是，意味着我们将离开昌都向拉萨进发。

喜悦和悲伤交织在一起，我的眼睛湿润了。

你们父亲说，你怎么了，难道不高兴？

我说怎么不高兴？就是因为太高兴了，才忍不住想流泪。

他不解地摇摇头，然后认真地说，你得赶快加强锻炼，前面的路苦着呢。

和平协议的签署，令整个部队变得热气腾腾。全体官兵立即投入到了紧张的进军准备和体能锻炼中。

从昌都到拉萨，还有 1100 公里的路程，中间要翻越 18 座雪山，其中 5000 米高的就有 6 座。还要经历历史上留下来的 24 个骡马驿站，人称"穷八站，富八站，不穷不富又八站"。据说在"穷八站"一带，连柴草都找不到一根。其艰苦程度，远远超过我们已经走过的漫漫路程。

"但无论怎样，无论千难万险，无论流血牺牲，我们都要勇敢地向前，雪山冰河不能阻挡我们，高寒缺氧不能阻挡我们，饥饿贫困不能阻挡我们！我们一定要走到拉萨，一定要让五星红旗飘扬在拉萨的上空！"——6 月初，在支队召开的进军动员大会上，你们父亲的这一番话，说得全体官兵热血沸腾。

我也和所有的人一样，积极投入到了准备工作中。我甚至比别人更积极更努力，宣传群众，筹备粮食，学习 17 条协议，体能锻炼，等等。我不想让人觉得我已经成个家属了，我想继续做个女兵，做个军人。

但是就在这时，我发现自己有了身孕。

我的妊娠反应几乎是和协议签署的消息一起到来的。

其实我的嗜睡，就是妊娠反应的一种，可我并不知道，我没有一点儿这方面的知识。我以为是自己身体不好，以为自己不够勤奋。你们的父亲总是起得很早，无论头天夜里睡得多么晚，哪怕是凌晨才躺下，第二天他也会按时起床。这个习惯他一直延续到老，延续到他去世的那个早上。

你们父亲出操回来，见我还在床上睡觉，就把我摇醒说，你怎么搞的，还睡？我很羞愧，也在心里责备自己，大家都在热火朝天地训练，我却睡在床上。可起床之后，我还是觉得困倦乏力，并且不想吃东西。

实在没办法了，我只好去找辛医生。我告诉辛医生我的胃不舒服，什么都吃不下。

辛医生给我听了一下心脏，说，不像是心脏有问题。大概是消化系统不好，吃什么东西伤了胃。可我这里什么胃药也没有，只有人丹。

我说那我就吃人丹吧。

我拿了一包人丹就走。我还是不愿和他单独在一起。

我把整包人丹都吃了，毫无效果，我依然感到浑身不对劲儿，而且越来越厉害了。

有一天早上起来，我觉得一阵恶心，吐了。正在这时苏队长来看我，她一下就明白过来。她说傻丫头，你肯定是怀孕了！

我一时没听明白，愣在那儿。她说，我是说你要当妈妈了，你有孩子了！

这回我听明白了，一下靠在了墙上，觉得又害羞又着急。我说这怎么可能？我不想要的。苏队长笑说，那可由不得你，他已经来了。

我想我们马上就要出发了，完全靠一双脚走到拉萨，怀着孩子怎么行？3000里路程可不是闹着玩儿的。我焦急地说，这孩子来得太不是时候了。

苏队长安慰我说，没事儿，我怀虎子，还不是在进军大西南的路上？

本来我想说，可是你现在却找不到他了。但我没敢说。我害怕孩子出生，除了担心走不到拉萨外，还担心我没有能力好好抚养他。虎子的失踪令我感到害怕，我怕这样的事再发生。在进军路上，这一切都难以预料。

但苏队长却很高兴，就像是她有了孩子似的。她一再嘱咐我好好休息，她说从现在开始，你不要再参加那么大强度的训练了，否则会导致孩子流产的。她还说你放心，我有经验。等孩子生下来，我会帮你照看的。

我却在心里打定主意，不要这个孩子。

我把这事在你们的父亲面前瞒得死死的，不但没有停止训练，反而加大了训练强度，每天背着沉重的背包和给养去爬山，把自己累得半死。我想这样一来，孩子就保不住了。

那段时间你们的父亲特别忙，几乎是不分昼夜地工作着，顾不上我。他只是让新来的通信员照顾我。那个通信员叫小宋，和小冯一样，年纪不大。小宋看见我每天累成那样，不明白我干吗那么折腾自己。他说白同志你不用背那么多东西，到时候我会照顾你的。再说你还可以骑马。我说我才不用你照顾呢，我才不骑马呢。到时候让我来照顾你吧。

我想我是军人。军人怎么能要人照顾呢？

有一天早上，你们的父亲出门时，看我还在往背包里装石头，忍不住说，你不用背那么多东西的。还有我呢。还有小宋呢。

我说不，别人背多少我就背多少。

你们的父亲看我一眼，没再说什么，出门去了。

我咬着牙背上几十斤重的背包，简直直不起腰来，汗水顺着发梢往下淌。我咬着牙想，坚持，坚持。这时门突然开了，你们的父亲又折回身来，他看着我一脸的汗水，说，你把背包放下。我问干吗？他说我有话对你说。我说你就这样说好了。我背着包站在那儿等。

你们的父亲直直地看着我，一脸严肃。他说小白你听好了——自打我们认识起他就叫我小白——有句话我一直想告诉你。

我不知道他要说什么，等待着。

他说，这句话我以后可能再也不会说了，你一定要听好。

我紧张起来，我想他是不是知道了孩子的事。

他看着我，过了好一会儿终于说，我爱你。

说完他拉开门就走了出去。

我站在房子中间呆怔了好一会儿，才一个人笑起来。我不知道我脸红没有，我只知道我的心里荡漾着一种从未有过的温暖和快乐。不管我是否爱他，我还是希望听到他说他爱我，我不希望他仅仅是为了成家才娶我。

你们的父亲真的是那样，从此，我是说从那以后到他去世，他再也没说过那句话，那句让他和我都脸红的话。

尽管你们的父亲对我那样说了，我仍固执地背着比自己还重的东西爬山去了。从山上下来时，我还故意蹦跶了两下。

但是，一切依旧。那个我在进军路上非常害怕的"老朋友"再也不来了。

我终于知道生命是怎么回事了，它的生长和夭折都由不得我们。

肚里的孩子固执地成长着，无论我怎样不欢迎他，他都固执地与我同在，决不离去。我只好认输。到了8月中旬部队准备出发的时候，我知道我所作的一切努力都无效，我必须带他上路了。于是我把这个迟到的消息告诉了你们的父亲。

你们父亲的惊喜出乎我的意料，他红了脸。他有些不相信地盯着我的肚子说，我怎么没看出来？

我说，苏队长说，要5个多月才能看出来。

他说，好，好。这是一件好事。你为什么现在才告诉我？

我迟疑了一下，说，我本来不想要的。

你们父亲瞪大了眼睛，说，什么？你不想要？你怎么能有这种想法？你以为那是你一个人的事？你想要就要不想要就不要？

我看他生气了，小声说，可是他在我身上。我怕……怕他成为累赘。

他大声说，孩子怎么会成为累赘呢？孩子要是累赘我们还革命个什么劲儿呢？我们熬过一辈子不就算了吗？你怎么会有这么差劲儿的想法？你简直……太让我失望了！

我也生气了，我说，我不是怕自己吃苦，我是怕拖累大家，我还担心孩子生下来没东西吃，害怕他像虎子那样……找不到……

我的嗓子哽咽，泪水已经含在了眼眶里。

你们的父亲愣了一下，走过来把我揽进怀里，说，不用担心，有我呢。你知道吗？我喜欢孩子，我要做父亲，我要做很多孩子的父亲。难道你不想做母亲吗？你不想有许许多多的孩子吗？我们要生一大堆孩子！

我回答不上来，在那个时候，坦率地说，我还没有做母亲的心理准备。

你们的父亲说，好了，不要胡思乱想了，从现在开始，你的任务就是做母亲。如果你把孩子弄掉了，我就处分你。

说完他就迈着大步出门去了。支队正等着他开动员大会，他没有太多的时间儿女情长。但很快他又像上次那样折回身来，他说他的本子忘拿了。他在屋子里转了一圈也没找到本子，我看见那本子就在他的手上。他站在门口说，这是真的吗？你没搞错吧？

我说那怎么可能？已经 3 个月了。

他说好好，等到了拉萨，我们就是一家三口了。

他说这话时，突然发现他要找的本子就在手上。他不好意思地笑笑，走出门去，但又一次倒了回来。这一回他表情严肃地说，我得向你检讨，前段时间我老是批评你爱睡觉，看来是我不了解情况。从现在开始，你就好好吃，好好睡，不要再参加爬山训练了，你一定要把我们的孩子平平安安地生下来。

看到你们父亲欣喜的样子，我有些内疚。我抚摸着腹部想，以后我再不胡闹了。我要把他好好生下来，好好地做个母亲，在拉萨建一个真正的家。

4

又是一个 8 月 28 日。

一年前的这个日子，我们离开四川眉山，开始了向高原进军的伟大行程。

现在，我们又将迈开我们的双腿，向着我们进军的最终目的地拉萨进发。和平解放西藏的战略进军，此时正式拉开了帷幕。与我们同时开进的，还有青海、云南、新疆等方向的部队，可谓浩浩荡荡，势如洪流。

出发时，我已有4个多月的身孕了。但因为人本来就瘦，加上没什么营养，把军装一穿，一点儿也看不出来。除了你们父亲，还有苏队长和王政委外，没人知道。我也不希望被人知道。此次上路，不能够像以往那样为大家做鼓动宣传工作，我已经觉得很遗憾了，再让人照顾我，我会觉得比生病还难过。

我怀着孩子，跟大部队一起上路了。

你们的父亲把他的马让给我骑，自己和战士们一起步行。他步行，走得比马还要快，看得出他心里充满了喜悦。我怀上孩子这事儿，真让他浑身是劲儿。因为路途坎坷，我骑在马上颠簸不已。我想象着腹中的孩子也被颠来倒去，有些不忍，就下马来走，但刚走两步，你们的父亲就看见了，他大声说，你给我上马去！我有点儿生气，我想是我怀孩子又不是你怀，你怎么知道我的感受？我就是不上马。他的脸色变了。

苏队长看见了，走到我身边小声说，还是上马吧，你得保存好体力，今后有你累的时候。

苏队长的话我不能不听。

好像是专为了考验我似的，上路后我们第一个要翻越的，就是著名的丹达山。

丹达山海拔6300米。同时又叫夏贡拉，汉语的意思是东雪山。关于这座山，历史上有许多传说，总之把它说得十分可怕。说它终年积雪不化，说它雪化时常常有冻僵的人和兽直立着。但对我们来说，只有一个传说是真实的，那就是我们的先遣部队已经翻过去了。

当然，我们还是非常慎重地对待它。头天晚上我们好好地吃了一顿饱饭，酥油茶，糌粑，然后好好地睡了一觉，还把所有的牛马和骡子，加倍地喂了饲料。

第二天我们出发了。

对我来说，心情与以往任何一次翻山都不同。因为我不再是一个人往前走了，我是带着一个新生命一起往前走。这种感觉非常奇特。

队伍蜿蜒着上山了。

那样的进军队伍真是非常壮观。尽管没有车轮滚滚、尘土飞扬、人仰马叫的热烈场面，但你站在山顶一看，前面是望不到头的队伍，后面还是望不到头的队伍。仿佛我们是在用整支队伍，丈量着高原的每一座山，山绵延多少里，队伍就绵延多少里。

走在那样的队伍里，你只会觉得自豪，你只想成为一个无愧于它的战士。

你们的父亲将他的马让给我骑，自己和战士们一起步行。丹达山虽然高，却不像恰巴山那样绵延上百里。它有3个非常明确的山峰，过一个就少一个，让大家觉得很有信心。过第二个山峰时，我骑的那匹马已经有些力不能支了，走两步就站一站，大气喘得像拉风箱一样。我想起了那匹倒在恰巴山上的马，无论如何也不愿再骑它了，我就下来走。通信员小宋上前来，一边为我牵马，一边照顾我。看到他我总是想起小冯，我不要他照顾，自己低着头，一步一喘，努力地攀登。

山峰刺进了苍穹，我不敢抬头望那个在云雾中遥不可及的山顶，我只把前面几步远的一块石头或者峭壁当作目标，一点点地向前移。大团大团的白云在身边飘来飘去，我又有了在恰巴山上那种感觉，人不是在山上走，而是被云托浮着在天上飘。

我不知道你们有没有过这样的感觉？累到极致时，就不再感到累了。四肢和心脏好像都不是自己的了，整个人失重般地飘起来。

这时的雪山已不复美丽，它就像一座浑身披着白毛的狮子，蛮横地卧在我们的面前。但我们只能往前走，我们必须往前走。

我是在上山的时候，看见她的，那具倒在路边的尸体。如果不是她的脸被破布盖着，我会以为她不过在睡觉。她的瘦小的身材和散落在雪地上的黑色头发，让我判断出她是一个女人。其实一路上，我们好几次遇见倒毙在路上的人，他们可能是因为寒冷，可能是因为劳累，可能是因为饥饿，再也走不动了，就那样倒下了。

但看见这个女人时，我的心里一动，我想起了在甘孜到昌都的路上遇见的那5个叩长头的女人。不知为什么，我断定她是其中一个。自从那次遇见她们后，我的心里一直在惦记着。我想当我们停留在昌都时，她们一定继续在往前走。如果顺利的话，她们现在应该到拉萨了。我常常想，不知她们怎么样了，是否都活着?

我蹲下去,掀开她脸上那块布,我想,千万别是那个小红点儿姑娘。

还好,她不是,她的年纪看上去比较大。但的确是叩长头的女人中的一个。她的手上还缠着厚厚的牛皮,那是为了双手一次又一次在地上匍匐而缠上的。

我默默地看了她一会儿,继续向前走。

我无论如何没想到,我还会再见到她,再见到尼玛。更没有想到我们的命运会交织在一起,会有着那样刻骨铭心的记忆。

有时候面对离奇的命运,我这个唯物主义者也不能不感到困惑。我不知道如果没有"命中注定"这个说法,许多的事情该如何解释?

深深的积雪,崎岖不平的冰雪小路,让我们每一个人都张大了嘴,拼命地喘气。每迈一步,所付出的体力都是巨大的。我感觉自己的两条腿就像焊在了雪地里,怎么也拔不出。我真恨不能一屁股坐来,或者索性躺下来。我大喘着气,望着马,马也望着我。它好像看出了我的心思,它有些同情我。我拍拍它,我想告诉它我能行。但我说不出话来,也拔不出我的腿来。

进入冰山雪岭之后,为预防雪盲症,上级给我们每人发了一副简易墨镜。但我喘不过气来时,就觉得它也碍事,索性取下来塞进口袋里,好像眼睛也需要喘气似的。

这时有人从我身边走过,拉了我一把。我抬头,看见了辛医生那双熟悉的眼睛。他一边拉一边说,你的眼镜儿呢?赶快戴上。我喘得说不出话来,拍拍口袋,他从我兜里把眼镜取出来重新给我戴上。他说坚持住,走过去就好了,走过去前面就是平路了。真的吗?我大喘着气,我明知他是安慰我,还是鼓起了几分勇气,又往前迈了一步,但后面的腿又像焊在了雪地里,怎么也拔不出来。那时我真想死在这座山上算了。埋在这么洁白的雪里,也不算冤。

忽然,我觉得心里一阵恶心,好像有什么东西正从嗓子里往外涌。我一张嘴,哇的一声,竟吐出一口黑黑的血来。怎么是黑的?我一紧张,就摘下了眼镜,血一下子变得鲜艳无比了,仿佛在洁白的雪地上,开出一朵大大的花来。我马上下意识地捂住了肚子,我怕腹中的小东西会随之吐出来。

我听见后面传来一声惊叫:小白你怎么了?

我连忙用脚踢了几块冰雪,想把红红的血迹盖住。我不想让大家为我担心,尤其不想让苏队长为我操心。但苏队长还是看见了。那血红得刺目。她从后面赶上来，心疼地换扶着我，我们没有说话。我们不用说话。

坚持。我在心里对自己说。坚持就是胜利。

也就是那一次，后来我没再吐过血。只要不再吐了，我就立即把已经吐过的血忘到了脑后。好像它们已和我无关。一直到许多年后，我才有机会到医院作了一个肺部透视。医生告诉我，我的肺部有钙化点，说明我曾经得过肺结核。

但是是什么时候得的，又是什么时候好的，我一概不知。

木兰曾奇怪地问我，你那时候就没有出现过咳嗽、脸色潮红等症状？

我说没注意。也顾不上。这没什么可奇怪的，身体里有许多事情是说不清楚的。也许我吐血，只是为了在雪山上留下个纪念吧。

5

终于到了峰顶！峰顶上覆盖着两尺厚的冰雪，尽管阳光照得人睁不开眼睛，却依然寒风凛冽，上山时背上出的汗很快就结了冰。

整个队伍充满了喜悦和欢笑。

最让我和苏队长惊喜的是，我们在山顶遇见了吴菲和小赵！她们还在师宣传队，她们是提前上山去做鼓动工作的。精疲力竭的我已经发不出惊喜的叫喊声了，只是和她们紧紧地拥抱在一起。我们也像那些男兵一样，互相给了对方一拳。

我忽然发觉苏队长脸色不对。也许是因为耀眼的阳光，也许是因为白雪的映照，我忍不住叫起来，我说苏队长你怎么啦？

苏队长靠在雪墙上，喘着气说，我怎么啦？我没怎么呀。你的脸……我上前去用手摸她的脸。她的脸不但没有了光泽，而且浮肿。

她笑笑说，没关系。她马上问，你怎么样？没事儿吧？我下意识地摸摸腹部，点点头。

吴菲见我神情异样，问，你怎么啦？你的脸色也很不好。

我小声说，我有了。

吴菲瞪大了眼睛，半天说不出话。

苏队长说，你眼睛瞪那么大干什么？跟牦牛似的。有了孩子也值得那么大惊小怪？

我问吴菲，你怎么样?

吴菲眼里浮出笑意，说，我坚持到拉萨再结婚，他同意了。

我心里一下觉得自己很委屈，吴菲多幸运呀。

这时小赵跑过来说，雪梅姐，快看我们写的标语。我抬头，看见了峭壁的雪墙上，刻着诗一样的标语：

> 丹达山高六千三，
> 进军拉萨第一关。
> 英雄踏破千里雪，
> 红旗飞舞映高原。

我心里的委屈被自豪压下去了。望着山峰与白云重叠的景色，我想，不管怎么说，我上来了，我的孩子也上来了，我们母子一起登上了 6000 米高的雪山。

我对小赵说，写得真好。就是那个"飞"字不太清楚。我一边说，一边拿起旗杆往那边去，想把字再刻清晰一些。小赵说，我来我来。她来抢旗杆，我一下没站稳，脚一滑，整个人一屁股坐了下来，顺着山坡就朝下滑去。我想完了完了，今天算是完了! 小赵吓得愣在那儿不知所措，连叫喊声都发不出来。

我一下子滑出 20 多米，终于在一个雪窝里停住。停住后我发现，自己一点儿事也没有，我回头冲着傻站在上面的小赵和苏队长说，滑下来吧，像我这样，舒服着呢!

苏队长她们见我真的没事，松了口气，也学着我的样子开始往下滑。虽然途中难免磕着碰着，可毕竟省力气呀。下山的路没法骑马，通信员小宋见状，也索性陪着我往下滑。我一段一段地滑，他一段一段地在下面接。

滑到山下后，我们几个人都摔了好几跤，脸上还擦出了血，白一块红一块的色彩很生动。大家乐不可支，跟捡了什么便宜似的。在后来的岁月里，我时常做这样一个梦，梦见自己站在山顶上，四周全是白雪皑皑连绵不止的山峰，我总是找不到下山的路，最后只好坐在一团云彩上，飘然而下。大概就是那次滑下雪山留下的记忆。

不过每次从这样的梦中醒来，我都很快乐。

眼看要到山脚下了，突然遇到了你们的父亲。他本来是在前面带部队的，看着部队差不多过完了，就停下来等我。当他一眼看见我从山上滑下来时，拔腿就冲了过来，一边扶起我一边大声冲小宋吼道：你干什么呢？告诉你不要让她摔着，你怎么偏偏让她摔了！

他以为我是摔下来的，或者说滚下来的。

小宋被骂得莫名其妙，他不知道我的情况，他只是觉得好些人都是这么滑下来的，干吗我就不能滑？

我说不关小宋的事，是我自己要滑下来的。

他看着我的脸，好一会儿说，你这个样子，真让我难过。

这话让我软下来。

晚上，你们的父亲把辛医生叫来了，要他看看我的情况。

在此之前，我一直不愿让辛医生知道我怀孕的事。我也说不清是因为什么。但现在，只能告诉他了。辛医生听了后似乎比我还不好意思。但很快，他就恢复了作为一个医生的冷静和沉着。他问我有没有发现出血，我说没有。他松了口气，为我听了一下胎音，然后对你们的父亲说，眼下还没事。

你们的父亲这才松了口气，忙工作去了。辛医生让我躺下休息，他说，你不能再摔跤了。不能再像今天这样了。

我点点头。

他又说，你只能自己多保重了，我这儿没有任何能给你吃的保健药。

他说这话时显得很难过。我安慰他说，不要紧，前两个月我那么折腾他都没事儿，这孩子肯定是个命大的孩子。

他看看我，说，要不从明天开始，你留在后面和病号一起走吧，那样我可以照顾你。

我说不，我又不是病号，不要你照顾。

说实话，我真不忍心再给他添麻烦了。需要他照顾的人很多，那么大一个部队，就他和卫生员两个人。我发现他明显地瘦了，胡子拉碴的，比起出发的时候，不知长了多少岁。我又加了一句，我说你把你自己照顾好吧。

他看了我一眼，说，我会的，我会把每个人都照顾好的。他说每个人时加重了语气，我想我听懂了他的话，他是说包括没出世的孩子。

几十年后，我依然能感觉到我当时的心情。

那是一种除了想流泪，什么也说不出的心情。

但我没有流泪，我已经很少流泪了。在经历了那么多的日子之后，在跨越了那么多的山水之后，我变得坚强起来，硬朗起来。我把所有柔软的细微的忧伤的感觉都压在了心底，不让它们露出头来。

但是我不知道，还有那么多的泪水在前面等着我。

我不知道，那些泪水是由不得我的。

尽管辛医生说，目前母子都没问题，看不出有小产的先兆。你们的父亲还是很担忧。他看我面黄肌瘦的样子，还有那么多那么高的山要爬，真不知会怎样。而且，那时我们的粮食已不宽裕了，别说营养，就是让我吃饱都很困难。腹中的孩子靠什么生长呢？

但他除了担忧，也没有别的办法。还有更多的人需要他操心，还有更多的人需要他担忧。他只是把我托付给了苏队长。

苏队长说，你放心吧，我会照顾好她的。

苏队长说这话时，又像母亲那样看着我。我心里一下觉得很踏实。有时我会有一种感觉，好像苏队长就是为了照顾我才进藏的。我是想说，如果没有苏队长，我的进军路程也许会是另外一种样子。

从那天起，苏队长寸步不离地和我在一起。

直到有一天她病倒了。

6

我不知道如果没有我的拖累，苏队长是不是会好一些。

我不知道如果早些发现她的浮肿，是不是能挽救她。

在后来的岁月里，我曾反复想过这些问题，我有太多的疑问留在了那条路上，永远找不到答案了。我却因为这些个不知道的答案而自责，而内疚。但你们的父亲说我不应该自责。王政委也说苏队长的生病和我无关，辛医生还说即使他早早发现了她的病也无药可医。但无论他们怎么说，我还是自责，并且有一种无法摆脱的悲伤。

那么长那么长的路都走过来了，那么多那么多的山都翻过来了，为什么偏偏在快要到达拉萨的时候，我失去了她，像我母亲一样的苏队长？

苏队长的病是从翻越丹达山时就开始了的。或者还要早，从昌都，从甘孜。长期的营养不良，长期的劳累，长期的忧郁，这就是病因。但我以为她能挺过去，只要到了拉萨，就会好。何况她总是微笑着对我说，我没事。

我就以为她真的没事。她从来很坚强，她能为了抗婚砍掉手指，她能为了继续留在进军的部队丢下孩子，她能领着我们走那些我们不敢走的险路，她在我心目中就像一个铁人。她怎么会倒下呢？

可是我却亲眼看见，生命从她的身上一点点地流失。

远山在落雪。

这句富有诗意的话对当时的我们来说，只有一个意义，那就是更艰难的路程正在前面等着我们。尽管如此，落雪的远山在我的眼前依然是美丽的。对我这个重庆人来说，雪山因为陌生而充满魅力。我总在想，它像什么呢？像银子？水晶？白玉？羊群？还是裙裾飘飘的仙女？不不，都不像。这些形容都不准确。

这么多年来，我是说我和雪山认识这么多年来，从来就没找到过一个对它最恰当的形容。我想那是因为我太多太多地遥望它，以至在它身上赋予了比积雪更难融化的东西。

我说的是西藏的雪山。

当我一次次地遥望它时，其实是在一次次地怀念，我怀念留在雪山上的一个个亲人。苏队长，刘毓蓉，管理员，小冯，你们都还好吗？

又一座大山耸立在了我们面前。

它叫努贡拉，汉语的名字是西大山。从这个意义上说，它和丹达山是兄弟。向导说，它没有丹达山那么高那么险，但它的路糟透了，全是累累乱石，无论是人还是牲畜，走起来都很费劲儿。

果然，那座山很奇特，山峰是嶙峋高耸的石壁，山路是凸凹不平的石堆，好像是为了区别于其他山似的，整架大山都是由石头堆积起来的。大的如磨盘，小的如拳头，圆的像鸡蛋，尖的又像锥子。没有一脚能踩到踏实的平处。幸好我们穿着厚厚的胶底鞋，否则不知会划出多少血口子。偶尔碰上平一些的石壁，我和苏队长就站下来靠一靠，喘口气。但不能坐，坐下再起来，你得费10倍的力气。

路况太糟糕，你们的父亲顾不上我们，他和战士们在一起。他和王政委一头一尾地走在队伍中。我和苏队长终于被辛医生收编到病号队伍里去了。苏队长的浮肿病越来越厉害了。不仅仅是脸，她的腿也肿了。

靠在石壁上歇息时，我看见苏队长的脸色蜡黄，人像一张纸贴在那儿，心里感到异常难过。就像我们不知道管理员是什么时候病倒的一样，我们也没有注意到苏队长是怎样病倒的。在那样的路途上，我们太容易忽略自己的身体了，只是使用它，只能使用它。等辛医生看出她的病情时，她的脸已经肿得很明显了。

辛医生告诉王政委，苏队长的病是过度劳累加上营养不良造成的。

其实我知道还有一个原因，就是对虎子的思念和牵挂。

王政委听了默默地没有说话。我知道他心里一定很难过，就好像一个医生诊断出了病情却无药可医一样，在当时的情形下，他既没有办法叫她不要劳累，也没有办法给她加强营养，他唯一能说的话，就是让她自己多保重。

但苏队长像没事一样，总是反过来照顾我。她还开玩笑说，她照顾的不是我一个，而是三个。一个是我，一个是孩子，一个是欧参谋长的命根——那就等于是欧参谋长。

听她开这样的玩笑，我顿时放松了许多。我想也许苏队长真的没事，她会挺过去的。就像以往任何时候遇到困难一样挺过去。

老天爷真是和我们过不去，为了翻越这座努贡拉，我们已经耗尽了所有的力气，没想到它还觉得不够，还要给我们雪上加霜。

刚爬到山顶，天就阴了。大团大团的白云不知何时变成了黑云，压在头顶上。有经验的同志说，可能马上会下雪。我们不敢歇息了，赶紧下山。果然没走两步，大雪从天而落，季节一瞬间从秋转到了冬。

漫天的雪花飞舞着，好像要吞噬掉我们这支蠕动在雪山上的队伍。雪花落在我们的帽檐上、眉毛上乃至睫毛上，因为体温化成水，再因为寒风而变成冰凌子。鼻子和面颊都冻得发麻，军装结成了冰，像牛皮一样硬，以至走起路来喀嚓作响。幸好我们是在不断地走，否则我想我们也许会冻成山上的一排冰柱。

雪越下越大，风越吹越猛，真可谓风雪弥漫，我的牙齿被冻得咯咯咯地响，手脚麻木得不听使唤。

一不小心，我滑倒了。墨镜就是在那时候掉到山下去的。

苏队长来拉我，可她自己反而倒下了，而且比我摔得还重。我拉着马尾巴努力站了起来，她却怎么也站不起来了。她的腿肿得有些发僵。我急得大叫。辛医生赶上来，把她搀扶起来，扶到马上。

我想也许就是这场雪，加重了苏队长的病情。

连我都不知道接下来的路是怎么走完的。我像失去知觉一样麻木地往前走，肆虐的风雪冻住了我所有的念头。当听见前面传来就地宿营的喊声时，我一下子就倒在了地上。

那天夜里，部队在一片山坡的雪地上露营。

你们的父亲想为我和苏队长找一个避风的地方，实在太困难了，只好放弃。我们也住进了用雨布搭起的帐篷中。为了让我和我腹中的孩子多吃一点儿，你们的父亲把他那份儿可怜的糌粑让给了我，自己只吃了两个圆根萝卜。我狼吞虎咽地吃了下去，终于缓过劲儿来。

但苏队长却病得很厉害，她躺在帐篷里，什么也吃不下，腿已经肿得弯不过来了。王政委守在她的身边呆怔着。他的神情让我知道了什么叫束手无策，什么叫痛心。但苏队长仍微笑着对我说，我没事儿。关键是你，你是两条命。

看着苏队长蜡黄的脸，我有一种不好的感觉阴云一般压上心来。我看见生命正一点点地离开她，而她正一点点地离开我们。

夜里，雪花继续飞舞着，丝毫不怜悯我们的处境。说雪花飞舞都过于诗意了，它们如粉尘如沙砾，搅得整个世界没有了一点儿空隙。我是被冻醒的，醒来后发现，自己的两只脚已经露在了帐篷外面，被雪厚厚地盖住了。而我们的被子，也已经和帐篷冻在了一起，像铁皮一样硬冷。我赶紧去看苏队长，她躺在那儿一动不动。我连连叫喊她摇晃她，她终于睁开了眼睛，但仍是一动不动。

我很害怕，我想也许她再也爬不起来了。但是还没等我去叫人，她已经慢慢地撑起了身子，慢慢地坐了起来。她甚至朝我笑了一下。那是我见到过的最顽强的生命，也是最美丽的生命。后来在大家的帮助下，我们把冻住的被子和帐篷扯开，爬出了帐篷。

爬出帐篷的一刹那，我惊呆了。

至今我也无法明白，那样的景色它是怎样出现的？

天边那座雪山在红霞的映照下，如一朵盛开的玫瑰。雪花还在飞舞，天空却神奇地放晴了，纯净，明朗，湛蓝，像个率真可爱的孩子，脸上还有泪痕时，已露出了雏菊般盛开的笑容。耀眼的阳光与飞舞的雪花在天地间窃窃私语着，相亲相爱，整个世界奇美无比，如琼瑶仙境一般。

太阳雪！我大喊，这是太阳雪啊！

苏队长听见我的喊声，探出头来。

我把帐篷拉开，扶着苏队长坐在雪地上。苏队长和我一样，被眼前的景色深深打动了，她喃喃地说，太美了！她苍白的脸庞竟在那一刻有了红晕。

至今我仍认为，那是我所见到的最美丽的景色。而且我还认为，那景色是为苏队长出现的，是为她送行的。只有苏队长的生命，能与那景色媲美。

就在那不久之后，苏队长离开了我们。

7

我们继续往前走，冒着风雪，冒着死亡。

除了向前走我们别无选择。

我们把苏队长扶上马。此时的苏队长已经不是骑在马上，而是趴在马上了。但她仍用微弱的声音对我说，我照顾不了你了，你自己当心。

走在那样的路上，我有一种感觉，人的生命是没有极限的，是可以无限延伸的。每天夜里我躺下去时，总觉得自己不会再醒来了，或者醒来后再也爬不起来了。我会觉得自己已经用尽了力气，坚持不住了。但每天早上，我又总是活了过来，再向前走。

我们继续走，在无情的风雪中往前走。

雪盲症来得很突然。

在此之前，或者说从昌都出发后，你们的父亲和王政委他们就一直在为这件事担忧，没想到怕什么来什么。患了雪盲症的战士眼睛红肿得像桃子，还有一些黏稠的汁液从眼窝里流出来。他们大都和我一样，把墨镜搞丢了。在那样的路途上，怎么可能补发？

你们父亲急得不行，问辛医生有没有什么办法。

辛医生说没有什么好办法，唯一的办法就是不去看雪，让眼睛休息，减轻症状。

你们的父亲发火说，你这不是废话吗？在雪地里行军，怎么可能不看雪？

辛医生忍受着你们父亲的怒火，没有说话。后来，他终于想出了一个办法。他用墨水染了一些纱布条，给患雪盲症的战士蒙上。

我也被蒙上了。我的眼睛也感到了不适，已有了症状。因为害怕你们的父亲发火，一直没敢吭声。

透过蓝色的纱布，雪变成了蓝色，而苏队长蜡黄的脸有些发紫。

眼睛。我总也忘不了苏队长那双眼睛。

在那段路途上，在进军西藏的最后的那段路途上，在就要到达拉萨的那段路途上，那双明亮的眼睛就像一个逐渐燃尽的蜡烛，渐渐微弱，渐渐暗淡。

但直到现在，我仍然认为苏队长的眼睛还活着，它们和我在一起。我看到的，就是她看到的。她去世的那天，是重阳节。所以每年到了这个时候，我必要走出去，替她看看这个世界。

去年重阳节，我和你们的父亲去人民公园，那里在举办菊展。我在报上看到照片，非常漂亮，我想让苏队长看看，看看阳光下的花。公园里挤满了游人，充斥着和平生活的热闹和闲适。你们的父亲上公园，永远都是行色匆匆，跟看地形一样，大踏步地走在前面，我只好紧跟在后面，一一掠过那些姹紫嫣红的花。

当我们结束参观准备离开公园时，在门口的阅报栏前，你们的父亲忽然停住了脚步。我回头发现他不见了，倒回去找他。我看见他停在阅报栏前，我说你看什么呢？家里有那么多报纸呀。你们的父亲没有回答我。我走过去，一眼就看见了两个字：西藏。

我知道他为什么停住脚步了。因为我也停住了脚步。

其实那是一段无关紧要的报道。只因为有西藏两个字。

无论在什么地方，无论在什么时候，无论在什么心境下，西藏，唯有西藏，能让我们牵肠挂肚，能让我们忘记一切，或想起一切。

那是因为我们把所有与生命相关的东西，都留在了那儿。

那年吴菲和小赵阿姨一起来看我，她们想去九寨沟看看。你们的父亲就找了辆车，陪我们3个人一起去了九寨沟。

当我们进入九寨沟，在游人们惊叹不已的景色前站下来时，一点儿感觉也没有。我们就继续上山，把所有被人们拍成画，写成诗，唱成歌的景色一一看过来，还是觉得很平常。

在原始森林前，你们的父亲说，这地方可真像阿伦多。

我的脑海里立即出现了那片大大的原始森林，我们曾在其中走了整整3天，走在那条曲曲折折依山傍水的羊肠小道上。水无比清澈，山无比苍翠，巨大的古柏树，长长的藤葛，欢叫的小鸟，还有我非常喜爱的山林中的气息。

我们还遇见了一头美丽的白唇鹿。由于大部队经过，许多野生动物都躲起来了，据向导说原来这里的野熊成群结队。但不知它为何没有离开？那么凶那么多的野熊都怕我们，它不怕吗？它站在灌木丛的后面望着我们，眼里有一种好奇。它的身体是灰褐色的，下唇和吻部四周是纯白色的。是辛医生告诉我它叫白唇鹿的。多好听的名字。我朝它"嗨"一声，它仍站在那儿，好像在目送我们一样。

到现在我仍能想起它的眼神。敢肯定那是一头母鹿，说不定她也和我一样，正怀着自己的孩子，所以不愿意逃离。

那是在夏贡拉和努贡拉之间。

后来我想明白了，九寨沟的所有美景，我们早在几十年前就看过了。甚至九寨沟没有的美景，我们也都看过了。没有什么更奇特的景色能让我们好奇了。真的，我相信凡是走过那条路的人，都会和我有同样感受的。

只是那时候，我是说我们走在美景中的时候，没有心情去欣赏。

我们把自己变成了景色中的一部分。

8

从昌都到拉萨，最艰苦的路程就是到达拉萨河谷之前的路程，也就是所谓的穷八站那一带。由于路途艰难、粮食匮乏、气候寒冷，加上长期行军的劳累病痛，队伍中的骡马都无法再忍受，已死亡三分之二了。但是人，我们这些比骡马瘦弱的人，却顽强地向前走着，一天天地接近了拉萨。

终于有一天，我们走到了昌都到拉萨的最后一座雪山脚下：海拔5000米的鹿马岭脚下。

我们就要胜利了！

但是鹿马岭在我的记忆中，却是悲伤之地。

就在翻越鹿马岭的头天夜里，苏队长终于倒下了。其实她早就倒下了。长期的劳累，长期的营养不良，长期的睡眠不足，终于让她坚持不住了。她的生命早已透支，她是靠精神支撑才走到今天的。从努贡拉开始，我就以为她不行了，可一天又一天，她坚持了过来。

她的脸肿得有些变形，头发干枯地散落在地上，一双眼睛深深地眍了下去。回想起我第一次见到她时的情形，真是判若两人。那个英姿勃勃的女兵，那个像母亲一样慈爱的苏队长，永远地离开了我。

那天夜里，在鹿马岭下，你们的父亲好不容易找到一个废弃的骡马站，让我和苏队长住了进去。我和苏队长躺在那儿，被寒冷和饥饿包围着。苏队长病得很厉害，她躺在那儿，不停地说着胡话，让我和王政委都感到害怕。可我们除了守在她的身边，不知还能做什么。我把所有能盖的东西都盖在了她的身上，她还是冷得发抖。辛医生用一个布包，在里面放上炒热的盐，还有牛羊粪，给她在额头上热敷，可是没有用。你们的父亲想方设法烧了一些热水，让我喂她。她喝了两口，就摇头。

她连喝水的力气都没有了。

到了深夜，她忽然苏醒过来，轻轻地叫我，我撑起身子看着她。她说，小白，我不行了，虎子……你一定要替我找到虎子……

我预感到情况不好，连忙朝着帐篷外大声地叫王政委。风雪悲号着，满世界都是风雪的声音。但我的叫喊声依然尖厉地穿透了它们，王政委在我的喊声中一头撞进来，雪人一般跪伏在苏队长的床边。

苏队长望着他，吃力地吐出了最后一句话：我实在太累了，我想休息。让我休息吧。

那双眼睛终于合上了。

但它把许许多多的希冀留在了外面，留在了我的眼里。

这么多年来，我一直觉得她还活着，就是因为她的眼睛活着。它们一直大睁着眼看这个世界。为此我常常想，苏队长她放心了吗？今天这个世界是她想看到的吗？她的眼里还有泪水吗？

当我走在熙熙攘攘的人流中，当我陷入车水马龙的大街，当我看着那些把头发染成黄色或者红色的男女青年，当我看着变幻莫测的广告牌，当我听见让人心跳紊乱的节奏强烈的流行歌曲，我常常感到迷惑，我不知道这是不是苏队长和我们所想要的世界？是不是我们最初出发时所想到达的地方？我常常会在纷乱的街景中走失，高楼大厦在那一瞬间幻化成了雪山，我的心便在那一瞬间如雪原般空旷荒凉。

我想我们这些人，这些跨越千山万水走向天堂的人，大概已经将灵魂和肉体分离了，我们的肉体离开了高原，但我们的灵魂却留在那儿了。这么多年来，灵魂一直在呼唤我们回去，我们的灵魂在天堂等着我们。等着我们剥离的肉体回归。

我们登上了鹿马岭。

白雪皑皑，经幡飞舞。经幡就是祈祷幡，人们将祈祷语写在幡上，高挂于屋顶之上，庙宇之上，山顶之上，河谷之上，道路之上。无垠的蓝天白云之下，风吹动着经幡猎猎飘动，每飘动一次，就意味着人们向主宰天地之神诵一次经文，表达一次虔诚的祈祷。

经幡是藏族图腾崇拜中的"隆达"，译成汉语的意思为风马旗。我觉得它很形象，那些经幡真的就像骑在一匹匹骏马上乘风飘去的旗帜，在天地间飞飞扬扬。它们是藏族人们对平安吉祥的祈求、祝福和希望。

一路上我们总是看见经幡，我们每次看见经幡都欢呼雀跃，因为按照藏民族的习惯，经幡出现的地方，必是每一座山的最高山口。所以一看见经幡，我们就知道我们又登上一座山顶了。

但当我们站在鹿马岭的山顶上时，我们的心情已经无法用喜悦来形容。

眼前出现了通往拉萨的河谷地带。阳光下，一层薄雾正从蜿蜒的河谷下游升起，升入那梦幻般的雾霭中。裸露出的褐色山脚被阳光染上了一层酱红色，而覆盖着白雪的山顶则带着一种神奇缥缈的紫气耸入云空。空中没有一丝云彩，只有几缕袅袅的青烟。

战士们兴奋地欢呼起来：我们胜利了，我们终于胜利了！

你们的父亲眼圈儿红了。他站在那儿，疲惫不堪但神色坚毅的脸庞上，流下了一行亮亮的泪水。但他很快克制住了自己。他站在山顶上，挥动着手对战士们说，同志们，让我们唱一支胜利的歌吧！

歌声顿时在群山之中回响起来——

　　跨黄河，渡长江

　　我们生长在冀鲁平原太行山上

　　锻炼壮大在中原

　　威名远震东海长江

　　祖国处处欢呼解放

　　毛泽东的光芒照耀祖国边疆

　　……

歌声中，我的眼泪止不住地流淌下来，回望我们走过的路，回望身后的万水千山，回望这万水千山中倒下的一个个战友，苏队长、刘毓蓉、管理员、小冯，还有许许多多我不认识的姐妹和兄弟，我痛痛快快地淌着眼泪。

我默默地走到山口的那些飞舞的经幡前，从背包里拿出苏队长的遗物：一张已经破得丝丝缕缕的网一样的毛巾，我将那条毛巾挂在了经幡上，我看着它和经幡一起飞舞起来，向着空中不知疲倦地飞舞。就像是苏队长的灵魂。

　　进云贵，入川康

　　保卫西南边防

　　巩固祖国后方

　　解放的大旗插到喜马拉雅山上

　　雅鲁藏布江！

我终于看见了布达拉宫。

终于看见了那个多少人梦寐以求多少人终生追求的天堂的象征。

1951 年 10 月 26 日上午，我们和进藏大军一起，举行了隆重的入城典礼。

数面大鼓在前震天动地地响着，乐器闪亮，吹奏出悠扬惊天的旋律，然后是数十面红旗猎猎飞舞，接下来是腰鼓队，秧歌队，彩衣红袖，舞姿翩翩。战士们虽然没有背枪拖炮，但依然士气高昂，威武雄壮。

拉萨群众几乎是倾城而出，巷口路旁，窗台铺面，楼顶树上，到处都是人群和笑脸。

我走在队伍中，我的心里满是喜悦，我的眼里满是热泪。当我越过欢迎人群的头顶，一眼看见布达拉宫时，我呆怔在那里。四周的人正在欢呼雀跃，他们是为自己终于走到了拉萨而欢呼雀跃，他们在为历尽艰辛赢得了胜利而欢呼雀跃。

可我却哑在那里。

无论是出发之初还是进军路上，我曾多少次地想象过，当终于有一天我走到拉萨时，当终于有一天我看见布达拉宫时，一定会跳起来，一定会高声欢呼大喊大叫的。可真的到了这一天，我却哑在那里，发不出任何声音。

我默默地望着它，望着布达拉宫，觉得很神奇。我甚至以为那不是建筑，而是一座特别的山峰。我觉得我在哪里见过它。我想我走了千里万里，就是来和它相逢的吗？

拉萨拉萨，你这古老而又年轻的城市，我们终于走进了你的怀抱，我们将永远和你在一起！

我常常会有这样的感觉，觉得自己所遇到的人或事，正是自己长久以来所盼望的。我的这种对人生的自作多情，令我的心灵成了福祉也成了炼狱。

第十四章

　　在西藏某边防团团长的宿舍兼办公室里，长达 3 个小时的团党委会即将结束。团长欧木凯的第二瓶吊针才打了一半。但他的感觉已经好多了。感觉好多了的最主要原因不是药物，而是心理。

　　晚上的整个会议上，党委委员们情绪都很好，都觉得这段时间工作没有白干，人没有白累。有一种成就感。虽然一些同志也说到了自己的想法，说到了困难，但都很坦率，并且对今后的工作很有信心。木凯心里清楚，大家对工作有信心，主要是缘于对他和政委两位主官有信心。这样的信任比什么都珍贵。他的心里得到了极大的安慰，他最看重的就是这个。

　　唯有政委显得有些心事的样子。木凯想，是不是自己下午悄悄去军区的事，他还有些不高兴？本来他和政委之间是很坦诚的，有什么就说什么。如果因为这个造成误会，木凯会后悔的。

　　也许刚才开会前应当解释一下？可是眼下木凯还不想说出父亲的事。不想说不仅仅是不想影响大家的情绪，更重要的是他不想释放内心的痛苦。

　　这时政委说，老欧你看你还有什么？

　　政委的目光中有一种疑惑和期待，他似乎在给木凯一个解释的机会。木凯犹豫着。政委进一步说，你对今后有些什么想法，也可以和大家聊聊嘛。

　　木凯明白了政委的话。还在驻外训练的时候，有一天他和政委聊天，曾说起自己很想去读书，最好是能到国防大学进修一年。当然，谁都明白这不是一件容易的事，木凯也只是想先跟政委通个气，透个口风。木凯想，政委是不是认为他去活动这件事了？

木凯说，我暂时没什么了。散会吧。

木凯想散会后单独跟政委作个解释。没想到一散会，政委就率先离开了。他还催促大家都赶紧走，说好让团长早些休息。他只好作罢。

木凯把医生叫进来，要医生拔掉输液的针头。

医生看了看液体瓶，说，就只剩那么点儿了团长，输完它再拔吧。

木凯头也不抬地说，正因为剩那么点儿我才叫你拔掉嘛，多的都进去了，还在乎这一点儿吗？医生还是犹豫。木凯说，我自己的身体我还能不知道？我现在最需要的不是药物而是睡眠。

医生说，那还不简单团长，你要睡你就睡好了，我会守在旁边的。输完了我再拔掉。

木凯说那怎么行？我睡不着的。没人守着我睡过觉。

医生只好听从命令。

但医生拔下针头，还没来得及把他那套东西收拾好离开，就看见他们的团长已经睡着了。医生终于相信，团长的确比他更了解自己的身体。

他关上灯，轻手轻脚地走了出去。

健康桥干休所内，凌晨5点的时候，欧家接到市第三医院急诊室打来的电话，说他们那儿送来一个女病人，叫欧木槿，一个人昏倒在大街上，被人送到了他们那儿。

医生说，请他们家属马上到医院来。

木兰和木军都无法走开，他们只得给郑义打个电话，叫他赶快过去。

郑义接到电话赶到第三医院急诊室时，木槿已经苏醒了。脸色苍白地躺在急诊室的床上，看见郑义到来也没有任何表情。好像她的全身力气已经耗尽，不再有悲有喜，对一切都无所谓了。这样的表情让郑义感到悲凉。

值班医生告诉郑义，木槿问题不大，是低血糖造成的短暂休克，回家好好休息一下，补充点糖盐水就行了。

郑义就办了手续，扶着木槿走出医院。他招手叫了一辆出租车。坐上车之后他问木槿：是回你父母家吗？

木槿摇摇头，对司机说，去竹林小区。

郑义明白她是要去她现在的住处。他迟疑了一下说，我去合适吗？

木槿没有回答。

汽车发动了，朝城西驶去。

郑义想，这种时候，自己只有受点儿委屈了，先把她送过去再说。不管怎样，他总不能把她丢在大街上。郑义还想，看来木槿的这个朋友很有钱，谁都知道竹林小区是富人区。

郑义想到这一点时，觉得心里有一种说不清的滋味儿，显然木槿并不像自己想得那么单纯。她要和自己离婚，恐怕不完全是因为自己身体不好，感情淡漠，恐怕更重要的是自己没能让她过上舒适的生活。

郑义有一种失败感。但他还是不想离婚。因为他知道，他的这个婚姻，对他的父母来说意味着什么。尽管他也知道这样对木槿不公，可是，有谁能替他想想呢？

两人一路无话。

到了小区门口，车停了。郑义在下车的一瞬间又犹豫了。他怕看见那个他不想看见的男人，那样太尴尬了。毕竟他和木槿还没有离婚，还是夫妻，面对这样一个男人，他该是什么样的表情？愤怒？无所谓？

于是他再次问，我上去合适吗？

木槿终于开口说，你总不至于把一个病人丢在路边吧。

郑义只好和她一起上楼。爬到第三层，木槿力不能支地靠在墙上，把钥匙递给郑义。郑义有些惊诧，屋里没人吗？他接过钥匙，打开了门。

这是一套空空荡荡的房子，虽然摆满了家具，却没有人气。

木槿进门，躺倒在客厅的沙发上。郑义想赶紧给她倒水吃药，可四处找不到开水瓶。木槿指了指立在墙角的纯净水热水器，郑义没见过，笨手笨脚地弄不出水来。木槿只好自己爬起来倒水，也给郑义倒了一杯。

郑义接过水，终于忍不住问：他呢？

木槿问，哪个他？

郑义说，就是那个和你在一起的男人。

木槿看着郑义，说：为什么你非得认为我必须有个第三者才会离婚？为什么我就不能为自己离婚？！

郑义愣住了，一句话也说不出来。

木槿缓和了口气说，我叫你来就是想告诉你，没有那个他存在，这些天我一直一个人住在这儿。我搬出来只是为了表明我的决心，没有别的。

郑义还是说不出话。

木槿靠着墙喃喃自语道：但是我爸一死，让我觉得我的一切抗争都没有意义了……是我把爸气死的，我一辈子都不会原谅自己……我哪还有理由要求什么幸福生活？我应该受到惩罚……

木槿的眼神发直。郑义感到有些害怕，走过去扶她在沙发上坐下。他揽着她的肩，让她靠在自己身上。他忽然觉得这肩膀令他陌生，好像他们手臂和肩膀之间还隔着什么。是因为他很久都没这么揽过她了，还是因为他从来不曾这么揽过她？

郑义在那一刻对自己产生了怀疑，他想自己为什么一定要把这样一个身心都远离了他的女人强留在身边呢？就是为了所谓的名誉吗？

他松开木槿的肩膀，冷静地说，木槿，我同意离婚。

木槿回头看他，满眼的疑虑。

郑义说，不过，在此之前，我想先给你讲个故事。

起床号吹响的时候，木凯正在梦中。是个什么样的梦他完全回想不起来了，他只是吃惊地发现，自己竟然睡到了吹起床号。而以往这时候，他已经站在了操场上。

他迅速地穿戴整齐，拉开门。今天是全团会操。尽管刚刚外训回来，他也不想传达给官兵们一种放马南山睡大觉的信息。根据他以往的经验，越是这个时候，越不能放松。

公务员小林已经起来了，见到一身着装严整的团长吃惊地说，团长你还要出操？

木凯说，团长为什么不出操？

小林说，你昨晚发高烧呢。

木凯说，那是昨晚。现在是早晨，是新的一天。

他系好鞋带直起身来，像是对小林，又像是对自己说，一个在边防团当团长的人，他几乎没有资格发烧。

木凯走向操场的时候，突然想起了那个梦，他梦见他的侄儿小峰了。梦很奇怪，小峰见到他马上就向他跑来，但却跑不动，脚下好像有什么东西绊着。他走过去一看，竟然是树根，而且是从小峰脚底下长出的树根。小峰说，叔叔你这么久都不来看我，我一直站在这儿等你，脚底下都等得生根了。他笑道，你小子可真会形容啊。

木凯想，肯定是因为昨晚入睡前他想过，今天要去看小峰，所以才会有这么个梦。可直到现在，他也没有想好怎么对小峰说，怎么把爷爷去世的消息告诉他。爷爷对小峰很重要。

但必须得告诉。木兰已经把这个任务交给了他。

想到父亲，木凯的心情又沉重起来。但他的步子仍是很快。天还不见亮，空气中弥漫着早晨的清凉气息。木凯深深呼吸着，大踏步地往操场走。营区里此起彼伏的口令声和跑步声，令他的精神振作起来。

他笔直地站在操场中央，抬腕看表。他知道只要他往这儿一站，战士们的口号声都会响亮许多。他站立在那儿如同一座山，屹立便是一切。

又是指挥连第一个到。他满意地笑了，那是他曾任连长的连队。接下来一个连接一个连，都精神饱满，士气高昂。3分钟后，全团所有连队集合完毕，没有一个迟到的。木凯心里很高兴，但脸上的表情依旧严肃。

值班参谋集合好队伍后，跑步向他报告。他举手还礼。

这样的场景这样的动作，他一年不知要经历多少次，但从没像今天这样让他感到庄严和神圣。他觉得自己体内有什么东西在燃烧，浑身燥热。他用比过去任何时候都要响亮的声音下达了命令。1000多官兵在他的命令之下迅速动了起来。

他站在那儿，看着他的部队他的战士，看着他的营区他的大山，忍不住在心里叫了一声，爸，我不会走，我一定要在这儿守下去！我要做不到这一点，我就不是你儿子！

郑义开始给木槿讲他的故事。

讲得很涩。断断续续，中间还抽了好几支烟。

郑义说，我认识一个边防连的连长，是个长得很精神的小伙子，军校毕业。还在军校读书的时候，小伙子参加过一个青年杂志的征文，得了奖，得奖后收到不少来信，从中他认识了一个女孩儿，是个中专老师。小伙子毕业进藏后，这个女孩儿不但没有和他中断通信，反而表现出极大的敬意。这样一来二去，两人就恋爱了。

我们都看过那女孩子的照片，一个很漂亮的姑娘。我们都为小伙子感到高兴，我们甚至为自己感到高兴。我们说小伙子你真是为我们边防军人长脸，娶这么漂亮的姑娘做妻子。

小伙子当然更高兴。他们谈了整整 3 年的恋爱。后来小伙子当了连长，也到了晚婚年龄。那个夏天姑娘写信给他说，我的连长，你要再没时间出来娶我，我就自己嫁到西藏来了。年轻的连长感动极了，终于决定，等姑娘一放暑假就让她进藏，她一进藏他们就结婚。他们要在雪域高原上举行一个别致的热闹的更是神圣的婚礼。

日子一天天临近。年轻的连长在激动中等待着，同时也是在繁忙的工作中等待着。连里的工作非常累，真是两眼一睁，忙到熄灯。只有在熄灯之后，查哨之后，写了日记之后，他才有空拿出姑娘的照片来看，在照片上抚摸姑娘的脸颊，说些情人之间的悄悄话。

就在姑娘要到达连队的前一周，这位连长把一切都布置好了。所谓的布置，就是在他的单人床边上，用手榴弹箱子垫起来，加了一条 30 厘米宽的木板。窗户上贴了几张新的《解放军画报》。桌子上多了一个镶嵌着他们两人合影的照片，照片旁多了一盆炊事班老兵精心养育的窝笋，笋叶肥大嫩绿，煞是好看。最隆重的，是团里下来蹲点的一个参谋，给他们在门口写了一副对联：

上联：不必有氧，花来三千里外边境线上自陶醉

下联：何须怨柳，兵守一脉山河弹箱为床也风流

横批：你心我知

大家看了都说不错，只是觉得横批过于文气了。副连长笑说，我看不如叫"秀才遇到兵"。连长不干，觉得太直，不够味儿。指导员说，要不就改成"你教我学"？人家可是老师噢。一说老师，把连长给触动了，连长说，我看就改成谢谢老师！

话一出口，大家都笑，但笑着笑着，眼睛竟湿润了。于是一致通过。

连长布置好这一切后，就领着巡逻小分队巡逻去了。本来那一周没有巡逻，但因为那个时期他们守的那段边境不太安宁，又逢雨季。上级就指示他们连，巡逻由每月一次改为每月两次。连长就是去巡增加的那次。

开始指导员和副连长都不让他去。他们笑说，你还往哪儿去呀？就一周时间了，你的战斗就要打响了，你就在家养精蓄锐吧。你这一仗要是打不好，我们全连官兵都不安宁。

那个参谋也说，是啊，你就在家张开双臂迎接幸福吧！但是连长笑眯眯地说，不行，我得去。我太幸福了，我得做点儿什么。不然我消受不了。我还没被生活这么宠爱过。

指导员他们见他如此坚决，如此诚心，也不再阻拦了。他们开心地说，好吧，我们成全你，我们让你幸福得踏踏实实。连长走了。

噩耗是第三天晚上传来的。连长他们的巡逻小分队遭遇了泥石流，走在最前面的连长被冲下山去，那只是一眨眼的事，所有的兵都在一眨眼工夫没有了连长。得到消息后，全连除了值班的全都出动了，指导员带一个队，副连长带一个队，那个参谋带一个队，他们兵分三路，一点点地在边境线上搜寻，他们不相信连长会牺牲。

与此同时，女教师已到达了团部。已经得到连长失踪消息的团政委沉住气，亲自陪女教师吃饭，还要亲自陪她到连队去。这让女教师觉得又喜悦又不安。她想自己不过是嫁给一个自己爱的人，不过是为了自己的幸福而来，却被边防军人们如此厚爱着。

她在团政委的陪同下，坐上一辆越野车颠簸着往边防连走。

第二天中午，搜寻的队伍传来消息，连长的遗体找到了，是参谋带的那支队伍找到的。他被冲下山后，卡在了一堆乱石里。全身上下血肉模糊，面目全非，如果不是腰际上还有一缕被皮带捆住的军装片儿，没人能认出他是连长。战士们哭着把他们的连长抠出来，哭着把他抬回连队。他们在痛哭的同时忧心如焚地想：连长的未婚妻，那个可爱的美丽的女老师，她马上就要到了呀！他们怎么向她交代？他们拿什么向她交代？

下午，女教师到了连队。指导员带着那些疲惫不堪更是悲伤不已的战士们列队迎接她，这更让她不好意思了。她一眼看见了那副对联，她用好听的普通话，用讲课时的声音和语速把它们读了一遍，她读到"谢谢老师"时红了眼睛，但很快她就感觉到了不对劲儿，为什么男主角始终没有出现？为什么大家都面容凄凄？

突然，她一眼看见了对联上的那朵硕大的白花，她惊悚地转过身来，转过身来时，看见面前的队列里一片泪光，亮得刺眼，她撕裂了声音喊，出什么事了？告诉我！快告诉我！

指导员背过身去。

副连长背过身去。

队列中的一个战士控制不住地大哭起来。政委终于步履沉重地走上前去，握住她的手说，你要坚强些，连长他……

女教师没等他把话说完，就昏厥了过去。

她的身体像被人猛击了一拳似的，轰然倒下。

……

那个女教师醒来后就有些神志恍惚了，她见人就问，你看见他了吗？他叫我来的，为什么我来了他不见我？他不要我了吗？她还一遍遍地问那个陪在她身边的参谋说，你是他的战友，你告诉我，他为什么不要我？我已经来了呀！他为什么不要我……

那些日子，那个参谋一直有一种罪孽深重的感觉。他想为什么死的不是他呢？为什么连长偏偏在这个时候死呢？他甚至想，我们这些边防军人为什么要结婚呢？

……

郑义讲到这里，看着木槿，说，那个参谋就是我。

郑义深吸一口气，说，我就是从那时起，有了心理障碍。只要看见你，只要想到夫妻间的事，我的脑海里就会浮现出那个女教师的眼睛，浮现出年轻连长血肉模糊的遗体。它们交替出现着，它们横亘在你和我之间，让我无法摆脱……对不起，木槿。

木槿愕然。

木凯坐上车，驶出营区。

刚才他打了个电话给小峰他们团的皮政委，问有没有可能让六连那个叫欧阳峰的兵到团里来一趟？

皮政委以前并不知道木凯和小峰的关系，听他这么一问，突然意识到两个人是同姓，就问他是你什么人？木凯到了这会儿只好实话实说了。他说他是我大哥的孩子，我侄儿。皮政委埋怨说，你为什么不早说？前不久团里还从下面抽调了几个战士来团里学习新闻报道呢，你要早说的话，我早把他叫到团里来了。木凯说你可别这么做。咱们都知道，总被庇护着的兵好不了。我只是见他一面。

木凯计算了一下小峰从连队到团里的时间，大概和自己去他们团的时间差不多。所以吃过早饭他就出发了。因为是周日，他跟政委说去看侄儿，政委自然没话说，只是问他身体怎么样了。木凯说，我们这种人的身体不能宠，一宠反而出问题。假装它没事儿它就没事儿了。

其实他能感觉到自己仍在发烧。但他今天必须去小峰那儿，这件事没有任何人能替代他。再说，就是不发生父亲这件事，他也该去看小峰了。从这孩子进藏当兵后，他就去看过他一回，还是在新兵连的时候。他这个当叔叔的，实在有些失职。

木凯到达边防A团时已经是午后两点了。车子一进院子，他就看见皮政委站在那儿等他。旁边还有几个团领导。皮政委笑眯眯地迎上来，和他握手，看得出他是由衷的高兴。皮政委曾和木凯在一个团共事，那时木凯是参谋长，他是副政委。后来木凯当了副团长又当了团长，他仅仅从副政委到了政委。因此他常说科班出身的就是不一样，比他有出息。

皮政委不由分说地就要拉他去食堂。木凯说他们在路上已经吃过饭了。皮政委说路上那叫什么饭？再说你好不容易上我这儿来一回，连顿饭的面子都不给我吗？木凯还想推，皮政委说，我知道你晚上肯定是要赶回去的，晚饭我就不打算留你了。中饭已经准备了，你好歹给我个面子，吃两口。

木凯见皮政委说得那么诚恳，有些感动。可他哪有心思吃饭？他知道一吃饭必喝酒，他哪有心思喝酒？如果没有发生父亲的事，他还有可能喝上两杯，轻松一下。但眼下，他无论如何也喝不下去任何东西。他想，看来只有说出实情了。

木凯把皮政委拉到一边，简单说了一下父亲的事。

皮政委非常吃惊。他握住木凯的手，好一会儿才说，老欧，有什么需要我做的事，尽管说。木凯郑重地点点头。他没有什么需要他做的事，但他需要这句话。

皮政委叫过一个干事，吩咐说：去会议室，把欧阳峰叫来。

当小峰跑步过来时，木凯好一会儿才确定这是小峰。大半年不见，他已经完全不是刚进藏的那个高中生了。小峰跑近之后，非常严肃地向叔叔敬了个礼，木凯受他影响，也严肃地给他还了个礼。皮政委在一旁说，瞧你们叔侄俩严肃的。你们聊，我走了。

见皮政委走了，小峰才放松地一笑，亲热地叫了一声，叔。小峰最喜欢他这个叔了。他叫木鑫小叔，但叫木凯只叫叔。

木凯拍拍他的肩，简洁地说，走。

小峰问，上哪儿去？

木凯说，不上哪儿，随便走走。怎么样？挺苦吧？

小峰说，是。告诉你吧，我已经39天没洗脚了。我打算今天到团里来把这个问题解决了。不洗脚都没什么，主要是那个饭……你吃过那种饭没有？全是汗酸味儿，太难吃了。

木凯点点头，吃过。没办法，你们那个高地汽车上不去，粮食只能靠骡马驮或者人背，一走几个小时，还不浸透了骡马和人的汗水？吃习惯没有？

小峰说，苦哪有能吃习惯的？忍呗。

叔侄俩上了车。小峰说，叔，能不能去一趟县城？我想打电话。

木凯心里一惊，打电话？难道小峰知道什么了？可看看他的表情，不像。他说，好，咱们去县城，你先好好洗个澡，然后再打电话。叔亲自给你开车。

木凯觉得心里有一种温情，他只想对小峰好一些。

清晨6点，木鑫从新兴支行行长曹青的家里出来，没有回头，噔噔噔地下了楼。

他知道曹青会一直站在那儿看他走下楼梯的。但他没有回头。他心里沉重得要命，没有心思表现温情。再说自己昨晚那个样子，现在想来有些后悔。尽管曹青说那才是真实的他，她喜欢真实。可他不喜欢。一个男人怎么能轻易把真实的自己暴露出来？

酒醉之后，痛哭之后，倾诉之后，木鑫就在沙发上昏睡过去了。没想到一觉睡到凌晨，如果不是曹青把他叫醒，他可能还会继续睡下去。曹青到底是个理智的女人，她叫醒他，说你赶快走吧，趁着天亮离开这儿。不然你说不清楚，我也说不清楚。

木鑫一个激灵翻身坐起，看看表，快6点了。他真有些紧张，虽然一夜不归的事过去也发生过，可今天这样的情况的确有些不好解释。周茜知道了又够闹一阵的。木鑫一想到他这位女朋友就头疼起来。

曹青让他洗把脸，喝一瓶牛奶。因为昨晚的事，两个人之间一下子默契了许多，仿佛有了一种亲情。木鑫顺从地照她的话做了。他发现曹青的脸色很不好，就问，你昨晚一点儿没睡？曹青摇摇头，不置一词。木鑫想，她肯定比自己更不好受，她毕竟是个女人。他想说些安慰的话，可实在没心情。心里说以后再弥补吧。

走到门口木鑫说，对不起，曹青，我……

曹青止住他说，别说了。你放心去处理你家里的事吧。她停了停说，银行的事有我。

木鑫心里一热，说，曹青，你也不要太为难。我已经想通了，没什么大不了的，实在不行，我就把那个厂再顶出去，以后从头做起好了。

曹青点点头，说，你不要想那么多，赶快回家。我这边有消息，会马上通知你的。

木鑫再说不出别的话，转身出了门。

木鑫走出楼门正要开车，一个人突然立在他的跟前，把他吓了一跳。定睛一看，竟是周茜。周茜一脸怒容两眼忧怨。他的脑子"嗡"的一声，想，这下彻底完了。但他还是做出无所谓的样子说，你怎么上这儿来了？

周茜说，我还要问你呢。

木鑫说，我是工作，我来找曹行长谈贷款的事。

周茜说，谈了一夜，谈好了吗？

木鑫说，你别用那种口气跟我说话，事情根本不像你想的那样。

周茜说，我想的哪样？我什么也没想啊。我怎么能想得出你的事情呢？

木鑫拉开车门说，上车吧。要吵咱们上车吵，别在这儿影响人家休息。

周茜说，你以为我还会上你的车吗？

周茜扭身就走。木鑫开上车，慢慢地追了上去。他摇下车窗说，周茜，你上车来，听我解释一下，你总要给我一个解释的机会嘛。

周茜继续往前走，边走边说，你大哥打电话给我，说找不到木槿了，问你知不知道。我就打你的手机，可怎么也打不通。我就知道你把手机关了。你为什么关手机，你不就是不想让我找到你吗？你一关手机，我的感觉马上就不好了。我就胡思乱想，我想你会不会真的来找这个女人了？我真不愿意相信，可平时你去的酒吧我都去了，没有。我只好到这儿来了，我真希望我白等一个晚上。可没想到你真的……和她……一起过夜……

周茜说到这儿就呜呜地大声哭了起来，引得早起的路人纷纷侧目。木鑫只好停车，连拉带拽地把周茜弄上车来。周茜趴在后座上，像一丛倒伏的水稻。木鑫觉得疲惫不堪，一句安慰的话也说不出来。看她一眼，又继续开车。

周茜抬起头冲他喊，你为什么不说话？！

木鑫说，我说什么？你让我说什么？你已经想成那样了，我说什么你能相信？

周茜无望地说，你就告诉我，你什么也没做，你只是谈工作。

木鑫说，我这样说你会相信吗？

周茜说，那你到底和她怎么样了？

木鑫口气强硬地说，别审问我，我讨厌审问。

周茜一怔，更加绝望地泣不成声地哭道：你为什么要这样对我？我究竟做错了什么？

木鑫听她这样说心里非常难过，他不想伤害周茜，她是无辜的。可他又觉得的确没法跟她说清楚昨晚的事。就算是上帝出来做证，他和曹青没有发生性关系，难道就能说清楚发生在他和曹青心里面的事吗？能保证他和曹青的关系不伤害周茜吗？

木鑫突然有一种累到极致、想放弃一切的念头。

他说周茜，我只想告诉你，昨天晚上我没回家的确有特殊原因，但事情并不像你想的那样。如果你愿意相信我，那就相信，时间长了我会慢慢告诉你。如果你不相信，那我也没办法，我不想再作任何解释了。

周茜的哭声停止了。她说，你送我回我妈那儿去。

木鑫知道，如果他现在把周茜送到她妈那儿，那他们之间持续了一年多的恋情可能就终止了。但他有一种已经无法控制势态的感觉。他想，终止就终止吧，天塌不下来。

他调转了方向，照周茜说的去做。

木凯没想到，小峰得知爷爷去世的消息后，所表现出来的情绪比他预想的要平和得多。尽管他也哭了，像个孩子那样呜呜呜的，但他很快就控制住了自己。

或许是身处的环境让他无法放开自己？

叔侄俩是坐在路边上谈的。前面是一望无际的沙砾地，再前面是绵亘不绝的坚硬的山峦。在这样一个没有一丝温情的地方，眼泪显得很不合时宜。风呼呼地吹。到了高原的下午，风总是呼呼地吹。好像上午他们在睡懒觉，下午养足了精神就开始工作了。风很快带走了小峰脸颊上的泪痕，让他的面部显出与他年龄不相称的坚硬。

木凯问，想不想请假回去？如果想，我就去跟你们政委说。

小峰想了一下，摇摇头说，我才进藏不到一年，这样回去太特殊了。何况现在正是我思想逐渐稳定的时候，我怕一回去又会动摇。

这番话让木凯很意外。他问，那今后你有什么打算？是当 3 年兵就回去，还是……

小峰说，我要报考军校。

木凯说，跟你妈说过吗？

小峰摇摇头，只跟爸爸和爷爷说过。

木凯说，军校毕业以后呢？

小峰说，重返西藏。

木凯觉得心里滚过一阵热浪。他拍拍小峰的肩，没有说话。

停了一会儿小峰说，其实我这想法也是渐渐确定的。最初当兵的时候，我承认在很大程度上是因为爷爷和爸。小时候总听他们说西藏，而且他们每次说到西藏时眼里就放光。那时候我就想，我一定要到西藏来看看。我想等老了，说起这辈子在西藏当了几年兵，那多光彩。但来了之后才知道，在西藏当兵可不是一个光荣能涵盖的，也不是靠一股子热情就能坚持下去的。有一段时间我很消沉，找不到方向，甚至后悔自己太冲动了，特别是收到那些已经上了大学的同学的信……我真的很迷惘。但是现在，我思想终于渐渐明确了，坚定了。

木凯看着小峰，发现他的眼里流露出一种与他年龄不太相称的成熟。他有些欣慰，也有些酸楚。欣慰不必说了，酸楚的是，小峰又要像他一样吃一辈子苦了。为什么总是他们这样家庭的孩子，会对西藏产生这样的感情？感情也会通过血液遗传吗？

小峰说，往大处说，我不想让西藏这块宝地落到别人的手上，它是我们中国的，它是最后一块没有被污染的土地，它有丰富的矿藏资源，有金矿银矿，还有稀有金属。说得诗意些，它是一座天堂。从几个世纪前那些西方国家就盯上它了，他们不远千里都要上这儿来冒险，我们守在这儿为什么不好好地把它守住？

木凯听得很带劲儿，他追问道，那往小处说呢？

小峰看了叔叔一眼，郑重地说，小处？那就是我不想让爷爷奶奶，爸爸，你，还有两个姑妈，不想让你们觉得后继无人，不想让你们已经做出的牺牲和奉献白白流失。

他停顿了一下说，现在爷爷去世了，我的这个想法更坚定了。

木凯看着他，心里已有几分敬重。这孩子心思沉重得让他有些意外。

他有意说，你就没有替你自己想想？

小峰说当然想过。我刚才说的是往大处说和往小处说，还有第三层呢，往细微处说，就是我自己了。我觉得每个人都有一个最适合他的职业。这一年多我发现，我最适合的职业就是军人。咱们家可以说是军人世家了，爷爷、爸爸，你，大姑妈，小姑妈，还有姑父，都是军人。我觉得我也天生是个军人。我甚至觉得，可能我比爷爷和爸爸更适合做一名军人。

木凯惊奇地问：为什么？

小峰说，爷爷做军人，靠的是勇敢，坚强，无所畏惧。可他缺少政治谋略，我说的这种谋略不是对哪一场战役而言，而是对整个军队整个国家的思考。爸爸呢，特别忠诚，特别能吃苦耐劳，但在今天的军队中，他缺少知识，缺少现代意识。所以会被淘汰。至于你，叔，你比他俩都强。但我想我会超过你。

木凯听了微微一笑，说，我基本上同意你的分析。可是我想作一点重要补充，无论是你爷爷还是你爸爸，他们有一点是非常可贵的，那就是他们始终有坚定的信仰。

小峰想了想，说：我同意。可是叔，你不能说我没有。我也有。

小峰亮亮的目光注视着木凯，让木凯有了一种紧迫感，一种后生可畏的压力。他想自己还得更努一把力才行，不然很快就会被小峰他们这一代人所淘汰。当然这紧迫感和压力是令人愉悦的。他揽住小峰的肩，用力拥抱了一下，站起来说，走吧，你不是说要打电话吗？我送你去邮局。

小峰立刻孩子似的跳起来，说，这才是大事呢。

早上7点，木棉终于可以下班了。

其实在此之前，她就已经没守在门口了，雷小姐一定要她休息，她的额头被那个小偷用包砸了块乌青出来，加上惊吓和劳累，她确实有些头昏。她被雷小姐扶到客房后，就一个人躺在床上，默默地淌着眼泪。

雷小姐不明白她为什么哭。起初她把木棉从地上扶起来，责怪她太冒险时，木棉就说，我真要是被这家伙结果了生命，就可以陪我爸了。然后她的眼泪就开始不停地流淌。雷小姐不明白她话的意思，她太不了解她了，除了知道她是个下岗女工，其他一无所知。她想是不是她的父亲很早就过世了？是不是她和丈夫吵了架有些厌倦生活？她弄不清，也没时间去弄清。她只是给她倒了杯水，安慰了她几句，就去找经理汇报去了。

木棉想，这样也好，免得自己控制不住自己，把什么都抖出来。

可是即使没有人问她，她的眼泪仍是不停地流。她想，父亲如果还在，一定会赞赏她今晚的行为的。父亲会说，好样的，像个工人的样子！父亲或许还会说，我的女儿就应该是这样的！可是为什么偏偏这一切都发生在父亲去世后呢？难道自己命里注定是个只会给父亲添麻烦的女儿吗？木棉一想到这个问题，就难受得不行。眼泪打湿了枕巾。

哭了一会儿之后，她迷迷糊糊地睡着了。

一觉醒来时，已是6点半。木棉忽地坐起来，奇怪地看看四周，一时不知身在何处。近一个月来，她从没在这时候睡过觉。发了会儿呆，她终于清醒过来了，想起了昨晚的事。她连忙洗了把脸，走下楼去。

王经理已经来了。王经理一见她就说，木棉，你真是好样的。不愧当过兵！

木棉心里得到了极大的满足，她笑笑，说没什么。

雷小姐说，你没事儿了吧。木棉说，没事儿，本来就没什么事儿。真不好意思，我睡着了。王经理说，有什么不好意思的？你应该休息。你看看你的头上，还有伤呢。木棉，尽管你是临时工，我们宾馆也一定要对你进行嘉奖。

木棉笑笑。现在她的心情是急着回家。

但王经理拦住了她。王经理说，木棉，我知道你很累，但你能不能再在宾馆待一会儿？昨天夜里的事我们已经报告了新闻媒体，电视台的人马上要过来。

木棉脱口而出，我不想上电视。

王经理说，这是好事嘛，为什么不想上电视？

木棉说，不想就是不想。

王经理说，宾馆遭窃，这本来不是什么好事，但它有了一个好的结果。通过报道这件事，可以表明我们宾馆工作人员认真负责的工作态度。而且它本身也很有趣，一个女工竟然抓住了一个大男人。连电视台的人听了都觉得有兴趣，你可以跟他们谈谈当时的情况。另外，那位失主也想专门在镜头前向你表示感谢。你知道他那个包里装的什么？一个手机，一万多块钱，还有身份证、长城卡、牡丹卡……反正很贵重。

木棉还是摇头。

王经理不解地说，怎么了？

木棉说，我们家有点儿急事，我得赶紧回去。

王经理说，为了我们宾馆，你就不能再做一次贡献吗？等采访完了，我派车送你回去。

木棉不知该怎么说了，在那儿为难。

一旁的雷小姐看出来了，她想起木棉从昨天晚上来宾馆后情绪就一直反常，她相信她家里的确是出了事。她把王经理叫到了一边，轻声说了几句。

正在这时，木棉忽然看见木鑫从大门走了进来。她喜出望外地叫了一声，木鑫！

木鑫径直走过来说，五姐，我来接你下班。

木棉赶紧对王经理说，这是我弟弟，他来接我的。我家里真的有急事。说完她不再管王经理怎么想，跟着木鑫就出了大门。

木鑫回头看她一眼，说，你的头怎么了？

木棉答非所问地说，你怎么想起来接我了？

木鑫也答非所问地说，我和周茜闹崩了。

姐弟俩一起回家。

木凯带着小峰来到邮局，才知道小峰是给谁打电话。

小峰不是往自己家打，而是替连里的战友们往家打。他们连到县城非常不方便，所以凡是到团部来办事的人，不管是干部还是战士，都有义务帮助别人"捎电话"。小峰这回就捎了十几个。

木凯坐在邮局的长木凳上，拿出烟来抽，等他。

小峰从口袋里摸出一把字条，开始依顺序拨电话。很快他就拨通了第一个，木凯听见他用和刚才完全不同的语气叫了一声：妈妈，你好！

木凯正想站起来，过去和大哥大嫂说两句，但小峰下面的话就把他定住了：

小峰冲着电话说：妈妈，我是赵学斌的战友，他让我告诉你们，他在这儿一切都好。对，你们寄给他的复习资料他收到了，他正在复习。爸爸妈妈你们都好吧……那就好，我一定告诉他。你们还有什么要交代的吗？那好，爸爸妈妈再见！

木凯终于明白，捎电话原来是这样捎的。真好，他替他的战友们叫爸爸妈妈，真好。木凯羡慕地想，他们当兵的时候没有电话，只能写信，写那种一个月才能走回家的信。记得那时候有个新兵，家里两个月没收到他的信，就连发了两封加急电报到连里，询问儿子的下落。现在好了，现在终于有了更快捷的方式和家里联系了。无论怎样，这片土地已从千年的沉睡中苏醒过来，和时代一起往前走了。

小峰匆匆在第一张字条上记了几个字，又拨通了第二个电话。他的脸上洋溢着快乐，就像他真的是在给爸爸妈妈打电话。这个时候他完全像个孩子，像个不谙人世的少年，与刚才那份儿成熟相距很远。

木凯想着刚才小峰说的那番话，那番雄心，那番壮志，心里感慨不已。他想他才19岁，比自己进藏时的年龄还小。也许将来他还会改变，还会动摇，但至少现在，他的那番话是他希望听到的，他为父亲感到欣慰，为大哥感到欣慰。

小峰仍在大声说：是爸爸吗？你好！妈妈在家吗？……我是你们的儿子李春阳的战友，他要我告诉你们，他一切都好……中秋节吗？中秋节我们过得很好，我们吃了月饼的，一人两个……月亮？月亮大着呢，我敢肯定你们谁也没见过那么大的月亮，那么大的月亮只有我们阵地上才有，真的。我们这儿过中秋才名副其实呢，我们要是想过每个月都可以过……

木凯想，这小子这么可劲儿地说，等最后打给自己家时，嗓子准会哑的。

多可爱的小子啊！木凯发觉自己的眼睛湿润了。

上午9点。

欧家的子女们又坐在了一起。6个孩子，加上各自的配偶，十几个人，把客厅坐得满满的。大哥欧木军坐在父亲平时坐的位置上，看着他的弟妹们。木棉、木槿、木鑫都回来了，郑义、小金、陈郡和也来了，只是木鑫的女友周茜没来。

木军环视了一圈弟妹后，首先发现了木棉头上的伤，关切地问，木棉你的头怎么了？

木棉淡淡地说，没事儿，不小心碰了一下。

木鑫忍不住在一旁说，木棉昨天晚上抓了个小偷。

抓小偷？所有的人都惊讶不已，木棉怎么会去抓小偷？

木鑫看了木棉一眼，说，五姐，我看还是告诉大家吧。木棉沉默着，没再反对。木鑫就简单地说了一下木棉眼下的生活状况和昨晚发生的事。

木军觉得非常意外。

木兰则感到一种深深的愧疚。自己是姐姐呀，却从没好好关心过她。她说，木棉你为什么不早说？

木棉说，我不想让爸妈操心。

木军说，你太不了解爸了。他知道你这样做，只会感到舒心的，而不是操心。停了一下他转头问木槿，木槿，你的身体怎么样了？

木槿摇头说，我没事。我这是老毛病，低血糖。

木兰把一杯刚调好的糖盐水递给木槿，说，多喝点儿水吧。木槿接过来，水有些烫。郑义见状连忙替她接过来，放在茶几上。木军说，郑义，我知道有些为难你，可是这些天，还得请你多关照木槿。我怕我顾不过来。

郑义说，大哥，别这么说。在我心里，欧伯伯永远和我的父亲一样，你们永远和我的兄弟一样。无论怎样，我们还是一家人。

木鑫说，大哥你放心吧，无论怎样，我们毕竟是爸妈的孩子，我们不会再说再做那些让爸妈伤心和不愉快的事了。生前我们没能让爸满意，死后我们会让他安息的。

木军点点头，心里感到几许欣慰。他点起一支烟，深深地吸进一口之后说，咱们商量一下爸的后事吧。

忽然，木兰叫了一声妈。

大家一回头，母亲下楼来了。手上还拿着一个大信封。木兰看看表，她只睡了两个小时。母亲从医院回来后，一直不停地讲述着往事，这让木兰又惊诧又担心。母亲的讲述语气连贯，充满激情，思维却纷乱无序。

但母亲的神色始终是平静的。此刻，她仍是平静地走过来，在孩子们中间坐下，然后开口道：你们是不是在商量你们父亲的后事？

见木军点头后，她从信封里取出一张照片交给木军，说：就用这张照片作为遗像吧。这是你们父亲生前最喜欢的一张照片。

木军接过来看，一眼就认出那是父亲在离开西藏10年后，和母亲一起重返西藏时在布达拉宫前照的相。照片上的父亲没戴军衔，但依然整齐地穿着军装，系着风纪扣。花白的头发和肃穆的神情，与远处的蓝天雪山非常和谐，好像父亲就是那景色中的一部分。

弟妹们都围上去看。母亲在一旁说，我也在同样的地方照了一张照片，等以后我去世了，也用那张照片做遗像。

母亲说这些话时，语气和平时交代他们做什么事时没什么两样。而且在木兰听来，母亲的嗓音依然浑厚润泽，没有衰竭嘶哑。这让她心里踏实。木兰曾听过母亲唱歌，那还是在刚搬进干休所的那个春节晚会上，母亲的一曲《红梅花儿开》让干休所的叔叔伯伯阿姨们吃惊不已赞叹不已，他们不解地问，您为什么没去当个歌唱家？您的嗓子真是太好听了。母亲只是微笑着，没有解释。并且从那以后再也没在众人面前唱过了。她不想让人们追问。平时在家里，高兴的时候，孩子们就能听见母亲的歌声，尽管她总是轻轻地唱，但那优美的嗓音依然能让所有的孩子都不由自主地静下来，倾耳细听。

木军说，妈，您放心去休息吧，我们会把后事安排好的。

母亲说，不，不用安排什么。你父亲说，他死后不要开追悼会，不要遗体告别，也不要在家里设灵堂。他只有一个要求。

木军问，什么要求？

母亲说，他希望你们能把他的骨灰送到西藏去，撒掉，撒到哪儿都行，山上，河里。他说他是属于那片土地的，而且他的战友，他的两个孩子也在那儿。他要回去，和他们在一起。当然，我也要回去，他说他在那儿等我。你们的父亲早就知道会有这一天的，所以把一切都安排好了。

木鑫听到母亲的话，一时呆怔在那儿。又一个意外。本来他是想要好好地为父亲选一块墓地，他要花一大笔钱来为父亲厚葬。他刚才说的，要让父亲死后能够安息，就是这个意思。但没想到父亲却要求把骨灰撒到西藏去。也就是说，父亲连最后一次尽孝心的机会都不给他，父亲到死都在拒绝他。

他有一种痛彻心肺的失败感。

母亲一一地看着他们，缓缓地说，我知道，你们一直觉得你们的父亲太古板，不近人情，其实他非常爱你们，只是不善于表露罢了。在遗书里，他对你们每个孩子都作了最好的评价，连我都没想到，他是如此地爱你们，看重你们。在他心里，你们都是他最好的孩子。

母亲说，我知道你们的心里现在依然充满了疑惑，因为你们不知道真相。我还知道你们的心里充满了渴望，因为你们想知道真相。

母亲目光迷离，木兰知道母亲又要开始她的诉说了。这样的诉说就像是一条生命之河在流淌，任谁也不能够阻止。木兰和大哥弟妹们静静地听着。

母亲说，让我告诉你们吧，你们的生命和我的生命，是在经历了怎样的雪雨风霜之后才纠缠到一起的，才成为母子和母女的。对我来说，除了诉说，还能做什么？

欧木凯从小峰的团里赶回自己的团，已是深夜。

政委竟然在大门口等他。政委一见到他就上来握住他的手说，老欧，这样大的事，你为什么不告诉我？

木凯明白政委已经知道了。他抱歉地说，我是不想影响大家的情绪。

政委说，你走后军区来了个电话通知，说给你 10 天假期，让你回去处理后事。

木凯愣了一下，这一点让他意外。他以为他走不了，他以为他无法再见父亲一面了，现在一听说能回去，他马上性急地说：那我这就去买机票。

政委拦住他说，别急，得等明天。哦不，等几小时以后。

木凯这才意识到已是凌晨。他抬腕看表，2 点。还有 5 个小时天亮。

天一亮，木凯先给家里挂了个电话。让木凯非常意外的是，接电话的竟是母亲。姐姐不是说母亲有些反常吗？怎么听上去和平时没什么两样？

他叫了一声妈，声音有些哽咽。

母亲的声音如往日一样从容，越过万水千山，直抵木凯的心。

母亲说，木凯，好儿子，我知道你心里是怎么想的，我也知道你去年为什么不回来探亲。我都知道。可是你知道吗？你知道你父亲和我是怎么想的吗？你知道你父亲在遗书里怎么说到你吗？木凯，你父亲说，你是我们最骄傲的儿子。

木凯说不出话来，那些忍了一天一夜的眼泪，终于在母亲面前流下来。

母亲又说，我已经知道军区给你批假了，但是你不要赶回来了。因为我们马上就要进藏了。我和你大哥、二姐，我们很快会送你的父亲进藏。那是他最后的要求。他要求把他的骨灰撒到西藏，和他的那些战友在一起，和他的孩子在一起。你在那儿等他吧。

木凯知道此刻他的脸上已满是眼泪，他没有理会它们；木凯知道此刻他的军容风纪是整齐的，他历来如此；木凯知道他站在那里是笔直的，直得就像一棵青冈树，但他还是挺了挺胸膛，让自己昂起头来。

他说，好的，妈，我在这儿等。我在这儿等我爸。

第十五章

　　木兰，我想在我诉说往事之前，我应当首先鼓足勇气，说出那个横亘在我们之间的、你心中的疑团。说出它才能解开它。你不必感到抱歉，也不必感到不安。它的存在已是有目共睹。它从很小的时候就在你的脑海里生了根，这些年已经像一棵树似的长得很高了，我甚至能看见那些叶片从你的眼里伸出来。

　　这个疑团就是，你怀疑我们之间的血缘，你不相信你是我的亲生女儿，你一遍遍地在心里说，我不是我妈亲生的。

　　对吗?

　　我不怨你。因为在我和你之间——母亲和女儿之间，确实存在着隔膜，这种隔膜足以让你产生那样的怀疑。尤其是与你的大哥木军相比，与你的妹妹木槿相比。我们之间的那种隔膜犹如大海和沙滩之间的坚硬岩石，使我们的身体和心灵都无法靠近。

　　可是我不能不告诉你，简单明了地告诉你，你是我的亲生女儿。千真万确的是。43年前，在西藏高原一个简易的藏民房里，我生下了你。

　　同时我还要告诉你，我们家里的确有3个子女不是我亲生的，他们是你的大哥木军，你的妹妹木槿，你的弟弟木凯。过去之所以不愿说出你的身世，就是为了他们。因为你的生命真相和他们的生命真相紧密相关。我们不想让他们知道，也就瞒了你。

　　你惊讶。你肯定会惊讶。

　　木兰，让我告诉你，请你和我一起来承受。

也请原谅你的母亲。

孩子们，请你们都坐下来，听我说，听我一一地说，一个一个地说。我要把我这一生所曾经拥有和仍然拥有的 6 个孩子的生命真相，全部告诉你们。我要告诉你们，我是经历了怎样的磨难和痛苦，才成为你们的母亲。

1

1951 年秋天，我们终于走到了拉萨，从昌都出发，行程 3000 里，翻越 5000 米以上的雪山 10 余座，跨越冰河几十条。但我和我腹中的孩子都终于走过来了。到拉萨时，我已有 6 个月的身孕了，但身体看上去仍是瘦弱的。

我们在拉萨附近一个藏军留下的旧军营里住了下来。虽然营房破烂不堪，潮湿阴暗，但比起进军路上在风雪中摇摆的帐篷已经强了许多。至少我们不用每天出发，每天在风雪中跋涉了。我有一种精疲力竭的感觉。但我知道，对这支队伍来说，伟大的使命才刚刚开始。我们跋涉千里来到拉萨，是为了让它改换一个新天地。

放下背包没几天，"向荒原进军，向土地要粮食，向沙滩要菜"的口号就叫响了，我们投入到了大规模的生产运动中。就像我们必须边修路边进藏一样，我们也必须边生产边开展工作。我们要靠自己的双手养活自己。当时川藏公路才修到金沙江边，部队所需的粮食仍靠牦牛驮运，千里迢迢，根本无法满足需要。而当时复杂的政治形势，使我们在拉萨买不到粮食，只能靠自己生产。否则我们就是走到了，也无法生存下去。

我们的大生产运动不可能在现有的土地上开展，我们只能在千百年来荒凉的拉萨河滩上开垦荒地。拉萨河从群山中奔流而来，绕过拉萨城，在两岸留下了大片的乱石荒滩。乱石滩上荆棘密布，乱石累累，野兔出没，可以说已经沉睡了千年万年。

进藏大军，终于唤醒了沉睡千年的荒地。

当我们在河滩上和大片的荆棘开战，和成堆的乱石开战，和狂舞的风沙开战时，肚子里只有一点点食物。所以不用谁告诉我们，我们都深深懂得粮食的重要性，从骨子里懂得。11 月的拉萨已进入隆冬季节，拉萨河面上漂浮着冰块，河两岸白雪皑皑气温在零下十几摄氏度。官兵们冒着凛冽的刺骨冷痛的寒风战斗在拉萨河滩上。

我那时身体已经笨重，在家里编印宣传小报，或者和炊事员一起到工地上送饭送水。每次站在河滩上看着眼前的景象，我都激动不已，我真的明白了什么叫不可战胜。仅仅20多天，我们的官兵就在荒滩上开出了3000多亩土地！

我们将种子撒进了这片新开垦的土地，我们也将希望撒进了这片新开垦的土地。

我取出管理员留下来的白菜籽和萝卜籽，也一一地撒了下去。我在心里对管理员说，对苏队长说，我们既然能跨越千山万水走进来，我们就一定能在这里待下去。什么也不能将我们打垮。

新开垦的荒地要等来年春天才能播种。那个冬天，我们依然存在严重的粮荒。

你们可能无法想象，那段时期我们整个部队的主食就是黑豌豆。西藏的豌豆是黑的，传说豌豆的种子是当年文成公主带进西藏的，她用黑铁锅挑着豌豆苗，所以被染黑了。不过我到现在也不甚明了，西藏的豌豆为什么是黑的。当地的藏民把它们当成马料。最初的一年半载，我们就是吃马料挨过来的。

我们要么就是煮黑豌豆吃，要么就是把黑豌豆磨成粉当糌粑吃。那时没有高压锅，豌豆很难煮烂，我们只能吃半生不熟的豌豆。但即使是半生不熟的豌豆也不能管够。

你们的父亲常常把好一点的食物让给我，或者说，让给我腹中的孩子。可我怎么忍心吃呢？他每天的体力消耗比我大得多。我们常常为了推让食物而发生争吵。当然，我们的争吵是无声的。在推来推去之后，他一发火，就把碗往我面前一蹾，然后摔门走出去。

12月，西藏最冷的季节，我的第一个孩子不顾一切地要到这个世界上来。我想他是不是在腹中总是挨饿，受不了了，想自己出来找吃的？或许是他不忍心再拖累我，想离开我，减轻我的负担？

总之，怀孕7个月的时候，我早产了。

分娩的时候是夜里。

我肚子痛得厉害，可不忍心叫醒你们的父亲，他实在是太劳累了。我就在床上翻来覆去折腾，终于把你们的父亲惊醒了，他点上灯一看，我的汗水已从额头上淌了下来。那么冷的天，我却像在酷暑中一样。你们的父亲一下紧张起来，以为我吃什么东西吃坏了肚子。那时为了腹中的孩子能有一些营养，我什么都试着吃，拉肚子是常事。

但那天，一种女性的直觉使我意识到，我不是吃坏了肚子，而是孩子要出来了。我对你们的父亲说，赶紧去叫医生，我可能要生了。

你们的父亲愣了一下，连大衣都没穿就冲了出去。外面正下着大雪，刮着大风，风雪呼啸的声音更让我有一种紧张的感觉。很快他又回来了，一个人。他跟我说，辛医生出诊去了。不过我从他那儿找到一本书，你别害怕，我会照书上说的做……

那是一本厚厚的《医生手册》。

你们的父亲抱着书，在那里一页页地翻，手微微有些抖。他翻到有关接生的部分就读了起来。我痛得身子蜷缩成一团。当然，我没有叫。我只是咬紧了牙关。我怕我叫出来他会更紧张。

他急急地念道：孕妇在怀孕9个月后将临产……可你才7个多月呀？

我忍着痛说，这叫早产。我妈生我就是早产。

他恍然大悟的样子，又继续念道：临产前有阵痛，每隔几分钟发作一次，并且间隔越来越小……对对，症状一样，看来你就是要生了。我看看怎么做：让产妇平躺在床上……

你们的父亲匆忙读了一遍，就把《医生手册》翻开放在桌上，用手枪压住。然后卷起袖子，照着书本开始为我接生。他有些手忙脚乱，不知所措。我的阵痛越来越厉害，我强忍住不呻吟，但冷汗已布满了额头。你们的父亲紧张万分，不断地说，小白你别怕，小白你别怕。

正在这时，门被轰的一声推开，一阵猛烈的风雪将辛医生卷进屋来。

辛医生踉跄地关上门，扑到床边。

你们父亲大喊一声：你来得太好了！快，帮我一把！

但辛医生看清了眼前的情形后，却张着两只胳膊，在我的床边来回转，不知从何处下手。虽然他是医生，但他还从来没为产妇接生过。我是他遇见的第一个产妇。他比你们的父亲更不知所措。

你们的父亲焦急地指挥说，快找剪刀，消毒！

疼痛已使我顾不上害羞和一切的一切了，我凭着本能努力地用着劲儿，想尽快把孩子生下来。可是无论我怎样深呼吸，怎样用力，一点儿用也没有。

你们的父亲在一旁脸涨得通红，好像比我还用劲儿。他握着我的手大声喊，勇敢点儿，你要勇敢点儿！忽然，我听见辛医生大喊，出来了出来了！但接着他又喊：不对，应该先出头的，怎么先出来一只脚？

你们的父亲看了一眼书，说，对，婴儿的头应该先出来。快把脚塞回去！

辛医生就真的把那只脚塞了回去。

但片刻之后，那只脚又固执地出来了。这回我听见你们父亲说，别管那么多了，脚出来就脚出来！快拽脚！

辛医生担心道，这样很危险。

你们的父亲发火说，书上说老这么拖延下去更危险，我们必须尽快结束战斗！

他们两个人真的就去拽孩子的脚。我真不知道他们是怎么拽的，因为我已经痛得粉身碎骨一般，我大叫起来，我不生了！我不要了！让我去死吧！

你们的父亲命令似的对我说：不要叫，勇敢点儿！用力！再用力！我要你和孩子都好好的！

他们硬是从脚到头把整个孩子拽了出来。我在孩子离开身体的那一瞬间昏迷了过去。

据说那孩子出来后一点儿声音也没有。你们的父亲捡起书来看，照书上说的，用力拍打着婴儿的后背。几下之后，终于响起了微弱的哭声。

是个男孩儿。

但是这个可怜的孩子，这个跟着我翻越了万水千山的孩子，这个在我肚子里一直饿到出生的孩子，这个脚先出来的孩子，却只活了一天，他连一口奶都没来得及吃，连个名字都还没有，就离开了这个世界。好像他的出生，仅仅是为了让我难过，让我内疚。

我真的非常内疚。

我想是不是怀孕之初我蹦跶得太厉害了伤了他？是不是翻雪山的时候冻坏了他？是不是伤心落泪时哭坏了他？是不是没有吃的饿坏了他？

而你们的父亲比我更内疚。他不断地说，都怪我，我不该拽他脚的，我该再把他的脚塞回去的。肯定是我拽的时候把他弄伤了……

我们把他安葬在了新开垦的荒地旁边。

你们的父亲说，他守着这些庄稼，再也不会饿着了。

从血缘意义上说，他是我的第一个孩子。

2

很快，我又怀上了老二。

怀上老二后我非常小心，不再任性地东颠西跑，也不再熬夜。你们的父亲要我吃什么我就吃什么。可是在西藏，无论你多么注意，也谈不上有营养。能吃饱饭已是不易，何来营养？我依然瘦得像个小战士。一些来找你们父亲的人经常把我当成他的通信员，进门就拍我的肩膀问，小鬼，参谋长在不在？等我一开口，他们才面红耳赤地说，对不起对不起。

我知道不怪他们，我那时的确不像个女人，更不像一个生过孩子的女人。瘦瘦的身体，短短的头发，还总是扣着一顶军帽，怀孕到 7 个月时，身上都看不出动静。

1952 年夏天，也就是我们进藏后的第二个夏天，新开垦的土地没有辜负我们的汗水，呈现出一片丰收在望的景象。不料进入 8 月，拉萨河水暴涨，淹没官兵们辛辛苦苦开垦出来的 3000 多亩土地，那些土地本来在官兵们汗水的浸泡下，已经孕育出了大片的青稞、小麦和蔬菜，河水却在一夜之间漫了上来，将它们统统淹没。

官兵们深夜紧急出动，跑步冲进暴雨里。将军们举着火把在齐腰深的水里指挥战斗，士兵们跳入水中用锹挖，用手刨，用肩扛，上下一致，齐心协力，一直奋战到天明，终于将洪水排除了。那一次的战斗是最用不着作动员的战斗。因为所有的进藏官兵都对饥饿有着刻骨铭心的记忆，整整两年，他们——或者说我们——从来就没有吃饱过肚子，从来都是饿着肚子在进军，在打仗，在工作的。

那是一个丰收年。我们收获了几十万斤的青稞、小麦和豌豆，还收获了上百万斤的蔬菜。那其中就有饱含着管理员期待的萝卜和白菜。那萝卜大得像娃娃一样。当地的藏民看到后万分惊讶，他们想不通这支军队什么时候变成了一支生产队，种出的粮食比他们的还多还好。他们无法相信这样一片烂石滩，这样一片荆棘丛生的地方会变成如此整齐的粮田，长出如此多的粮食。他们甚至认为这不是一支军队，而是天兵。因为在西藏以往的历史上，军队从来都是靠百姓养活的。

他们那惊讶的表情我至今都忘不了。

只有拉萨河明白这一切。尽管它差点儿毁掉了我们的良田。

更多的时候，拉萨河是安静的。围绕着拉萨城，生怕惊了这座圣城里的人。有人说拉萨是太阳城的意思，有人说拉萨是圣城的意思。要我说，我当然更喜欢前者。用藏语表达就是"尼玛拉萨"。不过，太阳和神圣并不相悖，很多时候，它们可以说是同义词。

就在这个丰收的季节里，我生下了老二。

有了第一次的教训，第二次接生时，你们的父亲为了保险起见，专门请了一位藏族妇女来为我接生。当然，他自己也镇静了许多，他叫通信员烧了一大锅热水，还准备了两个军用水壶，准备孩子一生下来，就用两个灌满热水的水壶一左一右地暖着孩子。

那个藏族妇女，脸上挂着温和而又神秘的笑容。她在团里通司[1]的陪同下来了。一来就将你们的父亲请到了门外。我因为产前的阵痛发作，痛得蜷缩在床上。但她不慌不忙，闭着眼，嘴里念念有词，进行着她的接生仪式。在他们的宗教信仰里，人的出生就是转世，从前世转入今世，所以必须进行生命的交接。

她缓缓念道：我今要往兜率陀天，清静慈四弥勒菩萨，因我现处中阴境中，此正其时。呼唤三宝，请求加被。祈祷大悲世尊，挺胸抬头而行。

她在念经文时，你们的父亲急不可耐地在门外徘徊，时不时地推开一条门缝儿往里看。他看我受难的样子，真恨不能马上为我接生。可既然请了人家，就不能不尊重人家的风俗习惯。仪式结束后，女人终于开始为我接生。

也不知是因为她有经验，还是因为我生第二个，总之孩子顺利地出生了。

老二是个女儿。你们父亲高兴极了。他给女儿取名叫萨萨。他说第一个孩子连名字都来不及取，这回有了名字，就能留住孩子了。非常奇怪的是，那么瘦弱的我，常常吃不饱肚子的我，竟然有奶水。萨萨终于吃上了我的奶。

开垦的荒滩获得了大面积丰收，使我们的口粮问题得到了缓解。但生活依然很困难。那时拉萨的物价非常高，一个银圆才能买一个鸡蛋，那是我们所无

---

[1] 通司：藏语翻译。

法享受的。你们父亲为了让我有更多的奶水喂孩子，就去捞河里的鱼。西藏的鱼非常奇特，没有鱼鳞，只有厚厚的皮。没想到我吃鱼竟中毒了，呕吐不止。后来还是那位藏族房东告诉我们，那河里好些鱼的鱼子都有毒。从那以后，我再也不吃鱼子了。

　　来年春天，萨萨半岁了，已经能扶着墙走路了，非常可爱，谁来了都喜欢逗她。眼看着天气一天天暖和了，我以为最艰难的日子已经过去了，我却不知道春天更容易感冒。

　　有一天我从外面工作回来，看见萨萨小脸通红。一摸额头，滚烫。显然在发烧。我连忙叫来辛医生，辛医生诊断说是感冒。感冒，这是多么小的一个病，可在当时，我们团里竟连最简单的感冒药也没有，仅有的一瓶阿司匹林也是过期的。以往我们生了病，全靠自己的抵抗力去和病魔抗争。

　　可萨萨太小了啊，她无力抗争。她被病魔折磨着，越烧越厉害，并且伴有一阵阵的痉挛。现在想来，她已经从感冒转成了肺炎。可是我除了拿冰块为她冷敷外，没有一点儿别的办法。辛医生和我一样，除了给她吃过期的阿司匹林外，也束手无策。他在屋里来回走着，不断地说，我算什么医生？我算什么医生？！

　　当时你们的父亲外出执行任务去了。我知道即使他在，也不会有任何办法的。我宁可他不在，让我一个人来承受这个必然来临的苦难。

　　那些天，我就这么眼睁睁地看着萨萨，看着她的小脸从粉红到苍白，看着她的哭声渐渐微弱，看着她的身体一点点地衰弱下去。到第四天的早上，萨萨终于没有了呼吸。她死得非常安静，在我的怀里。我当时几天没合眼，疲倦已极，就抱着她睡着了。等突然醒来时，发现怀里冰凉……

　　她就像是一个远道来看我的客人，见我在睡，不想打搅我，悄悄地掩上门走掉了。

　　我无法告诉你们我当时的心情。这么多年来我不愿触及它，不愿打开那扇门。

　　我现在忽然明白，我不愿对你们讲你们的身世，这也是一个重要的原因——我不想让这一情景再现，哪怕仅仅是在脑海里再现。

　　我抱着萨萨呆坐在那里，坐了一整天。无论辛医生怎么劝我，我都不肯放下她。我不相信萨萨会死，她是那么活泼的一个小生命。她怎么能一动不动呢？就是我死了她也不应该死啊。但我没有哭。我不会哭了。

萨萨死了，我的生命的一部分也随之死去。

你们的父亲回来后一言不发，他没有责备我，也没有安慰我。他把萨萨接过去，腾出一个装书用的木箱，铺上自己的一件军衣，把萨萨放了进去。然后他拿了把锄头，一个人在房子后面使劲儿地挖，挖了一个整齐的土坑，把木箱埋了进去。

他在坟前种下一棵红柳。

很长一段时间，我不哭也不笑，少言寡语，默默发呆，面色像老人一样凝重。

直到有了你，木兰。

3

现在我终于讲到了你，木兰，原谅我的迟缓。

但是你要知道，前面的那些叙述决不是多余的，他们，你的哥哥和姐姐，毕竟来到过这个世界上，毕竟和你一样，是我亲生的孩子，是我的骨血。没有他们，就没有你。

生下你已是 1954 年春。你是 1954 年 4 月出生的。这个其实你早已知道。重申一遍，完全是因为顺便。

4 月虽不是西藏的黄金季节，但地上已有了绿色，空气中有了些许的温暖和湿润。那时我们所在的部队已调防到了边境重镇也是通商口岸的亚东。亚东比之拉萨，海拔要低许多，不到 3000 米，所以人们习惯把它叫作亚东沟。你在西藏当过兵的，一定知道亚东。那里有树木，有绿色的植被，氧气的含量也比拉萨多许多。因为这一切，你的孕育和出生比起前面的哥哥姐姐来似乎顺利多了。你父亲为你取了一个藏族名字：希维，它的汉语意思是和平。

为什么后来你改叫木兰而不再叫希维？那是因为你的大哥。

应该说你顺利地过了第一关，出生关。

你的出生给我和你父亲的脸上都带来了笑容，那是一种怀着新希望的笑容。还不仅如此，自你出生后，我们这个家一下子就兴旺起来。真的，你出生后不到一年，我和你父亲忽然间拥有了 3 个孩子。有了木军，有了你，还有了木槿。

但你们并不是依次到来的，你们几乎是一起到来的。

你出生不久之后，王政委病故了。

我永远也忘不了王政委的死。

那时我们已进藏两年了。我已有了大女儿木兰。王政委很喜欢木兰，因为虎子的失踪，苏队长的牺牲，让王政委变得沉默寡言。你们的父亲和我，都觉得不知该怎么安慰他才好。但木兰的出生，让他脸上有了些笑容。那种笑容有些急迫，有些怅然，怪怪的。

可就在这时候，他病倒了。

王政委得的是一种怪病。在他之前，部队里已经出现过3例了。生病的人先是脚肿，然后是腿肿，然后是上身肿，就这样一点点绝望地肿上来，一直肿到胸口，然后人开始喘不上气，最终被活活憋死。两个月之内，已连续死了3个战士。王政委亲眼看见自己的战士一点点走向死亡，他咬着牙，铁着脸，有时候忍不住举起拳头狠狠地擂自己的头。

没想到王政委也得了这种病。

你们的父亲为此急得嗓子嘶哑，辛医生也焦虑不安，两眼通红。辛医生是最忙的，遇到这种事，他的压力最大。他翻遍了所有的书，都没有见到这样的病例。辛医生那段时间很难过，他不去看所有人的眼睛，好像那些疾病是他带来的，他绝望得要命，连替那些不幸者去死的念头都有了。

后来支队向军区汇报，军区专门派来一个老医生，这个老医生曾是国民党的军医，比较有经验，但他看了病情后也感到茫然。军区只好把病情电告给内地大医院，请专家们会诊分析。专家们会诊分析之后得出的结论是，这是一种长期缺少维生素而引发的特殊脚气病。唯一的治疗办法就是大量补给维生素。上级于是迅速从内地调拨维生素药品到西藏，但再迅速运到拉萨也得十天半月的。所以要求部队紧急采取措施，让官兵尽快摄入含有维生素的东西。

可上哪儿去找含有维生素的东西呢？何况还要大量？如果有，又何至于得这样的病？当时正是冬天，四周光秃秃的。

辛医生想来想去，向你们的父亲建议说，恐怕最方便最好找的，就是发泡青稞的芽了。

你们的父亲一听，立即下令大量浸泡青稞，加湿加温，使其发芽，然后给官兵们当菜吃。那青稞芽吃起来像草一样，无法嚼得很烂。但你们的父亲下令要每个人都把它们生吞下去。他相信只要能进入肠胃，总会有效的。一周后，这个方法果然初见成效了，一些刚发现浮肿的官兵开始得到控制，逐渐消肿。

但对王政委来说，已经迟了，浮肿已从他的下半身肿到了腰部。但他的脸却一天天地消瘦，原来腮帮上鼓着的那两块肉也不见了，下巴尖尖的，长满了黑黑的胡子。他每天躺在床上不能动弹。你们父亲端着炒好的青稞芽到他的床边，要他吃，他总是摇头。他说别浪费了，反正我已经不行了。你们父亲吼叫着说，谁说你不行了？！你行！你必须行！

为了不让你们父亲难过，王政委勉强吃了一些青稞芽。他一边吃一边大口喘着气，他已经不能坐了，只能半靠在通信员的怀里。嚼几口青稞，喘一阵气，再嚼几口，再喘一阵。一张瘦削的脸因为憋气而显得蜡黄。看到这张脸我就想起了苏队长牺牲前的样子。我有一种预感，王政委他要去找苏队长了，他丢不下她。可是虎子怎么办呢？他已经没有母亲了，不能再失去父亲。我说王政委，你一定要挺住，苏队长还要你去找虎子呢。等路修好了，我就和你一起去找。王政委张大了嘴喘气，断断续续地说，小白，虎子的事，就拜托你和老欧了……我可能不行了……

你们父亲又吼起来，他说谁说你不行了？！我不许你再说这个话！

但只要一走出王政委的小屋，你们父亲就像个孩子似的掉眼泪。我从来没见过他那个不知所措的样子。除了每顿强迫王政委吃一些青稞芽外，他就是反复拽住辛医生问，他会好的，是吗？他没事儿的，对不对？

辛医生只能点头。如果摇头的话，我估计你们父亲会暴跳如雷。

可是，还是太晚了，还是无法挽回了。

王政委是一个凌晨突然走的。他选择了一个你们父亲不在的时间，我相信他是有意这样选择的。因为他不想让你们父亲看见他死去的那种痛苦。你们父亲每天都守着他，但恰好那天夜里部队驻地蹿入一股土匪，你们的父亲带领骑兵小分队追击去了。

我代替他守在王政委的身边，也就代替他受尽上苍的折磨。

王政委死得非常痛苦，因为呼吸困难，他不停地用手抓扯自己的胸膛，以至于胸口上全是道道血印和块块青紫。他的那个样子让我难过至极，有一刹那我恨不能帮他把胸口撕裂，让空气进入他的肺部。那时候我多么希望我是神啊，我多么希望我能解除他的痛苦啊。可我所能做的，只是拼命按住他的手，不让他再抓伤自己。他挣扎着，喘气声如山摇地动般震人耳鼓。但突然，他的手瘫软下去，声音在一瞬间止息了。

就这样，我眼睁睁地看着他离我而去。

我唯一感到庆幸的是，你们的父亲没有亲眼见到。但他仍像没了魂似的，几天不说一句话。从进军大西南开始，他就和王政委共事，情投意合，非常默契，已经整整5年了。可王政委从发现病情到死去，仅仅一星期。我想就是一个月、一年、一个世纪，你们父亲也无法有思想准备，何况一星期。

那是腊月。腊月从此成为你们父亲心里的伤痛，成为一触就会流血的疤痕，并且永远无法愈合。

我想我唯一能做的，就是实现王政委的遗愿，找到虎子，把他抚养成人。

可我不知该上哪儿去找。

王政委的病故对你们的父亲打击是巨大的。如果不是有个活生生的小女儿每天望着他笑，我真不知他会不会也倒下。

苏队长临终前曾嘱咐我，一定要找到虎子。她把这事嘱咐给我，是因为当时只有我在身边，却没想到成了谶言：王政委也离去了，这使寻找虎子的任务真正地落在了我的肩上。

但在川藏公路修通之前，我无法离开西藏，无法寻找虎子。我只能在心里一遍遍地想，虎子你在哪里？

我有一种直觉，虎子还活着。

再接着说你，木兰。

你一天天地大起来，会笑了，会牙牙发语了。你的灿烂的笑容，渐渐抚平了我和你父亲心里的创伤。但我和你父亲仍在心里担忧着，害怕你出什么意外。由于前两个孩子的夭折，使我和你们的父亲已变得非常谨慎非常小心，生怕再出什么差错。我想无论是我，还是你们的父亲，都已经经受不起这样的打击了。

我和你们的父亲商量，想请一位藏族保姆来帮我。我想也许只有西藏女人，才能把出生在西藏的孩子养大。

可是连续找了两位，都由于语言完全不通而无法在一起生活。

终于有一天，民运股股长带来一个年轻的藏族女人，他说这个女人会说汉话，并且养过孩子。我高兴极了，连忙请她坐，她马上听明白了，说谢谢。我一听是四川口音，觉得很亲切，就用家乡话和她聊起来。

万万没想到，她竟是那个我在进军路上遇见过的叩长头的藏族小姑娘——尼玛。

和尼玛的相识相遇，几乎让我相信了命运这回事。不然该如何解释我们之间的一次又一次相遇？该如何解释我们两人之间紧紧纠缠在一起的命运？该如何解释我们怀着不同的信仰却走着完全相同的路？

当然，我再次见到尼玛时，她已有了很大的变化，她不再是那个发髻上插着小红花的小姑娘了，她的面庞不再光洁，不仅有许多的疤痕，还有许多的沧桑。

让我先说尼玛的身世吧。

尼玛的老家在四川藏区一个叫道浮的地方，我们进军西藏时曾路过那里。17岁那年，家乡遭了大灾，她的父亲母亲还有两个弟弟都饿死了。这时，村里有几个家里遭了大灾的女人相约着，要叩长头去拉萨朝圣。她们听人说拉萨遍地是金子，只要虔诚地叩长头叩到拉萨，就算此生受尽苦难，来世也能过上天堂般的日子。于是她就和几个女人一起结伴离开了家乡。

她们走了整整一年。

我遇见她们时，她们刚刚离开家乡一个多月。她也说她们在叩长头的路上的确遇到过军队，但她没有注意到军队中有女人，更没有注意到我。

和我们分手后，她们历尽千辛万苦，一直虔诚地叩头叩到拉萨。一路上，不断地有人病死饿死冻死，等到拉萨时，从家乡出来的6个人，就只剩尼玛和另一个姑娘了。

但出现在她们眼前的拉萨，根本不是像她们想的那样遍地是金，而是遍地的穷人。她们只好流落街头，靠乞讨为生。

半年后，另一个姑娘也病死了。而模样比较漂亮的尼玛，则被一个贵族家的裁缝娶回去做了妻子，并生下一个女儿。

没想到生下女儿几个月后，尼玛又遭了难，她和女儿同时染上了天花。

在当时的拉萨，染上天花就等于得了不治之症，不要说没钱治，就是有钱也治不了。因此凡是得了天花的，一律要赶出家门，赶到拉萨河的河心岛上，困在那儿，任其饿死冻死。

尼玛当时不仅怀抱着吃奶的婴儿，而且又有了身孕，但她的丈夫还是狠心地把她们母女赶出了家门。

尼玛和女儿在岛上冻饿交加，3个月大的婴儿很快就夭折了。但顽强的尼玛却活了下来。

靠着一些好心的路人施舍的糌粑果腹，靠着拉萨河的冰水解渴，一个多月后，尼玛的天花终于自愈，只是脸上落下了许多疤痕。她再也不愿回到那个所谓的家里去了，重新开始流落街头。

后来她听人传说，拉萨来了解放军，给解放军做工不但不受欺负，还可以得到工钱，她就跑到部队的八一农场找活干。农场的同志见她有身孕，不忍让她干活。恰好这时候，我们团民运股股长去那里办事，遇见了，一听她会说汉话，就把她带回来了。

尼玛的到来，让我和你们父亲心里都踏实了许多。尽管我们看出她已有了身孕，我们还是留下了她。

1954年9月，你们的父亲接到上级通知，他作为英模代表，将和西藏军区的其他代表一起，去北京参加国庆观礼。

经过反复商量，他决定带上我和女儿一起出去。

一方面我想去军留守处打听一下虎子的消息，另一方面我也想回重庆去看一下母亲。自从参军离家后，我一直没有她的消息。虽然我也给她写过几封信，可由于我们的行踪不定，我从没收到过她的信。我不知道这些年来她怎样了。我很担忧。我还有个想法，如果母亲身体许可的话，我就把木兰留给她抚养。我还是担心西藏的环境对孩子过于严酷。

尼玛有身孕，不能与我们同行。我们就将她安顿在部队，让她等着我们。

4

9月中旬，我们出发了。那时木兰刚刚5个月。

当时，川藏线尚未完全修好，汽车只能通到扎木。我们一行人时而骑马，时而步行，一点点地往前移。路途遥遥，我无法抱着木兰行走。出发前，你们的父亲找了只木箱，垫上厚厚的衣服，把木兰放进去。然后再把木箱放到马背上，马背的另一边是行李。

不管路途怎样颠簸，木兰都在箱子里静静地睡着，一声不吭，好像知道我们很辛苦，不愿再添麻烦似的。我却怀着恐惧的心理，随时把她摇醒，生怕她的睡着是不正常的。那次同行的不止木兰一个孩子，还有别人的两个稍大一点儿的孩子，一个 2 岁，一个 3 岁，都是想送到内地保育院去的。那时在西藏出生的孩子，成活率非常低。有的生下来就死了，有的虽然是活的，却在几个月后死去。为了解决这个问题，十八军留守处在距成都不远的大邑县办了一个保育院，专门抚养我们的孩子。

翻越米拉山时，我们遇见了正在修路的部队。那些已经在这条路上奋战了三四年的修路战士们，已被风雪蹂躏得不像样子了，脸庞憔悴，衣衫褴褛。我怀着敬意和疼爱看着他们，说不出话来。他们依然热情地和我们打着招呼，为我们祝福。有的战士还笑容满面地逗孩子玩儿，一点儿也没有怨言和叹息。

我们一点点地往山上走，越往上海拔越高。9 月的天气，在这个高山顶上却冷得像冬天一样。到了山顶，居然飘起了零星的雪花。我把木兰从箱子里抱起来，抱在怀里，衣服裹了又裹，生怕冻着了。

忽然，我听见同行的一个母亲叫起来，她说不好了，我的孩子在抽筋！

我们围过去。见她那个两岁的孩子脸色苍白、嘴唇发紫，浑身抽搐。随行的医生说这是缺氧造成的窒息。我一听，连忙打开襁褓看木兰，我发现木兰正瞪着一双大眼睛在看我。我松了口气，高兴地对你们的父亲说，看咱们女儿多乖，眼睛瞪得那么大。

哪知随行的医生一看说，不好，这孩子的情况更严重，瞳孔已经放大了。

我的腿一下就软在了地上，险些把木兰摔了。

你们的父亲还算镇静，他接过孩子问怎么办，医生说没有药物可治，唯有尽快下山，只要到了山下氧气充足的地方，孩子自然就能缓过来。你们的父亲问尽快是多快，医生说最好是半小时之内。

你们的父亲听了二话没说，抱起孩子就往山下冲。道路泥泞不堪，他跌跌撞撞的，又生怕把孩子摔着，这使他跑起来的样子有些奇怪。那些修路的战士愣怔着，一时不明白这位首长怎么了。这时有人大喊了一声：各连注意了，传我的口令，以最快的速度把孩子传到山下去！

发口令的，是负责修那段路的一位营长。

一个战士听见口令，丢掉手上的铁锹，飞快地迎上去从你们父亲的怀里接过孩子就朝山下跑去，几步之后他就被另一个战士接上了。我靠在崖壁上，看见裹在襁褓里的木兰从一个战士的手中传到另一个战士的手中，我看见战士们的脚下泥浆四溅，头顶雪花纷飞。我看见一双手和又一双手组成了一条生命之链……

战士们抱着生命在奔跑，他们自己的生命也随之飞奔起来。那一刻我已经确信，孩子们得救了，他们一定能获得新生的。很快，襁褓就离开了我的视线，消失在山的拐弯处。

等我终于跌跌撞撞地跑到山下时，木兰已经躺在一个陌生军官的怀里睡着了，脸色平静，呼吸均匀。那安宁的样子告诉我，她一点儿也不知道发生了什么，一点儿也不知道自己已经经历了死亡，小小的年纪已经有了深深的生命刻痕。

这时，另外两个孩子也缓过来了，他们怯生生地重新喊出了妈妈。

我相信米拉山至今还记得这一切，我相信它至今还记得这 3 个小生命。毕竟，他们是在跨越了它之后，获得新生的。我和两位母亲一起流下了热泪。

木兰，你能够理解我的心情吗？

我为你的死而后生喜极而泣，我为我的失而复得喜极而泣，我更为修路战士的壮举感动不已。我不能想象，如果你又随你的哥哥姐姐去了，我该怎么办？我紧紧抱着你想，我一定要好好地把你抚养成人，然后告诉你曾经发生的这一切。我甚至觉得我要把你抚养成人，就是为了告诉你这一切，就是为了让你对那些素不相识的官兵永远心怀感激。

木兰，你能够吗？

我想你能够。你是个善良的孩子，你一定会对所有有恩于你的人心怀感激的。

可是我却没能做到。我没有把这一切告诉你。

木兰，有一次你发烧住院，我正好在身边。看着你小脸烧得通红，我很难过，忍不住想把你搂进怀里，就像病房里的其他母亲那样。但你努力将我的手臂挣开，然后躺到床上，尽量将身子往墙边靠，不让我挨着。我知道你不习惯我的任何亲昵表示，但当你做得那样明显时，我还是感到了钻心的难过。那时你才 10 岁。

我没再努力，就坐在一边看你。

我默默地想，我是你的亲生母亲呀。不是说血浓于水吗？为什么我们之间永远有隔膜？我们的亲情上哪儿去了？真的被离别的岁月冲走了吗？

但我不怨你。

许多事情，从一开始就已经写好了结局。当我忍着泪，把半岁的你丢到保育院而领走了5岁的木军时，我就应该想到后果的。

但我不后悔。

当时我只能那样做，我不能违背我对苏队长和王政委许下的诺言。

可是我多么想告诉你，我一直想告诉你，你的生命中同样有着我的伤痛，有着我难以忘怀的生命记忆。

5

现在我要说的是木军。

我早该说到木军了。尽管木军是在木兰半岁之后才来到我身边的，但他是长子，他是我们家真正的老大，你们说是吗？

其实在我前面的讲述中，你们已经明白了木军的来历，你们已经明白了谁是木军的亲生父母，谁是木军。是的，木军就是虎子，就是苏队长和王政委唯一的儿子。

就在那一年，我抱着木兰出藏的那一年，我找到了虎子，我有了木军。

回到重庆后我得知，母亲已经去世了。我心情沉重地抱着木兰回到成都，来到了十八军保育院。我是想打听一下虎子的消息。

没想到我刚一到保育院，就意外地遇见了徐雅兰。

你们都知道徐雅兰，她不仅是我的战友，还是你们兄弟姊妹最喜欢的八一校的徐老师。她在甘孜被查出心脏病后，与我们分手了。但她不愿离开部队，从甘孜回到成都后，她就到保育院当老师了，以后又到了八一校。因为身体的原因，她终生没有生育，但她却有无数的孩子。在她去世前，她一直是我们家最受尊敬最受欢迎的客人。

那天在门口，我们一眼就认出了对方，尽管我们都发生了很大的变化。

我们惊喜异常，叫着对方的名字拥抱在了一起。有很长时间我们一句话也说不出来，只是紧紧地拥抱着。分手5年来所经历的一切全都涌了上来，紧紧地塞在我的嗓子眼儿里，把我的眼泪也塞住了。

后来还是木兰的哭声救了我们，木兰是被我们的拥抱弄醒的。她一声嘹亮的啼哭让我们两个同时笑起来。徐老师一边抹着眼泪一边惊讶地说，这是你的孩子吗？我点点头，说出的第一句话是，她已经是第三个了，前面两个都没了。

徐雅兰抚摸着木兰的小脸说，你把她交给我吧，我来替你抚养。

我怔了，没有思想准备。

正在这时，一个大脑袋的小男孩儿向我们走过来。我一下子被他吸引住了。我把怀里的孩子交给徐雅兰，蹲下身来迎他。我想吸引我的一定是他的眼睛。他有一双非常纯净但却非常忧郁的眼睛，那眼里的忧郁与他的年龄很不相称，让人看了心悸。比之他的脑袋，他的身躯显得非常瘦小。他摇摇晃晃地走向我，犹犹豫豫地走向我。

他走到我跟前，仰起他的小脸怯生生地开口说：阿姨，你是从西藏来的吗？

我点点头，有些不知所措。

他说，我的妈妈也在西藏。你把我的名字记下来，叫她来看我好吗？

在他说话的那一刻，我一眼看见了他额际上的那个疤痕，我惊讶地抬头看徐雅兰。我说难道他是……虎子？

徐雅兰含着眼泪点头说，是，他就是虎子。

小男孩儿说，我叫木军。

徐雅兰说，拉姆当初把他送来时，只反复地说着十八军三个字，于是保育院的同志就给他取名叫木军了。木，十八之意。

木军！十八军！

我一把将他抱进怀里，用力地搂着他。我把我的眼泪全都蹭在了他的脸上。我在心里对苏队长说，找到了终于找到了，苏队长，你可以安息了。

木军被我抱得不知所措，怯生生地叫徐老师。我说，我就是你的妈妈呀，木军……

木军，你就是这样来到了我的身边，或者说，回到了我的身边。

你本来就是我的孩子，我早就向苏队长许过诺言，要把你抚养成人的。而且早在进藏之初，我就一次次地说过像谶言一样的话。第一次是苏队长决定带你进藏时，我说你放心吧还有我呢。第二次是苏队长要把你留在甘孜时我说别留下，让我来帮你带。第三次是苏队长牺牲前我说我一定会找到虎子的，我要把他抚养成人。

难道我们不是命中的母子吗？木军。

你非常快非常自然地接受了我，我们母子之间从没有过隔膜，这让我感到由衷的欣慰。

我从此有了一个好儿子，一个让我欣慰，让我踏实的儿子。无论生活中有什么困难，我只要看见你就会有信心。我甚至觉得你就像我的朋友，一个能够懂得我明白我的朋友。我想那是因为你是和我一起走进西藏的，你和我有着共同的生命经历和情感经历。

正如你父亲在信上说的，你是我们最可信赖的儿子。

那天夜里，伴着成都平原的绵绵秋雨，我和徐雅兰说了整整一夜的话。我们的泪水也像秋雨一样绵绵不绝，没有停止过。

那天夜里木兰格外安静，一直甜甜地睡着，没来打搅我们。木兰从小就是个懂事的不给人添麻烦的孩子。木军也安静地睡在妹妹的身边。自从我告诉他我是他的母亲后，他就一步也不肯离开我了。

我讲述了苏队长的牺牲，讲述了刘毓蓉的失踪，讲述了王政委的病故，还讲述了我的两个孩子的死……徐雅兰的泪水一次次涌出，泡红了眼睛。我真怕她的心脏承受不了这么多的苦难，我尽可能平静地讲述。可是她仍是一次又一次地泣不成声。而我，已经把所有的泪水洒在了西藏。我的声音一直哽咽着，却没有泪水。

徐雅兰说，你变了，你再不是原来那个爱说爱笑的小白了。我想这是肯定的。在经历了这一切之后，我怎么可能还是原来的我？

徐雅兰告诉了我虎子的遭遇，也告诉了我她这些年来的经历。因为身体的原因，她还没有结婚。但她非常喜欢现在的工作，她爱孩子，孩子们也爱她。她对我说，她一直为自己没能和我们一起走到西藏而遗憾，所以总想为我们这些在西藏工作的战友们做些事情。

最后我们说到了孩子。

徐雅兰说，你想把虎子带进西藏吗？我说是的，我不能再让虎子成为孤儿了，不能再让他离开母亲了。她说可是你不能带两个孩子进藏，你不可能在那样的环境中把两个孩子都养活。这样，你把小的这个留下来给我吧，我一定会像抚养自己的孩子一样抚养她的。等过些年她大些了，你再来接她。

想到西藏寒冷的气候，想到氧气稀薄的空气，想到缺医少药的现状，尤其想到前两个孩子的夭折，木兰，我知道把你留给徐老师是最好的选择。且不说我们是战友，就是不认识，我也会把你留下来。真的，当时只要有人愿意抚养你，我就会把你留下。我多么希望你能在氧气充足的温暖湿润的成都平原长大呀，除此之外我再也没有别的想法了。

但我不知道你一旦离开我，我还能否吃得下睡得着？

你才5个月呀，还在吃奶呀。我看着熟睡中的你，半天没有吭声。

你们的父亲从北京返回后，我和他反复商量。我们反复商量后认定，把木兰留在成都保育院是比较好的选择。那毕竟是我们自己部队的保育院，许许多多西藏军人的孩子都在那儿生活。

何况我们已经有了虎子。我们要做虎子的父母。

那两天，虎子寸步不离地跟着我，生怕我再把他丢下。而且他没有丝毫陌生感地叫我妈，一声声叫得我心里发紧落泪。我终于痛下决心，带走虎子，留下木兰。

木兰，就是那时候我们为你改名为木兰，为的是让你成为木军的妹妹。

木兰，我就这样离开了你。

一个孩子从5个月起就离开了母亲，并且从此很少和母亲在一起，你能指望她对母亲有多亲呢？人们常说血浓于水，但人们不知道，养育之情比血缘更为重要。

所以这么多年来，无论你怎样的怀疑，怎样的有想法，我都不怨你。我知道你失去了许多，我知道一些事实已经无法改变。但是木兰，妈妈一直想告诉你，妈妈非常爱你。这么多年来你从没让妈妈操过心，从没让妈妈失望过。不仅如此，你总是在替妈妈分担生活的重压，总像个长女一样任劳任怨。

正如你父亲在信上说的那样，你是我们最省心的女儿。

6

返回西藏后我们得知，我们的家里又多了一个孩子——尼玛的女儿梅朵。由于怀孕中受了太多的折磨，尼玛也早产了。孩子生下来只有3斤3两。于是我们喜爱地叫她三两丫头，而很少叫她梅朵。梅朵是花的意思，她真的像花一样漂亮，大大的眼睛，直挺的鼻子，她继承了母亲尼玛的所有优点。

看着三两丫头一天天长大，我就更想木兰了。我只好拼命地工作，拼命地学习。那时我已开始学习藏语了，在尼玛的帮助下进步很快，不久就能作一些简单的翻译了。当你们的父亲外出需要和地方官员交往时，我就随同他一起去，为他作翻译。工作和学习上的进步，减轻了我对女儿的思念。

当然，更主要的是，我的身边有了木军。木军回到西藏后，居然很快就适应了那儿的气候和生活。不知是因为孩子的适应能力强，还是因为他的父亲母亲在那儿保佑他？

木军和其他男孩子一样调皮捣蛋。但他从来没有怀疑过我不是他的母亲。这让我宽慰，让我高兴。而三两丫头，一天天地长成了一个人人都喜爱的小姑娘，又聪明又漂亮。不到一岁就可以说话了，她叫尼玛阿妈，叫我妈妈，叫你们的父亲爸爸。她的清脆的笑声总是让你们的父亲随时放下手上的工作，把她抱起来亲个不停。

年底时我收到徐雅兰的来信，还附了一张照片。徐雅兰在信上说，木兰一切都好，体重比原来增加了3斤。

我反复看着照片，照片上是个梳着马桶盖的小姑娘，她怯怯地望着我，她的眼睛非常像你们的父亲。她终于活下来了。我对自己说，看来把她留在那儿是对的。

但我还是想，一旦条件许可了，就把她接回到身边来。

木兰5岁那年，你们的父亲去成都开会。一开完会，他就急急忙忙地赶到保育院去看木兰。当然，不仅仅是木兰，他去看所有的孩子。那时西藏军区有个规定，凡是到成都开会的西藏军区干部，无论自己有没有孩子，都必须到保育院去看孩子。以至那些长年不和父母在一起的孩子，只要看见穿军装的男人或女人就会欢呼雀跃，甚至就会叫爸爸妈妈。你们的父亲一进去，孩子们就围上来，小猴子一样吊满了他全身。但是木兰，他的亲生女儿，却站在人群外，远远地看着他。

你们父亲告诉我，在那一瞬间，他心痛得恨不能立即把木兰带回到西藏来，带到我们的身边。

可是那时候，我们除了木军之外，又有了两个孩子：木槿和木凯。

我曾想过，永远也不提这个话题。我相信任何一个母亲，都不愿提这样的话题。可是现在我必须说了，因为我不是任何一个母亲，而你们也不是普通的孩子。

木槿，你父亲在信上说，你是父母最疼爱的孩子。

你知道为什么吗？

因为你聪明，因为你漂亮，因为你小时候体弱多病，因为你的性格开朗，因为你总是有着阳光一样的笑容。不不，这些原因但都不是最重要的原因。最重要的原因是，你是西藏人民的孩子，你是尼玛的女儿。

你就是那个让我们快乐让我们开心的三两丫头。

你是和木凯同时成为我们的孩子的。尽管你和他相差4岁。

木凯出生后一直病恹恹的，无论我们怎么精心调养也不见好。当然，那个时候条件有限，所谓的精心调养，也不过就是多喂一些米糊糊。几个月过去了，他还是很瘦弱，我感到有些束手无策了。尼玛比我更焦急，她想了许多办法，仍没什么效果。

尼玛从我的口里，知道了木凯的来历，知道了他亲生父亲的事。知道他是为了救一个藏族孩子牺牲的，还知道他为了挽救藏族同胞的生命曾一次次地献血，直到把自己的命献了出去。为此她格外疼爱木凯。

有一天她对我说，不行，我还没有尽心。我得走出去。我不太明白她的意思。我以为她又要去朝拜，去叩长头。我说尼玛你不能去，那不会有用的。尼玛说你放心，我不是去叩头，我想上山去采雪莲，采虫草。我要用最珍贵的草药给木凯治病。

我还是不同意她去。

那时候雪刚刚化，上山采药是很危险的。而且我心里还有个想法，那些草药不会对木凯有用的。木凯缺的是营养和氧气。可尼玛非常固执，我怎么也说服不了她。而你们的父亲又到边境线上执行任务去了。尼玛还认真嘱咐我说，如果我有什么意外回不来，三两丫头就归你们了。她跟着你们我最放心了。

是的，那时的三两丫头已经像我们的女儿一样了。她从生下来就在我们家里，我们早已把她当成了家庭的一员。

但我仍阻止尼玛去。

那天早上，尼玛悄悄地走了。

三天，五天，一个星期。直到你们的父亲从边境线回来，也没有她的消息。你们的父亲非常焦急，派了巡逻的战士去找。两个月后，才有人发现她的遗体。

因为气候寒冷，遗体很完整。

我们无法判定她是因为饥饿而死还是因为寒冷而死，我们只知道她是为了孩子而死，我们还知道在她死后，木凯的身体真的奇迹般地好起来。至今我也不清楚，是因为季节转换暖和了小生命，还是因为尼玛的虔诚感动了上苍？

安葬了尼玛之后，我为三两丫头正式取名欧木槿。

我和你们的父亲曾有个约定，有了女儿名字归我取，有了儿子名字归他取。我喜欢植物，所以3个女儿的名字都是植物。木槿，那是一种很美很鲜艳的花，在西藏的许多地方都能看见。

木槿，这就是你。

不知道你在知道了这一切之后，是否还像过去一样爱你的父亲？是否还像过去一样感到被爱的幸福？

我想告诉你的是，无论你怎样，我，还有你的父亲，都对此生为你付出的爱无愧无悔。

7

现在让我停下关于孩子的叙述，先讲另外一个人。这个人你们听我说过，他就是我一生中永远难忘的辛医生。

那一年，西藏军区党委决定抽调一部分干部，组成一个骑兵小分队奔赴藏北牧区开展民运工作。小分队需要一名医生，辛医生主动提出申请去这个骑兵小分队。

我不知道他这样做有没有我的原因，我只知道他坚决要求去条件更为艰苦的地方。你们的父亲丝毫不知道我们之间的事，准确地说，我们心灵之间曾发生过的一切，他积极支持他去，他说年轻人应当敢于吃苦，敢于去最困难的地方。

辛医生就这样离开了我。

那时的我，已经经受了失去孩子的一次又一次打击，变得无比刚强，或者说无比麻木，我几乎没有了女人在离别时应有的伤感和温情。他来向我告别时，我除了说请多保重外，再没有一句别的话。而他，在嘱咐我注意身体时，还说了一句：照顾好欧参谋长。我知道这不是虚情假意，他一直很敬重你们的父亲。

辛医生走后，我们就失去了联系。一个很偶然的机会，我听人说他结婚了。妻子是个医学院的大学生，是最早申请进藏的那批大学生之一。我为他感到欣慰。我盼着有一天能见到他，亲口对他说，祝贺你，辛明同志。

但我却没机会了。

许多年以后，我才从一份事迹材料上得知了辛医生牺牲的消息。

辛医生到牧区后，像个不知疲倦的人，把全部的精力和时间都投入到了救死扶伤的工作中。他不仅是小分队的随队医生，更是方圆几百里的藏族百姓们的医生，他们叫他辛门巴。他每天背着红十字药箱，没日没夜地骑在马背上，走村串乡。到底治愈了多少病人，连他自己也数不清。一次，为了抢救一个受伤的藏族青年，他毅然地献上了自己的200毫升鲜血。他是O型血，他有那样一个血型，好像就是为了把自己献出去。藏民们感激万分地唱道：你的药是仙丹，你的心像菩萨……

除了看病，辛医生还苦口婆心地给藏民们宣传卫生知识，教他们挖厕所，教他们铺铺草，教他们洗衣服，教他们饭前洗手。他以他的善良和真诚，赢得了牧民们的深深爱戴。每当他离开一个地方时，那里的牧民总是含泪相送，他们用藏族人最亲密的礼节和他告别：用他们的脸和心与他的脸和心相碰。

一天黄昏，辛医生在骑马返回小分队驻地时，突然看到一个藏族小男孩儿从一座简易木桥上不慎跌入河中。辛医生想也没想就从马上跳下来，直扑进河水里。河水很急，石头又多，他被绊倒了，扑进河中心却没能抓住孩子。于是他冲上河岸跑到前面，第二次跳进水里，眼看就要截住孩子了，一个巨浪打过来，将他冲到了一块大石头上，孩子又被冲走了。辛医生忍着剧痛爬起来，沿着河岸不顾一切地向下游跑去。岸边的乱石和荆棘将他的手和脚刺得鲜血淋淋，跑到河弯处他第三次扑向水中，这一次，他用他的身体挡住了孩子，他用最后一点儿力气把孩子推到岸边。

由于天气寒冷，河水彻骨，辛医生终于失去了知觉，身体顺着河水向下漂去。那条河在拐弯之后变得急浪滔滔，片刻便将他冲走了。随后追赶而来的牧民们大声呼喊着：辛门巴！辛门巴！他们一边喊一边顺河追赶，他们锲而不舍地追了十几里地，才在一个水流比较平缓的地方将他救起来。

牧民们以最快的速度把他送到附近的医院。但赶到医院时，辛医生已经停止了呼吸。牧民们围在那里久久不肯散去，他们不相信辛医生就这么去了。那位为辛医生做抢救的老医生对围着的人群说，辛医生不仅仅是溺水而死，他的生命已经透支了，他的整个身体都已极度衰竭，就是说，还在他活着的时候，他就已经把自己献了出去。

辛医生牺牲后，小分队的同志重新加固了那座木桥，藏胞们将那座桥命名为"门巴桥"。他们用山歌深情地唱道：

你像一座不动的神山

我是一只美丽的百灵鸟

背红十字皮箱的人啊

我愿为你永远飞翔歌唱

看到这里，我觉得心里堵得厉害。我强忍住眼泪，走出门去。

我默默地望着远天那一座座绵延不绝饱经沧桑的山峦。我不知道辛医生他化作了其中的哪一座，我只知道每一座山都是一个不死的灵魂，都永远高昂着他的头颅。

我想起了第一次见到他的情景，想起了他在桥上救我的情景，还想起了进军路上他对我说的那些话，那些愿望，和他说那些话时的眼神。

我想他是死而无憾的。他是为他的理想而死的。他才是真正给藏民带来福音的人。

既然他死而无憾，我就不该流泪。我该为他感到自豪。

可我的眼泪终于还是滚落下来，我有一种非常心疼的感觉。西藏不是天堂吗？为什么在走向天堂的路上，会有那么多的付出和牺牲？而那些付出和牺牲，全都是最优秀的生命。是不是通向天堂的路，必须用我们最优秀的生命铺垫？

我真想把自己也铺在这条路上。

没想到事隔不久，我竟会遇见他的妻子和他的儿子。

8

那一年，我终于又怀上了一个孩子。你们的父亲高兴得像孩子一样击掌叫好。刚结婚时他就说，我们要养一大群孩子，我太爱孩子了。我相信如果不是在西藏，我们会有一大群孩子的。

可是在西藏，一个生命要存活下来是多么不易。太少的氧气，太恶劣的气候，太缺乏的营养，使幼小的生命无法存活。那时的西藏女军人，或者说西藏军人的妻子们，流产现象极为普遍。有的好不容易挨到了生，生下却是死婴。

那时我已随你们父亲从亚东调回到拉萨工作了。我小心翼翼地将孩子孕育到出生。当时西藏局势很不稳定，不断有叛乱的消息传来。你们的父亲一头扎进工作，几乎忘记了我和孩子们的存在。为了确保孩子成活，我在出生前一周把自己送进了拉萨人民医院。那儿住了不少生孩子的女军人和军人妻子。那个年代，也只有我们这些从内地来的女人会到医院去生孩子。

那是 1958 年夏天。

在那里我遇见了一个神情忧伤的女人，她从进到医院起就不停地流泪。尽管医生一再对她说，你这样忧伤对孩子很不好，你要坚强些。可她还是一句话不说，只是流泪。我悄悄询问医生是怎么回事，医生简单地说，她丈夫牺牲了，她怀着的是遗腹子。

我为她感到难过。我想安慰她，却不知该说什么。我们在一个病房。她躺在靠窗的位置，她的眼睛总是盯着窗户。窗户有两层玻璃，但那片蓝色的天空依然耀眼地透进来。她就那么躺着流泪。她的身体看上去非常羸弱，好像已经被悲伤击垮了。

那天夜里是我先发作生产的。

那天夜里待产的孕妇有好几个，我算是比较有经验的，见医生忙不过来，就自己躺在那儿等待着。一直到快要生产时，我才叫医生。等医生过来时，孩子的头都出来了。也许是因为第四个孩子，出生很顺利。从发作到生下孩子，仅用了半小时。

我松了一口气，等待着孩子的哭声。但哭声迟迟没有出现。医生平静地向我宣布说，孩子死了。医生说他在子宫里就已经因缺氧而窒息了。

又是个男孩儿。

我没有哭。我有些麻木了。医生好像也很麻木，他丝毫也没考虑到我的情绪，马上就把这事告诉了我。也许那时候婴儿生下来就死去的事太普遍了吧。就在我生孩子的那两天，一共死去了 3 个婴儿。

我刚从产房回到病房，那个神情忧伤的女人也发作了。但她没有一点儿声音，没有发出任何一个产妇都可能发出的叫喊声。我想她一定是没有力气叫喊了，她的所有力气都被悲伤带走了。她被悄无声息地推了出去，又悄无声息地推了回来——这个神情忧伤的女人，在生下了她的遗腹子之后，自己撒手而去。她死于难产之后的大出血。

但她的孩子却奇迹般地活了下来。

医生来找我商量，他说那个失去了母亲的孩子嗷嗷地哭着，你能不能先给他喂一下奶？

我毫不犹豫地说，你把他抱过来吧。

我把那个孩子抱在怀里，就像抱着自己的亲骨肉。我在一瞬间产生了一个念头，为什么我不把他抱回去？他是和我儿子同年同月同天同时生的，上苍收回了我的孩子，也许就是为了让我做他的母亲吧？

我想回去和你们的父亲商量。

但是，当我离开医院时，在孩子的出生登记上，我意外地看见了孩子父亲的名字——辛明。我一下子愣在那里，双腿如同灌了铅，一步也走不动了。我一定在那儿站了很久，直到一个医生走过来问我，你有什么问题吗？我回过神来，我想我什么问题也没有。我也不用再和你们父亲商量了。我直接把孩子抱了回去。

他就是木凯。

我说过，我此生有过 6 个亲生骨肉，这是真的。但更为真实的是，这 6 个孩子中，有 3 个是失而复得的——我愿意把他们看成是失而复得。

我仍是 6 个孩子的母亲。

木军、木凯、木槿，这就是你们的真实身世。

原谅我到今天才告诉你们。你们虽然不是我亲生的，但那和亲生的又有什么两样？你们依然是我的骨肉，与我的生命紧紧相连。用老百姓的话说，你们都是我的命根子。

至于木棉和木鑫，你们是我的亲生儿女。关于你们，我反而无话可说。你们的身世因为明了而简单。

木棉生于 1959 年，那一年西藏的局势动荡不安。即使如此，你父亲仍跑到医院来看了你一眼，知道你平安出生才离开。我曾经告诉过你，我是靠着组织上特批的 3 个罐头把你养活的。你是那样的瘦弱，直到离开西藏时都不足 10 斤。但因为是自己亲生的，我和你父亲反而有些忽略你了。在你读书的年代遭遇了"文革",我因为无暇顾及太多的孩子而把你送回到了山东老家。当时我只能把你送回去,除了你太小我不放心你住校外,还有个重要原因就是,你是我们的亲生女儿。我们像对待自己一样对待你。木棉,我对你有着太多的歉意,我没能亲自抚养你,没能给你提供一个好的成长条件,使你成年后没能有一份好的工作。所以你父亲在信中说,你是我们最歉疚的孩子。

木棉之后,我不想再要孩子了。我觉得我没有权利让我的一个又一个孩子夭折,或者让我的一个又一个孩子忍饥挨饿,吃那么多的苦头。可是你们的父亲坚持要再养一个。我们为此发生了激烈的争吵,但最终我还是顺从了他。我知道他是想要个儿子,自己的儿子。我拗不过他,于是两年后,在边境局势最紧张的1962年,我生下了木鑫。总算没辜负你们父亲的厚望,是个儿子。你们父亲为这最后的小儿子取"鑫"字为名,以示兴旺,并决定从此不再要孩子了。

木鑫是几个孩子里吃苦最少的,也是最聪明的,从小就会读书。尽管你父亲为你没能当兵一直感到遗憾,为你做生意一直感到不满,但他还是非常喜欢你,看重你。他在信上说,你是我们最有希望的孩子。

为了将你们6个孩子顺利地抚养成人,1965年,我终于决定离开西藏,离开部队,回内地做一个专职母亲。对我来说,那是一个非常痛苦的决定,因为我曾发誓永不离开那片土地,永不离开长眠在那片土地上的人。

可我还是走了。我请战友们原谅我,我让他们等着我,我说我一定会回来的。这些年来,我总是听见他们在叫我,苏队长,管理员,刘毓蓉,小冯,王政委,辛医生,还有我的3个孩子,他们说,回来吧,我们在这儿等你呢。

其实我知道,在那儿等我的,不仅仅是他们,还有我自己的灵魂。我有一种感觉,我的灵魂没和我一起回到内地来,我只是身体回来了。我的灵魂一直在那片高原上。我迫不及待地想回到那儿去,与它会合,与它重新合为一体。

没想到先回去的是你们的父亲。你们的父亲明白我的心情,他最了解我。所以他才会在给我的信里说,别难过,我在西藏等你。

科学家们认为,大约在6000万年前,当时还是巨大岛屿的亚洲次大陆与亚洲的其他地区,曾发生过一次巨大而又难以置信的缓慢碰撞,这使得它们之间的整个海底猛烈地向上隆起,形成了西藏断层及环绕四周的山脉。后来,在远离大海的西藏,发现了许多海洋生物的化石,似乎证实了这一说法。

在我看来,无论西藏是怎样形成的,它都是一个奇迹。

我为自己此生能走进西藏，走进奇迹般的雪域高原，并与它有一段刻骨铭心的回忆而感到由衷的自豪、骄傲和幸福。我和你们的父亲，我们走进了西藏，我们一直在走，我们走了一生。正如你们的父亲所说，我们走得太远了，远得连自己的孩子都找不到我们了。

可我们无悔。

我太累了。

请让我结束讲述。

欧战军遗书

雪梅：

今天是我 79 岁的生日。我忽然觉得我有许多话要跟你说。这些话已经在我心里攒了一辈子了，我怕自己哪一天突然走了来不及说，把它们带到另一个世界去。

在我年轻的时候，我从没想过我会活到今天，活到七老八十。从 16 岁入伍起，我就把自己的性命捏在了手上，随时准备撒手。但老天爷竟这么照顾我，让我好好地活下来，一直活到今天。不仅让我长寿还让我有了一个好妻子，有了一群好孩子。

雪梅，我想告诉你，这一生有你做伴，我很幸福，很知足。在漫长的戎马生涯里，你一直站在我的身边，让我没有理由愁苦，没有理由孤单，没有理由软弱，没有理由不努力地向前走。我在内心深处，对你怀着深深的感激。

更让我感激的是，你为我生育和抚养了这么多的好孩子，他们全都让我感到快乐和骄傲。

老大木军，他的沉稳和厚道就像王政委，他的吃苦耐劳就像苏队长。他是最能够理解我们的，从某种程度上说他就像我们的同代人。他是我们最可信赖的儿子。

老二木兰，从来就是个懂事的女儿，她的善良的心地和好脾气最像你，虽然她没有你年轻时的快乐，有些多愁善感，但她是我们最省心的女儿。

老三木槿，从小就是我们快乐的源泉，她的笑容总让我想起高原的太阳，她的美丽总让我想起尼玛，她是我们最疼爱的女儿。

老四木凯，他的优秀的品德、坚定的理想百折不挠的性格，都和他的父亲一样。他是我们最骄傲的儿子。

老五木棉，是个命运多舛的孩子，出生时遇到叛乱，上学时遇到"文革"，现在又下了岗。可她一直默默承受着生活的磨难，让我心疼。她是我们最歉疚的女儿。

至于老六木鑫，虽然我常常批评他，但只有你知道，我是多么看重他。他的聪明能干，他的雄心勃勃，甚至他对我的抗拒都让我喜欢。他是我们最有希望的儿子。

无论哪一个孩子，我们该做的都已经做了，尽管做得不尽如人意。我想今后的路，该让他们自己去走了。我相信他们会走好的。

雪梅，结婚的时候我对你说，我要陪你一辈子。但我们都知道生命是由不得我们的。我们得听从指挥。我有个感觉，我会走在你的前面。如果到了那一天，你不要难过，你要知道我并没有离开你，我不过是先走一步，去那个地方等你了。

我是个无神论者，我知道人死后一切都会消失。但我却一直坚信，我的灵魂会飞到西藏去。或者说，我的灵魂已经去了那儿。你记得吧，在我们最初相识的时候，我们曾谈论过天堂。那时候我说，如果有天堂存在的话，不是别的，就是我们为之奋斗的事业。现在我要说，西藏，那就是我们的天堂。在那片土地上，我们付出了太多的鲜血，太多的生命和太多的情感。它们浸透了每一寸山川，每一寸河流，令辽阔而又冷峻的高原有了高尚的灵魂和鲜活的生命。那不是天堂是什么？

雪梅，我死后，请你和孩子们把我的骨灰送到西藏去，撒到西藏的河流中，撒到西藏的山峦上，撒到西藏的任何一个地方。这样我就可以和先离去的那些生命在一起了，就可以和我们早夭的孩子在一起了，就可以化作西藏山脉上的一粒尘土了。

那是我一直向往的事啊。

雪梅，我在那里等你，在我们的天堂等你。

欧战军

亲字于 1998 年秋

后　记

　　半个世纪前，有一支鲜为人知的队伍，以他们百折不挠的毅力，以他们坚定不拔的信仰，以他们永不妥协的英勇气概，跨越万水千山，涉过冰峰雪岭，自下而上，一步步地走进了西藏，走进了那片神秘与苦难交织的高原，走进了生命的炼狱和灵魂的天堂，走出了一段永恒的英雄传说。

　　一个神圣与苦难交融的地方，一群于悲壮中祭献出自己的男男女女，自然的自然与遮蔽着人性的人类，抵近与拒绝，包容与隔膜，被世俗误读的天地与被天职规定着的灵魂，还有永不言说的神灵与不复再来的生命，这中间该有多少震撼人心的故事呢？

　　作为一个写作者，我不仅被这样的故事震撼，还被它们所呈现出来的美丽以及独特而丰富的命运深深地诱惑。这样的诱惑使我渴望走进历史当中去，渴望和那样一些单纯而伟大的灵魂一起走进西藏。

　　一个人写一本书或许会有多种原因，对我来说，被诱惑是原因之一。

　　1998 年 10 月，我开始了这部长篇小说的创作。

　　对我来说，这是件十分困难的事。除了这是我的第一部长篇小说外，更重要的是，其中的人和事都离我的生活很遥远，即便是在情感上，也有些相隔。这部书的写作一反我的既往风格，它是单纯的、直截了当的、张扬的，甚至是没有疑问的；它的叙述方式、结构方式、人物命运的行为方式乃至于人物表现的透明方式；它的题材的冷僻、想象力的限制、人物时时呈现的主动性……这一切都不是我以往的经验能够指望的，我开始了艰难的跋涉。

最初写到 8 万字时，我发现我没能跟上那支浩浩荡荡西征的队伍，我迷了路。为此我将 8 万字全部推翻了。后来再重新上路，也是磕磕绊绊的，找不到大步流星的感觉，可以说直到写完，我都没有顺畅地淋漓尽致地表达过。有几次被卡住后，心情极为烦躁，烦躁得几乎想放弃。

但我没有放弃。当我以写作者的身份走进了那支队伍后，我发现我已经身不由己了。主人公在行走，我就无法停止。我除了尽力追赶他们，和他们一起往前走，直到走进西藏外，可以说别无选择。

我想我和西藏是有缘的，不然很难解释，我的第一部长篇小说，为什么就是一部以西藏为背景的作品？也很难解释，为什么不把这本书写出来，我的心灵总是不得安宁？

需要说明的是，这是一部以真实的历史事件为背景的文学作品，在现实生活中你也许能够找到这样的影子，有的甚至是真实发生过的。但这毕竟是一部小说。所有的人物及其人物关系都是虚构的，欧战军也好，白雪梅也好，他们的身上有着无数人的影子，他们是那样一群人的缩影。当年他们是以个人的方式聚集在一面旗帜下走进西藏的，仅仅在几十年后，你已经不大能够在这一历史的行走方阵中找到他们个人的影子了，他们已成为一个集体，一段历史，乃至一种精神。作为小说的作者，我看重的正是这样的意义和内涵。

在写作过程中我查阅和参考了一些文献资料，其中有西藏军区政治部主编的《世界屋脊风云录》（1—2 卷），还有作家晓浩先生创作的长篇纪实文学《西藏，1951 年》。在此，一并向他们表示衷心的感谢。

我曾 6 次进藏，写作这部作品对我来说，是第 7 次进藏。这一次与任何一次都不同，行走的不是双脚，而是心灵。当这部作品完成时，我想说的是，无论时代怎样变迁，社会怎样发展，我都敬重那些有着坚定信仰并为之付出毕生努力的人，敬重那些始终如一为理想而奋斗的人，敬重那些重情义重责任重生命质量的人，敬重那些以生命为旗、灵魂为足而终生行走的人。

作者

1999 年 11 月 2 日，成都北较场